KB077561

풍경들

Landscapes

# 풍경들
## Landscapes

존 버거의 예술론

톰 오버턴 엮음 | 신해경 옮김

열화당

# 차례

# 울타리를 걷어라!

톰 오버턴

어떤 글이 예술에 **관한**(on), 또는 예술에 **대한**(about) 글이라고 할 때는 어떤 의미일까. 이 책의 짝이자, 존 버거가 여러 예술가를 논하면서 취한 다양한 접근법들을 모은 『초상들(Portraits)』이 이 질문에 대한 나름의 답이라 할 것이다. 출생일과 사망일로 구성되는 하나의 시간대는 다양한 글의 형태로, 계속해서 바뀌는 역사적, 개인적 맥락에 비추어 삶과 작품을 평가하고 재평가할 수 있는 공간을 창출했다.

그런 구조다 보니 『초상들』에서는 「큐비즘의 한때」(1966-1968) 같은 글이 제외될 수밖에 없었다. 그 글에서 존 버거는 다음과 같이 주장했다. 1907년부터 1914년까지 있었던 예술의 발전과 결부시킬 수 있는 개인들도 있지만,

> 대표 주자들의 천재성이라는 말로는 큐비즘을 설명할 수 없다. 그들 대부분이 큐비즘을 그만둔 후로는 그만큼 유망한 작품을 만들어내지 못했다는 사실에서도 이 점은 확연하다. 브라크나 피카소조차 큐비즘 시절을 능가하는 작품을 내놓지 못했다. 이들의 후기 작품 대다수는 수준이 떨어진다.

무엇이 예술을 퍼뜨리고 형성하는지 밝히려 한다는 점에서, 예술이 생겨나는 조건이나 예술이 받아들여지는 환경이 무엇인지 밝히려한다는 점에서 위의 인용은 예술에 **대한** 글이다. 버거는 유럽의 파시즘을 피해 런던으로 망명한 난민들이 형성한 전후 하위문화의 영향을받으며 지적으로 성장했는데, 영국의 경계를 뛰어넘어 브레히트와 루카치, 베냐민, 프레데릭 안탈, 막스 라파엘, 로자 룩셈부르크, 제임스조이스의 사상을 다룬 글들도 『초상들』에서는 제외되었다.

「큐비즘의 한때」와 예술의 관계가 보여 주는 또 하나의 측면은'더는 개별(individual)과 보편(general) 간에 본질적인 단절이 없는'놀랄 만큼 비옥했던 역사의 한 시기를 기록함으로써 버거가 자신의작업에서도 그런 시기를 열었다는 점이다.

그 글은 1967년 『뉴 레프트 리뷰(New Left Review)』(3-4월호)에 실렸다. 그해 4월에는 사진가 장 모르와 함께 작업한 신작 『행운아(A Fortunate Man)』의 요약본이 『뉴 소사이어티(New Society)』에실렸다. 이 소설은 글로스터셔의 포리스트 오브 딘에 사는 어느 의사의 삶을 소설적 각색을 거친 진료 사례들을 통해 묘사한다. 전기와 인물 묘사의 중간 어디쯤에 위치하는 『행운아』는 1967년 8월 『뉴소사이어티』에 실린 「초상화는 이제 그만」과 견해를 같이한다. 그 글에서버거는 "우리는 한 곳에서 한 사람의 시각으로 본 모습을 고정하고 보존하는 방법으로 한 인간의 정체성이 적절하게 구축될 수 있다는 주장을 더는 받아들일 수 없다"고 공표했다.

그 당시 버거는 포스트모더니즘의 한때에 출간된 모더니즘에 관한 소설 『G』(1972)를 쓰고 있었다. 소설은 '어떤 이야기도 유일한 이야기처럼 얘기되는 일은 다시 없을 것이다'라는 통찰이 동기가 되었고, 이는 소설 전반에 걸쳐 되풀이된다.

버거는 『G』의 주제 전체를 예술에 대한 그의 가장 유명한 저작이자 텔레비전 시리즈로 만들어진 『다른 방식으로 보기(Ways of Seeing)』에서도 되풀이한다. 이 책이 복수의 접근법을 다루며 (마이크

딥, 스벤 블롬베리, 크리스 폭스, '남성의 시선'에 관한 편에서는 에바 파이지스, 바바라 니벤, 애냐 보스톡, 제인 켄리크, 캐롤라 문 등) 여러 사람들과의 협력을 통해 만들어졌다는 사실을 제목이 반영하고 있다. 마지막 부분에서 버거는 "제가 정리한 것을 고려하시되 제발이지 비판적으로 고려하시길 바란다"는 권고로 이견을 촉구하는 동시에 이견의 존재를 정당화하며, 이 책과 텔레비전 시리즈가 제작자와 감상자의 만남이 되어야 한다는 점을 명백히 보여 준다.

버거는 또 「큐비즘의 한때」에서 짚었던 "단순 인과관계와 단 하나의 영속적인 전지자적 관점을 거부하는, 자연에 대한 새로운 과학적 시각"에 맞게 살려고 애쓰는 중이었다. 그는 이 새로운 세계관이 보다 큰 자기반영성(self-reflexivity)을 촉구한다는 사실을 알아챘다. "르네상스 예술가는 자연을 모방했다. 매너리즘, 고전주의 예술가는 자연을 초월하기 위해 자연의 사례들을 재구성했다. 십구세기 예술가는 자연을 경험했다. 큐비즘 예술가는 자신의 자연 인식이 자연의 일부라는 사실을 깨달았다."

버거는 과거든 현재든, 어떠한 역사적 시기에 대해서도 이처럼 보다 명백하고 총론적으로 접근하는 글을 계속 써 왔다. 『풍경들(Landscapes)』이라는 제목 자체가 그런 글들을 정리하겠다는 의도를 명백하게 드러낸다. 여기서의 '풍경'이 엄격한 의미보다는 생생함과 자유를 부여해 주는 상징에 가깝기 때문에, 이 책은 『초상들』과 마찬가지로 버거의 글쓰기가 바탕으로 삼고 있는 취지에 공감하고자 한다.(일부 글은 두 책에 다 해당될 수 있는데, 비단 예술가들이 우리에게 예술을 보는 법을 알려 주는 경우가 잦다는 의미에서만은 아니다.) 이 책은 자유로이 장르를 넘나들며 글의 주제를 생각해 보게 한다. 어떤 글이라고 분류할 수 없는 산문은 물론이요, 시도 있다. 이 두번째 책을 첫번째 책과 나란히 읽을 수도 있겠지만, 『풍경들』은 단순히 『초상들』의 배경이나 '부산물(by-work)'로 볼 책이 아니다.

'풍경(landscape)'이라는 단어 자체도 이 책에 실린 여러 글과 마찬가지로 글쓰기의 지평이 넓어진 데 대한 기록이다. 『옥스포드 영어사전』에는 'landschap(란츠합)' 'landskip(란츠킵)' 같은 단어들이 1590년대에 네덜란드어에서 차용되다가 1605년에야 'landscape'라는 철자가 도래했다고 기록되어 있다. 존 바렐이 지적했듯이,[1] 당시에 이 단어는 회화에 특화된 전문용어에 불과했다. 크리스토퍼 말로(1564-1593)가 '계곡과 구릉과 언덕과 들판'을 분명하게 자주적인 땅의 덩어리로 묘사한 적이 있긴 했지만, 1630년대에 이르러서야 존 밀턴(1608-1674)은 「명랑한 사람」에 다음과 같이 쓸 수 있었다.

> 면밀한 내 눈이 새로운 기쁨을 찾았네
> 주변의 풍경(lantskip)을 살피는 사이에.
> 황갈색 잔디밭, 회색 휴경지,
> 새 떼가 모이를 쪼며 돌아다니는 곳.

사이먼 샤마는 『풍경과 기억』(1995)에서 "풍경은 자연이기 이전에 문화이며, 숲과 물과 바위에 투사된 심상(心象)의 산물이다"라고 주장한다. 버거의 작품 중에서 이런 논점을 탐구하기 가장 좋은 글은 『다른 방식으로 보기』에서 게인즈버러(T. Gainsborough, 십팔세기 후반 영국을 대표하는 초상화가이자 풍경화가—옮긴이)의 〈앤드루스 부부〉를 논한 부분이다. 여기서 버거는 유화가 눈에 보이는 세계를 유형의 자산으로 바꾸는 하나의 방식으로 자본주의의 특정 단계와 호응했기 때문에 지배적인 형태가 되었다는, 보다 광범위한 주장을 펼치며 그 주장의 일부로서 회화의 축을 초상화와 풍경화의 전통 사이에 위치시켰다. 그 글에서도 버거는 '하나의 눈으로 다르게 보기' **방식에 따라** 또 한 번 여러 다른 관점들을 촘촘히 제시한다. 버거는 케네스 클라크의 『풍경에서 미술로』(1949)를 인용하여 풍경화에 대한 게인즈버러의 두 가지 의견을 비교하여 평가했다. 하나는 '초상화에 신물이 나서 비올라 다 감바를 들고 어느 기분 좋은 마을로 훌쩍 떠나 풍경화를 그리고 싶다'는 유명한 편지였고, 다른 하나도 편지인데, 거기서 게인즈버러는 이렇게 말한다.

하드윅 영주께 삼가 문안드리며, 저 게인즈버러는 어떤 일이든 맡겨만 주시면 영광이리라 늘 생각하고 있습니다. 그러나 이 지역 자연의 **진짜 경관**에 관해서라면 가스파르나 클로드 그림의 가장 조악한 복제품 정도만한 데도 본 적이 없습니다.

텔레비전으로 방송된 「다른 방식으로 보기」에서 감독 마이크 딥은 게인즈버러의 앤드루스 부부가 고상한 신분을 드러내기 위해 자기 영지 안에 있는 모습으로 그려지기를 원했다는 버거의 논점을 강조하기 위해 앤드루스 부부에게 그늘을 드리운 나무에 '들어가지 마시오'라는 표지판을 추가했다. 자산을 가진 이들만 투표할 수 있고, 사유지를 무단침범한 자들은 강제추방될 수 있는 시대였다.

버거의 결론은 다양한 비판을 불러일으켰다. 화가이자 미술사학자인 로런스 고윙은 책을 보고 반박글을 발표하여 버거가 일반적인 미술애호가와 좋은 그림의 가시적인 의미 사이를 비집고 들어서려 한다고 비판했다.

게인즈버러의 〈앤드루스 부부〉가 그 드넓은 사유지를 단순히 소유하는 것 이상의 뭔가를 하고 있다는 사실을 밝혀 주는 증거가 있음을 지적하고 싶다. 같은 시대에다 아주 유사한 구도를 보여 주는 프랜시스 헤이먼의 작품이 명확하게 드러내는 주제는 그런 그림의 주인공들이 '**자연**의 섭리… 타락하지 않고 정도를 벗어나지 않은 자연의 순수한 빛'이 주는 철학적 기쁨과 관계있다는 것이다.

버거는 '한 형태의 기쁨이 다른 형태의 기쁨을 배제하지 않는다'는 논리로 재반박했다. 앤드루스 부부가 자연을 철학적으로 즐기고 있다면, 엽총이나 말채찍에 쫓길 걱정을 하지 않아도 되기 때문이라는 논리였다.

1972년에는 학자 존 바렐이 『풍경의 개념과 장소의 감각』을 출간하고, 1980년에는 후속작 『풍경의 어두운 면』을 내놨는데, 바렐은 그 책에서 게인즈버러와 컨스터블, 조지 몰랜드의 작품을 볼 때 우리가 '그림에 그려진 빈자가 아니라 그림을 의뢰한 고객들의 이해관계와 동일시' 하는지 물었다.[2]

바렐과 버거는 서로에 대한 비판을 통해 풍경에 대한 저마다의 개념을 발전시켰다. 둘한테는 같은 동기가 있었다. 버거는 2005년에도 스스로를 '무엇보다도 여전히 마르크스주의자'라 선언했고,[3] 바렐은 '좌파'다. 하지만 『풍경의 어두운 면』의 서평에서 버거는 "시골도 지식계도 '울타리를 걷어라!'가 슬로건이 되어야 하지 않는가"라고 결론을 내렸고, 둘의 차이는 더 선명해진다. 버거는 그 책이 '(대변자와 수사에 전적으로 의지하는) 영국 학계의 역할'을 그대로 답습한다고 지적하며 '고립을 대가로 전문화를 권장하는' 경향에 한탄했다. 균형에 대해서는 다음과 같이 생각했다.

> 존 바렐의 책은 특정한 종류의 회화적 관습(기호)과, 특정한 역사적 기간 동안 그것이 어떻게 변화했는가를 알 수 있다는 점에서 탁월하다. 하지만 이 책은 말하자면 기호의 양쪽에 놓인 두 가지 관행에 대한 지식은커녕 호기심조차 거의 드러내지 않는다. 이번 경우에는 한쪽에 그림의 관행이 있다면 다른 쪽에는 가난하거나 땅이 없는 농민의 관행이 있다. 그렇다면, 이 책은 특정한 이념적 관행을 드러내고 비판하는 동시에 그런 이념이 구현되는 폐쇄적인 매개 공간의 존속에 기여하고 공고화한다.

이 두 관행은 작품의 형태로 드러난다. 버거는 일찍부터 예술가들이 하는 일에 심취했다. 십대 때 벌써 음악당과 프랑스 레지스탕스에 관한 생생한 단편소설을 여러 편 썼다. 하지만 「종이 꺼내 그리기」에서 묘사했듯이, 그는 종합대학이 아니라 예술학교(센트럴예술학교와 나중에는 첼시미술학교)에 진학했고, 서른 즈음에 그림을 포기하기는 했지만 그의 글쓰기는 늘 그림을 동반하는 듯이 느껴진다. 러스킨이나 해즐릿의 비평이 예술작품을 만들어 본 경험의 영향을 받는다고 자주 얘기되는 것과 마찬가지로 때로는 이런 느낌이 순수한 상상의 소산일 수도 있다. 버거의 책 『벤투의 스케치북(Bento's Sketch-book)』(2011)이나 이 책에 실린 「로자 룩셈부르크를 위한 선물」의 경우 그림과의 동반관계는, 직관적이지 않은 용어이긴 하지만, '문학적'이다. 버거의 그림이 본문과 나란히 재현되기 때문이다.

여기서 우리는 그림을 그리는 비평가와 그림을 그리지 않는 비평가의 상대적 이점(利點)을 과도하게 단순화하지 않도록 주의해야 한다. 엘리엇은 「비평의 기능」에서 '읽을 가치가 있는 비평은 해당 예술 장르를 실제로 수행하는, 그것도 잘 수행하는 비평가의 **글뿐**이라는 극단적인 입장'으로부터 '그 글이 아니었다면 독자가 놓쳤을 사실을 알려 준다'는 의미에서 '해석'을 제시하는 비평가에게 '아주 고도로 발달된, 사실에 대한 감각을 요구하는 입장'으로의 전환을 묘사했다. 비평에 관해 바렐과 나눈 대화는 존 버거가 '풍경'의 개념을 가장 꾸준히 적용했던 삼부작 '그들의 노동에'(1979-1991)와 연관되어 있었다.[4] 『끈질긴 땅』『한때 유로파에서』『라일락과 깃발』로 이루어진 이 삼부작은 상상에 기반한 소설 쓰기를 통해 그가 '나의 대학'이라 부르는, 1970년대에 함께 어울려 살며 유대를 맺었던 농부들의 노동과 연결된다.[5] 이 책에 요약되어 실린 「삼부작 '그들의 노동에'에 부치는 역사적 맺는말」을 보면 이 삼부작이 역사에 접근하는 방식의 골자를 알 수 있다. 그것이 이 책의 제목이 의미하는 바의 풍경이다. 여기서는 비유적인 의미겠지만, 땅의 현상과 실재를 모두 관리하는 이들에게는, 그리고 그 안에서 사는 사람들에게는 비유적인 의미에 못지않게 실질적이다.『행운아』는 이를 이렇게 표현했다.

> 가끔은 풍경이 주민들 삶의 터전이라기보다는 그들의 고투와 성취와 사건 들을 가리는 커튼처럼 느껴진다. 주민들과 함께 그 커튼에 가려진 이들에게 두드러진 지표(地表)는 그저 지리적이기만 한 것이 아니라 전기적이고 개인적인 것이기도 하다.

버거의 작품은 다시 상상하기, 다른 방식으로 보기로의 초대장이다. 따라서 이 책에 실린 글들은 두 부분으로 나눠진다. 1부는 버거의 사상을 형성한, 딱히 시각예술가에 국한되지 않은 개인들에 대해서 알려 주는 글을 배치했다. 안탈이나 라파엘 같은 인물은 예술비평가가 분명하지만, 브레히트나 바르트, 베냐민 같은 이들은 이 범주에 딱 들어맞지 않는다. 그러나 이들은 지금 예술대학들이 일독을 권장하는 폭넓은 도서 목록의 상당 부분을 버거가 얼마나 일찍 접했는지 잘 시사한다.『초상들』서문에서도 언급했듯이, 자신의 다채로운 글들을 규정하며 스스로를 '이야기꾼'이라 정의하는 버거의 인식을 형성하는 데에 그들 모두가 저마다의 역할을 했다. 이 관계를 영향을 주고받는 관계로만 본다면 버거의 이러한 자기 인식과 잘 맞지 않을 것이다. 여기서 '영향'이라는 개념은 집단적이고 협력적인 행위로서의 '이야기하기'보다는 소설 창작이 가지는 개인주의적 경향과 버거가 거부하는 '빚과 상환'이라는 자본주의 논리와 더 관련된 듯싶다.

1부의 나머지는 예술에 **대한** 글쓰기가 갈 수 있는 한계와 버거가 자신의 화가적 시선에 이끌려 이야기꾼의 길로 가게 된 경로를 자유롭게 탐험한다. 이 부분은 이런 사례들을 어떻게 실행으로 옮길 것인가에 대한 일종의 선언이랄 수 있는「이상적인 비평가, 싸우는 비평가」로 마무리된다. 특히「크라쿠프」에서, 우리는 왜 조이스와 마르케

16

스의 존재감이, 그리고 지금은 제발트와 아룬다티 로이, 알리 스미스, 레베카 솔닛과 같은 이들로 이어지는 전통이 버거로 하여금 최초의 스승들 중 한 명이자 '안내인' 역할을 했던 켄(Ken)의 이야기를 하도록 이끌었는지 알게 된다. 1부의 제목 '지도 다시 그리기'는 원래 제프 다이어가 했던 "현존하는 문학적 명성의 지도에 버거의 이름이 더욱 뚜렷하게 인쇄되도록 로비를 벌이는 것만으로는 부족하다. 버거의 **모범 사례**는 우리에게 근본적으로 지도의 모양을 바꿀 것을 촉구한다"[6] 라는 제안에서 나왔다.

2012년에 『다른 방식으로 보기』와 『G』 출간 사십주년 기념의 일환으로, 막연하게라도 버거의 작품에서 영감을 받은 놀랄 만큼 다양한 분야의 사람들이 서로 가르치고 배우기 위해 런던에서 '자유 학교'를 열었다. 그 학교의 이름이 '지도 다시 그리기'였다. 다소 엄격하게 느껴질 수도 있는 제목과는 전혀 다르게 자유분방한 이 책의 1부가 일종의 개요라면, 2부는 그 활용을 보여 준다. 2부의 제목은 버거의 시 「지형」에서 따왔다. 자, 버거가 탐험했던 영토로 가는 길을 알려 주는 안내서와 지도 목록이 여기 있다. 대체로 시간순으로 배치된 글들은 갈수록 정확하게 분류하기 어려운, 갈수록 모호한 풍경에 대한 '예술적 글쓰기'가 된다. 하지만 「1991년 8월 셋째 주」는 무엇보다 소비에트 이후의 유럽에서 공공 조각작품이 지니는 의미를 이해하려는 시도다. 「돌멩이」(2003)는 몇몇 선사시대 조각작품과 피니스테르에 있는 돌무더기를 통해 현재의 팔레스타인 자치정부 수도인 라말라와 그 시각문화를 엿본다. 마지막으로 이 선집을 마무리하는 긴 평론 「이런 와중에」(2008)는 우리 동시대의 풍경을 감옥이라 정의한다. 버거가 스스로 이렇게 설명한 적은 없지만, 이 글들은 간략한 미술사 스케치나 『초상들』에 실린 개별 글들의 배경으로도 읽힐 수 있다. 이 글들이 씌어진 시기나 묘사하는 시기, 어느 쪽을 보더라도 그렇다. 버거는 「이런 와중에」에서 이렇게 썼다. "지표가 없으면, 인간은 제자리를 빙빙 돌 커다란 위험을 안게 된다."

최근에 공개된 영화 「존 버거의 사계(The Seasons in Quincy)」 (2016)에서 배우 틸다 스윈튼은 자신과 버거의 생일이 11월 5일(기억하자, 기억하자)로 같다고 언급한다. 그녀는 버거의 시 「자화상 1914-1918」(1970)을 낭독한다. 이 시에서 버거는 자신을 형성한 것은 아버지를 통해, 그리고 1926년생인 그를 둘러싼 세상을 통해 영향을 미친 세계대전이었음을 강조한다. 그리고 이 책 『풍경들』은 버거의 아흔번째 생일을 기념하여 출간된다. 하지만 『초상들』까지 포함한다 해도 이 책은 훨씬 방대하고도 여전히 계속되는 성취의 일부만을 대변할 뿐이다. 그럼에도 이 책은 그 성취 일부에 자양분을 공급하고 또 공급받는다.

오늘날 특히 중요하게 느껴지는 이런 성취의 한 측면이 1972년에 받은 부커상 상금을 블랙 팬서(Black Panthers)와 나누기로 한 결정에서부터, 이주노동자들에 대한 프로젝트인 『제7의 인간』(1975)과 그 이주노동자들이 어디에서 오는지를 탐구한 삼부작 '그들의 노동에'를 거쳐, 『그리고 사진처럼 덧없는 우리들의 얼굴, 내 가슴』(1984)을 경유하여 현재에 이르는 버거 작품세계의 위대한 궤적이다. 그는 쓴다.

자의든 타의든, 국경을 넘든 시골에서 도시로 가든, 이주(移住)는 우리 시대의 본질적인 경험이다. 산업화와 자본주의가 십육세기 노예무역의 개시로 이미 예언된 새로운 종류의 폭력을 동반한 채 전에 없던 규모로 인간의 이동을 요구한다. 대규모 군대가 투입된 서부전선과 제일차세계대전은 '임자 없는 땅'을 찢어발기고 조합하고 집중시키는, 십육세기와 동일한 관행의 뒤늦은 확인이었다. 나중에는 예의 그 관행의 지속적인 논리에 따라 전 세계에 강제수용소가 생겼다.

버거가 썼듯이 '이주는 언제나 세계의 중심을 해체하는 것이며,

그래서 길을 잃고 혼란에 빠진 조각 하나로 옮겨 가는 것'이라면, 우리 모두에게는 새 지도가 절실하게 필요하다.

1. John Barrell, *The Dark Side of the Landscape: The Rural Poor in English Painting 1730-1840* (Cambridge: CUP, 1980), p. 1.
2. 위의 책 91쪽에 땅에 관한 버거의 글에 대한 절제된 비판이 실려 있다.
3. John Berger, 'Ten Dispatches about Place', in *Hold Everything Dear: Dispatches on Survival and Resistance* (London: Verso, 2008), p. 121.
4. 바렐은 찬사와 비판을 거의 대등하게 섞어 버거의 『랑데부』(1992)를 평했다. 둘 다 내키지 않아 하면서도, 자기 책의 다음 판본에서는 상대의 서평에서 발췌한 인용문들을 활용했다.
5. 『초상들』 서문에서도 언급했듯이, 쿠르베와 밀레도 이 작품을 전개해 가는 데에 핵심적인 역할을 했다.
6. Geoff Dyer, 'Editor's Introduction', *The Selected Essays of John Berger* (London: Bloomsbury, 2001), p. xii.

# 1부
# 지도 다시 그리기

# 크라쿠프

그곳은 호텔이 아니었다. 일종의 펜션이었고, 숙박객은 많아야 네댓이나 될까 싶었다. 아침이면 복도 선반에 아침거리를 담은 큰 쟁반이 나왔다. 빵, 버터, 꿀, 얇게 자른 그 도시의 특산물 소시지. 쟁반 옆에는 네스카페 봉지와 전기주전자가 있었다. 그곳을 관리하는 진지하고 차분한 젊은 여성들과 마주치는 일은 거의 없었다.

객실 가구는 모두 참나무나 호두나무로 만들었는데, 낡은 품이 이차세계대전 이전 것이 분명했다. 전쟁을 겪고도 건물이 심하게 파괴되지 않은 도시는 폴란드에서 이곳이 유일했다. 그 펜션은 수녀원이나 수도원처럼, 방마다 두 개씩 길가로 난 창문을 내다보며 몇 세대가 사색에 잠겼을 듯한 분위기를 풍겼다.

그 건물은 크라쿠프의 옛 유대인 거주 구역인 카지미에시의 미오도바 거리에 있었다. 나는 아침을 먹고 접수대에 있던 젊은 여성에게 가까운 현금인출기가 어디에 있는지 물었다. 직원이 유감스럽다는 듯이 들었던 바이올린 케이스를 내려놓고 도시 관광지도를 집어 들어 어디로 가면 되는지 연필로 표시해 주었다. 멀지 않아요. 직원은 나를 세상 반대편에라도 보내고 싶은 듯이 한숨을 쉬며 말했다. 나는 정중

23

하게 머리를 숙여 인사하고 정문으로 나와 오른쪽으로 방향을 틀고는 처음 나온 교차로에서 다시 오른쪽으로 틀었다. 거기가 시장이 열리는 광장인 플라체 노비였다.

전에 와 본 적은 없어도 나는 그 광장을, 아니 광장보다는 광장에서 물건을 파는 사람들을 속속들이 안다. 일부는 파는 물건이 직사광선을 받지 않도록 차양을 단 정규 점포에서 장사를 한다. 날은 이미 동유럽 들판과 숲 특유의 흐릿하면서도 각다귀처럼 달려드는 열기로 뜨겁다. 녹음의 열기다. 지중해의 열기 같은 확신을 갖지 못한, 암시로 가득 찬 열기. 여기서는 아무것도 확실하지 않다. 여기서 확신에 가장 가까운 존재는 할머니들이다.

모두 여성인 다른 상인들은 인근의 여러 외딴 마을에서 직접 키운 것들을 바구니와 양동이에 담아 왔다. 점포가 없는 그들은 따로 챙겨 온 걸상에 앉아 있다. 몇몇은 서 있다. 나는 그 사이를 어슬렁거린다.

상추, 붉은무, 서양 고추냉이, 녹색 레이스 같은 잘린 딜, 이런 더위에는 사흘이면 자라는 작고 울퉁불퉁한 오이, 햇감자, 가루 같은 흙이 약간 묻은 그 껍질, 손주들의 무릎 같은 그 색깔, 세척용 칫솔 냄새가 나는 샐러리 줄기, 보드카를 마시는 남자들이 남자만 아니라 여자한테도 잘 듣는 비할 데 없는 최음제라고 장담하는 리베쉬(livèche), 농담과 함께 교환되는 어린 당근 다발, 대부분이 노란색인 장미꽃, 어느 집 정원 빨랫줄에 걸렸을 거름천 냄새가 아직 가시지 않은 코티지 치즈, 마을 묘지 근처로 아이들을 보내 꺾어 온 녹색 야생 아스파라거스.

전문적인 장사꾼들은 이런 황금 같은 기회는 두 번 다시 오지 않는다며 손님들을 꾀는 온갖 기술들을 자연스럽게 터득했다. 반면 저마다 걸상에 앉은 여자들은 아무것도 권하지 않는다. 아무 움직임 없이, 표정도 없이, 자신의 존재만으로 자기 텃밭에서 팔려고 가져온 것들의 품질을 보증한다.

나무 울타리를 두른 텃밭과 방 두 개짜리 통나무 집. 두 방 사이에는 타일을 붙인 유일한 아궁이가 있다. 여인들은 그런 하타(오두막을 가리킴—옮긴이)에 산다.

나는 그 사이를 어슬렁거린다. 나이가 다르다. 체격도 다르다. 눈 색깔도 다르다. 같은 스카프를 쓴 여인은 둘도 없다. 그녀들은 허리를 굽혀 골파를 자르거나 개이빨풀을 꺼내거나 붉은무를 집어 들 때 오는 간헐적인 통증이 만성 통증이 되지 않도록 등허리를 보호하는 저마다의 방법을 찾아냈다. 더 젊었을 때는 엉덩이가 충격을 완화했을 테지만, 지금 그 역할을 해야 하는 건 어깨다.

나는 걸상 없이 선 어느 여인의 바구니를 들여다본다. 바구니에는 작고 옅은 황금색 페이스트리 파이가 가득하다. 파이는 체스의 말, 더 구체적으로는 양끝에 규칙적인 모양의 총안이 있어서 뒤집어도 모양이 똑같은 성(城)처럼 보인다. 각각의 크기는 십 센티미터 정도다.

성 하나를 집어 들고서야 잘못 봤다는 걸 깨닫는다. 페이스트리라기엔 너무 무겁다.

나는 여인의 얼굴을 힐끗 올려다본다. 예순 살, 청록색 눈. 여인은 또 뭔가를 잊어버린 얼간이라도 보는 듯 엄한 시선으로 나를 마주보았다. '오스취펙(oscypek).' 여인이 산양의 젖으로 만든, 두 방 사이에 있는 굴뚝에서 훈제한 그 치즈의 정식 명칭을 천천히 반복해서 말한다. 나는 세 개를 산다. 그랬더니 여인이 거의 보일 듯 말 듯 고개를 끄덕이며 잘했다는 표시를 한다.

광장 중앙에는 둥그렇게 늘어선 작은 가게들로 나뉜 낮은 건물이 한 채 있다. 의자 하나가 겨우 들어가는 이발소. 푸줏간이 몇 곳. 절인 양배추를 커다란 통에 담아 놓고 파는 식료품점이 하나. 주물 스토브를 갖추고 바깥 광장 돌바닥에 나무 탁자 세 개와 벤치를 내놓고 수프를 파는 가게가 하나. 탁자 하나에는 약간 처진 어깨와 긴 손가락, 점점 벗겨지는 머리 때문에 이마가 더욱 훤해 보이는 남자가 앉아 있다.

안경 렌즈가 두껍다. 폴란드인이 아닌데도 오늘 아침 이곳이 아주 편안하다는 모양새다.

켄은 뉴질랜드에서 태어나 그곳에서 죽었다. 나는 맞은편 벤치에 앉는다. 이 남자는 육십 년 전, 자신이 가진 지식을 내게 가르쳐 주었다. 그런 지식을 어디서 어떻게 배웠는지는 알려 주지 않았다. 어린 시절이나 부모님 얘기를 하는 법도 없었다. 나는 그가 어릴 때, 채 스무 살이 되기 전에 뉴질랜드를 떠나 유럽으로 왔으리라 짐작할 뿐이었다. 그의 부모는 부유했을까, 가난했을까. 지금 그런 걸 물어봐야 이곳 시장 사람들한테 똑같은 질문을 하는 것만큼이나 부질없는 일일 터이다.

그는 거리 따위에 기죽는 사람이 아니었다. 뉴질랜드 웰링턴, 파리, 뉴욕, 런던의 베이스워터 거리, 노르웨이, 스페인, 그리고 내가 보기에 한때는 버마나 인도에도 있었다. 그는 저널리스트로, 학교 선생님으로, 춤 강사로, 영화 보조출연자로, 제비족으로, 점포 없는 서적상으로, 크리켓 심판으로 다양하게 생계를 꾸렸다. 어쩌면 그중 일부는 거짓말일지도 모르지만, 그게 플라체 노비 맞은편에 앉은 그의 초상화를 그리는 나의 방식이다. 그가 파리에서 신문에 만평을 실은 건 확실하다. 그가 어떤 칫솔을 좋아하는지도 또렷이 기억한다. 손잡이가 유달리 긴 것들이었다. 나는 그가 삼백 밀리미터 크기 신발을 신는다는 것도 기억한다.

그가 수프 대접을 쓱 밀어 준다. 그러고는 오른쪽 바지 주머니에서 손수건을 꺼내 숟가락을 닦아 건네준다. 검은 타탄 체크무늬 손수건이다. 수프는 맑고 진한 붉은색 채소 보르스치로, 비트 뿌리가 내는 본래의 단맛을 중화하기 위해 폴란드식으로 약간의 사과 식초가 첨가됐다. 나는 국물을 좀 마신 다음 대접을 다시 밀어 주고는 숟가락을 돌려준다. 우리 사이에는 한마디도 오가지 않았다.

나는 어제 차르토리스키미술관에서 레오나르도의 〈흰족제비를 안은 여인〉을 보고 그린 그림을 보여 주려고 어깨에 멘 가방에서 스케치북을 꺼낸다. 그가 무거운 안경을 슬쩍 내려 걸치고는 그림을 꼼꼼히 살펴본다.

파 말!(pas mal, 나쁘지 않아) 하지만 인물이 너무 뻣뻣하지 않아? 사실은 모퉁이를 돌 때처럼 몸을 좀 더 기울이고 있잖아?

너무나도 그다운, 이런 식으로 말하는 소리를 들으면 그에 대한 사랑이 차오른다. 그의 여정에 대한 사랑, 절대 억누르는 법 없이 선뜻 만족시키려 나서는 그의 식욕에 대한 사랑, 그의 고단함에 대한 사랑, 그의 슬픈 호기심에 대한 사랑이.

약간 좀 뻣뻣해. 그가 되뇐다. 신경 쓰지 마. 모사할 때마다 뭔가는 조금씩 달라져야 하니까, 그렇지 않아?

환상을 품지 않는 그의 성정에 대한 사랑도 돌아온다. 환상을 갖지 않음으로써 그는 환멸을 피한다.

처음 만났을 때 나는 열한 살이었고 그는 마흔 살이었다. 그 후 육칠 년 동안 그는 내 인생에 가장 큰 영향을 끼친 인물이었다. 한계를 넘는 걸 배운 것도 그와 함께였다. 프랑스어에는 '파쇠르(passeur)'라는 단어가 있는데, 흔히 나룻배 사공이나 밀수업자로 번역된다. 하지만 그 단어에는 '안내인', 그중에서 산과 관련된 안내인이라는 함의가 있다. 그는 나의 파쇠르였다.

켄이 스케치북을 홀홀 넘긴다. 그는 손이 날랜 데다 솜씨 좋게 손바닥에 카드를 감출 줄 안다. 카드 세 장으로 하는 야바위를 가르쳐 주려고 한 적이 있었다. 그것만 할 줄 알면 언제든 돈을 벌 수 있어! 그가 말했다. 스케치북을 넘기던 손이 멈춘다.

또 모작? 안토넬로 다 메시나?

〈천사의 부축을 받는 죽은 그리스도〉예요. 내가 대답한다.

나는 이 그림을 직접 본 적은 없고 복제화로만 봤어. 동서고금의 화가 중에서 하나를 골라 내 초상화를 그리게 한다면 난 그를 택할 거야. 그가 말한다. 안토넬로. 그는 책을 인쇄하듯이 그림을 그렸어. 그가 그린 모든 그림에는 그런 종류의 일관성과 권위가 있지. 인쇄기가 처음 발명된 것도 그가 살아 있을 때였어.

그가 다시 스케치북을 들여다본다.

천사의 얼굴이나 손에 동정이라곤 흔적도 없어. 그가 말한다. 그 저 다정할 뿐이야. 넌 그 다정함을 잡아냈지만 무게는 아니야. 원작의 무게 말이야. 그게 완전히 사라졌어.

작년에 프라도미술관에서 그린 거예요. 그런데 경비원들이 와서 절 쫓아내지 뭐예요!

거기선 누구든 그릴 권리가 있잖아, 아니야?

맞아요, 하지만 바닥에 앉아서 그리면 안 돼요.

그럼 서서 그리지 그랬어!

플라체 노비 광장에서 켄이 그 말을 할 때, 키가 크고 등이 굽은 그가 절벽 끝에 서서 바다를 스케치하는 모습이 눈에 선하게 떠오른 다. 1939년 여름, 브라이턴 인근이었다. 그는 주머니에 '검은 왕자'라 불리는 커다란 검은 흑연 연필을 늘 넣고 다녔는데, 둥글지 않고 목공 용 연필처럼 납작한 직사각형이었다.

오래 서서 그림을 그리기엔 이제 너무 늙었어요. 나는 그에게 말 한다.

그는 나를 쳐다보지도 않고 갑자기 스케치북을 내려놓는다. 그는 자기 연민을 혐오했다. 그는 말했다. 많은 지식인들의 약점이지. 그걸 피해야 해! 그가 내게 알려 준 유일한 도덕적 책무였다.

그는 내가 산 치즈 하나를 만져 본다.

저 여자 이름은 야구시아야. 그가 오스취펙을 파는 여자를 향해 고개를 끄덕이며 말한다. 그리고 포드할레 산골짜기 출신이지. 두 아 들이 독일에서 일해. 불법 노동이지. 취업 허가를 받는 게 힘드니까 불 법으로 일할 수밖에 없어. 네앙무앵(Néanmoins, 그건 그렇고), 둘이 집을 짓고 있어. 야구시아는 꿈도 못 꿔 봤을 만큼 큰, 일층짜리가 아 니라 삼층짜리에다 방도 두 개가 아니라 일곱 개인 집을 말이야!

'네앙무앵!' 그의 말에 프랑스어 단어가 나타나는 건 허세 때문이 아니라 그가 런던과 베이스워터 거리로 오기 전 파리에서 살았던, 그의 인생에서 가장 행복했던 시기 때문이다. 그가 가끔 검은 베레모를 쓰는 것도 같은 이유다.

하지만 야구시아는 마당 빨랫줄에 치즈 보자기가 널린 자기 하타를 떠나지 않을 거야. 그가 예언한다.

우리 둘이 함께라면 세상 어느 도시에서나 음악을 찾을 수 있으리라 믿게 만든 것도 이 사람이었다.

맥주 어때? 그가 지금 크라쿠프에서, 옷가지에 둘러싸인 어느 뚱뚱한 여자가 안락의자에 앉아 담배를 피우는 옷 가게 너머, 시장 건물 제일 끝을 가리키며 말한다.

나는 자리에서 일어나 여자 쪽으로 걸어간다. 옷 가게 주인은 담배를 피우면서 자기가 플라체 노비에 왔을 때 어떤 일들이 있었는지 이야기를 풀어놓는다. 매일 아침 여자는 그 얘기를 하고, 말린 버섯과 절인 버섯을 파는 사내가 매일 아침 무표정하게 듣는다. 밖에 내건 옷과 바지를 모두 접어 작은 가게 안에 쌓으면 여자가 들어앉을 공간이 없다. 손님들이 가끔 탈의실로 쓰기 때문에 문 안쪽에는 긴 거울이 달려 있다. 여자는 가게를 열면서 매일 아침 그 거울을 보고, 매일 아침 자신의 덩치에 놀란다.

진열대 위에 말린 콩과 폴란드식 겨자와 비스킷과 꿀빵과 깡통에 든 고기와 함께 놓인 맥주 캔들이 눈에 들어온다. 체스판을 펼쳐 놓고 노는 사람들도 있다. 진열대 안쪽에 선 잡화점 주인이 검은말을 잡고, 행인으로 보이는 남자가 흰말을 잡았다. 폰 몇과 나이트 하나와 비숍 하나가 잡아먹혔다.

잡화점 주인이 멀찍이서 체스판을 곰곰이 살피더니 등을 돌리고는 상대방이 말을 움직일 때까지 자기 일을 하러 간다. 상대방은 체스판을 굽어보며 선 채로 확신이 들기 전에 말을 포기하지 않도록 조심하면서 앞뒤로 몸을 흔든다. 가능한 수를 신중하게 시험해 보는 거대한 체스 선수의 손에 잡혀 이미 살짝 판에서 들린 체스말이라도 된 듯이 말이다.

　나는 맥주 두 개를 주문한다. 흰말 쪽이 퀸을 대각선으로 움직이고는 '체크'를 외쳤다. 검은말 쪽이 내 돈을 받더니 나이트를 움직인다. 퀸은 물러난다. 어느 여자 손님이 설탕에 절인 달콤한 오렌지가 든 꿀빵을 주문한다. 검은말 쪽이 빵을 자르고 무게를 단다. 흰말 쪽이 부주의하게 말을 움직이고는 뒤늦게 깨닫는다. 입맛이 쓴지 침을 꿀꺽 삼킨다. 검은말이 룩을 잡아먹는다.

　비스툴라 강 맞은편, 옛 도시 경계 바깥에 있는 크라쿠프의 유대인 게토가 여기서 포프스탄초프 다리를 건너 걸으면 십 분도 안 걸리는 거리다. 게토는 가로 육백 미터, 세로 사백 미터 구역으로, 벽처럼 둘러싼 건물과 바리케이드와 철조망으로 봉쇄됐다. 봉쇄된 지 육 개월이 지난 1941년 가을에 만삼천 명의 사람들이 감금돼 있었다. 매달 수천 명이 질병과 영양실조로 죽었다. 독일 군대나 의상실에서 노예노동을 할 수 있을 정도로 건강한 이들만 작업시간에 한해 그곳에서 나갈 수 있었다. 게토 바깥으로 몰래 나간 유대인은 발견되는 즉시 사살되었고, 이는 크라쿠프의 아리안 지역으로 건너가도록 도와주거나 숨겨 준 폴란드인들도 마찬가지였다.

　티스키에!(tyskie, 폴란드의 맥주 브랜드명—옮긴이) 내가 탁자로 돌아가자 켄이 박수를 쳤다. 제일 좋은 맥주를 골랐어!

　일찍부터 배운 덕분이죠! 나는 말한다.

　아까 그 체스 두는 사람이 제드레크야, 켄이 말한다. 적어도 일주일에 한 번은 잡화점 주인 아브람과 체스를 두러 오지. 저렇게 일찍부터 보드카를 마시지만 않으면 체스를 썩 잘 둬. 그래도 술을 끊을 거같지는 않지만 말이야. 아브람은 어릴 때 숨어 산 덕분에 전쟁에서 살아남았지.

　체스, 포켓볼, 다트, 당구, 포커, 탁구, 주사위놀이, 내가 아는 놀이 대부분을 켄이 가르쳐 줬다. 우리는 그의 원룸에서 체스를 뒀고, 바를 돌아다니며 다른 놀이를 했다. 그를 만나기 전에 배운 브리지는 우리

부모님과 같이 하거나 종종 다른 사람의 집에 초대받았을 때 했다.

나는 1937년에 그를 만났다. 그는 내가 유배돼 있던 괴상한 기숙학교의 대체 교사였다. 맨 무릎을 내놓은 채 누구의 도움도 없이 저마다 생의 의미를 찾으려 발버둥 치던 겁먹은 쉰 명의 소년들 앞에서 얼굴이 시뻘개진 교장이 라틴어 교사에게 식당 의자를 집어던졌다. 어쩌다 둘 사이에 있던 켄이 날아가던 의자를 한 손으로 붙잡았다. 그게 내가 처음으로 본 그의 모습이었다. 그는 의자를 단상에 내려놓고 한 발로 꾹 눌렀고, 교장은 계속해서 장광설을 늘어놓았다.

그 학기 마지막 날 나는 서식스 셀시 빌 인근 해변에 있던 부모님의 이동식 주택으로 그를 초대했다. 뭐, 안 될 거 없겠지. 그는 말했다. 그리고 일주일을 머물렀다.

아버지는 이제 네 명이니 브리지를 할 수 있겠다며 기뻐했다.

돈을 좀 걸고 할까요? 안 그러면 재미가 없으니까요, 켄이 물었다.

좋아요. 하지만 존이 있으니까 판돈이 크면 안 되겠죠.

백 점에 이 펜스로 할까요?

가서 지갑을 가져와야겠네요, 어머니가 말했다.

켄이 카드를 섞으면 벌린 두 손 사이에서 카드가 폭포처럼 떨어졌다. 가끔은 그 폭포가 움직이는 계단이나 에스컬레이터나 카드 사다리처럼 보였다. 언젠가 한번은, 내가 잠을 잘 못 잔다고 투덜거리자 그가 말했다. 카드를 섞고 있다고 상상해 봐! 난 그러면 잠이 와.

패를 떼시죠.

아버지는 브리지 놀이를 즐겼다. 잘하기도 했지만, 놀이를 하는 동안만은 한시도 곁을 떠나지 않고 괴롭히는 죽은 이들과의 편안했던 한때를 회상할 수 있기 때문이었다. 셀시에서 우리 넷이 놀이를 할 때는 '식스 다이아몬드 더블'이 '놓쳐 버린 박격포 다섯 개'보다 우선이었다. 아버지는 우리와 놀이를 하면서, 비미 능선과 이프르 부근 참호에서 사 년을 함께한 보병대 장교들과도 놀이를 했다. 아버지는 그 전

장의 유일한 생존자였다.

어머니는 켄이 당신이 특별하게 여기는 부류인 '파리를 사랑하는 사람'이라는 사실을 금방 알아보았다.

해변에서 고리 던지기를 하며 노는 우리 셋을 보면서 어머니는 확신하셨을 것이다. 이 '안내인'이 나를 아주 먼 길로 데리고 가리라고. 그리고 어떻게든 내가 스스로를 건사할 수 있으리라 마찬가지로 확신하셨을 것이다. 결과적으로, 어머니는 빨래하는 날인 월요일에 그의 옷을 빨아서 다려 주겠다고 제안했고, 켄은 어머니에게 식전주 듀보네 한 병을 선물했다.

나는 아직 어렸지만 켄을 따라 여러 바를 가도 막아서는 사람이 없었다. 몸집이나 얼굴 때문이 아니라 내가 가진 어떤 확고한 태도 때문이었다. 돌아보지 마, 한시도 의심하지 마, 그냥 저들보다 스스로에게 더 확신을 가져, 그가 말했다.

한번은 어떤 술꾼이 나더러 그 빌어먹을 주둥이를 닥치라며 욕을 해대기 시작했다. 나는 순간적으로 이성을 잃었다. 켄이 곧장 나를 끌어안고 길거리로 나갔다. 거리엔 불빛이 전혀 없었다. 전쟁 중의 런던이었다. 우리는 아무 말 없이 오래 걸었다. 울어야 한다면 말이야, 그가 말했다. 때로는 어쩔 수 없는 일이니까, 울어야 한다면, 끝나고 나서 울어, 도중에는 절대 울지 마! 기억해. 널 사랑하는 사람들과, 널 사랑하는 사람들하고만 있는 게 아니라면 말이야. 그런 점에서 넌 이미 행운아지. 세상에는 널 사랑할 사람이 결코 많지 않을 테니까…. 널 사랑하는 사람들과 있을 때는, 도중에 울어도 돼. 그게 아니면 다 끝나고 나서 울어.

그는 내게 가르쳐 준 놀이를 다 썩 잘했다. 근시를 감안하면, (이 글을 쓰면서 문득 떠올랐는데, 내가 사랑했거나 여전히 사랑하는 사람들은 모두 근시였거나 근시이다) 그의 몸놀림은 운동선수 같았다. 그와 유사한 균형감각이 있었다.

나는 아니었다. 나는 어설펐고, 지나치게 성급했고, 겁이 많았고,

균형감각이라곤 없다시피 했다. 그래도 다른 뭔가가 있었다. 내 나이 치고는 놀라운 일종의 결단력 같은 것 말이다. 난 모든 것을 걸겠어! 그리고 그는 나의 그 성급한 에너지 때문에 다른 것들은 묵과했다. 그가 준 사랑의 선물은 서로의 나이 차이에 상관없이 자신의 지식을, 거의 모든 지식을 나와 나누는 것이었다.

그런 선물이 가능하려면 주는 사람과 받는 사람이 동등할 필요가 있다. 우리는, 서로 잘 맞지 않는 이상한 짝이었던 우리는 동등해졌다. 둘 다 어쩌다 그렇게 됐는지는 몰랐을 것이다. 지금은 안다. 우리는 이 순간을 내다보고 있었다. 우리는 지금 플라체 노비에서 동등하듯이 그때도 동등했다. 우리는, 내가 늙으리라는 걸, 그가 죽으리라는 걸 내다보았고, 그것이 우리를 동등하게 해 주었다.

그가 긴 손가락으로 감싸 쥔 맥주캔을 내 맥주캔에 가볍게 부딪혔다.

여건만 허락되면 그는 언제나 내뱉는 말보다 몸짓을 선호했다. 아마도 말없이 종이에 적힌 말을 존중하기 때문이리라. 도서관에서 공부를 해도 그에게 당장 책이 있어야 할 곳은 자신의 긴 외투 주머니였다. 그리고 그 주머니에서 나온 책들이란!

그는 곧바로 책을 주지 않았다. 저자의 이름을 말하고, 제목을 읊고는 벽난로 선반 구석에 올려놓았다. 가끔은 책이 여러 권 쌓여서 고를 수도 있었다. 조지 오웰의 『파리와 런던의 밑바닥 생활』, 마르셀 프루스트의 『스완네 집 쪽으로』, 캐서린 맨스필드의 『가든파티』, 로렌스 스턴의 『트리스트럼 샌디』, 헨리 밀러의 『북회귀선』. 우리는 각자 다른 이유로 문학적 해석을 믿지 않았다. 나는 내가 이해하지 못하는 부분이 있는지를 한 번도 그에게 묻지 않았다. 그는 내 나이와 경험에 비추어 봤을 때 그 책에서 이런저런 것들을 얻어내기 어려울 거라는 투의 언급을 한 번도 하지 않았다. 프레드릭 트레브스 경의 『엘리펀트 맨』, 제임스 조이스의 『율리시스』(파리에서 출간된 영어본). 우리 사이에는 사는 법의 일부를 책에서 배운다는, 아니 배우려 노력한다는 암묵적인 이해가 있었다. 배움은 처음 그림 알파벳을 볼 때 시작되어 죽을 때까지 계속된다. 오스카 와일드의『옥중기』. 십자가의 성 요한.

책을 돌려줄 때면 그와 더 가까워진 기분이 들었다. 그가 긴 일생 동안 무엇을 읽었는지 조금 더 알게 되었기 때문이다. 책이 우리를 하나로 묶었다. 책이 다른 책으로 이끌어 주는 일이 잦았다. 조지 오웰의『파리와 런던의 밑바닥 생활』을 읽고 나니『카탈로니아 찬가』가 읽고 싶어졌다.

스페인 내전 얘기를 처음으로 해 준 사람도 켄이었다. 그는 '벌어진 상처'라고 말했다. 아무것도 그 상처를 치유할 수 없다. 나는 **치유**라는 단어가 입 밖으로 발음되는 걸 전에는 들어 본 적이 없었다. 그때 우리는 어느 바에서 당구를 치고 있었다. 잊지 말고 큐에 초크를 발라, 그가 덧붙였다.

사 년 전에 총살당했다는 가르시아 로르카(García Lorca)의 스페인어 시 한 편을 켄이 읽은 다음 번역해 줬을 때, 열네 살짜리 마음은 약간의 세세한 내용을 제외하면, 나도 삶이 어떤 것이고 어떤 위험을 져야 하는지 안다고 믿었다! 그에게 그런 말을 했거나 아니면 뭔가 다른 조급한 마음이 그를 자극했으리라. 그가 이렇게 말한 것이 기억난다. 세세한 내용을 확인해! 끝에 가서가 아니라 제일 먼저!

아무래도 세세한 내용과 관련해 어디선가 실수라도 한 듯이 후회가 묻어나는 어조였다. 아니다, 내가 틀렸다. 그는 어떤 것에도 후회하지 않는 사람이었다. 그게 그가 대가를 치러야만 했던 실수였다. 그는 평생 후회하지 않는 많은 것들에 대가를 치렀다.

광장 맞은편 가장자리를 하얗고 긴 레이스 원피스를 입은 여자애 둘이 지나간다. 열 살이나 열한 살쯤 되어 보이는, 나이에 비해 키가 큰 두 아이는 광장을 가로지르는 동안에는 유년기에서 벗어나 '명예 여성'이 된다.

라 세맹 블랑슈(La semaine blanche, 하얀 주간), 켄이 말한다. 지난 일요일에 폴란드 곳곳의 아이들이 첫 영성체를 받았거든. 이번 주는 매일 성당에 가서 한 번 더 영성체를 받으려고 안달을 하지. 특히 여자애들이 그래. 하얀 성찬드레스를 다시 입고 나갈 수 있으니까. 남자애들도 그렇지만 눈에 덜 띄는 데다 숫자가 적어.

광장을 지나는 두 여자애는 자신들에게 쏠리는 시선을 가리기 위해 나란히 걷는다. 저 애들은 금박을 입힌 유명한 성모상이 있는 코퍼스크리스티 성당에 가는 거야. 크라쿠프의 모든 여자애들이 첫 영성체를 코퍼스크리스티에서 받고 싶어 해. 엄마가 거기서 사 주는 성찬드레스가 더 잘 어울리고 길이도 적당하니까.

나는 켄과 에지웨어 대로에 있던 올드멧 음악당에 나란히 앉아서 스타일에 대한 주장을 판단하는 법과 비평의 기본을 배웠다. 리스킨, 루카치, 베런슨, 베냐민, 뵐플린 등은 다 나중 얘기다. 내 비평의 기본은 올드멧 관객석에서 스탠드업 코미디를, 아다지오 곡예를, 가수들을, 복화술사를 가차 없이 판단하고 떠들썩하게 수용하면서 용서 따위는 모르는 군중에 둘러싸인 채 세모꼴 무대를 내려다보면서 형성되었다. 우리는 테사 오세아가 모두를 포복절도하게 만드는 걸 보았고, 야유를 받은 그녀의 무대를, 눈물에 젖은 그녀의 머리카락을 보았다.

공연은 스타일이 있어야 했다. 하룻밤에 두 번 이상 관객을 사로잡아야 했다. 그러려면 쉼 없이 이어지는 개그가 보다 신비로운 무언가로, '삶 자체가 스탠드업 공연이라는 음모적인, 불손한 명제'로 이어져야 했다.

툭 튀어나온 눈에다 은색 정장을 차려입은 '뻔뻔한 녀석' 맥스 밀러가 원기 왕성한 한 마리 바다사자처럼 세모꼴 무대에서 연기를 했다. 그에게는 웃음 하나하나가 꿀떡꿀떡 삼킬 물고기였다.

브라이턴에 제 맨션이 있는데, 월요일 아침에 웬 여자가 와서, "맥스, 제 무릎에 뱀을 그려 줘요"라지 뭡니까. 전 새하얗게 질렸어요, 정말로요. 아니, 음 전 강하지 않아요, 강하지 않죠. 그래서, 들어 봐요, 전 침대에서 뛰쳐나갔어요, 봐요…

아니, 잠깐만 들어 봐요… 그래서 그 여자의 무릎 바로 위에
다 뱀을 그리기 시작했어요, 거기서 시작했죠. 하지만 중단
해야 했어요. 여자가 제 뺨을 후려쳤거든요. 뱀이 그렇게 긴
지 제가 몰랐지 뭐예요. 보통 뱀이 어느 만큼 길지요?

코디미언들은 입장권을 산 모두의 마음을 사로잡아야 하는 희생
자를 연기했고, 관객들 역시 희생자였다.

해리 챔피언은 비극을 연기하기 직전에 손을 내밀며 무대에서 내
려와 도움을 구걸했다. '삶이란 정말 힘든 거예요. 살아서는 벗어날 수
가 없어요!' 어느 멋진 밤에 그가 외쳤을 때, 관객 전부가 그의 손아귀
에 사로잡혔다.

플래너건과 앨런은 마치 무슨 급한 일에 늦기라도 한 듯이 서둘
러 무대에 올랐다. 그러고는 아주 빠른 속도로 온 세상과 그 다급함이
깊은 오해에 기반하고 있음을 보여 주었다. 둘은 젊었다. 플래너건이
감정이 잘 드러나는 순진한 눈을 가진 반면, 고지식한 체스 앨런은 말
쑥하고 똑 부러진다. 하지만 둘은 함께 세상의 노쇠함을 입증했다!

택시를 팔 수 있다면 아프리카로 돌아가 예전에 하던 일을 할
거야.

무슨 일인데?

구멍을 파서 농부들한테 파는 거지!

마이크가 저들의 기술을 죽일 거야, 관객석에서 켄이 속삭였다.
나는 무슨 뜻인지 물었다. 저들이 자기 목소리를 어떻게 이용하는지
들어 봐, 그가 설명했다. 저들이 온 극장이 다 들리도록 말하기 때문
에 우리가 그들 한가운데 있을 수 있는 거야. 마이크를 쓰면 그렇게 하
지 않을 테고, 그러면 대중은 더는 그 가운데 있지 못하겠지. 음악당
예술가들의 비밀은 우리 모두와 마찬가지로 무방비로 연기한다는 거
지. 마이크를 쓰는 연기자는 무장을 하는 거야! 그건 완전히 다른 게
임이지.

그가 맞았다. 다음 십 년 새에 음악당은 죽었다.

야생 괭이밥 바구니를 든 여자가 플라체 노비 광장에 놓인 탁자를 지나친다.

괭이밥 수프 좀 만들어 줄 수 있어? 켄이 묻는다. 내일은 보르스치 대신에 그걸 먹고 싶어.

만들 수 있을 거 같아요.

달걀도 넣어서?

그건 해 본 적 없어요.

그가 눈을 감는다. 음, 수프를 끓여서 담은 그릇마다 뜨거운 완숙 달걀을 넣어. 미리 숟가락과 나이프를 그릇 옆에 준비해 둬야 해. 달걀을 얇게 잘라서 녹색 수프와 같이 먹는 거야. 그러면 자극적인 녹색의 신맛과 달걀의 부드러운 맛이 섞여서 특별하고도 아스라한 뭔가가 떠오를 거야.

고향이요?

그건 확실히 아니지, 폴란드인한테도 그건 아니야.

그러면 어떤 거요?

생존이겠지, 아마도.

나로서는 켄이 줄곧 같은 원룸 아파트에 사는 것 같았다. 사실은 자주 이사했지만, 매번 내가 멀리 학교에 있을 때였고, 돌아와서 그를 보러 가면 늘 복도에 불이 켜져 있지 않나 걱정이 태산인 건물관리인도 비슷했고, 열쇠가 꽂힌 채 층계참으로 열린 문도 비슷했고, 문 뒤에 놓인 침대도 비슷했고, 침대 발치에 놓인 탁자도 비슷했다. 그 탁자 위에 몇 안 되는 그의 소지품이 놓여 있었다.

켄의 방에는 가스 난로와 높은 창문이 있었다. 그 난로 위쪽 선반에 그는 책을 쌓아 놓았다. 창가 탁자에는 커다란 휴대용 무선 기기(라디오라는 단어는 잘 쓰지 않았다)가 있었다. 1939년 9월 2일 새벽, 독일의 나치 군대 베르마흐트 기갑사단이 선전 포고도 없이 폴란드를 침공했다. 오 년 사이에 육백만 명의 폴란드인이 목숨을 잃었고, 그중

반이 유대인이었다.

그는 옷장에 옷뿐만 아니라 음식도 보관했다. 오트밀 비스킷, 완숙 달걀, 파인애플, 커피. 가스 난로에는 레인지가 붙어 있어서 창가에 두는 소스팬에 물을 받아 끓이곤 했다. 방에서는 담배와 파인애플과 라이터연료 냄새가 났다. 변기와 세면대는 층계참 위쪽이나 아래쪽에 있었다. 어느 쪽인지 자꾸 잊어버리는 내게 그가 소리치곤 했다. 아래쪽이 아니라 위쪽!

열린 채 바닥에 놓인 여행용 가방 두 개는 완전히 정리된 적이 없었다. 그때는 모든 것이 정리되지 않았다. 사람들의 머릿속조차 말이다. 모든 것이 대기 중이거나 이동 중이었다. 꿈은 그물 선반에, 여행용 배낭에, 여행용 가방에 보관되었다. 열린 가방 중 하나에는 브르타뉴산 벌꿀 한 단지와 검정색 스웨터, 프랑스어로 된 보들레르의 책 한 권, 탁구채 하나가 있었다.

미리 십오 점을 주고 먼저 서브를 넣게 해 주지! 그가 제안했다. 준비됐어? 서브! 십오 점, 좋아. 십오 점, 하나. 십오 점, 둘. 십오 점, 셋. 1940년에 그는 그렇게 하고도 나를 이겼다.

1941년쯤에는 그가 세 게임 중 두번을 이겼지만 더는 내게 미리 점수를 주지 않았다.

그는 아무 말도 하지 않았지만 그 당시 비비시(BBC)의 외국어 서비스와 관련된 어떤 자격으로 일하고 있었다. 종종 이른 새벽에 일을 마치고 방으로 돌아오곤 했다. 그의 침대 커버에는 알록달록한 무늬가 있었다.

아침에 우리는 대개 글로스터 대로 근처에 있는 바리케이드를 친 카페에서 아침을 먹었다. 단것을 안 좋아하는 이들이 배급받은 설탕을 나눠 주었다. 커피 농축액보다는 차가 나았기 때문에 켄과 나는 차를 마셨다. 아침을 먹고 나면 신문을 읽었다. 다들 네 면, 기껏해야 여섯 면이었다. 1941년 9월 9일, 독일군이 레닌그라드를 봉쇄하다. 1942년 2월 12일, 독일군 순양함 세 척이 거침없이 도버 해협을 통과하다. 1942년 5월 25일, 베르마흐트가 하리코프에서 소련인 이십오만 명을 포로로 잡다. 나치는 나폴레옹과 똑같은 실수를 하고 있어, 켄이 말했다. 동장군의 위력을 과소평가하고 있지. 그의 말이 맞았다. 11월 말에 파울루스 장군이 지휘하던 독일군 제6사단이 스탈린그라드에서 포위됐고, 다음 해 2월 주코프 장군에게 항복했다.

1943년 4월 중순의 어느 날 아침, 켄이 전날 런던 라디오 방송에 폴란드 망명 정부의 수상 시코르스키 장군이 나와 자국에 있는 폴란드인들에게 바르샤바 게토에서 진행 중인 봉기를 지지해 달라고 호소한 얘기를 했다. 게토는 체계적으로 몰살당하는 중이었다. 시코르스키가 '인류 역사상 가장 커다란 범죄가 벌어지고 있다'고 했다며 켄이 천천히 말했다.

아무것도 생각하지 않는 오롯한 망각의 순간에만, 그때 벌어지던 일이 얼마나 엄청난 일인지 가까스로 느껴졌다. 그러고는 그 엄청남이 대기 중에, 봄 하늘 아래 실재하며 아직도 이름 붙이지 못한 일곱번째 감각을 자극했다.

1943년 7월 11일. 영국군 제8사단과 미국군 제7사단이 시실리를 침공하여 시라쿠사를 점령했다.

난 널 초보자라 생각해. 오늘 네 책을 읽으면 실망할 수도 있겠어. 크라쿠프에서 켄이 탁자 너머로 몸을 기울이며 속삭인다.

뭔가에 능숙해진다는 거에는 뭔가 슬픈 게 있지요. 말로는 표현할 수 없는 슬픈 거요. 내가 대답한다.

넌 초보자야.

아직도요?

지금이 제일 그래!

당신 같은 선생님이 있는데도요?

난 가르치지 않았어. 네가 배웠지. 그건 달라. 난 널 배우게 했지! 그리고 내가 너한테서 배운 것도 몇 가지 있어!

예를 들자면요?

옷 빨리 입는 법.

다른 건요?

소리내어 잘 읽는 법.

에이, 원래도 낭독 잘하시면서.

마지막에 가서야 네가 어떻게 하는지 알아냈어. 네 낭독의 비법 말이야. 넌 문장이 끝에 이를 때까지는 끝을 읽지 않아. 그게 비밀이었지. 앞을 미리 내다보지 않았어.

그는 이미 충분히 보고 말했다는 듯이 안경을 벗는다. 그는 나를 잘 알았다.

공습 사이렌이 적막을 찢는 숱한 밤을 알록달록한 침대 커버를 덮고 지내면서, 나는 가끔 켄의 몸 일부가 깨어 화끈거리는 걸 느꼈다. 발기는 예기치 않게 일어나 그의 기다란 몸 저 아래 한가운데에서 고통처럼, 치유되어야 할 고통처럼 기다렸다. 그러고는 곧이어, 안경을 쓰지 않은 그의 눈에서 흘러내린 눈물과 정액에 젖은 침대에 누운 우리 둘에게 순식간에 잠이 쏟아졌다. 파도가 멀리 쓸고 나간 모래처럼 주름진 잠이었다.

가서 비둘기를 보자. 타탄 체크 무늬 손수건으로 두꺼운 안경 렌즈를 닦으며 켄이 말한다.

우리는 시장 북쪽 끝을 향해 걸어간다. 햇볕이 뜨겁다. 이번 세기(世紀)라는 책상에 또 한 번의 이른 여름 아침이 쌓였다. 우리는 텃밭 채소들에 딸려 도심으로 들어온 나비 두 마리가 나선을 그리며 위로 날아오르는 것을 지켜본다. 도시 성당의 시계가 열한시를 알린다.

매일 수백 명의 폴란드인 방문객들이 그 성당 종탑의 나선형 돌계단을 올라 비스툴라 강 너머를 바라보고, 1520년에 주조된 무게가 십일 톤이나 나가는 지그문트종의 거대한 입을 손가락으로 건드려 본다. 그걸 만지면 연애운이 좋아진다고 한다.

우리는 헤어드라이어를 파는 남자를 지나친다. 한 개에 백오십 즈워티라는 말은 장물일지도 모른다는 뜻이다. 그는 드라이어 하나로 시범을 보이면서 지나가는 아이를 부른다. 이리 와, 이쁜아, 내가 멋지게 만들어 줄게! 여자아이는 웃으며 동의하고, 머리는 부풀어 올라 굽이친다. '슬리치니에!' 아이가 소리친다.

'예쁘다'는 뜻이라고 퀜이 웃으며 옮겨 준다.

더 가니 일군의 남자들이 몰려 있는 게 보인다. 길게 뺀 목과 공기 중에 떠도는 침묵이 아니었다면 음악을 듣고 있다고 생각했을 것이다. 가까이 다가가자 그들이 사실은 탁자 하나를 둘러싸고 있다는 걸 알게 된다. 탁자에는 새장 하나에 대여섯 마리씩 해서 백여 마리의 비둘기가 든 나무 우리가 놓여 있다. 새들은 깃털 색과 크기가 다 달랐지만 모두 푸르스름한 석판 같은 광택이 났고, 그 광택에는 크라쿠프의 하늘 같은 느낌이 있었다. 탁자에 놓인 비둘기들은 땅으로 데리고 온 하늘의 조각처럼 보인다. 어쩌면 그래서 이 남자들이 음악을 듣고 있는 것처럼 보였는지도 모른다.

전서구(傳書鳩)들이 어떻게 집으로 돌아오는 길을 찾는지 아무도 몰라, 퀜이 말한다. 전서구들은 날이 맑으면 삼십 킬로미터 앞도 볼 수 있지만, 그렇다고 그 정확한 방향 감각이 설명되는 건 아니지. 1870년 파리 포위 기간 동안 주민들에게 가는 백만 통의 연락이 오십 마리의 비둘기로 배달되었어. 마이크로 사진술이 그런 규모로 이용된 적은 그때가 처음이었어. 고작 일이 그램 나가는 아주 작은 필름 하나에 편지 수백 장이 들어가도록 모두 축소했지. 그런 다음 비둘기가 도착하면 편지를 확대해서 복사해 배포했어. 역사에서는 사물들이 얼마나 이상하게 만나는지, 콜로디온 필름과 전서구라니!

비둘기 애호가들이 새 몇 마리를 새장에서 꺼내 전문가답게 살핀다. 두 손가락 사이로 모이주머니를 가볍게 집어 비틀어 보고, 다리 길이를 재고, 엄지로 납작한 정수리를 부드럽게 누르고, 날개깃을 펼쳐 보는 와중에도 남자들은 트로피처럼 새를 가슴에 꼭 안고 있다.

전서구로 엄청난 대참사의 소식을 전하다니, 상상하기도 힘들어, 그렇게 생각하지 않아? 퀜이 내 팔을 잡으며 말한다. 전투 패배를 알리는 전갈이거나 도움을 요청하는 전갈일 수도 있지만, 비둘기를 하늘로 던져 고향으로 날리는 몸짓에는 어쩔 수 없는 약간의 희망이 담겨 있지 않을까? 고대 이집트의 선원들은 집으로 돌아간다는 소식을 가족들에게 전하기 위해 망망대해에 뜬 작은 배에서 비둘기를 날리곤 했지.

홍채가 붉은 구슬 같은 비둘기 눈을 바라본다. 비둘기는 잡혀서 움직일 수 없다는 사실을 알기 때문에 아무것에도 시선을 주지 않는다.

체스 게임이 어떻게 됐는지 궁금하네요, 내가 말한다. 우리 둘은 시장 반대쪽 끝으로 설렁설렁 걷는다.

체스판에 말이 열여섯 개 있다. 제드레크에겐 킹과 비숍과 폰 다섯이 있다. 그가 뭔가 영감이라도 바라는 듯 하늘을 쳐다보고 섰다. 아브람이 손목시계를 힐끗거린다. 이십삼 분이야! 그가 알린다.

체스는 서둘러서 될 놀이가 아니지, 한 손님이 참견한다.

좋은 수가 하나 있는데, 그는 분명 못 볼 거야, 켄이 속삭였다.

비숍을 C5로 옮기는 거 아니에요?

아냐, 바보야, 킹을 F1으로 옮겨야지.

그럼 저 사람한테 말해 줘요.

죽은 자는 체스 말을 옮기지 못해!

켄의 말을 듣자 나는 그의 죽음이 아파 온다. 그러는 사이 그는 머리를 서치라이트라도 되는 듯 두 손으로 잡고 이리저리 돌린다. 그는 이런 광대짓을 할 때마다 종종 그랬듯이 내가 웃음을 터트리기를 기다린다. 그는 내 비탄을 알지 못한다. 나는 웃는다.

전쟁이 끝나 제대하고 보니 그가 사라지고 없었다. 그의 마지막 주소로 편지를 써 봤지만 답장이 없었다. 다음 해에 그가 내 부모님께 엽서를 보내왔다. 아이슬란드나 저지섬 같은 영 엉뚱한 곳에서 보내온, 크리스마스를 함께 보내도 되겠냐고 묻는 엽서였다. 우리는 그러자고 했다. 그가 어느 여성 종군기자와 함께 왔다. 나는 그녀가 체코인이라고 생각한다. 우리는 크리스마스 게임을 했고, 많이 웃었고, 그는 모든 음식이 암시장에서 산 거라며 어머니를 놀려 댔다.

우리 둘 사이에는 이전과 똑같은 공범의식이 있었다. 둘 다 시선을 돌리거나 조금이라도 거리를 두고 보는 법이 없었다. 우리는 이전과 똑같은 사랑을 느꼈다. 그저 상황이 변했을 뿐이었다. '파쇠르'는 자기 책임을 다했다. 경계를 건네주었다.

시간이 흘러갔다. 그를 마지막으로 봤을 때 우리는 내 친구 아난트와 함께 런던에서 제네바까지 밤새 차를 타고 달렸다. 샤티용쉬르센 인근 숲을 통과하면서 라디오에서 나오는 콜트레인의 「마이 페이버릿 팅스」를 들었다. 켄이 뉴질랜드로 돌아가려 한다는 얘기를 한 것이 이 여행 중이었다. 그때 그는 예순다섯 살이었다. 나는 왜냐고 묻지 않았다. '죽기 위해서'라는 말이 그의 입에서 나오는 걸 듣고 싶지 않았기 때문이었다.

대신에 나는 유럽으로 돌아오리라 믿는다고 말했다. 그가 대답했다. 존, 거기 아래쪽에서 제일 좋은 건 풀이야! 세상에 거기처럼 푸른 풀은 어디에도 없어. 그는 사십 년 전에 그렇게 말했다. 나는 그가 정확하게 언제 어떻게 죽었는지 모른다.

플라체 노비에서, 훔친 헤어드라이어와 설탕에 절인 오렌지가 든 꿀빵과 줄곧 담배를 피우며 옷을 팔고 싶어 하는 여인과 이제는 거의 빈 바구니를 든 야구시아와 오래 가지 않기 때문에 빨리 팔고 금방 먹어야 하는 검은 체리들과 소금에 절인 청어 통과 도전적인 노래를 부르는 에바 데마르치크의 시디(CD)에서 나오는 목소리 틈에서 나는 처음으로 그의 죽음을 아파 한다.

나는 켄이 선 곳에 시선조차 주지 않는다. 그가 거기 없을 테니까. 나는 이발소를 지나, 수프 가게를 지나, 저마다 걸상에 앉은 여인들을 지나 홀로 걷는다.

뭔가가 나를 다시 비둘기 쪽으로 이끈다. 내가 다가가자 한 남자가 돌아서서는 마치 나의 고통을 짐작이라도 하는 듯이 웃지도 않고 들고 있던 전서구를 건네준다. 그런 감정에 관한 한 여기보다 더 익숙해진 나라가 세상에 달리 있을까.

비둘기의 깃털이 새틴처럼 약간 촉촉하게 느껴진다. 가슴에 난 작은 깃털은 올빼미 깃털처럼 가운데가 갈라진다. 체구에 비해 무게가 느껴지지 않는다. 나는 비둘기를 가슴에 꼭 안는다.

나는 플라체 노비를 떠나 행인 두 사람에게 길을 물어본 뒤에야 현금 인출기를 찾았다. 그리고 미오도바 거리에 있는 펜션으로 돌아와 침대에 누웠다. 날이 무척 더웠다. 동부 평원의 그 어정쩡한 열기였다. 그제야 울 수 있었다. 그다음 나는 눈을 감고 카드 꾸러미를 섞는 상상을 했다.

# 종이 꺼내 그리기

가끔 그런 꿈을 꾼다. 꿈속에서 나는 지금 나이에다 장성한 아이들이 있고 신문 편집자와 전화 통화를 하는 어른인데도 집을 떠나 어릴 때 다니던 학교에서 일 년 중 아홉 달을 보내야 한다. 꿈에서 나는 그 기간을 유감스러운 유배 생활로 여기면서도 가지 말아야겠다는 생각은 하질 못한다. 실제 삶에서 나는 열여섯 살 때 그 학교를 뛰쳐나왔다. 전쟁 중이었고, 나는 런던으로 갔다. 공습 사이렌 틈에서, 폭격의 잔해 한가운데에서도 나는 한 가지 생각뿐이었다. 벌거벗은 여자를 그리고 싶다. 하루 종일.

　나는 예술학교에 지원했다. 경쟁은 심하지 않았다. 열여덟 살이 넘는 거의 모두가 병역을 수행 중이었으니까. 나는 낮에도 그리고 밤에도 그렸다. 그때 학교에 특별한 선생님이 한 분 계셨는데, 파시즘을 피해 망명한 베르나르트 메닌스키(Bernard Meninsky)라는 나이 든 화가였다. 거의 말이 없었고, 숨결에서는 딜 피클 냄새가 났다. 내가 못 배운 티를 내며 어설프고 성급하게 임페리얼 크기(762×559mm―옮긴이) 종이에(종이를 하루에 두 장 배급받았다) 그림을 그려 놓으면 베르나르트 메닌스키는 그 옆에다 거침없이 쓱쓱 그린 몸의 일부만으로 끝도 없이 미묘한 몸의 구조와 움직임을 더욱 확실하게 드러내 보였다. 그가 가고 나면 나는 어안이 벙벙해진 채 십여 분이나 모델과 그의 그림을 번갈아 쳐다보곤 했다.

그래서 나는 독일군 폭격기가 자국 해안에 도달하기 전에 격추하기 위해 도시의 밤하늘을 가로지르는 영국군 전투기(RAF) 소리를 들으며 인체의 해부학과 사랑의 신비를 눈으로 따지는 법을 배웠다. 모델의 몸무게가 실린 쪽 발목은 옴폭 팬 쇄골 중앙에서 밑으로… 수직으로 일직선상이군.

최근에 이스탄불에 갔을 때 친구들에게 작가 라티페 테킨(Latife Tekin)을 만나도록 주선해 달라고 부탁했다. 그녀가 도시 변두리 빈민굴의 삶에 관해 쓴 소설 두 편의 번역 요약문을 읽은 적이 있었다. 그 짤막한 글로도 그 상상력과 독창성에 깊은 감명을 받았다. 작가 자신이 빈민굴에서 자랐을 게 틀림없었다. 친구들이 저녁 식사 자리를 마련했고, 라티페가 왔다. 내가 터키어를 못하니 자연스럽게 친구들이 통역을 자처했다. 그녀는 내 옆에 앉았다. 나는 왠지 모르게 친구들에게 '아니, 괜찮아. 어떻게든 우리가 알아서 할게'라고 말했다.

우리는 약간의 의심을 품은 채 서로를 쳐다보았다. 다른 생에서라면, 내가 상습 절도로 잡혀 온 예쁘고 교활하고 사나운 서른 살 여자를 심문하는 나이 든 경찰이었을지도 모른다. 하지만 사실은, 주어진 이 유일한 생에서 우리는 공통의 언어를 갖지 못한 이야기꾼일 뿐이었다. 우리가 가진 거라곤 관찰과 서사를 풀어 나가는 버릇과 우의적(寓意的)인 슬픔뿐이었다. 의심이 부끄러움에 자리를 내주었다.

나는 열성 독자인 양 공책을 꺼내 내 모습을 그렸다. 그녀는 그림을 그릴 줄 모른다는 걸 보여 주려고 거꾸로 뒤집힌 배를 그렸다. 나는 배가 바로 보이도록 종이를 돌렸다. 그녀는 자신이 그린 배는 늘 가라앉는다고 말하는 그림을 그렸다. 나는 바다 밑바닥에 새가 있다고 말했다. 그녀는 하늘에 닻이 있다고 말했다. (우리는 식탁에 앉은 다른 이들과 마찬가지로 라키를 마셨다.) 그리고 나서 그녀는 자고 일어나면 도시 변두리에 생겨나는 집들을 시청 불도저들이 부수는 이야기를 들려주었다. 나는 그녀에게 차 안에서 사는 어느 늙은 여자 이야기를 들려주었다. 그러면 그럴수록 우리는 더 빨리 이해했다. 나중에는 끔찍하거나 슬픈 이야기를 하면서도 우리의 속도 때문에 웃었다. 그녀가 호두를 집어 둘로 쪼개 들고는 말한다. 뇌의 반쪽씩이에요! 그때 누군가가 벡타시(Bektasi, 이슬람 수피 신비주의 종파인 데르비시의 한 유파—옮긴이) 음악 같은 걸 틀었고, 모두가 춤을 추기 시작했다.

1916년 여름에 피카소는 중간 크기의 스케치북에 여성의 벗은 몸통을 그렸다. 상상의 인물은 아니었다. 그러기엔 화려함이 부족했다. 실제로 보고 그린 인물도 아니었다. 그러기에는 눈앞에서 본 대상 특유의 개성이랄 것이 부족했다.

머리가 분명하게 묘사되지 않았기 때문에 여자의 얼굴은 알아볼 수 없다. 그러나 몸통은 일종의 얼굴이다. 유사한 표정을 가진다. 사랑하는 이의 얼굴, 망설이거나 슬퍼하는 사랑하는 이의 얼굴. 그 드로잉은 그 스케치북에 있는 다른 그림들과는 확연히 느낌이 다르다. 다른 그림들은 큐비즘이나 신고전주의적 장치들과 거친 게임을 벌이고, 일부는 이전의 정물화 시기를 돌아보는 듯하고, 또 다른 일부는 발레 「파라드(Parade)」의 무대장식을 한 다음 해에 채택될 할리퀸 주제들을 준비하는 듯하다. 그 여자의 몸통은 아주 허약하다.

피카소는 보통 엄청난 열정과 솔직함으로 그림을 그리기 때문에 모든 '끄적거림'이 그린다는 행위 자체와 그 행위의 즐거움을 상기시킨다. 그의 그림이 오만해지는 것도 그 때문이다. 게르니카 시기의 우는 얼굴이나 독일 점령기에 그린 해골조차도 오만하다. 예속이라곤 전혀 모른다. 그것들을 그린 행위 자체가 의기양양하다.

문제의 그림은 예외다. 오래 붙잡고 있지 않았기 때문에 반쯤 그린, 반은 여성이고 반은 꽃병 같은, 반은 앵그르가 그린 듯하고 반은 어린아이가 그린 듯한 환영 같은 그 인물은 그리는 행위보다 훨씬 큰 가치를 지닌다. 그 불확실함이 그림을 그린 화가가 아니라 그녀 자신을 부각시킨다.

나는 피카소의 머릿속에서는 이 그림의 주인공이 에바 구엘(Eva Gouel)이지 않을까 짐작한다. 그녀는 이 그림을 그리기 불과 육 개월 전에 결핵으로 죽었다. 에바와 피카소, 둘은 사 년을 같이 살았다. 피카소는 자신의 유명한 큐비즘 정물화들에 그녀의 이름을 그려 넣어 금욕적인 캔버스를 연애편지로 바꿔 놓았다. '예쁜 에바'. 이제 그녀는 죽고 그는 홀로 살아 있다. 이미지는 기억 속에서처럼 종이 위에 놓였다.

이 망설이는 듯한 몸통은 경험의 다른 층위에서 불면의 밤 한가운데로 왔고, 여전히 문을 열 열쇠를 지니고 있다.

이 세 가지 이야기가 드로잉이 기능하는 세 가지 다른 방식을 보여 주지 싶다. 눈에 보이는 것들을 분석하고 질문을 던지는 드로잉이 있고, 개념을 기록하고 소통하는 드로잉이 있고, 기억을 바탕으로 그린 드로잉이 있다. 옛 거장들의 드로잉을 볼 때도 이 셋의 구분이 중요한데, 각각의 유형이 다른 방식으로 살아남았기 때문이다. 각각은 다른 시제로 말한다. 우리는 각각에 대해 저마다 다른 상상력으로 응답한다.

첫번째 종류의 드로잉에서(참 적절하게도 한때 이런 드로잉을 **습작**이라 불렀다), 종이에 남은 선은 끊임없이 스스로를 떠나 바깥으로 뻗어 나가며 낯섬과 수수께끼와 평범하고 일상적이라도 눈앞에 있는 것이면 뭐든 따져 묻는 화가의 시선이 남긴 흔적이다. 종이에 남은 선의 최종적인 합(合)은 화가 자신의 응시에 따라 인물이나 나무나 동물이나 산에 앉았던 자신의 시각적 '이주'를 설명한다. 그리고 드로잉이 완성되면 화가는 영원히 거기에 머문다.

레오나르도는 습작 〈옆으로 선 나체 남성의 배와 왼쪽 다리〉에 아직도 있다. 준비된 담홍색 종이에 붉은 분필로 그린 남자의 사타구니에, 대퇴 이두근과 반막근이 갈라지며 장딴지 근육 두 갈래가 들어설 자리를 만들어 주는 무릎 뒤쪽의 움푹 팬 곳에 말이다. 그리고 자크 더 헤인(그는 상속녀였던 에바 스탈퍼르트 판 데르 빌런과 결혼한 덕에 조각을 포기할 수 있었다)은 여전히 1600년경 레이던대 친구들한테 보여 주려고 검은 분필과 갈색 잉크로 그린 그 감탄이 절로 나는 투명한 잠자리 날개에 있다.

부수적인 세부와 기술적 수단들, 종이 종류, 기타 등등을 제외하면, 그런 드로잉은 낡지 않는다. 집중된 보기의 행위이자 눈앞에 있는 사물의 외양을 따져 묻는 행위가 천 년이 지나도록 거의 바뀌지 않았기 때문이다. 고대 이집트인들이 물고기를 바라보던 방식은 비잔틴인들이 보스포루스를 바라보던 방식이나 마티스가 지중해를 바라보던 방식과 거의 유사하다. 역사와 이데올로기에 따라 바뀐 건 예술가들이 감히 따져 묻지 못하는 신, 권력, 정의, 선과 악 같은 것들의 시각적인 표현 방식이다. 사소한 것들에는 언제나 시각적 의문을 제기할 수 있다. 사소한 것들을 그린 예외적인 드로잉들이 자체의 '현재성'을 지니며 인류에게 안도감을 주는 이유가 바로 그래서다.

1603년부터 1609년 사이에 플랑드르의 드로잉 작가이자 화가인 룰란트 사베리(Roelandt Savery, 플랑드르 출신의 네덜란드 황금기의 화가—옮긴이)가 중앙 유럽으로 여행을 떠났다. 길거리에서 본 사람들을 그린 '일상에서 건진'이라는 제목의 드로잉 팔십 점이 살아남았다. 최근까지도 그 드로잉들은 위대한 화가인 피터르 브뤼헐의 작품이라고 여겨졌다.

그중에 프라하에서 그린 드로잉 하나는 땅바닥에 앉은 거지를 묘사한다. 거지는 검은 모자를 쓰고, 한쪽 발에는 흰 누더기를 감고, 어깨에는 검은 망토를 둘렀다. 그는 거의 똑바로 정면을 응시한다. 움푹 꺼진 검은 눈의 위치가 개의 눈과 같다. 구걸용 모자가 붕대를 감은 발치에 놓여 있다. 설명도 없고, 다른 인물도 없고, 장소 표시도 없다. 거의 사백 년 전의 떠돌이다.

우리는 오늘 이 드로잉과 마주친다. 한 면이 십오 센티미터 정도에 불과한 정사각형 종잇조각을 앞에 놓고 우리는 공항으로 가는 길이나 라티페의 빈민굴 위를 지나는 고속도로 옆 풀 둔치에서 만날 듯한 그와 **마주친다**. 한 순간이 다른 순간과 대면하고, 두 순간은 접어놓은 요즘 신문의 양쪽 면만큼이나 가깝다. 1607년의 어느 순간과 1987년의 어느 순간. 영원한 현재성에 의해 시간이 지워진다. 시제는 '현재형 직설법'이다.

두번째 드로잉 유형에서는 전달과 **이주**가 반대 반향이다. 이제는 이미 마음의 눈에 있는 어떤 것을 종이로 가져가는 문제가 된다. 이주라기보다는 전달이다. 채색화를 위한 스케치나 초안으로 그려지는 경우가 많다. 이런 드로잉은 모으고 정돈하고 장면을 만든다. 보이는 것들에 대한 직접적인 심문이 없기 때문에 그 시대의 지배적인 시각 언어에 훨씬 더 의존하고, 그래서 대개는 본질적으로 연대를 측정하기가 훨씬 쉽다. 르네상스기, 매너리즘기, 십팔세기 등등으로 훨씬 좁게 측정할 수도 있다.

이 유형에서는 어떤 대면이나 마주침도 없다. 그보다 우리는 드로잉라는 창을 통해 한 사람의 꿈꾸는 능력을, 상상력 속에서 다른 세상을 구축하는 능력을 내다본다. 그리고 모든 것이 다른 세상 안에 창조된 이 공간에 달린다. 대개는 빈약하다. 모방이나 거짓된 기교의 직접적인 결과다. 그런 빈약한 드로잉도 여전히 장인다운 관심을 담고 있지만(그 드로잉들을 통해 우리는 서랍장이나 시계와 마찬가지로 드로잉이 어떻게 만들어지고 조립되는지 알게 된다) 우리에게 직접 말을 걸지는 않는다. 우리에게 직접 말을 걸게 하려면 드로잉 안에 창조된 공간이 지구나 하늘의 공간 만큼이나 거대한 듯 보여야 한다. 그러면 우리는 생명의 숨결을 느낄 수 있다.

푸생은 그런 공간을 창조할 수 있었다. 렘브란트도 그랬다. 유럽 드로잉에 그런 성취가 드문 것은 어쩌면 예외적인 숙련도가 예외적인 겸손과 결합했을 때만 그런 공간이 열리기 때문일지도 모른다. 종이에 드러난 잉크 자국으로 그런 거대한 공간을 창조하려면 스스로가 아주 작다는 사실을 알아야 할 테니까 말이다.

그런 드로잉들은 **이랬으면 어떨까**… 하는 지점을 보여 준다. 대부분은 사적인 정원 같은, 지금 우리에게는 닫힌 과거의 모습들을 기록한다. 공간만 충분하다면 그 모습은 열린 채로 남을 테고, 우리는 그 안으로 들어갈 수 있다. 시제는 '조건법'이다.

마지막으로, 기억으로 그리는 드로잉이 있다. 많은 수가 나중에 쓸 요량으로, 인상과 정보를 모으고 남기는 하나의 방안으로 간략하게 그려진다. 우리는 그 화가나 역사적 주제에 관심이 있으면 호기심을 가지고 그 드로잉들을 살펴본다. (십오세기에 밀짚을 긁어모으는 데 썼던 나무 갈퀴가 내가 사는 산골짜기에서 쓰는 갈퀴와 완전히 똑같았다.)

그렇지만 이 유형에서 가장 중요한 드로잉들은 머릿속을 떠나지 않는 기억을 몰아내기 위해서, 마음속에 도사린 이미지를 완전히 도려내어 종이 위에 내려놓기 위해 그려진다. 그 견딜 수 없는 이미지들은 다정할 수도 있지만, 슬프고, 무섭고, 매력적이고, 잔인할 수도 있다. 각각은 각자의 방식으로 견딜 수 없다.

이런 형태의 작품이 제일 두드러지는 화가는 고야다. 그는 액막이를 하는 심정으로 그림을 그리고 또 그렸다. 때로 그의 대상은 죄를 떨치기 위해 종교재판 중에 고문을 당하는 죄수였다. 이중, 삼중의 액막이다.

나는 붉은 물감과 붉은 크레용으로 감옥에 갇힌 여자를 그린 고야의 드로잉을 본다. 여자의 발목은 쇠사슬로 벽에 고정돼 있다. 신발은 구멍이 났다. 그녀는 옆으로 누워 있다. 치마가 무릎 위까지 말려 올라갔다. 여자는 자기가 어디에 있는지 보지 않으려는 듯 팔로 얼굴과 눈을 가렸다. 그림이 그려진 화면이 여자가 누운 돌바닥에 생긴 얼룩 같다. 그리고 그 얼룩은 지워지지 않는다.

여기엔 한데 모으는 것도, 장면을 만드는 것도 없다. 보이는 것들을 따져 묻는 것도 전혀 없다. 드로잉은 단순히 선언한다. '나는 이것을 보았다.' '역사적 과거 시제'다.

충분히 영감을 받으면, 놀랄 만큼 잘 그려지면, 세 유형 중의 어떤 드로잉이라도 또 다른 시간의 차원을 얻는다. 드로잉이 채색화와는 달리 대개 한 가지 색으로 그려진다는 기본적인 사실에서 그 기적이 시작된다.

저마다의 색깔과 색조와 폭넓은 빛과 그늘을 지닌 회화들은 자연과 경쟁한다. 그들은 보이는 것들을 유혹하고 장면들을 꾀고 구슬려 물감을 입히려고 시도한다. 드로잉은 그런 일을 하지 못한다. 드로잉은 선으로 이루어지는데, 그것이 드로잉의 미덕이다. 드로잉은 종이에 그린 간단한 기록일 뿐이다. (전쟁 중에는 종이가 배급되었다! 배 모양으로 접은 종이 냅킨이 라키 잔에 띄워졌다 가라앉았다.) 비밀은 종이다.

종이는 우리가 선을 뚫고 보는 것, 그러면서도 그 자체로 남는 것이 된다. 도록을 보면 피터르 브뤼헐이 1553년 즈음에 그린 드로잉은 〈강과 마을과 성이 있는 산 풍경〉으로 확인된다. (책에 사진을 실어도 화질이 형편없이 떨어질 테니 그냥 묘사하는 편이 나을 것이다.) 여러 갈색 잉크와 담채로 그린 드로잉이다. 엷은 담채의 바림이 아주 가볍다. 종이는 선들 사이로 스스로를 빌려주어 나무와 바위와 풀과 강과 구름이 된다. 하지만 종이는 잠시라도 이런 것들의 본질과 헷갈릴 수가 없다. 분명하고도 단호하게, 종이는 가는 선들이 그려진 한 장의 종이로 남는다.

이는 너무나 명백하면서도 곰곰이 생각해 보면 너무 이상해서 이해하기가 힘들다. 동물들도 어떤 그림은 이해할 수 있다. 하지만 드로잉을 이해할 수 있는 동물은 하나도 없다.

브뤼헐의 풍경화 같은 몇몇 위대한 드로잉에서는 모든 것이 공간 안에 존재하는 듯하고, 모든 것의 복잡성이 생생하게 느껴지지만, 사람들이 바라보는 건 그저 종이에 나타난 하나의 투영일 뿐이다. 실재와 투영이 분리할 수 없게 된다. 우리는 세계 창조의 문턱에 선 자신을 발견한다. '미래 시제'를 사용하는 그런 드로잉은 **앞을 내다본다**, 영원히.

# 모든 그림과 조각의 기초는 드로잉이다

예술가에게 드로잉은 발견이다. 그저 입에 발린 미사여구가 아니라 정말 글자 그대로다. 예술가로 하여금 눈앞에 있는 물체를 쳐다보고 마음의 눈으로 분해한 다음 다시 조립하도록 강제하는 것이 드로잉이라는 실질적인 행위다. 아니면, 기억에 의지해 드로잉을 한다면, 그 행위는 우리 마음을 바닥까지 훑어서 과거에 쌓아 놓은 관찰 내용을 발견하도록 강제한다. 그 행위의 핵심이 특정한 '보기'의 과정에 있다는 말은 드로잉을 가르칠 때마다 나오는 상투적 표현이다. 선 하나, 색조 하나는 우리가 무엇을 봤는가를 기록하기 때문이 아니라 사실은 우리가 무엇을 보도록 이끌 것인가라는 측면에서 중요하다. 그 논리가 얼마나 정확한지 확인하기 위해 따라가다 보면 우리는 사물 자체나 사물에 대한 자신의 기억에서 그 논리에 대한 확인 또는 부인을 발견할 수 있다. 매번의 확인 또는 부인이 우리를 그 사물에 가까이 데려다주고, 마침내 우리는, 말하자면, 그 사물 안에 있게 된다. 우리가 그린 윤곽은 더는 우리가 봤던 것의 가장자리가 아니라, 우리가 된 것의 가장자리를 표시한다. 이 말이 아마 필요 이상으로 형이상학적으로 들릴 것이다. 다른 말로 하자면, 우리가 종이에 그리는 각각의 흔적이 대상이라는 강을 건널 때까지, 강을 뒤로 두고 떠날 때까지 딛고 나아갈 수 있는 디딤돌이라 표현할 수 있을 것이다.

이것은 물감을 칠해 '완성된' 캔버스를 만들거나 조각상을 깎는 후반 과정과는 상당히 다르다. 거기서 우리는 대상을 꿰뚫는 게 아니라 재창조하여 스스로를 그 안에 들여놓으려 시도한다. 붓질 한 번, 끌질 한 번은 더는 디딤돌이 아니라 계획된 체계 안에 끼워 맞춰야 할 석재가 된다. 드로잉은 보거나 기억하거나 상상한 어떤 사건에 대한 각자의 발견을 담은 자전적 기록이다. '완성된' 작품은 사건을 그 자체로 구축하려는 시도다. 이런 측면에서 볼 때, 예술가가 상대적으로 높은 개인의 '자전적' 자유의 기준을 획득했을 때에야 비로소 지금 우리가 아는 형태의 드로잉들이 존재하기 시작했다는 사실은 의미심장하다. 종교화(宗敎畵)와 익명 화가의 전통에서는 그런 형태의 드로잉들이 불필요하다. (여기서 내가 **밑그림** 얘기를 하고 있다는 점을 밝혀야 할 듯하다. 밑그림이 꼭 특정 계획을 위해 만들어질 필요는 없지만 말이다. 여기서 말하는 드로잉은 그 자체로 '완성된' 작업물이 될 수 있는 선으로 이루어진 디자인이나 일러스트레이션, 캐리커처, 특정 초상화나 그림 작품 들을 의미하지 않는다.)

제법 많은 기술적 요인들이 밑그림과 '완성된' 작품 간의 간격을 더욱 벌릴 때가 많다. 캔버스를 채우거나 돌덩이를 깎는 데에 드는 긴 시간, 규모가 큰 작업, 색과 안료의 질과 색조와 질감과 입자를 동시적으로 관리해야 하는 문제 등등과 비교하면 드로잉의 '속기(速記)'는 상대적으로 간단하고 직접적이다. 그렇지만 근본적인 차이는 예술가의 마음이 움직이는 데에 있다. 드로잉은 기본적으로 개인적인 작업이고 오직 예술가 스스로의 필요에만 관련돼 있다. 이에 반해 '완성된' 조각상이나 캔버스는 기본적으로 공적이고 **공개되는**, 소통의 요구에 훨씬 직접적으로 관련된 작업이다.

관객의 시점에서도 동일한 차이가 뒤따른다. 그림이나 조각상 앞에서 우리는 스스로를 대상에 결부시키며 각자 좋을 대로 그 이미지를 해석하는 경향이 있다. 드로잉 앞에서는 이미지를 이용해 예술가의 눈을 통해 대상을 보는 듯한 의식적 경험을 얻으며 스스로를 예술가에 결부시킨다.

스케치북의 새 화면을 내려다보면서 나는 종이의 폭보다 높이에 더 신경을 썼다. 위쪽과 아래쪽 끝은 결정적이다. 그 사이에 모델이 바닥에서 솟은 방식을, 아니, 반대로 생각하면, 모델을 바닥에 붙이는 방식을 재구축해야 하기 때문이었다. 자세의 에너지는 주로 수직적이다. 팔의 온갖 사소한 수평적 움직임과 비틀린 목, 무게가 실리지 않은 다리는 나뭇가지가 옆이나 위로 드리웠어도 수직인 원줄기에 연결되듯이 그 수직적 힘에 연결되었다. 나의 첫번째 선이 이것을 표현해야 했다. 모델이 나무기둥처럼 서 있게 만들어야 했지만, 동시에 나무기둥과 달리 움직일 수 있음을, 바닥이 기울면 균형을 다시 잡을 수 있음을, 중력의 수직적 힘을 박차고 몇 초 동안은 허공으로 뛰어오를 수도 있음을 암시해야 했다. 이 움직일 수 있는 능력이 모델의 몸이 드러내는 균형적이면서도 영구적이라기보다는 비정형적이고 일시적인 긴장이 종이의 양쪽 가장자리, 쇄골뼈 중앙과 무게가 실린 다리의 발꿈치를 잇는 직선의 양쪽에 배치되는 변화들과의 관계로 표현되어야 할 터였다.

나는 그 변화들을 찾았다. 모델의 왼쪽 다리가 몸무게를 지탱하고 있으므로 몸의 왼편 바깥쪽이 뻣뻣하거나 각이 진 채 긴장했고, 오른편은 상대적으로 이완되어 선이 부드럽게 흘렀다. 모델의 몸을 가로지르는 임의의 측선들이 곡선을 그리다가 뚝 떨어졌다. 시냇물이 산에서부터 절벽 면에 난 급하고 세찬 도랑으로 흐르는 것과 같았다. 하지만 당연히 그렇게 간단한 일만은 아니었다. 내게서 가까운 모델의 이완된 쪽에 주먹을 쥔 손이 있고, 그 단단하게 불거진 손가락 관절은 몸 반대쪽의 딱딱한 갈비뼈의 선을 연상시켰다. 언덕 위에 세워진 돌무더기가 절벽을 연상시키듯이 말이다.

나는 그때 그림을 그릴 하얀 종이 표면을 다른 방식으로 보기 시작했다. 깨끗하고 판판한 면이었던 종이가 텅 빈 공간이 되었다. 종이의 하얀색이 통과해 움직일 수는 있지만 꿰뚫어 볼 수는 없는 끝없이 불투명한 빛의 영역이 되었다. 그 위에, 또는 그 **안**에 선을 그릴 때는 잘 통제해야 한다. 평면 위로 차를 모는 운전사가 아니라 공중에서 삼차원 어디로든 움직일 수 있는 비행기 조종사처럼 말이다.

하지만 갈비뼈 아래쪽 어디쯤에 흔적을 남기자 종이 면의 성질이 또 바뀌었다. 불투명한 빛의 영역에 갑자기 경계가 나타났다. 수조에 든 물이 물고기 한 마리를 넣자마자 변하듯이, 내가 남긴 흔적 때문에 종이 면 전체가 변했다. 우리가 물고기만 쳐다보게 되는 때가 바로 그때다. 물은 그저 물고기가 살아가는 환경이자 헤엄칠 수 있는 영역이 될 뿐이다.

그러고 나서, 반대쪽 어깨의 윤곽을 표시하기 위해 모델의 몸을 가로지르자 또 다른 변화가 일어났다. 수조에 물고기 한 마리를 더 넣는 것과는 달랐다. 두번째 선은 첫번째 선의 성질을 바꾸었다. 이전에는 첫번째 선에 목적이 없었지만, 두번째 선이 그어지자 이제 첫번째 선의 의미가 고정되고 명확해졌다. 둘은 함께 둘 사이 공간의 경계를 사수할 테고, 그러면 그 영역은 한때 종이 면 전체에 깊이의 잠재성을 주었던 힘의 제약을 받으면서도 어떤 단단한 형태를 암시하며 스스로를 일으켜 세운다. 드로잉이 시작됐다.

입체성, 의자와 몸과 나무의 견고함은 적어도 우리가 느끼는 감각으로는 우리 존재의 증거 자체다. 그것이 말과 세계의 차이를 구성한다. 나는 모델을 쳐다보며 그가 견고**하다는** 사실에, 그가 공간을 점유했다는 사실에, 그가 만 개의 다른 시각으로 만 번씩 본 그의 총합에 그치지 않는다는 사실에 경탄했다. 나는 어쩔 수 없이 하나의 시각에서 본, 한 번의 '보기'일 뿐인 내 드로잉이 언젠가는 그 무한한 다른 면들을 암시할 수 있기를 바랐다. 하지만 이제부터 중요한 건 형태의 긴장감을 모델에게서 보는 것과 똑같이 쌓고 다듬을 수 있느냐는 문제다. 물론 잘못해서 뭔가 한 부분을 지나치게 강조하다 전체가 풍선처럼 터지기도 쉽다. 아니면 물레에 올린 너무 얇은 흙반죽처럼 주저앉을 수도 있다. 아니면 어찌해 볼 도리도 없이 형태가 뒤틀어져 중력의 중심을 잃게 될지도 모른다. 그럼에도 불구하고 그것이 거기 있다. 특수한 용도로 반짝이게 만들어진 빈 종이 면의 무한하고 불투명한 가능성들이. 이제 내 임무는 조율하고 측정하는 것이다. 한 줌의 건포도를 하나하나 세는 식으로 조금씩 측정하는 것이 아니라 리듬과 덩어리와 배치로 측정하는 것이며, 새가 격자처럼 얽힌 나뭇가지들 사이로 날아가듯이 각도와 거리를 재는 것이며, 건축가처럼 평면도를 시각화하는 것이며, 바람의 표면에 다가가거나 멀어지기에 지금 돛의 상태가 팽팽한지 느슨한지를 느끼는 뱃사람처럼 종이의 가장 바깥 표면에 닿는 내 선과 획의 압력을 느끼는 것이다.

나는 눈높이에 비례한 귀의 높이와, 두 젖꼭지와 배꼽이 그리는 비뚤어진 삼각형의 각도와, 서로를 향해 기울어져 결국에는 서로 만나는 어깨와 엉덩이 측면의 선과, 바깥쪽 발가락들과 일직선상에 있는 바깥쪽 손가락 관절들의 상대적 위치를 가늠했다. 그렇지만 나는 이 연속적인 비례와 각도와 한 지점에서 다른 지점으로 뻗은 상상의 선들뿐만 아니라 면들의 관계, 들어가고 나오는 표면들의 관계도 찾았다.

난개발된 어느 도시의 마구잡이로 섞인 지붕들을 쳐다보다가 전혀 동떨어진 어느 집의 지붕과 다른 집의 돌출한 지붕창의 각도가 똑같다는 사실을, 어떠한 면이라도 중간에 있는 것들을 모두 무시하고 펼치다 보면 결국에는 딱 들어맞는 다른 면과 만나게 된다는 사실을 알아채듯이, 나는 같은 방식으로 몸의 여러 부분에서 확장된 동일한 면들을 찾아낸다. 배의 가장 볼록한 지점에서 사타구니로 떨어지는 면은 무릎 뒤쪽 어느 지점에서 급경사를 그리며 종아리의 바깥쪽 가장자리로 이어지는 면과 일치했다. 허벅지 안쪽의 부드러운 면은 반대쪽 가슴 근육의 경계를 감싸고 도는 작은 면과 일치한다.

그리하여 모종의 통일성이 형성되고 선들이 종이에 축적되자, 나는 그 자세의 진정한 긴장관계를 다시 인식하게 되었다. 이번에는 좀 더 섬세하게. 이제는 그저 축이 되는 수직적 자세를 인식하는 문제가 아니었다. 나는 그 인물에 보다 친밀하게 관여하게 되었다. 상대적으로 소소한 사실들도 중요하게 느껴져, 모든 선을 과도하게 강조하고 싶다는 유혹에 저항해야 했다. 움푹 들어간 공간에 몰두하자 그 공간은 서서히 눈에 띄는 여러 형체들로 대체되었다. 또한 나는 수정되고 있었다. 나는 비례를 다시 잡기 위해, 아니 지금껏 눈에 덜 띈 새로운 발견들을 표현할 방법을 찾기 위해 앞서 그은 선들을 가로지르며 새로운 선들을 그었다. 나는 목의 오목한 곳에서부터 시작해 양 젖꼭지 사이를 지나 배꼽을 거쳐 다리 사이로 이르는, 몸통의 중앙을 타고 흐르는 선이 배의 용골과 같다는 걸 알았다. 갈비뼈가 선체이고, 느슨하게 놓인 가까운 쪽 다리는 앞쪽으로 끌리는 모습이 노 같았다. 나는 몸통 양쪽에 늘어뜨린 두 팔이 손수레의 축과 같다는 걸, 무게가 실린 다리의 허벅지 바깥쪽 곡선이 바퀴의 쇠테와 같다는 걸 알았다. 나는 쇄골뼈가 십자가에 걸린 인물의 펼친 팔과 같다는 걸 알았다. 하지만 아무리 조심스럽게 선택하더라도, 그런 이미지들은 내가 묘사하려는 바를 왜곡한다. 나는 아주 일반적인 해부학적인 사실들을 보고 인식했을 뿐이다. 하지만 어떤 의미에서는 마치 **내** 신경계가 **모델**의 몸 안에 있는 듯이 물리적으로 느꼈다.

내가 인식한 몇몇은 보다 직접적으로 묘사할 수 있다. 나는 무게가 실려 탄탄하고 힘이 들어간 다리의 휘어진 발바닥 아래에 생긴 분명한 공간을 알아챘다. 나는 쭉 곧은 하복부가 얼마나 섬세하게 가늘어지면서 허벅지와 엉덩이의 면들과 만나는지 알아챘다. 나는 팔꿈치 바깥쪽의 단단함과 안쪽의 취약한 부드러움 간의 대비를 알아챘다.

그러다 그림은 곧바로 위기의 순간에 봉착한다. 말하자면 내가 이미 그린 것이 여전히 내가 발견할 수 있는 것만큼이나 흥미를 끌기 시작했다는 말이다. 모든 그리는 일에는 이런 일이 일어나는 지점이 있다. 그리고 그 순간에 정말로 드로잉의 성패가 결정되기 때문에, 나는 이를 위기의 순간이라고 부른다. 그때부터 우리는 그 그림의 요구와 필요에 따라 그리기 시작한다. 그 드로잉이 이미 어느 정도 진실을 담고 있다면, 그 요구를 따라도 실질적인 관찰로 우리가 더 발견할 수 있을 것들에 상응할 것이다. 그 드로잉이 기본적으로 거짓이라면, 그 요구를 따르다 보면 잘못된 점을 강조하게 될 것이다.

나는 내 그림을 쳐다보며 무엇이 왜곡됐는지 찾으려 애쓴다. 주변과 섞이면서 원래의 자연스러운 강조점을 잃어버린 색이나 색조의 바램은 없는지, 그런 문제를 피한 우연한 표현들은 어떤 것이고 본능적으로 옳게 판단한 건 어떤 것인지를 말이다. 하지만 이런 과정도 부분적으로만 의식적이다. 어떤 지점에서 나는 진행되는 상황이 어설프고 점검이 필요하다는 사실을 분명하게 알 수 있었다. 다른 말로 하자면, 어떻게 보면 나는 수맥을 찾는 탐침처럼 연필이 제멋대로 돌아다니도록 내버려 두고 있었다. 연필을 몰아붙여 움푹 들어가 보이는 부분을 다시 강조하는 색조를 그려 넣으면 하나의 형태가 도드라진다. 연필을 찔러 선을 다시 강조하면 선이 더욱 돌출돼 보인다.

이제 형태를 점검하려고 모델을 쳐다볼 때, 나는 다른 방식으로 보았다. 이를테면, 나는 훨씬 많은 것을 못 본 체하면서 보았다. 내가 찾으려는 것만 찾기 위해서였다.

그러고는 끝이다. 동시에 야심과 환멸도 끝이다. 마음의 눈으로 나는 내 드로잉과 실제의 남자가 일치한다고 보았다. 그래서, 잠시나마 모델은 더 이상 자세를 취한 사람이 아니라 내 경험을 독창적으로 표현한, 반쯤 창조된 내 세계에 거주하는 주민이 되었다. 마음의 눈으로 이걸 보면서도, 나는 사실 내 조그만 드로잉이 얼마나 불충분하고 단편적이고 어설픈지를 안다.

나는 종이를 넘겨 앞의 드로잉이 멈춘 지점에서 새로운 드로잉을 시작한다. 한 남자가 서 있다. 슬쩍 한쪽 다리에 체중을 싣고서….

# 프레데릭 안탈에게 바치는
## 개인적인 헌사

논리적이고 예리하고 심오한 미술사학자인 프레데릭 안탈(Frederick Antal)은 당연하게도 국제적인 명성을 얻었다. 하지만 그의 저작에 대한 모든 평가에는 그에게 마르크스주의가 가지는 중요성이 평가절하되는 경향이 있다. 이상한 얘기지만, 아마도 그에 대한 존경심이 그런 경향을 낳았을 것이다. 마치 '**그것만 아니면** 정말 뛰어난 분인데. 음, 그러니 그건 그냥 잊어드리자'라고 말하듯이 말이다. 하지만 그런 태도는 사실 안탈의 모든 것을 부정하는 것이다. 확실히 사람의 개성은 무엇을 믿느냐 하는 점도 있지만 다분히 기질에 의해 형성된다. 그리고 분명히 안탈에겐 그만의 기질이 있었다. 그를 한 사람의 인간이자 한 사람의 사상가로서 그처럼 분명하게 두드러지게 만든 특질은, 설사 모두가 그의 독창적인 창조물은 아니라 하더라도, 전부 그가 품었던 마르크스주의 사상의 특질과 완전히 일치한다.

그에게 미술사는 그저 파헤쳐야 할 '흥미로운' 영역만은 아니었다. 혁명 활동이었다. 사실은 미래에 쓰기 위해 과거에서 캐내 온 무기였다. 그리고 그라는 인물 전체가 이런 태도를 반영했다. 처음 만나는 사람은 그를 역사학자라고 생각지 않을 터였다. 그에겐 학문 연구가 대체로 보장해 주는, 삶을 안락하게 감싸 주는 완충재가 전혀 없었다.

외양을 보면, 그는 매우 키가 크고 검은 머리를 길게 길러서 뒤로 넘기고 다녔다. 얼굴은 수척하고, 부드럽고 온화한 동시에 몹시 엄한 그의 깊고 고요한 눈이 늘 찌푸린 채 아주 텁수룩하게 튀어나온 눈썹과 극명한 대조를 이뤘다. 길고 가느다란 손의 움직임만이 극도로 예민한 그의 성정을 알려 주었다. 표정은 엄격했는데, 악감정을 품은 교사의 성마른 엄격함이 아니라 오랫동안 홀로 경계를 서 온 사람의 침착한 엄격함이었다. 가끔 웃거나 뭔가 부드러운 사적인 말을 할 때는 표정이 변해서 소년처럼 단순해졌다.

낭만주의 사상의 배경을 가진 사람들이 그의 존재 자체를 부끄럽게 여겼다는 사실에도 불구하고, 사람들은 아마 그를 시인 아니면 정치지도자라 말했을 것이다. 매주 그를 찾아가서 일주일 동안 있었던 일을 얘기하곤 하던 시기에, 나는 장군에게 보고하는 전령이 된 기분이었다. 그에게 전할 뭔가 아주 중요하거나 새로운 내용이 있어서가 아니라, 그가 듣는 방식이 진짜 전술가에게는 아주 사소한 사실도 중요할 수 있다는 사실을 일깨워 주기 때문이었다.

그의 내면에 있는 시인에 관해서라면, 훨씬 더 복잡했다. 예를 들어, 그건 언어에 대한 그의 태도와는 아무 상관이 없는 일이었다. 반대로, 그는 언어에 대한 감각이 거의 없었을 뿐더러. 언어에 대해서는 철저하게 기능적으로, 절대적으로 비감각적으로 사고했다. 언어는 그저 개념을 고정시키거나 적절한 장소에 사실을 위치시키기 위해 대가리를 내리쳐야 할 못일 뿐이었다. 문제는, 과거를 미래와 연결시키는 그의 역사감각이 운명에 대한 서사 시인들의 감각과 유사했던 데 있었다. 그리고 시인이 심상을 통해 과거와 미래를 직관적으로 **연결하고자** 애쓰듯이, 안탈은 연구를 통해 이성적으로 연결하고자 했다. 무엇보다 일에 대한 강박이 시인과 유사했다. 그는 전망을 내놓기 위해 일했다.

내가 강조하고 싶은 또 다른 점은 안탈이 회화와 조각에 대해 가졌던 **감정**이다. 그는 결코 예술의 신비를 단순화시키지 않았다. 내가 신비라는 단어를 쓴 건 예술작품이 마음에 미치는 힘을 의미하기 위해서다. 나는 몇몇 작품들 앞에서 감탄하며 깊은 감동을 받는 그를 보았다. 작품에 대한 판단이 꼭 모든 관련 사실에 대한 지식에 의존할 필요도 없었다. 그가 죽기 몇 주 전에 우리는 전혀 아는 바가 없는 어느 아시아 출신 현대미술 작가의 전시회에 갔다. 전시회를 돌아보면서 그는 가끔 특정 그림의 제작 시기를 물었다. 대부분이 십오 년에서 이십 년 정도 된 것들이었다. 삼십 분 정도 지난 후 그가 내 생각은 어떤지 물었다. 나는 다소 열광했다. 그는 그림들이 좋다는 데는 동의하면서도 그 스타일이 무엇으로 이어질 수 있는지, 그 작가의 이후 그림들이 어떨지 생각해 보라고 말했다. 그러고는 자신이 예상하는 바를 상당히 자세하게 묘사했다. 전시회를 나오면서 다른 갤러리를 지나쳤다. 거기에 우리가 미처 알아채지 못한 그 작가의 이후 그림들이 있었다. 안탈이 묘사했던 그대로였다.

마지막으로 나는 그의 낙천주의를 얘기하고자 한다. 그는 늘 중요한 건 나이나 세대가 아니라 견해라고 말했다. 그리고 안탈의 젊음을 유지해 주었던 것이 그 견해의 낙천성이었다. 망명객이었고, 근본적인 믿음에서 거의 모든 서구 동료들과 반목했고, 논객으로서의 대단한 재능을 발산할 출구가 이 나라에서는 원천 봉쇄되었던, 또한 그 상실감을 아주 예민하게 느꼈던 그가 낙천적일 이유는 개인적으로는 전혀 없었다. 그의 낙천성은 순간의 감상적인 종류도 아니었다. 정말로 그는 서구 문화가 보여 주는 지금의 부패상 전체를 아주 분명하게 보았고, 진정한 사회주의가 성취되었더라도 진정한 예술의 전통이라는 것이 재구축되기까지는 긴 시간이 걸리리라는 사실을 알았다. 내가 그의 낙천성이라고 부르는 것은 이 부패상과 싸우며 사회주의를 위해 일하는 모든 이가, 아무리 사소하거나 인정받지 못하는 일이라도, 가치있는 일을 하고 있다는 그의 확신으로 구성되었다. 무력감과 절망감 위에 세워진 광적인 자기정당화의 시대에 그는 지적인 침착성을 유지했다. 내가 말하고자 했듯이, 그는 역사에 대한 판단이 곧 미래에 대한 판단이라고 보았고, 그에게는 확고한 역사에 대한 판단이 있었기 때문이었다.

# 관찰의 기술에 관해
# 덴마크 노동자 배우들에게 전함

베르톨트 브레히트 씀,
애냐 보스톡과 존 버거 옮김


여러분은 연극을 하러 왔지만
이제 이런 질문을 받을 겁니다.
대체 무슨 목적이지?
여러분은 여러분이 할 수 있는 모든 것에서
스스로를 드러내려 여기 왔습니다.
여러분은 그걸 남들에게 보여 줄 가치가 있다고 생각합니다.
그리고 여러분은 그들을
좁디좁은 그들의 세계에서 데리고 나와
여러분의 넓은 세상으로 가면,
여러분의 그 아찔한 절정과
열정의 흥분을 나누면
사람들이 갈채를 보내리라 기대하지요.
하지만 이제 이런 질문을 받을 겁니다.
이건 대체 무슨 목적이지?

낮은 벤치에 앉은

관객들이 주장하기 시작합니다.
일부는 끈질기게 요구합니다.
여러분이 스스로를 보여 주는 것 이상을 해야 한다고.
여러분은 세상을 보여 줘야 합니다.
그들은 묻습는다.
이 사람이 얼마나 슬퍼질 수 있는지
그 여자는 얼마나 매정한지
저 사람이 얼마나 사악한 왕이 되는지
되풀이해서 보여 주는 것이
무슨 소용이지?
끝없이 찡그린 얼굴들을 전시하는 것이
자기 운명의 손아귀에 걸려든
몇몇의 이 익살을 선시하는 것이
무슨 소용이지?

여러분은 우리에게 비척거리며 걷는 사람들만,
외국 군대와 스스로의 희생자들만 보여 줍니다.
어느 보이지 않는 주인이
개한테 부스러기를 던져 주듯이
그들에게 기쁨을 던져 줍니다.
그렇게 올가미가 그들의 목에 걸립니다.
위에서 내려오는 고난이여.
그리고 우리는 낮은 벤치에 앉아
여러분의 움찔거림과 찡그린 얼굴에 사로잡혀,
입을 벌린 채 시선을 떼지 못하고
구호품처럼 주어진 기쁨을,
어찌할 수 없는 공포를
지척에서 느낍니다.

아닙니다. 우리 불만을 품은 자들은
이 낮은 벤치에 너무 오래 앉아 있었습니다.
우리는 더는 만족하지 않습니다.
저 국경 너머에서
사람들이 그물을 짜서
던진다는 얘기를 들어 보지 못했습니까?
지금도
백 층의 도시들에서,
사람들을 실은 배가 뜬 바다 위에서,
가장 외진 시골 마을까지,
사방에서 들려오는 소식은 이렇습니다. '사람의 운명은
　사람이다'.

우리 시대의 배우들이여,
변화의 시대
그리고 위대한 인수(引受)의 시대
인간의 본성을 잊지 않는 걸
숙달할 모든 본성의 시대,
이것이 이제 여러분이 변해야 한다고
주장하는 우리의 이유입니다.
사람들에 의해 만들어지고 바뀔 수 있는,
있는 그대로의 사람의 세상을 우리에게 주십시오.

이것이 낮은 벤치들에서 나누는 대화의 요지입니다.
물론 모두가 동의하지는 않습니다.
대부분은 돌투성이 밭이
헛되이 반복해서 쟁기질당하듯
어깨를 움츠린 채, 미간을 찌푸린 채

앉아 있습니다.
매일 힘겨워지기만 하는 분투에 시달린
그들은 간절하게 기다립니다.
그들의 절친한 벗, 미움을.

해이한 정신을 위한 약간의 반죽.
지친 신경을 위한 약간의 긴장.
그들에게 주어진 세상에서
그들이 극복할 수 없는 세상에서
뻗어 나온 손에 의해 마법처럼 끌려가는
손쉬운 모험.
그렇다면 배우들이여, 여러분은 누구에게 복종해야 합니까?
저는 말하고 싶습니다. 불만을 품은 이들이라고.

하지만 어떻게 시작할까요? 어떻게 하면
사람들이 같이 어우러져 살아가는 것을
이해받을 수 있다는 것을
그리고 극복될 수 있는 세상이 되리라는 걸 보여 줄까요?
어떻게 해야 여러분과 다른 이들이
그물 안에서 몸부림치고 있음을 드러내고
그 운명의 그물이 어떻게 짜이고 던져지는지를,
어떻게 사람들에 의해 짜이고 던져졌는지를 분명하게 밝힐까요?
다른 모든 예술을 넘어
여러분은, 배우들은 정복해야만 합니다.
관찰의 기술을.

여러분이 어떻게 보이는지는
전혀 중요하지 않습니다.

하지만 여러분이 무엇을 봤는지
그리고 여러분이 무엇을 폭로하는지는 중요합니다.
여러분이 아는 것을 아는 것은 가치가 있습니다.
그들은 여러분이 얼마나 잘 지켜봤는지 보기 위해
여러분을 지켜볼 것입니다.
하지만 자신만을 관찰하는 이는
인간에 대한 지식을 전혀 얻지 못합니다.
인간은 자기 자신에게 너무나 많은 자신을 숨깁니다.
그리고 어떤 인간도 지금의 자신보다 현명할 수는 없습니다.

그러므로 여러분의 연습은 다른 사람들의
삶 가운데에서 시작되어야 합니다. 여러분의 첫 학교가
여러분이 일하는 곳이, 여러분의 집이,
여러분이 사는 지역이,
가게가, 거리가, 통근열차가 되어야 합니다.
시선이 가는 이는 누구든 관찰합시다.
낯선 사람을 마치 낯익은 사람인 양
낯익은 사람을 마치 낯선 사람인 양 관찰합시다.

보십시오. 어떤 사람이 세금을 냅니다. 그는 세금을 내는
다른 사람들과 다릅니다.
좋아서 세금을 내는 사람은
아무도 없다는 사실에도 불구하고 말입니다.
그런 상황에서
그는 자신의 일상적인 자아와도 다를 수 있습니다.
그리고 세금을 걷는 사람은 모든 면에서
세금을 내야 하는 사람과 다를까요?
세리(稅吏)도 자신의 의무를 다해야 하고

그 역시도 자신이 압박하는 이와
공통된 것이 많습니다.
들으십시오.
이 여자도 늘 지금처럼 가혹하게 말하지는 않았습니다.

그녀가 모두에게 그렇게 가혹하게 말하지는 않습니다.
저 매력적인 여자가 모든 사람을 매혹하지도 않습니다.
억지를 부리고 있는 저 손님은
언제나 폭군이었습니까?
그 역시도 공포에 가득 차 있지 않습니까?
아이들에게 줄 신발이 없는 저 어머니는
실패한 듯이 보이지만,
아직 그녀에게 남은 용기로
제국들 전부가 정복되었습니다.
그녀는 또 한 명의 아이를 잉태하고 있습니다, 여러분은 그걸
　　알았습니까?
그리고 여러분은
다시는 좋아질 수 없다고,
억지로 일을 해야 하지만 않았어도
좋아질 수 있었다는 말을 듣는
병든 남자의 눈을 보았습니까?
세상을 더 살 만하게 만들 방법을 일러 주는
책을 넘기며 그가
남은 시간을 어찌 보내는지 관찰하십시오.
시사 사진들과 뉴스 영화들도 기억하십시오.
그 창백하고 잔인한 손에
여러분 운명의 실을 거머쥔 채 걷고 말하는
당신들의 지배자들을 연구하십시오.

역사에 있었던 운동들처럼
펼쳐지고 자라나는 사진을 찍으십시오.
그것이 나중에 여러분이 무대 위에서 그들에게 보여 줘야 할
　것이기 때문입니다.
이 모든 것을 면밀히 지켜보십시오. 그러면 여러분 마음의 눈에
벌어진 모든 투쟁들로부터
일자리를 위한 투쟁을,
남자와 여자 사이에 오간 달고 쓴 대화들을,
책에 대한 얘기를,
체념과 반역을,
시도와 실패를,
이 모든 것을 여러분은 나중에
역사적 과정들로 보여 주어야 할 것입니다.
(지금 여기에 있는 우리에게서도
여러분은 그런 사진을 찍어야 할 것입니다.
자기 나라에서 도망친 극작가가
여러분에게 관찰의 기술에 관해 가르치고 있습니다.)

관찰하기 위해서
여러분은 비교하는 법을 배워야 합니다.
비교할 수 있기 위해서
여러분은 미리 관찰하고 있어야만 합니다.
관찰에서 지식이 나옵니다.
하지만 관찰하는 데는 지식이 필요합니다.
관찰을 통해 무엇을 할 것인지
모르는 이는
제대로 관찰하지 못할 것입니다.
과일나무를 키우는 농부는 어슬렁거리며 산책하는 사람보다

더욱 명민한 눈길로 사과나무를 쳐다봅니다.
하지만 사람의 운명은 사람이라는 사실을 아는 이만이
옆에 있는 사람을 정확하고 명민하게 볼 수 있습니다.
사람들을 관찰하는 기술은
그들을 이끄는 기술의 일부일 뿐입니다.
그리고 배우라는 여러분의 직업은
여러분을 이 기술의
보다 위대한 채굴자이자 선생님으로 만들어야 합니다.
인간의 본성을 알고 펼침으로써
여러분은 저마다 스스로의 삶을 이끌도록 다른 이들을 가르칠
    것입니다.
여러분은 그들에게 함께 살아가는 위대한 기술을 가르칠
    것입니다.


하지만 지금 나는 여러분의 질문을 듣습니다.
우리가 어떻게,
억눌리고, 구속되고, 무시당한
불확실성 속에 내팽겨쳐진
억압받고 종속된,
우리가 어떻게
채굴자와 선구자 들처럼
이익을 위해 낯선 나라를 정복하려 나설 수 있습니까?
우리는 늘 우리보다 운이 좋았던 저들의
하인이었습니다.
어떻게 우리가
지금껏 열매를 맺는 나무일 뿐이었던
우리가
하룻밤 사이에

과일을 키우는 농부가 될 수 있습니까?
하지만, 제가 보기에는,
그것은 이제 여러분이, 친구들이여,
배우이자 노동자인 여러분이 습득해야만 하는 기술입니다.

그것이 불가능할 리는 없습니다.
무엇이 유용한지를 배우는 일 말입니다.
여러분, 매일의 노동을 하는 여러분이
관찰의 기술을 타고난 이들입니다.
십장(什長)이 할 수 있고 할 수 없는 일을 아는 것은
여러분의 동료들이 일하는 방식과 그들의 생각을
정확하게 아는 것은 여러분에게 유용합니다.
그 방법 외에 여러분은 어떻게 인간에 대한 지식을 구해
여러분 계급의 싸움을 벌일 수 있겠습니까?
나는 여러분 가운데에서
관찰을 더욱 면밀하게 만들어 다시 관찰을 더해 가는
더없이 지식에 목마른 이들을 봅니다.
벌써 여러분 중 가장 뛰어난 이들은
사람의 더불어 삶을 지배하는 그 법칙들을
이미 배웠고,
벌써 여러분의 계급은
여러분이 인류의 길에 서는 데 방해가 되는 모든 것을
극복할 준비가 되었습니다.
여기가 여러분이
연기하고 일하고
배우고 가르칠 곳이며
여러분의 무대에서부터
우리 시대의 투쟁에 개입할 수 있는 곳입니다.

열성적인 공부와
지식의 성취를 얻는 여러분은
투쟁의 경험을
모두의 자산으로 만들 수 있고
정의를 열정으로
바꿀 수 있습니다.

# 혁명적인 삭제 :
## 막스 라파엘의 『예술의 요구』

어떤 사람들은 눈앞에 닥친 것이 싫어서 싸운다. 어떤 사람들은 자기 삶을 판단했기에, 자기 존재에 의미를 주고 싶기에 싸운다. 후자가 더욱 끈질기게 싸울 터이다. 막스 라파엘(Max Raphael)은 두번째 유형의 아주 순수한 사례다.

그는 1889년에 폴란드와 독일의 국경 가까운 곳에서 태어났고, 베를린과 뮌헨에서 철학과 정치경제학, 미술사학을 공부했다. 1913년에 첫 책을 출간했다. 1952년에 뉴욕에서 죽었다. 그 사이의 사십 년 동안 그는 끊임없이 생각하고 썼다. 그가 쓴 글의 아주 적은 일부만이 출간되었고, 그것마저도 대부분 절판되어 입수할 수 없다. 그가 남긴 수천 쪽에 달하는 원고를 부인과 친구들이 정리하며 출간을 희망하고 있다. 원고의 주제는 고생물학에서부터 고전 건축까지, 고딕 조각에서부터 플로베르까지, 근대 도시계획에서부터 인식론까지 포괄한다.

나는 오 년 동안이나 유럽의 출판업자들이 그의 원고에 관심을 갖도록 노력했다. 소용이 없었다. 이런 애기를 하는 이유는, 불과 몇십 년 안에 막스 라파엘이 1969년에도 여전히 알려지지 않고 주목받지 못했다는 사실을 기억해내기 어려워질 터이기 때문이다.

그의 삶은 검소했다. 공식적인 학계의 지위도 없었다. 그는 어쩔 수 없이 여러 번 이민을 가야 했다. 아주 소액의 돈을 벌었다. 그는 쉼 없이 쓰고 기록했다. 그가 여행을 가면 친구들과 비공식적인 학생들이 삼삼오오 곁으로 모여들었다. 문화계의 위계질서는 그를 잘 이해하기는 어렵지만 어쨌든 위험한 마르크스주의자로 일축했다. 당파적인 공산주의자들로부터는 트로츠키주의자로 매도됐다. 스피노자와 달리 그에게는 장인(匠人)의 직업도 없었다.

지금 서평을 쓰려는 책[1]이 할 역할을 평가하려면, 우리는 예술의 현재 상황이 어떤지 분명히 해야 한다. (근본적인 문제들을 해결하려 노력할 준비가 되지 않았다면 이 책에 접근하지 말아야 한다.) 지금은 극도의 재난 상태이다. 예술 자체의 유효성이 도마에 올랐다. 전 세계에서 두각을 드러내는 예술가 중에 자신의 예술이 정당화될 수 있는지, 자기 재능의 수준이 아니라 자신이 살고 있는 시대의 요구에 예술이 부응할 수 있는지 자문하지 않는 이가 없다.

라파엘은 상당히 다른 해석의 맥락 속에서 세잔의 말을 인용한다.

나는 정물화를, **죽은 자연**(프랑스어로 정물화를 뜻하는 'natures mortes'를 글자 그대로 풀이하면 '죽은 자연'이라는 뜻이다—옮긴이)을 그린다. 그런 그림을 줘도 좋아하지 않는 내 마부를 위해서 나는 할아버지 무릎에 앉은 아이들이 수프를 먹으며 조잘대다가 볼지도 모르는 그림을 그린다. 나는 독일 황제의 긍지나 시카고 석유 상인들의 허영을 위해 그림을 그리지 않는다. 그런 더러운 작품 하나로 만 프랑을 받을 수도 있겠지만, 차라리 교회나 병원, 마을회관 벽에 그림을 그리는 편이 낫다.

1848년 이래로 순순히 보수나 받는 연예인이 될 준비를 하지 않은 모든 예술가는 자신의 완성작이 부르주아화되고 작품의 정신적인 가치가 재산적인 가치로 전환되는 현상에 저항하려 애써 왔다. 이런 흐름은 정치적 신념에 크게 상관없이 일어났다. 세잔의 시도도 동시대 작가들 모두의 노력과 마찬가지로 보람이 없었다. 이후 예술가들의 저항은 더욱 능동적이고 더욱 폭력적인 형태를 띠었다. 말하자면 저항이 작품 속에 구축되었다는 뜻이다. 구성주의, 다다이즘, 초현실주의 등등에 공통된 것은 '자산으로서의 예술'과 '지금 존재하는 사회를 정당화하는 문화적 알리바이로서의 예술'에 대한 반대였다. 우리는 그 극단적인 형태가 어떠했는지, 그들이 창작자로서 행하려 준비했던 희생이 무엇이었는지 안다. 그리고 우리는 그들의 저항이 세잔의 저항만큼이나 효과가 없었다는 것도 안다.

지난 십여 년 사이 저항의 전술이 바뀌었다. 정면 대결이 줄어들었다. 대신에 침투가 늘었다. 풍자와 철학적 회의론 말이다. 타시즘(Tachism, 1940-1950년대에 프랑스에서 유행한 추상미술의 한 양식—옮긴이), 팝 아트, 미니멀 아트, 네오다다이즘 등등. 하지만 그런 전술들도 이전만큼이나 성공적이지 않았다. 예술은 여전히 자산 계급의 자산으로 전환되고 있다. 시각예술의 경우에는 물질적 자산이 되고, 다른 예술의 경우에는 정신적 자산이 된다.

사회주의 또는 마르크스주의 배경을 가진 미술사학자들은 과거의 예술을 계급 사상의 용어로 해석해 왔다. 그들은 계급이, 또는 계급 내부의 집단들이 어느 정도 자기 계급의 가치와 관점을 반영하거나 촉진하는 예술을 지지하고 지원하는 경향이 있음을 보여 주었다. 지금 자본주의의 마지막 단계에서 이는 더 이상 보편적인 참이 아닌 듯하다. 예술은 희소성의 가치와 감각을 자극하는 기능적 가치로만 의미가 있는 상품처럼 취급된다. 더는 예술에 그 자체를 넘어서는 함의 같은 건 없다. 예술작품의 기본적인 성격은 다이아몬드나 선탠 램프와 같아졌다. 이런 전개의 결정적인 요인인 독점의 세계화, 대중매체의 힘, 소비사회의 소외 수준 등을 여기서 논할 필요는 없을 것이다. 하지만 그 결과는 논의가 필요하다. **예술은 더는 현상에 대항할 수 없다.** 대안적인 현실을 제시하던 집단이, 어느 정도는 '잘' 하겠지만, 어쨌든 객체를 설계하는 집단으로 전락했다.

그러므로 모든 예술가는 자신의 분야에 창조적인 의심을 해 볼 만하다. 과격한 젊은이들이 '예술'을 보다 직접적인 행동의 가림막으로 이용하기 시작한 것도 그래서다.

사회가 지금 예술가들의 작업을 어떻게 취급하든지 간에 예술가들은 하던 일을 계속해야 한다고 주장할 수도 있다. 1848년 이후의 모든 창조적인 예술가들이 그래야 했듯이 자신을 미래에 바쳐야 한다고. 하지만 이런 주장은 우리가 도달한 세계-역사적인 순간을 간과한다. 제국주의, 유럽의 헤게모니, 자본주의-기독교주의와 국가주의-공산주의의 도덕들, 백인 중심 사고의 데카르트적 이분법, 막대한 착취를 기반으로 '인도적' 문화를 구축하는 관행 등, 서로 꽉 맞물린 전체 시스템이 지금 도전을 받고 있다. 전 세계에서 이에 대항한 투쟁이 거세지고 있다. 다른 미래를 꿈꾸는 이들은 이 투쟁에 대한 입장을 정의하고 선택하지 않을 수 없다. 그런 선택은 무기력한 체념이 아니면, 뭐가 됐든 유효한 문화적 성과를 얻기 위해서는 세계해방이 선결조건이라는 결론에 다다르기 마련이다. (간략하게 설명하기 위해 부득이하게 단순화하고 약간 과장해서 표현하는 걸 이해해 주시라.) 어느 쪽이든 예술의 가치에 대한 이들의 의심은 증가한다. 지금 미래를 추구하는 예술가가 꼭 자신의 전망에 대한 신념을 인증받을 필요는 없다.

현재의 위기 속에서 예술의 혁명적인 의미를 말하는 것이 앞으로도 가능할까? 이것이 근본적인 질문이다. 또한 막스 라파엘이 『예술의 요구』에서 답하려 했던 질문이다.

이 책은 라파엘이 1930년대 초 스위스의 어느 소규모 성인교육 수업에서 '예술작품에 어떻게 접근해야 할까?'라는 제목으로 했던 강의를 기반으로 한다. 이 책에서 그는 다섯 점의 작품을 선정하여 하나씩 극도로 철저히, 다각도로 분석한다. 그가 고른 작품은 세잔의 〈생빅투아르 산〉(1904-1906, 필라델피아미술관 소장)과 드가의 에칭 작품인 〈욕조에서 나오는 마담 X〉, 조토의 〈비탄의 애도〉(파도바 소재)와 비교용으로 쓰인 동일 작가의 후기작 〈성 프란시스의 죽음〉(피렌체 소재), 렘브란트의 소묘 작품인 〈파라오의 꿈을 해석하는 요셉〉, 피카소의 〈게르니카〉다.(당연히 게르니카에 관한 장은 나중에 썼다.) 이 장들에 이어 '예술을 이해하기 위한 투쟁'에 대한 일반론을 다룬 장과 부록으로 '실증적 예술론을 향하여'라는 제목으로 1941년에 쓴 미완성이지만 비할 데 없이 중요한 논문이 이어진다. 라파엘의 두 친구가 이 책의 편집과 제작, 번역 작업을 감독했다. 사랑으로 이뤄진 능률적인 작업의 모범이라 할 수 있겠다.

여기서 이 다섯 작품에 대한 라파엘의 분석을 논할 생각은 없다. 명석하고, 길고, 아주 당파적이고, 밀도가 높은 글들이라고만 얘기해 두자. 내가 할 수 있는 최대치는 조악하게나마 그가 제시한 일반론의 윤곽을 그려 보는 정도다.

마르크스가 제기해 놓고 답하지 못한 질문이 있다. '앞선 분석에서 예술이 경제적 토대의 상부구조라면, 왜 우리를 감동시키는 예술의 힘은 토대가 변형된 이후에도 오래 지속되는가?' 마르크스는 우리가 왜 여전히 고대 그리스 예술을 이상적인 형태로 보는지 물었다. 그는 '젊은 아이들'(젊은 그리스 문명)의 '매혹'에 관한 얘기로 이 질문에 답하기 시작했지만 이내 원고 쓰기를 멈추었고, 이 질문에 다시 집중하기에는 다른 일에 너무 정신을 쏟고 말았다.

라파엘은 이렇게 썼다.

'전환기'란 늘 불확실성을 내포한다. 마르크스가 자신의 시대를 이해하려고 벌인 투쟁이 이를 증언한다. 그런 시대에는 두 가지 태도가 가능하다. 하나는 새로운 질서가 스스로를 넘어 더 나아가도록 몰아가기 위해 토대를 허물겠다는 태도로, 부상하는 힘의 이점을 취하는 것이다. 능동적이고 전투적이고 혁명적인 태도이다. 다른 하나는 과거에 매달리는 것으로서, 몰락을 비탄하거나 수긍하면서 살아갈 의지가 사라졌다고 주장하는 회고적이고 낭만적인 태도인데, 짧게 말해서 수동적인 태도이다. 경제적 사회적 정치적 질문들이 닥치자 마르크스는 첫번째 태도를 취했다. 예술에 관한 질문에는 어떤 태도도 취하지 않았다.

그는 그저 자신의 시대를 반영했을 뿐이다.

마르크스가 추구했던 고전적 이상에는 구석기시대나 잉카문명이나 아프리카대륙에서 얻은 뛰어난 예술적 성취들이 포함되어 있지 않았다. 그의 이런 예술 취향이 그의 시대에 행해지던 예술 감상 관행의 무지와 편견을 반영하듯이, 그가 상부구조론을 뛰어넘는 예술론을 (그럴 필요성을 느끼긴 했지만) 만들어내지 못한 것은 그를 둘러싼 사회에서 경제권력이 막강한 힘을 지속적이고 압도적으로 휘두른 결과였다.

마르크스주의 이론에서 이런 공백을 본 라파엘은 예술론을 구축하는 작업에 착수했다. "모든 시대와 모든 민족의 예술작품 연구에 기반하므로 나는 내 작업을 실증적이라 칭한다. 나는 유클리드 이후로 먼 길을 걸어온 수학이 언젠가는 이런 연구의 결과들을 수학적 측면에서 도출해낼 수 있는 수단을 제공하리라 확신한다." 그리고 그는 회의적인 독자들에게 미적분이 발견되기 전에는 자연조차도 수학적으로 연구할 수 없었다는 사실을 일깨운다.

"예술은 예술가와 세계, 표현수단이라는 세 가지 요인의 방정식이자 상호작용이다." 세번째 요인인 표현수단 또는 표현과정에 대한 라파엘의 이해는 결정적이다. 완성된 예술작품을 그 자체로 특정 현실의 가공이라 여길 수 있게 해 주는 것이 바로 이 과정이기 때문이다.

유일하고 독창적으로 아름다운 인간 신체의 비례나 과학적으로 옳은 공간을 표현하는 단 하나의 방법 또는 예술적인 형상화의 유일한 방법 같은 것이 없다 하더라도, 역사의 과정 속에서 예술이 어떤 형태를 취했다 하더라도, 예술은 언제나 자연(또는 역사)과 정신의 통합체였으며, 그러했기 때문에 예술은 두 요소 모두에 관하여 어느 정도의 자율성을 획득한다. 이런 독립성이 인간에 의해 만들어지기 때문에 모종의 정신적 실체를 가진 듯 보인다. 하지만 사실을 짚자면, 창조의 과정은 어떤 명확한 물질로 구체화될 때에만 존재자(存在者)가 될 수 있다.

예술가는 물질을 선택한다. 돌, 유리, 안료, 아니면 여러 가지의 혼합. 그러고는 그 자체의 성질을 보전하기 위해, 또는 부드럽거나 거칠게 그 성질을 파괴하거나 뛰어넘기 위해 작업 방식을 선택한다. 크게 보자면 이런 선택들은 역사적인 제약을 받는다. 그 물질이 사상이나 물체, 또는 둘 다를 재현하도록 가공함으로써 예술가는 원료를 '예술적인' 물질로 전환한다. 재현되는 대상은 가공된 원료에 구체화된다. 가공된 원료가 재현을 통해 비물질적인 성질과 함께 여러 재현을 하나로 연결하고 묶어 주는 **인위적인** 통일성을 획득하기 때문이다. 그러므로 반은 물질이고 반은 정신이라 정의된 '예술적' 물질은 표현 물질의 한 구성 성분이다.

또 다른 재료는 재현의 수단들에서 나온다. 색깔과 선, 명암 같은 것들이다. 자연에서 지각되는 이 성질들은 그저 감각의 재료로서 서로 구별되지 않고 마구 뒤섞여 있다. 예술가는 우연성을 필연성으로 대체하기 위해 먼저 그 성질을 나눈 다음, 그것들의 모든 관계를 규정하는 핵심적인 생각이나 느낌을 중심으로 조합한다.

형상의 물질을 만들어내는 두 과정은 (원재료를 예술적인 물질로 전환하는 과정과 감각의 소재를 재현의 수단으로 전환하는 과정은) 끊임없이 상호 연관된다. 두 과정이 함께 예술의 질료라 불리는 것을 구성한다.

형상은 오래 끌어오던 발상과 주제 각각의 탄생과 함께 시작되고, 둘이 태어나 서로 구별할 수 없어질 때 완성된다.

개별 발상의 특징은 다음과 같다.

1. 생각인 동시에 느낌이다.
2. 특수와 일반, 개별과 보편, 독창적인 것과 진부한 것 간의 대조를 담고 있다.
3. 더욱 깊은 의미로 나아가는 과정이다.
4. 이차적인 발상과 느낌이 생겨나는 중심점이다.

'주제는 개념이 구체화되는 수단으로서의 선과 색깔과 빛의 총합이다.' 주제는 '창작의 행위 속에서만 내용이 스스로를 완전히 인식하게 되기' 때문에 발상과 따로 또 같이 생겨나기 시작한다.

회화적 (개별적) 발상과 자연은 어떤 관계일까?

회화적 발상은 자연적인 모습에서 쓸모있는 요소와 쓸모없는 요소를 분리하고, 거꾸로, 자연적인 모습에 대한 연구는 모든 가능한 회화적 발상의 여러 표명 가운데에서 가장 적당한 것을 선택한다. 이 방법의 어려움은 '믿는 것을 증명하는 데'에 있다. 여기서 이를 구성하는 '증거'는 반대되는 방법론적 시작점들(경험과 이론)이 통합된 것으로서 어느 쪽과도 다른 특정한 종류의 실재로 합쳐지며, 이 실재는 개념에 적합하게 구성적으로 개발된 주제에 자신의 회화적 삶을 빚지게 된다.

형상의 방법은 무엇인가?

1. 공간 구축.
2. 그 공간 안에 **효과적으로** 형태 표현하기.

공간 구축은 원근법과는 아무 관계가 없다. 공간 구축의 과제는
공간을 뒤틀어 정적이지 않도록 하는 것(가장 간단한 예는 앞으로 내
민 그리스 입상의 느슨한 다리)과 공간을 작게 나눠 우리로 하여금 가
분성(可分性)을 인식할 수 있도록 하여 **그** 연속성의 산물이 되기를 중
단하는 것(예를 들자면 세잔의 후기 그림들에서 볼 수 있는, 그림 표
면과 평행하면서 들어가 보이는 면들)이다. "그림의 공간을 창출하는
것은 그림의 깊이만이 아니라 좌표에 대한 우리 지적 체계의 깊이 또
한 꿰뚫는 것이다. 공간의 깊이는 본질의 깊이이며, 그렇지 않으면 외
양과 환상에 지나지 않는다."

실질적인 형태와 효과적인 형태 간의 차이는 다음과 같다.
실질적인 형태는 서술적이고 효과적인 형태는 함축적이다.
예를 들자면, 예술가는 이를 통해 내용과 느낌을 모두 설명
함으로써 보는 이들에게 전달하려 애쓰는 대신, 그 내용과
느낌이 관객 내부에서 일어나도록 하는 데 필요한 정도의 실
마리만 제공한다. 이를 달성하기 위해 예술가는 개별적인 감
각기관이 아니라 인간 전체에 근거하여 행동하여야 한다. 예
를 들자면 예술가는 관객으로 하여금 그 작품이 가진 자체적
인 실재 상태 안에 살도록 만들어야 한다.

형상은 그 특별한 물질(앞부분 참조)과 함께 무엇을 성취하는가?

형상의 강도가 예술가의 능력을 보여 주는 건 아니다. 그건

창조적인 예술가의 개인적인 에너지와 함께 외부세계를 생동하게 하는 생명력도 아니다. 한정된 어떤 문제를 그 궁극적인 결과까지 계속 사고되거나 느껴지게 만드는 논리적 또는 감정적 일관성도 아니다. 이것이 표명하는 것은 '사물의 세계를 삭제하기, 가치의 세계를 구축하기, 그래서 새로운 세계를 구성하기'라는 예술의 정수가 실현된 정도이다. 이 구성의 독창성은 우리에게 구성의 강도를 측정할 수 있는 보편적인 기준을 제공한다. 구성의 독창성은 다른 것들과 달라야 한다는, 완전히 새로운 어떤 것을 내놔야 한다는 강박이 아니다. (어원적 측면에서 보자면) 이것은 우리 스스로와 사물 둘 다의 뿌리를 이해하는 것에 기원을 둔다.

여기서 우리는 라파엘이 얘기하는 '가치의 세계'와 예술을 초월적 가치의 보고(寶庫)로 보는 관념론적 예술관을 구분해야 한다. 라파엘이 보기에 가치는 작품에 의해 드러나는 **행위에** 있다. 예술작품의 기능은 우리를 작품에서부터 작품이 담고 있는 창작의 과정으로 이끄는 것이다. 이 과정은 형상의 물질에 의해 규정되는데, 라파엘은 자신의 비범한 재능으로 밝히고 분석한 이 물질로부터 언젠가는 수학자들이 정확한 법칙들을 발견하리라 기대했다. 과정은 자체적인 필연성의 법칙에 지배되는 통일성 안에서 주체와 객체의, 조건과 절대의 합을 작품 내부에 창조하는 지점으로 향한다. 그래서 작품 내부에서 사물의 세계는 작품에 담긴 과정에 의해 창조된 가치의 위계로 대체된다.

라파엘이 그 다섯 작품을 연구하고 이해하는 데에 적용했던 상세하고 정확하고 명확한 방식을 여기에 풀어놓을 수는 없다. 그저 그의 눈과 감각적인 지각력이 그의 정신만큼이나 발달돼 있었다고만 말할 수 있을 뿐이다. 그의 책을 읽으면 우리는 그 사고가 어렵기는 해도 흔히 보기 힘든, 안정적인 균형을 가진 사람의 사고라는 인상을 받는다.

그 책의 본문을 읽다 보면 우리는 그에게서 정통 유럽철학 전통을 이은 변증법적 유물론자로서 이십세기에 속하지만, 동시에 기본적인 기질 덕분에 알려지지 않은 것들을, 아직은 불확실한 것들을, 개인을 어떠한 분류 체계로도 정의할 수 없도록 만드는 폭발적인 인간의 잠재력을 무시할 수 없었던 한 엄격한 사상가의 풍모를 느낄 수 있다.

우리는 직관이 아니라 우리 행동을 통해서만 스스로를 알 수 있기 때문에 자신에 대한 생각이 우리의 진정한 동기와 잘 맞아떨어지는지 의심할 수밖에 없다. 하지만 우리는 이 조화를 얻기 위해 끊임없이 분투해야 한다. 자기인식만이 자기결단으로 이끌 수 있기 때문이고, 잘못된 결단은 삶을 망칠뿐더러 우리가 저지를 수 있는 가장 비도덕적인 행위가 될 수 있기 때문이다.

여기서 '예술의 혁명적 의미는 무엇인가?'라는 우리의 원래 질문으로 돌아가 보자면, 라파엘은 예술작품의 혁명적 의미가 주제 자체나 그 작품에 주어진 기능적 용도와는 상관이 없다는 점을, 의미가 계속해서 발견과 해방을 기다리고 있다는 점을 보여 준다.

주어진 역사적 경향성이 아무리 강하다 해도 인간은 그것이 자신의 창조적인 힘을 거스를 때면 저항할 수 있고 저항해야 할 의무가 있다. 우리가 기술의 희생자들이 되어야만 한다거나 예술이 시대착오적인 것으로 보류되어야 한다고 천명하는 운명은 없다. '운명'은 그저 스스로의 역사를 만들어 가는 인민의 힘을 억압하고자 하는 지배계급이 자행하는 기술의 오용일 뿐이다. 어떤 측면에서 보자면, 예술이 진부한 것이 되어야 하는지 아니면 되지 말아야 하는지는 각자가 사회적 삶과 정치적 삶에 참여함으로써 개별적으로 결정해야 할 문제다. 예술에 대한 이해는 이 결정을 가장 높은 수준까지 끌어올리는 데 도움이 된다. 자신이 담고 있는 창조력에 의해 형성된 하나의 그릇으로서, 예술작품은 계속 유효하며 세계를 받아들이도록 촉구하는 모든 주장을 강화시킨다.

우리는 예술이 우리를 작품에서부터 창조의 과정으로 이끈다고 말했다. 예술론의 외부에서 일어나는 이런 반전은 결국 주어진 대로의 세상에 대해, 자연적인 것만이 아니라 사회적인 것에 대해 보편적인 의심을 일으킬 것이다. 있는 그대로의 세상을 당연하게 받아들이는 대신 우리는 예술 덕분에 성숙이라는 기준으로 세상을 평가하는 법을 배운다. 이상과 현실 간에 피할 수 없는 골이 클수록 그 질문은 더욱 피할 수 없게 된다. 왜 지금의 세상은 이런 모습일까? 세상은 어떻게 지금의 모습이 되었을까? "우리는 모든 것을 의심해야 한다! 확실한 건 무엇인가?(De omnibus rebus dubitandum est! Quid certum?)"(데카르트) 창조적인 정신의 본성은 단단해 보이는 무언가를 해체하고, 있는 그대로의 세상을 변화와 창조의 과정에 있는 세상으로 변화시키는 것이다. 우리가 무수히 많은 사물에서 해방되어 궁극적으로 모든 조건적 사물에 공통된 것이 무엇인지 깨닫는 것도 그를 통해서이다. 그럼으로써 우리는 고립된 다른 생명체들 틈에 고립된 생명체가 되는 대신에 모든 것을 창조하는 힘의 일부가 된다.

라파엘은 우리의 선택을 대신하지 않았고, 할 수도 없었다. 모두가 스스로 자기가 처한 역사적 상황이 빚어내는 상충하는 요구들을 해결해야 한다. 하지만 예술의 관행이 일시적으로 폐기되어야 한다고 결론을 낸 이들에게도 라파엘은 다른 작가들이 보여 주지 못한 것을 보여 주었다. 과거로부터 전해 내려오는 예술작품의, 그리고 결국에는 미래에 창조될 예술작품의 혁명적 의미 말이다. 게다가 미사여구 없이, 설교 없이, 겸손하게, 논리적으로 보여 주었다. 그는 지금껏 이 주제를 다루었던 정신 중에서 가장 위대한 정신이었다.

1. Max Raphael, *The Demands of Art: With an Appendix 'Toward an Empirical Theory of Art'*, translated [from the German] by Norbert Guterman (London: Routledge & Kegan Paul, 1968).

# 발터 베냐민:
# 골동품 연구가이자 혁명가

발터 베냐민(Walter Benjamin)은 1892년 베를린의 부르주아 유대인 집안에서 태어났다. 철학을 공부했고, 전에는 찾아볼 수 없었던 종류의 문학평론가가 되었다. 그는 주의를 끄는 모든 책, 모든 사물이 현재에 전하는 암호화된 증거를 담고 있다고 믿었다. 증거가 암호화된 이유는 그 내용이 그때부터 현재까지의 시기를 뛰어넘는 직통 고속도로가 되어서는 안 되기 때문이었다. 직접적인 인과관계를 실어 나르는 차량들과 진보를 호송하는 군부대 트럭들과 물려받은 제도적 개념들을 실은 거대한 운반차들로 꽉 막힌 고속도로로 말이다.

그는 낭만적인 골동품 연구가인 동시에 엉뚱한 마르크스주의 혁명가였다. 그의 사상은 신학과 탈무드의 영향을 받으며 형성되었지만, 그의 포부는 유물론과 변증법의 영향 아래 자랐다. 그 결과로 형성된 긴장관계가 다음과 같은 문장에서 두드러지게 드러난다. "삶이란 개념은 스스로의 역사를 가진 모든 것이 그저 역사를 위한 배경이 아니라 삶의 공적(功績)을 인정받을 때에만 당연한 것으로 주어진다."

그에게 가장 많은 영향을 준 두 친구를 꼽으라면 아마도 예루살렘에서 유대 신비주의를 가르쳤던 유대주의 교수 게르숌 숄렘(Gershom Scholem)과 베르톨트 브레히트일 것이다. 그의 생활양식은 경제적으로 넉넉했던 십구세기 '문인'에 가까웠지만 실제로는 극심한 재정적 어려움으로부터 자유로운 적이 없었다. 저술가로서의 그는 자신이 천착한 주제의 객관성을 완벽하게 입증하는 데 사로잡혀 있었다. (그의 꿈은 인용으로만 구성된 책을 쓰는 것이었다.) 하지만 그는 아주 특이한 자신만의 사고 절차를 받아들이도록 요구하지 않는 문장은 한 문장도 쓸 수 없었다. 예를 들자면 이런 것이다. "당연하게 아름답다고 일컬어지는 모든 것의 역설은 실제로 그렇게 보인다는 점이다."

앞에서도 썼지만, 발터 베냐민이 가진 여러 모순은 지속적으로 그의 작품과 경력을 방해했다. 그는 쓰고자 했던, 십구세기 중반 자본주의의 전형적인 장소로서, 건축적, 사회적, 문화적, 심리적으로 본 프랑스 제2제정 시기의 파리에 관한 제대로 된 책을 결국 쓰지 못했다. 그가 쓴 글 대부분이 단편적이고 금언적이었다. 일생 동안 그의 저작은 아주 적은 수의 대중에게 읽혔고, 용기를 북돋우고 격려했어야 할 모든 '학파'는 그를 신뢰할 수 없는 절충주의자로 취급했다. 그는 독창성 탓에 동시대인들이 성과라 정의한 건 뭐든 손에 넣는 데 어려움을 겪었다. 개인적인 친구 몇 명을 제외한 모든 이가 그를 실패자로 취급했다. 사진을 보면 자기 존재의 부담 때문에, 거의 통제하기 어려운, 빠르고 즉각적이며 명철한 자신의 직관에 거의 압도되는 부담 때문에 느리고 둔해진 남자의 얼굴이 보인다.

1940년에 그는 프랑스 국경을 넘어 스페인으로 건너가려던 와중에 나치에 체포될까 두려워한 나머지 자살했다. 그가 체포됐을 성싶지는 않다. 하지만 그의 저작들을 읽다 보면 그로서는 자살이 자연스러운 결말처럼 보이지 않았을까 싶기도 하다. 그는 죽음이 어떻게 삶의 형태를 빚어 주는지를 아주 예민하게 의식했다. 그리고 그는 여전히 온전한 자기 모순들을 남기며 삶의 형태를 스스로 선택하기로 결정했을 것이다.

베냐민이 죽은 지 십오 년이 지난 후에 그의 글을 실은 두 권짜리 책이 독일에서 출간되었다. 그는 죽은 뒤에야 대중적인 명성을 얻었다. 오 년 전부터는 국제적인 명성을 얻기 시작했고, 지금은 기사와 대화, 비평, 정치적 논의에 자주 이름이 오르내린다.

왜 베냐민을 일개 문학평론가 이상으로 봐야 할까? 그리고 왜 그의 저작은 적절한 독자가 등장하기 시작할 때까지 거의 반세기를 기다려야 했을까? 이 두 가지 질문에 대답하려는 노력 속에서 우리는 아마 베냐민이 이제 답해 주는, 그가 미리 내다본, 그의 시공간에는 없었던 우리 안의 욕구를 보다 분명하게 인식하게 될 것이다.

골동품 연구가와 혁명가는 두 가지를 공유할 수 있다. 주어진 현재에 대한 거부와, 역사가 자신에게 과제를 맡겼다는 인식이다. 둘 다에게 역사란 직업, 같은 것이다. 책이나 시나 영화에 대해 베냐민이 취한 비평가로서의 태도는 역사적으로 앞선 시대의 고정된 물건이 있어야만 시간을 측정하고(그는 시간이 균질하지 않다고 확신했다), 특정한 시간의 흐름이 가지는 의미를 파악하고, 그의 표현을 빌리자면 무의미로부터 그 시간을 되찾아 올 수 있는 사상가의 태도와 같다. 그는 이렇게 말한다.

적(지배계급)이 승리하면 이미 **죽은 자들조차** 안전하지 않으리라 확신하는 역사가만이 과거에 있었던 희망의 불꽃을 부채질할 수 있는 선물을 받는다. 그리고 그 적은 승리를 멈춘 적이 없다.

그러나 시간 차원에 대한 베냐민의 날카로운 민감성은 역사적 일반화나 예언 정도에 한정되지 않았다. 그는 일생이라는 시간 척도에 대해서도 마찬가지로 민감했다.

『잃어버린 시간을 찾아서』는 전 생애에 최대한의 의식을 부과하려는 끊임없는 시도다. 프루스트의 방식은 반영이 아니라 현실화다. 그는 우리 누구도 자신에게 예정된 진정한 드라마들을 살아 볼 시간을 가지지 못한다는 통찰에 충만하다. 이것이 우리를 나이 들게 한다. 다른 무엇이 아니라 바로 이것이다. 우리 얼굴의 굵고 가는 주름들은 우리를 방문한 위대한 열정과 악덕과 통찰의 기록이다. 하지만 우리는, 주인들은, 집에 있지 않았고….

또는 찰나의 효과에 대해서도 그랬다. 그는 영화가 초래한 의식의 변화에 관해 이렇게 썼다.

우리 선술집들과 우리 대도시 거리들과 우리 사무실들과 잘 꾸며진 방들, 우리 철도역들과 우리 공장들이 절망적으로 우리를 가둬 버린 듯이 보였다. 그때 영화가 나타나 0.1초의 다이너마이트로 이 감옥 세상을 산산조각 날려 버렸고, 그래서 지금, 사방에 깔린 폐허와 파편 들 한가운데에서 우리는 조용히 그리고 대담하게 여행을 간다. 클로즈업을 하면 공간이 확장된다. 슬로모션으로 돌리면 움직임이 연장된다.

베냐민이 이미 제기된 주장들을 편하게 묘사하는 방편으로 예술작품이나 문학을 이용했다는 의미는 아니다. 예술작품은 사용이 아니라 그저 판단을 위한 것이라는 원칙, 비평가는 실용주의자와 신 사이에 존재하는 공정한 중개자라는 원칙은 더 완곡한 수많은 표현들과 여전히 통용되는 변칙들과 함께 자신들의 수동적인 쾌락에 대한 애정이 사심 없는 것으로 받아들여져야 한다는 특권층의 주장을 대변할 뿐! 예술작품은 우리를 기다린다. 하지만 예술작품의 진정한 유용성은 그것이 무엇이라고 믿어 버렸을 때 오는 편리보다는 실제로 그것이 '무엇'인지에 있으며, 그 무엇은 예술이 한때 그랬던 무엇과는 상당히 다를 것이다. 이런 의미에서 베냐민은 예술작품을 매우 현실적으로 이용했다. 집요하게 그의 관심을 끌었던 '시간의 경과'는 작품의 바깥 표면에서 끝나지 않았다. 시간의 경과는 작품 속으로 파고들어와 거기서 그를 '내세'로 이끌었다. 작품이 '명성을 얻는 시대'에 도달할 때 시작되는 이 내세에서, 개별 작품의 분리성과 고립된 정체성은 전통적인 그리스도교의 천국에서 영혼이 겪는 바와 마찬가지로 극복되어야 한다. 작품은 현재가 의식적으로 과거로부터 물려받은 것들의 통일성에 가담하고, 그럼으로써 그 통일성을 변화시킨다. 보들레르 시의 내세는 잔 뒤발(Jeanne Duval, 아이티에서 태어나 프랑스에서 활동한 배우이자 무용가—옮긴이)과 에드거 앨런 포와 콩스탕탱 기스(Constantin Guys, 프랑스에서 활동한 네덜란드 출신 수채화가이자 신문 삽화가로, 보들레르가 『현대 생활의 화가』에서 천재적 예술가의 실례로 들었다.—옮긴이)뿐만 아니라, 예를 들자면, 오스만 대로와 처음 등장한 백화점과 도시의 프롤레타리아에 대한 엥겔스의 기술과 1830년대에 탄생한 현대적 응접실과도 공존했다. 현대적 응접실에 대해 베냐민은 다음과 같이 기술했다.

> 민간 시민들로서는 처음으로 생활 공간이 일하는 공간과 구분되었다. 생활 공간은 스스로를 '안'이라 간주했다. 사무실이 그의 보완재였다. 사무실에서 현실을 검토하던 민간 시민들은 자신을 환상 속에 머물게 해 줄 '안'을 요구했다. 이미 있는 사업적 고민들에 사회적 고민들을 더할 의도가 없었기 때문에 이 필요는 훨씬 더 절박했다. 사적인 환경을 창조하는 데 시민들은 둘 모두를 억눌렀다. 이로부터 '안'이라는 일련의 환상들이 튀어나왔다. 이것이 시민들이 가진 우주를 대변했다. 그 안에서 그들은 시간적으로 공간적으로 먼 것들을 조합했다. 응접실은 세계 극장 안에 놓인 상자였다.

지금쯤이면 왜 베냐민을 일개 문학평론가 이상으로 보아야 하는지 조금은 명확해졌을 것이다. 하지만 한 가지를 더 짚어야 한다. 예술 작품에 대한 그의 태도는 기계적인 입장에서 말하는 사회사(社會史)적 태도가 절대 아니었다. 그는 한 시대의 사회적 동력과 특정 작품 간의 단순한 인과관계를 찾으려 한 적이 없다. 그는 작품의 외양을 설명하고자 하지 않았다. 그저 작품의 존재가 우리의 지식 안에서 차지해야 할 장소를 발견하고자 했을 뿐이다. 그는 문학에 대한 사랑을 진작시키고자 하지 않았다. 그저 오늘날의 사람들이 스스로의 역사적 역할을 결정하는 과정에서 내리는 선택들 속에서 과거의 예술이 스스로를 실현하기를 원했을 뿐.

　　왜 베냐민은 지금에 와서야 사상가로 인정받기 시작했을까. 그리고 왜 그의 영향력이 1970년대에 가서 더 커지리라 예상될까. 새로이 일어난 베냐민에 대한 관심이 마르크스주의의 자체적인 재평가와 때를 같이하기 때문이다. 재평가는 전 세계적으로, 마르크스주의를 국가에 대한 범죄로 취급하는 곳에서도 일어나고 있다.

　　여러 변화들이 재평가의 필요성을 이끌어냈다. 제국주의와 신식민주의가 갈수록 더 많은 전 세계 다수에게 가하는 빈곤화와 폭력의 범위와 정도, 소련 인민들의 사실상의 비정치화, 최우선 과제로서의 혁명적 **민주주의**에 대한 의문 재등장, 중국의 **농민** 혁명 성공, 보다 넓고 일반화된 무의미한 박탈감과 좌절보다 직접적인 경제적 자기이해 추구를 통해 소비사회의 프롤레타리아가 혁명적 각성에 이르기가 지금은 더 어려워 보이는 점, 자본주의가 국제적 체계로 존재하는 이상 일국에서 공산주의는커녕 사회주의도 완전히 달성될 수 없다는 점 등등 말이다.

　　이론과 정치적 관행 양쪽 측면에서 이런 재평가가 어떤 결과를 수반할지는 해당 지역 외부에서는 예측도 예상도 할 수 없다. 하지만 마르크스가 정말로 의미한 것은 무엇인가에 대한 숱한 주장과 반론은 분별있게 제쳐 두고라도, 실제로 선행된 사건들과의 관계 속에서 정치공백 기간이랄 수 있는 이 재평가의 시기를 정의하는 작업은 시작할 수 있다.

이 정치공백 시기는 현재가 과거에 의해서 결정되고 미래가 현재에 의해서 결정된다는 측면 모두에서 반결정론적이다. 소위 역사 법칙이라는 것에 회의적이며, 전반적인 진보나 문명이라는 말에 내포된 모든 초역사적인 가치에 대해서도 마찬가지로 회의적이다. 과도한 사적 정치 권력은 늘 자신의 생존을 위해 개인의 의지와 무관한 운명이란 것에 호소한다는 점을 알고 있다. 모든 진정한 혁명적 행위는 그 행위로 기존의 세계에서 경쟁할 수 있기를 바라는 개인적인 희망에서 나와야 한다는 점도 알고 있다. 정치공백 기간은 보이지 않는 세계에 존재한다. 그곳의 시간은 짧고, 결과가 수단을 정당화한다는 비도덕적인 확신이 시간은 늘 자기 편이라는, 그래서 현재의 순간, 베냐민의 표현에 따르자면 '지금'의 시간이 절충되거나 잊히거나 부정될 수 있다는 오만한 가정에 기인하는 곳이다.

베냐민은 체계적인 사상가가 아니었다. 그가 성취한 새로운 '합'은 없다. 하지만 대부분의 동시대인들이 여전히 진실을 숨긴 논리들을 받아들이던 때에 그는 우리의 정치공백 상태를 예견했다. 그리고 이런 맥락에서 볼 때, 『역사철학테제』에 나오는 다음과 같은 생각들은 우리가 지금 고민하는 문제들에도 적용된다.

과거에 대한 진짜 그림은 재빨리 지나간다. 과거는 인식될 수 있을 때 순간적으로 떠오르는 이미지로만 포착될 뿐 다시는 보이지 않는다. "진실은 우리로부터 달아나지 않을 것이다." 역사결정론의 전통적 틀 안에서 고트프리트 켈러는 사적 유물론이 역사결정론을 관통하는 정확한 지점을 짚었다. 현재에 의해 관심사로 인식되지 않은 과거의 모든 이미지가 돌이킬 수 없이 사라지겠다고 위협하기 때문이다.

사적 유물론자는 과정이 아니라 시간이 정지하고 멈춘 상태로서의 현재를 언급하지 않고는 살 수 없다. 이 언급이 그 자신이 쓰고 있는 역사의 현재를 정의하기 때문이다.

승리한 이는 누구든 오늘에 편승하여, 지금의 지배자들이 엎드린 이들을 밟고 지나가는 승리의 행진에 동참한다. 전통적인 관행에 따르면, 행진에는 전리품들이 따라간다. 문화적 보물이라 불리는 그것들을 사적 유물론자는 조심스럽고도 무관심한 시선으로 바라본다. 예외 없이 그 문화적 보물들에 공포 없이는 들여다볼 수 없는 기원이 있기 때문이다. 그 보물들은 자신을 만든 위대한 정신들의 노력과 재능뿐만 아니라 동시대인들의 이름 모를 수고에도 존재를 빚지고 있다. 야만의 기록이 아닌 문명의 기록은 없다.

# 이야기꾼

이제 그가 쓰러졌으니, 나는 그의 음성을 침묵 속에서 들을 수 있다. 소리가 골짜기 저쪽에서 이쪽까지 울려 퍼진다. 그는 수월하게 소리를 냈고, 소리는 요들(yodel)처럼, 내던진 올가미 밧줄처럼 뻗어 나갔다. 소리는 듣는 이들을 소리친 이에게 연결하고는 되돌아온다. 소리는 소리친 이를 중심에 세운다. 그의 개는 물론이거니와 암소들도 그 소리에 반응한다. 어느 날 저녁에 외양간에 매어 놓은 암소 두 마리가 없어졌다. 그가 나가서 불렀다. 두 번째 부르니까 암소 두 마리가 숲속 깊은 곳에서 대답하더니 몇 분 후 어둠이 내리는 때에 맞춰 외양간 문간에 나타났다.

쓰러지기 하루 전, 그가 오후 두시쯤에 계곡에서 소 떼 전부를 몰고 나왔다. 암소들에게 소리를 지르며, 내게도 외양간 문을 활짝 열라고 소리쳤다. 뮈게가 새끼를 낳는 중이었고, 앞발 두 개가 이미 밖으로 나와 있었다. 뮈게를 데리고 돌아오려면 소 떼 전체를 몰고 올 수밖에 없었다. 새끼의 앞발에 밧줄을 묶는 그의 손이 떨렸다. 이 분 정도 밧줄을 끌어당기자 새끼가 나왔다. 그는 새끼를 뮈게에게 주어서 핥게 했다. 암소가 다른 때에는 절대 내지 않는, 아플 때조차도 내지 않는 소리를 내며 울었다. 높고, 가슴을 찌르는, 미친 듯한 소리였다. 그 소리는 불평보다 강했고 반갑다는 인사보다 급박했다. 약간은 코끼리가 포효하는 소리와 비슷했다. 그가 밀짚을 가져다 깔고 새끼를 재웠다. 그에게는 이런 순간들이 승리의 순간이다. 진정한 성취의 순간. 약삭빠르고 야심만만하고 완고하고 지칠 줄 모르는 일흔살 먹은 소 치는 이가 자신을 둘러싼 우주와 이어지는 순간.

매일 아침 일이 끝나면 그는 나와 같이 커피를 마시며 마을 이야기를 하곤 했다. 그는 온갖 재앙이 있었던 날의 날짜와 요일을 기억했다. 그는 모든 결혼식이 열린 달을 기억했고, 결혼식마다 할 얘기가 있었다. 그는 이야기의 주인공이 누구든 사돈의 팔촌까지 가족 관계를 줄줄이 읊을 수 있었다. 가끔 나는 그의 눈에서 어떤 표정을, 어떤 공모의 눈빛을 보았다. 무엇에 대한 공모였을까. 우리 둘의 분명한 차이에도 불구하고 서로 공유하는 어떤 것을 공모하는 눈빛이었다. 절대 직접 언급하지는 않는, 우리를 묶어 주는 어떤 것 말이다. 내가 그를 위해서 해 주는 사소한 농장일은 절대 아니었다. 오랫동안 나는 그게 무얼까 궁금했다. 그러다 어느 날 갑자기 깨달았다. 그 공모의 눈빛은 우리가 동등한 지성을 가졌다는 그의 인정이었다. 우리 둘은 우리 시대의 역사학자다. 우리 둘은 일이 어떻게 맞아 돌아가는지 안다.

우리가 보기에 그런 앎에는 자부심과 슬픔이 공존한다. 내가 그의 눈에서 포착한, 밝으면서도 위로하는 듯한 표정은 그래서였다. 그건 한 이야기꾼이 다른 이야기꾼에게 보내는 표정이었다. 나는 그가 읽지 않을 글들을 줄줄이 쓴다. 그는 자기 집 부엌 구석에 앉아 개한테 먹이를 주고, 이따금 자러 가기 전에 이야기를 한다. 그는 하루의 마지막 커피를 마신 후에 일찍 잠자리에 든다. 나는 그 집에 잘 가지 않는데다, 그가 따로 내게만 이야기를 들려주지 않으면 하나도 알아듣지 못한다. 그가 사투리를 쓰기 때문이다. 그래도 그 공모는 여전하다.

직업적으로 글을 쓸 생각을 해 본 적은 없었다. 글쓰기는 절대 연공(年功)을 부여해 주지 않는 외롭고 독립적인 행위다. 다행히 누구나 그 행위를 시작할 수 있다. 정치적 동기든 개인적 동기든, 무언가를 쓰도록 나를 이끈 동기가 무엇이든 간에, 쓰기 시작하자마자 글쓰기는 경험에 의미를 부여하는 투쟁이 된다. 모든 직업의 권능에는 한계가 있지만 동시에 저마다의 영역이 있다. 하지만 내가 아는 한, 글쓰기에는 저만의 영역이 없다. 글을 쓰는 행위란 대상 경험에 접근하는 행위 외에는 아무것도 아니다. 바라건대, 글로 적힌 내용을 읽는 행위가 비슷한 접근 행위인 것처럼 말이다.

그러나 경험에 접근한다는 건 집에 접근하는 것과 같지 않다. 경험은 개인적이고 지속적이다. 적어도 하나의 생애에서는, 그리고 아마도 여러 생애에 걸쳐서도. 나는 내 경험이 완전히 내 것이라는 인상을 받은 적이 없는 반면, 경험이 나보다 앞선다는 느낌은 종종 받는다. 어떤 경우에라도 경험은 스스로 펼쳐지고, 희망과 공포라는 관계망을 통해 앞으로 뒤로 스스로를 참고한다. 그리고 경험은 언어의 기원에 있는 상징을 이용하여 끊임없이 좋은 것과 싫은 것을, 작은 것과 큰 것을, 가까운 것과 먼 것을 비교한다. 그래서 주어진 순간의 경험에 접근하는 행위는 관찰(가까움)과 연결하는 능력(멂)을 다 포함한다. 글쓰기의 움직임은 배드민턴 공과 같아서 반복적으로 다가왔다가 물러나고 가까워졌다가 멀어진다. 그러나 글쓰기는 배드민턴 공과는 달리 고정적인 틀에 맞춰지지 않는다. 글쓰기의 움직임이 스스로를 반복할수록 경험과의 거리는, 경험과의 친밀함은 증가한다. 마침내, 운이 좋다면 이 친밀함의 결실로 의미가 맺어진다.

얘기를 하는 그 노인에겐 자기 이야기의 의미가 보다 확실하겠지만 그렇다고 덜 신비롭지는 않다. 사실은 그 신비가 훨씬 공개적으로 인식된다. 이 말이 무슨 의미인지 설명해 보도록 하자.

온 마을이 이야기를 한다. 과거의, 심지어 먼 과거의 이야기들. 한 번은 또 다른 일흔살 친구와 산의 높은 절벽을 걷고 있는데, 그가 위쪽에 있는 산상 초원에서 건초를 만들다 거기 떨어져 죽은 젊은 여자 얘기를 들려주었다. 그게 전쟁 전이었나요? 나는 물었다. 1800년(오기

아님) 즈음이라고 그가 말했다. 그리고 바로 그날 있었던 이야기들이 이어졌다. 하루에 일어나는 일들의 대부분이 그날이 채 끝나기 전에 누군가에 의해 묘사된다. 직접 관찰했거나 다른 사람이 전해 준 말에 근거한 사실적인 이야기들이다. 그날의 사건과 마주친 사람들에 관한 일상적인 묘사에 담긴 날카롭기 그지없는 관찰과 평생에 걸친 상호친 밀함이 조합되어 소위 말하는 마을의 **소문**이 구성된다. 가끔은 이야기 속에 도덕적 판단이 내포될 때도 있지만, 공정의 여부는 차치하더라도 이 판단조차 여전히 상세하다. 말하는 사람과 듣는 사람이 계속 같이 살아가야 할 누군가가 관련돼 있기에, 이야기는 **전반적으로는** 어느 정도 포용력을 가지고 얘기된다.

이상화하거나 비난하기 위해 얘기되는 이야기들은 아주 드물다. 그보다는 언제나 약간은 놀랍기 마련인 '가능한 것들'의 범위를 증언한다. 일상의 사건들에 관한 이야기지만 신비로운 이야기다. 그렇게 꼼꼼하게 일하는 C가 어쩌다가 건초 수레를 자빠뜨렸나?, L은 연인인 J를 어떻게 홀랑 벗겨 먹었나, 그리고 보통은 아무한테도 뭘 그냥 주는 법이 없는 J가 어쩌다 그렇게 속수무책으로 당했나?

이야기는 논평을 부른다. 완전한 침묵조차도 하나의 논평으로 받아들여지니, 사실상 이야기가 논평을 창조한다. 논평이 심술궂거나 옹졸할 수도 있다. 하지만, 그렇다 하더라도, 그건 그것 자체로 하나의 이야기가 될 것이고, 그래서 역으로 논평의 대상이 된다. 어떻게 된 게 F는 사사건건 자기 남동생을 깎아내리려고 안달이야? 이야기에 부가되는 논평들은 대부분 논평자가 해당 이야기를 참조하여 내놓은 존재의 수수께끼에 대한 개인적인 반응으로 의도되고 받아들여진다. 모든 이야기는 각자가 스스로를 정의하도록 허용한다.

사실상 친밀한, 구두로 전해지는, 일상의 역사인 이 이야기들의 기능은 마을 전체가 스스로를 정의할 수 있게 해 주는 것이다. 물리적 지리적 특성에 따라 다르긴 하지만, 마을의 삶은 그 안에 존재하는 모든 사회적 개인적 관계들의 총합에다 마을을 나머지 세상과 이어 주는, 대개는 억압적인 사회적 경제적 관계들을 더한 것이다. 하지만 제법 큰 소도시의 삶에 대해서도 비슷한 얘기를 할 수 있을 것이다. 일부 대도시의 삶에 대해서도 그렇게 말할 수 있을지 모른다. 마을의 삶을 구별해 주는 것은 그것이 **스스로의 살아 있는 초상화**라는 사실이다. 모두가 그려지고 모두가 그리는, 공동의 초상화다. 그리고 그건 모두가 모두를 알 때에만 가능하다. 로마네스크 양식 교회 기둥머리마다 새겨진 조각처럼, 무엇이 보이는가와 어떻게 보이는가 사이에 영혼의 정체성이 있다. 마치 묘사된 바가 조각가 자신이기도 했던 것처럼. 한 마을의 자화상은 돌로 구축되는 것이 아니라 얘기되고 기억되는 말로 만들어진다. 논평으로, 이야기로, 목격담으로, 전설로, 첨언으로, 풍문으로 말이다. 그리고 그건 계속되는 초상화다. 절대 멈추지 않는 작업이다.

아주 최근까지도 마을과 마을 농부들이 스스로를 정의할 때 쓸 수 있는 유일한 재료는 스스로가 하는 말뿐이었다. 한 마을이 그리는 스스로의 초상화는 일에서 얻는 물질적 성과들을 제외하면 그들 존재의 의미를 비춰 주는 유일한 반영이었다. 다른 누구도, 어떤 것도 그런 의미를 알아주지 않았다. 그런 초상화 없이는, 그리고 초상화의 원재료인 '소문' 없이는, 마을은 스스로의 존재에 의문을 품지 않을 수 없다. 모든 이야기와 그 이야기가 **목격되었다는** 증거인 모든 논평이 그 초상화에 기여하고, 그 마을의 존재를 확정한다.

이 계속되는 초상화는 대부분의 초상화와는 달라서 고도로 사실적이고, 비형식적이며, 있는 그대로다. 다른 이들과 마찬가지로, 그리고 그들 삶의 불안정성을 고려하면 아마도 더, 농부들은 형식을 필요로 하고, 형식은 예식과 의례로 표현된다. 하지만 공동 자화상의 제작자로서의 그들은 비형식적이다. 그런 비형식성이 그들의 진실에 더 가까이 조응하기 때문이다. 예식과 의례로는 부분적으로만 통제할 수 있는 그런 진실 말이다. 결혼식은 다 비슷하지만, 결혼은 다 다르다. 죽음은 모두에게 오지만 사람은 홀로 애도한다. 그것이 진실이다.

마을에서는 한 사람에 대해 알려진 것과 알려지지 않은 것 간의 차이가 아주 사소하다. 아주 잘 지켜진 비밀이 많을 수도 있지만, 대개는 속이는 경우가 드물다. 불가능하기 때문이다. 그래서 마을에는 안달복달하는 느낌의 궁금증이 거의 없다. 그럴만한 대단한 필요가 없기 때문이다. 안달복달하는 궁금증은 X에게 X가 모르는 Y에 대한 얘기를 함으로써 약간의 권력이나 인정를 얻을 수 있는 도시 **건물관리인**의 특성이다. 마을이라면, X는 이미 그 사실을 알고 있다. 그래서 연극도 거의 없다. 농부들은 도시 사람들과 달리 **역할 놀이**를 하지 않는다.

그들이 '단순'하거나 더 정직하거나 엉큼한 꾀를 내지 않아서가 아니라, 그저 연극에 필요한 공간이, 한 인물에 대해 널리 알려진 것과 알려지지 않은 것 사이의 공간이 너무 작기 때문이다. 농부들이 장난을 칠 때는 실질적인 장난을 친다. 마을 전체가 미사를 보러 간 어느 일요일 오전에 남자 네 명이 외양간 청소에 쓰는 외바퀴 손수레를 몽땅 끌어내 성당 입구에 나란히 세워 놓았다. 성당에서 나오는 사람은 누구나 자기 손수레를 발견할 수밖에 없었고, 주일용 옷을 빼입은 채로 손수레를 밀면서 마을 거리를 지날 수밖에 없었다! 계속해서 그려지는 마을의 자화상이 신랄하고, 솔직하고, 때로는 과장되긴 해도 이상화되거나 위선적인 경우가 거의 없는 이유도 그 때문이다. 그리고 사실주의가 질문의 가능성을 여는 데 반해 위선과 이상화는 질문의 여지를 닫아 버린다는 점에서 이 사실은 중요하다.

사실주의에는 두 가지 형태가 있다. 전문가적 사실주의와 전통적 사실주의다. 전문가적 사실주의는 예술가나 나 같은 작가가 선택하는 수단의 하나로, 늘 의식적으로 정치적이다. 전문가적 사실주의는 지배 이데올로기의 불투명한 부분을 뒤흔들고, 그로 인해 대개는 현실의 어떤 측면이 끊임없이 뒤틀리거나 부정되도록 하는 것을 목표로 삼는다. 언제나 대중에게서 기원했던 전통적 사실주의는 어떤 측면에서 보자면 정치적이라기보다는 과학적이다. 축적된 실증적인 지식과 경험을 가정하면서 전통적 사실주의는 알려지지 않은 것의 수수께끼를 제시한다. 이게 어떻게 저렇게…? 과학과는 달리 전통적 사실주의는 답이 없어도 살 수 있다. 하지만 그것이 가진 경험이 너무 거대하다 보니 질문이 무시되도록 내버려 두지 않는다.

흔히 얘기되는 것과 반대로 농부들은 마을을 벗어난 세상에 관심이 있다. 하지만 농부가 농부로 남아 있으면서 이동할 수 있는 경우는 드물다. 농부는 지역을 선택할 수 없다. 농부의 장소는 잉태되는 바로 그 순간에 주어진다. 그래서 농부가 자신의 마을을 세상의 중심이라 여긴다 해도, 하나의 현상학적 사실로 보자면 그다지 크게 편협한 문제는 아니다. 농부의 세상에는 중심이 있다. (나의 세상에는 없다.) 농부는 마을에서 일어나는 일이 인간 경험의 전형이라 믿는다. 이런 믿음은 누군가가 기술적이거나 조직적인 용어로 그 말을 해석하려 할 때에만 순진하게 들린다. 농부는 **인간**이라는 종의 보편적인 언어로 그 말을 해석한다. 농부를 환호하게 만드는 것은 온갖 다양한 인간들의 표상이며 모두가 공유하는 생과 사의 공통된 운명이다. 그래서 살아 있는 마을의 자화상의 전경은 극도로 상세한 반면, 배경은 가장 공개적이고 일반적이면서 절대 완벽하게 대답할 수 없는 질문들로 구성돼 있다. 그 안에 일반적으로 인정된 신비가 있다.

그 늙은 남자는 내가 자기만큼이나 그 점을 속속들이 알고 있다는 사실을 안다.

# 에른스트 피셔: 철학자와 죽음

그날이 그의 생애 마지막 날이었다. 물론 그때는 몰랐다. 얼추 밤 열시가 될 때까지는. 우리 셋, 나와 애냐, 그의 아내 로우가 그날 온종일 그와 함께했다.

에른스트 피셔(Ernst Fischer)는 여름마다 오스트리아 남동부 스티리아 주에 있는 어느 작은 마을에 가서 지냈다. 그와 로우는 오랜 친구들인 어느 세 자매의 집에 머물렀다. 그 세 자매는 에른스트와 두 형제들과 마찬가지로 1930년대에 오스트리아 공산당원으로 활동했다. 지금 이 집을 관리하는 세 자매 중 막내는 정치 망명객들을 숨겨 주고 도왔다는 이유로 나치에 잡혀 수감되었다. 그때 그녀와 사귀던 남자는 유사한 정치적 범죄 혐의로 참수되었다.

스티리아에는 비가 자주 온다. 그리고 이 집에 있다 보면 정원에서 나는 물소리 때문에 비가 그쳐도 계속 비가 오는 듯한 느낌을 받곤 한다. 하지만 정원은 습하지 않고, 알록달록한 풍성한 꽃이 녹음을 뚫고 빛난다. 정원은 일종의 성역이다. 하지만 앞서 말했듯이, 이곳의 완전한 의미를 이해하려면 삼십 년 전에 사람들이 목숨을 구하기 위해 세 자매의 보호를 받으며 여기 별채에 숨어 있었다는 사실을 기억해야 한다. 지금 자매들은 곳곳을 꽃병으로 장식하고는 먹고살기 위해 여름마다 몇몇 오랜 친구들에게 세를 내준다.

아침에 도착하니 에른스트가 정원을 산책하고 있었다. 여윈 몸이 꼿꼿했다. 그는 아주 가볍게 걸었다. 마치 자신의 무게가, 사실 얼마 안 나가기도 했지만, 제대로 땅에 실리지 않는 것처럼. 그는 얼마전에 로우가 사 준 챙이 넓은 흰색과 회색이 섞인 모자를 썼다. 옷차림도 그렇듯이 그 모자도 무심하게 썼지만 산뜻하고 우아했다. 그는 까다로웠다. 옷의 세세한 부분에 대해서가 아니라 외양의 자연스러움에 대해서 말이다.

그는 현재의 즐거움을 액면 그대로 받아들였는데, 그 능력만큼은 정치적 실의나 1968년 이후로 도처에서 끊이지 않는 나쁜 소식에도 절대 위축되지 않았다. 그는 괴로움의 흔적이 없는, 얼굴에 주름 하나 없는 사람이었다. 그래서 사람들이 그더러 순수하다고 말하는가 싶다. 잘못된 생각이다. 그는 엄청나게 덩치가 큰 자기 믿음을 버리거나 축소하기를 거부한 사람이었다. 최근에는 회의주의를 **믿었다.**

지금 그가 너무 갑자기 죽은 듯이 보이는 것도 바로 그 확고하고 강한 신념 때문이다. 그는 어릴 때부터 허약했다. 자주 아팠다. 최근에는 시력이 나빠져 아주 도수 높은 돋보기가 있어야만 읽을 수 있어서 로우가 대신 읽어 주는 경우가 잦았다. 하지만, 그럼에도, 그를 아는 사람이라면 그가 천천히 죽어 간다고, 해가 갈수록 그와 생을 묶은 끈이 느슨해진다고 짐작하기란 절대 불가능했다. 그는 완전히 확신했으므로 완전히 살아 있었다.

그는 무엇을 확신했을까? 이 질문에 대답이 될 그의 저서, 정치적 활동, 연설 등이 기록으로 남아 있다. 아니면 그걸로는 충분한 답이 되지 않을까? 그는 자본주의가 결국에는 인간을 파괴하리라고, 아니면 타도되리라고 확신했다. 그는 어디에나 있는 지배계급의 무자비함에 어떤 환상도 품지 않았다. 그는 우리에게 사회주의의 모델이 없다는 사실을 인식하고 있었다. 그는 중국에서 벌어지는 일에 깊은 인상을 받았고 긴한 관심을 보였지만 중국 모델을 믿지 않았다. 정말로 힘든 건 우리를 옥죄는, 전망을 밝혀야 한다는 압박이라고 그는 말했다.

우리는 관목으로 둘러싸이고 버드나무 한 그루가 그늘을 드리운 작은 잔디밭이 있는 정원 끝으로 걸어갔다. 그는 그곳에서 손가락을 쫙 펼친 채 손을 휘저으며, 듣는 사람의 눈에서 실이라도 자아내는 듯한 활기찬 몸짓으로 얘기를 하곤 했다. 그가 말할 때는 손을 따라 어깨가 앞으로 굽었다. 들을 때는 말하는 사람의 말을 따라 고개가 앞으로 굽었다. 지금 별채에 딸린 야외용 의자들이 쌓인 그 잔디밭은 억눌린 듯, 확연히 텅 비어 보인다.

벌써 비가 내리기 시작해서 점심을 먹으러 나가기 전에 잠시 그의 방에 들어가 앉았다. 우리 넷은 거기 작은 원탁에 둘러앉아 얘기를 나누곤 했다. 나는 창을 마주 보고 앉아 간간이 나무와 산 위의 숲을 내다보았다. 그날 오전, 나는 창에 방충망이 끼워져 있으면 모든 것이 다소 이차원적으로 보여서 액자 같은 효과가 난다는 점을 지적했다. 우리는 공간에 너무 많은 무게를 두고 있어요, 나는 말을 이었다. 아마 대부분의 풍경화보다 페르시아산 카펫에 더 많은 자연이 있을걸. 우리는 산을 죽이고 나무들을 쳐내고는 사람들을 위해 카펫을 걸어 주지, 에른스트가 말했다.

우리는 산기슭에 있는 어느 펜션으로 점심을 먹으러 갈 예정이었다. 구월이나 시월에 에른스트가 거기서 작업을 할 만할지 가서 볼 요량이었다. 그해 초에 로우가 작은 호텔과 하숙집 십여 군데에 편지를 보냈는데, 그곳이 비용이 저렴하면서도 가능성이 있어 보이는 유일한 곳이었다. 내가 차가 있으니, 그들은 그 참에 가서 둘러보고 싶어 했다.

그가 죽고 이틀 뒤에 『르 몽드』에 그에 관한 긴 기사가 실렸다. 기사는 말했다. "에른스트 피셔는 조금씩 조금씩 스스로를 가장 독창적이고도 인정받는 '이단적' 마르크스주의 사상가로 세워 나갔다…." 그는 오스트리아의 좌파 세대 전체에 영향을 미쳤다. 프라하의 봄을 만들어낸 체코인들의 사상에 상당한 영향을 끼쳤다는 이유로 그는 지난 사 년 동안 동유럽에서 지속적으로 비난을 받았다. 그의 책은 대부분의 언어로 번역되었다.

하지만 지난 오 년 동안 그의 형편은 갑갑하고 가혹했다. 피셔는 돈이 거의 없다시피 해서 늘 돈 걱정에 시달리며 빈에 있는 비좁고 시끄러운 서민용 아파트에 살았다. 그러면 안돼? 그에 반대하는 사람들의 목소리가 들린다. 그가 노동자들보다 나은 게 뭐 있어? 없다. 하지만 그는 전문적으로 일할 수 있는 조건이 필요했다. 어떤 경우에라도 불평하는 법은 없었지만 말이다. 하지만 그는 위아래, 양옆 아파트에서 끊임없이 이웃들의 일상과 라디오 소음이 들리는 빈에서는 원하는 만큼, 또 할 수 있는 만큼 집중해서 일할 수가 없다고 판단했다. 그래서 매년 조용하면서 싼 곳을, 삼 개월 만에 그처럼 많은 원고를 완성할 수 있는 곳을 각지로 찾았다. 세 자매의 집은 팔월 이후로는 쓸 수 없었다.

우리는 숲을 뚫고 가파른 먼짓길을 올라 펜션을 찾았다. 젊은 부부가 기다리고 있다가 다른 손님 몇몇이 이미 식사를 하고 있는 긴 식탁으로 우리를 안내했다. 나무를 깐 바닥과 커다란 창이 있는 넓은 방이었고, 창으로는 숲 건너 가파른 밭을 이룬 인근 산등성이 너머로 아래쪽 평원이 보였다. 벤치에 쿠션이 놓이고 식탁마다 꽃이 있다는 점만 빼면 유스호스텔에서 보는 매점과 크게 다르지 않았다. 나란히 붙은 침실 두 개는 완전히 동일했고, 같은 층 맞은편에 화장실이 있었다. 벽에 딱 붙인 침대가 있는 방은 좁고 길었는데, 세면대와 간소한 붙박이장이 있고, 끝에는 수 킬로미터 멀리까지 경치를 볼 수 있는 창문이 있었다. 창문 앞에 책상을 놓고 여기서 일하시면 되겠어요. 그래, 그래, 그가 말했다. 책을 마치실 수 있을 거예요. 아마 다는 아니겠지만, 그래도 많이 마칠 수 있을 거야. 여기로 하세요, 내가 말했다.

우리는 같이 산책을 나가 그가 매일 아침마다 가는 숲속을 걸었다. 나는 비망록 첫번째 권을 왜 그렇게 여러 가지 다른 문체로 썼는지 물었다.

문체마다 사람이 달라.

자신의 여러 다른 측면인가요?

아니, 그보다는 다른 자아지.

그 다른 자아들은 공존합니까, 아니면, 하나가 지배적일 때는 다른 자아들이 사라지고 그런 겁니까?

동시에 존재하지. 어느 것도 사라질 수 없어. 가장 강한 둘은 폭력적이고 열정적이고 극단적이고 낭만적인 나와 냉담하고 회의적인 나야.

머릿속에서 둘이 토론하고 그럽니까?

아니.

(그가 '아니'라고 말하는 방식은 특별했다. 오래전부터 그 질문을 곰곰이 생각해 왔다는 듯한, 상당히 끈기있는 탐색 뒤에야 그 답에 도달했다는 듯한 느낌이었다.)

둘은 서로를 바라보지, 그가 말을 이었다. 조각가인 흐르들리카가 내 흉상을 만들었어. 실제 나보다 훨씬 젊어 보이게 말이야. 하지만 그 두 지배적인 자아를 볼 수 있어. 각각이 얼굴 한쪽에 나타나니까. 하나는 어찌 보면 약간 당통처럼 보이고, 다른 하나는 약간 볼테르처럼 보여.

숲길을 따라 걸으면서 나는 번갈아 그의 양쪽에 서서 그의 얼굴을 살펴보았다. 처음에는 오른쪽에서, 그러고는 왼쪽에서. 두 눈이 달랐고, 옆얼굴에 보이는 입꼬리가 그 차이를 굳혀 주었다. 오른쪽은 다정하고 자유분방했다. 그는 당통을 언급했다. 하지만 내 생각에는 당통보다는 어떤 동물처럼 느껴졌다. 아마 네 발로 가뿐하게 걷는 염소의 일종, 어쩌면 알프스 영양 같은. 왼쪽은 회의적이지만 더 냉엄해 보였다. 판단을 하지만 속에 감춰 놓는 얼굴이었다. 확고한 확신을 가지고 이성에 호소하는 얼굴이었다. 왼쪽은 요지부동이었을 테고, 오른쪽과 더불어 살라는 위협에 굴하지 않았을 것이다. 나는 내가 관찰한 바를 다시 확인하기 위해 반대편으로 자리를 옮겼다.

그러면 둘의 상대적인 힘이 늘 같나요? 내가 물었다.

회의적인 자아가 더 강해졌어, 그가 말했다. 하지만 다른 자아들도 있어. 그가 웃으며 내 팔을 잡더니 다시금 확인시켜 주려는 듯이 덧붙였다. 그것의 헤게모니도 완전하지 않아.

살짝 헐떡이는 듯한, 평소보다 약간 굵은 목소리였다. 그가 감동했을 때, 예를 들어 사랑하는 사람을 안았을 때 내는 목소리였다.

그의 걸음걸이는 매우 개성적이었다. 엉덩이가 뻣뻣하게 움직였지만, 그것만 아니면 젊은 사람처럼 빠르고 가볍게, 자기만의 생각이 가진 리듬에 따라 걸었다. 지금 쓰는 책은 문체가 일관적이야. 공정하고, 논리적이고, 냉철하지, 그가 말했다.

나중에 쓰는 책이라서요?

아니, 실제로는 나 자신에 관한 게 아니라서야. 어떤 역사적 시기에 관한 책이지. 첫번째 책은 나 자신에 관한 건데, 그걸 다 한 자아로만 썼다면 진실을 얘기할 수 없었을 거야. 다른 자아들 간의 분쟁을 초월하여 그 이야기를 정연하게 할 수 있는 자아는 없어. 우리는 경험의 여러 측면들을 분류하지. 그래서, 예를 들자면, 어떤 사람들은 내게 책 한 권에 사랑**과** 코민테른(Comintern)을 같이 논하지 말라고 해. 그런 분류란 대개 거짓말쟁이들의 편의를 위한 거지.

한 자아가 내린 결정은 다른 자아한테 숨기나요?

어쩌면 내 질문을 듣지 못했는지도 모르겠다. 어쩌면 내 질문에 상관없이 다음 얘기를 하고 싶었는지도.

내 첫번째 결정은 '죽지 않는다'였어, 그가 말했다. 어릴 때, 아파서 누워 있을 때, 생사의 기로에 서서 난 살고 싶다고 결정했어.

그라츠(스티리아 주의 주도―옮긴이)를 경유해 돌아오는 길에, 나는 에른스트에게 세르비아 시인 미오드라그 파블로비치의 시집을 한 권 선물하려고 책방에 들렀다. 그날 오후에 에른스트는 더는 시를 쓰지 않는다고, 더는 시의 목적을 모르겠다고 몇 번이나 말했었다. 시에 대한 내 생각이 낡았기 때문인지도 모르지, 그는 덧붙였다. 나는 그가 파블로비치의 시를 읽어 줬으면 싶었다. 차에서 그에게 책을 건넸다. 이미 있어, 그가 말했다. 하지만 그는 내 어깨에 손을 올려놓았다. 고통없이 마지막으로.

우리는 마을에 있는 카페에서 저녁을 먹을 예정이었다. 그의 방을 나서 계단을 내려가는데 뒤에 선 에른스트가 갑자기, 그러나 나지막하게 소리를 질렀다. 나는 홱 돌아보았다. 그가 두 손으로 허리 뒤쪽을 누르고 있었다. 앉으세요, 어어, 누우세요. 그는 신경 쓰지 않았다. 내가 아니라 내 뒤쪽 먼 곳을 바라보았다. 그의 주의는 이곳이 아니라 그곳에 있었다. 그때는 고통이 심해서라고 생각했다. 하지만 그 고통은 상당히 빨리 지나간 듯했다. 그는 평소와 다름없이 천천히 계단을 내려왔다. 세 자매가 우리에게 밤 인사를 하려고 현관에서 기다리고 있었다. 우리는 잠깐 걸음을 멈추고 얘기를 나눴다. 에른스트는 등쪽에 류머티즘이 왔다고 설명했다.

그에게서 이상한 거리감이 느껴졌다. 그가 의식적으로 무슨 일인지 추측했거나 아니면 그의 내면에 있는 알프스 영양이, 그 강력한 동물이 죽기 알맞은 외딴곳을 찾으러 이미 떠난 것이리라. 지나고 나서 보니 그렇게 느껴지는 게 아닌지 자문해 본다. 아니다. 그는 이미 멀어져 있었다.

우리는 잡담을 나누며 물소리가 나는 정원을 지났다. 카페에 딸린 선술집에 들어가 늘 앉던 식탁에 앉았다. 농부 몇 명이 이른 한잔을 즐기고 있었다. 그들이 나갔다. 사슴을 몰래 쫓아가 쏘는 일에만 관심이 있는 데다 카페에서는 야비하게 구는 주인이 우리 수프를 가지러 가면서 전등 두 개를 껐다. 로우가 불같이 화를 내며 그의 등에다 대고 소리를 질렀다. 주인이 듣지 않았다. 그녀가 일어나 바 뒤로 가서 전등두 개를 다시 켰다. 저라도 그랬을 거예요, 내가 말했다. 에른스트가 로우에게 미소를 짓더니 애냐에게, 그리고 나에게 미소를 지었다. 자네와 로우가 같이 살면 대단하겠군, 그가 말했다.

다음 요리가 나왔는데 에른스트가 먹질 못했다. 주인이 다가와 음식이 마음에 들지 않느냐고 물었다. 에른스트가 손도 대지 않은 접시를 들어 올리고는 말했다. 잘 손질해서 잘 요리했는데, 내가 먹을 수가 없을 뿐이오. 그는 창백해 보였고, 가슴 아래쪽이 아프다고 말했다.

돌아가는 게 어떨까요, 내가 말했다. 내 말에 대한 반응으로 다시금 먼 곳을 보는 듯한 그의 시선이 돌아왔다. 아직은, 조금 있다가, 그가 말했다.

우리는 식사를 마쳤다. 그는 다리가 불안정했지만 혼자 서겠다고 고집했다. 문까지 가는 중에 그가 내 어깨를 짚었다. 차 안에서 그랬던 것처럼. 하지만 아주 다른 뭔가를 표현하고 있었다. 그리고 그때 그의 손길은 한층 가벼워져 있었다.

몇백 미터쯤 갔을까. 그가 말했다, 기절할 거 같아. 나는 차를 멈추고 그를 안았다. 그의 머리가 내 어깨로 떨어졌다. 헐떡이고 있었다. 그가 왼쪽 눈으로, 회의적인 눈으로 내 얼굴을 응시했다. 회의적인, 뭔가를 묻는 듯한, 확고한 시선이었다. 그러고는 그의 시선이 아무것도 보지 않게 되었다.

애냐가 지나가는 차를 세워 도와줄 사람을 찾으러 마을로 돌아갔다. 그녀가 다른 차를 타고 돌아왔다. 그녀가 우리 차 문을 열자 에른스트가 발을 내딛으려 했다. 그게 그가 마지막으로 취한 무의식적인 행동이었다. 지시에 따라야 한다는, 의지에 따라야 한다는, 단정해야 한다는 무의식 말이다.

집에 도착하니 소식이 먼저 당도해 있었다. 현관까지 바로 운전해 들어갈 수 있도록 대문이 열려 있었다.

마을에서 애냐를 데리고 와 준 젊은 남자가 에른스트를 어깨에 지고 안으로 들어가 위층으로 올라갔다. 나는 뒤따르며 그의 머리가 문설주에 부딪히지 않도록 보호했다. 그를 침대에 눕혔다. 우리는 의사를 기다리는 동안 할 수 있는 별 도움이 안 되는 일들을 했다. 할 일이 아무것도 없었다. 우리는 그의 다리를 주물렀고, 뜨거운 물이 든 병을 들여왔고, 맥박을 쟀다. 나는 그의 차가운 머리를 쓰다듬었다. 하얀 침대보에 놓인, 꽉은 아니지만 느슨하게 주먹을 쥔 갈색 두 손이 몸의 다른 부분과 동떨어져 보였다. 마치 손목에서 잘린 것 같았다. 숲속에서 죽은 채 발견된 어느 동물의 잘라낸 앞발처럼.

의사가 도착했다. 오십대 남자였다. 지치고 창백한 얼굴에, 땀을 흘렸다. 넥타이도 없이 농부들이 입는 양복을 입었다. 수의사처럼 보였다. 제가 이 주사를 놓는 동안 환자의 팔을 들어 주세요, 그가 말했다. 정원의 수도관을 따라 물이 흘러가듯이 수액이 흐를 수 있도록 그가 정교하게 정맥에 바늘을 찔러 넣었다. 이때 방 안에는 우리밖에 없었다. 의사가 고개를 저었다. 이분 나이가 어떻게 되죠? 일흔셋이요. 더 나이 들어 보이는데요, 그가 말했다.

살아계셨을 때는 더 젊어 보이셨어요, 내가 말했다.

전에도 혈관이 막힌 적이 있었어요?

예.

이번에는 운이 없었네요, 그가 말했다.

로우와 애냐와 세 자매와 나는 에른스트의 침대가에 섰다. 그가 갔다.

에트루리아인들은 무덤 벽면에 일상의 장면들을 그려 넣고 석관 뚜껑에는 고인을 나타내는 실물 크기의 형상을 새겨 넣는다. 보통 그 형상들은 긴 의자에 누운 듯이 다리와 발을 편안하게 뻗고 한쪽 팔꿈치를 세워 머리를 괸, 반쯤 누운 자세지만 머리와 목은 먼 곳을 살피듯이 긴장해 있다. 그런 조각상이 짧은 시간에 수천 개씩 만들어지다 보니 어느 정도는 일정한 공식을 따르게 된다. 하지만 형상이 아무리 천편일률적이라 해도, 먼 곳을 바라보는 그 기민한 시선들은 충격적이다. 맥락을 살펴보면, 그 거리는 공간적인 거리라기보다는 시간적 거리가 분명하다. 그 거리는 고인이 살아 있을 때 바라보던 미래다. 그들은 마치 손을 뻗어 만질 수 있다는 듯이 그 거리를 살핀다.

나는 석관의 조각을 만들 수 없다. 하지만 내게는 에른스트 피셔가 그에 못지않은 태도로 쓴 듯한, 그와 유사한 절절한 바람을 담은 듯이 여겨지는 글들이 있다.

# 가브리엘 가르시아 마르케스:
# 죽음의 서기가 읽어 주다

그제 가까운 친구〔『행운아』에서 시골 의사로 나오는 존 사샬(본명은 존 에스켈)을 가리킨다—옮긴이〕가 머리통을 쏴 자살했다. 나는 이제 그의 죽음이 오늘 내 머릿속에서 불러내는 그의 삶에 관련된 수천 가지 기억들을 전보다 선명하게는 아니더라도 더 솔직하게 볼 수 있다. 삶은, 살아 있다는 사실은 늘 단순화되는 경향이 있다. 어떤 종류의 이야기를 들어야 하는 이유에는 '이런 편의주의적인 단순화와 싸우기 위해서'도 있다. 어떤 의미에서 보자면 이야기는 어디에도 가지 않는다. 이야기는 그냥 **있다**. 죽은 친구가 지금 내 머릿속에 있는 것처럼.

줄거리로 보나 이야기를 해 나가는 형태로 보나 마르케스(G. G. Márquez)의 신작은 이런 단순한 생각들과 관련돼 있다. 여기서는 주로 이야기를 해 나가는 형태를 보고자 하는데, 마르케스가 나토(NATO) 문화권에 속한 우리에게는 드물어진 어떤 전통을 보여 주는 전형적인 이야기꾼이기 때문이다. 우리의 문화가 산산히 무너지는 이때, 우리는 마르케스의 '이야기하기'를 좀 더 이해함으로써 세상에 있는 대부분의 사람들에 대해, 그리고 어쩌면 우리 자신의 미래에 대해 더 많이 배울 수 있을지 모른다.

다른 책과 마찬가지로, 이 이야기도 마르케스가 태어난 콜롬비아 변두리 어딘가가 배경이다. 백이십 쪽밖에 안 되는 짧은 이야기다. 바로 앞서 나왔던 그의 책 『족장의 가을』과 마찬가지로 이 이야기도 어느 죽음에 관한, 그것도 폭력적인 죽음에 관한 이야기다.

지금의 시선으로 과거를 돌아보는 이 이야기는 사반세기 전 2월의 어느 새벽 다섯시 삼십분부터 여섯시 삼십분 사이에 일어난 일을 묘사한다. 아랍인 후손인 산티아고 나사르가 숙취에 시달리는 중에 칼에 찔려 죽는다. 간밤 어느 떠들썩한 결혼 잔치에서 놀다 돌아온 후이고, 슬픈 신랑이 신부가 처녀가 아니라는 사실을 발견한 후이다. 나사르는 자기 집 대문에 기댄 채 칼에 찔려 죽었는데, 보통은 말 안 해도 아들의 꿈까지 아는 어머니가 그날따라 무심코 대문을 잠그는 바람에 돼지 도축용 칼을 든 비카리오 형제로부터 달아날 유일한 탈출구가 막혀 버렸다. 비카리오 형제는 누이인 신부 앙헬라의 명예를 지키기 위해, 진짜인지 그냥 둘러댄 것인지 누가 알겠냐마는, 밤사이 누이가 자신의 처녀성을 빼앗은 자라고 이름을 댄 그를 (미리 주의를 줘서 도망가게 하려던 온갖 시도에도 불구하고) 죽여야만 하는 처지였다.

이 이야기는 마르케스의 다른 이야기들보다 엄격하다. 이 책의 화자는 가장 완전한 진실을 찾으려 분투하는 조사관이다. 하지만 청교도적인 서구의 책이 아니기 때문에, 조사관의 모델은 탐정이 아니라 상형문자 연구가처럼 그려진다. 일련의 서술이 둥그렇게 꽃잎을 두른 데이지 꽃처럼 중심을 향하는데, 그 중심에는 어느 대문 앞에서 일어난 살인의 순간이 있다. 모든 것이 스물한 살의 목장 소유자이자 매를 부리는 사람인 산티아고 나사르가 끔찍한 마지막 순간에 어머니를 소리쳐 부르는 그 지점에 집중된다.

그리고 그 작고 갸날픈 질문의 꽃잎들로 마르케스는 무엇을 찾아내고 싶은 걸까? 살인의 심리적인 동기는 절대 아니다. 법적으로 유죄냐 무죄냐의 여부도 아니다. 원인과 결과의 과정도 아니다. 만취 여부나 성의 병리학도 아니다. 성공이나 실패 이야기도 아니다. 그는 그저 온 마을 사람들이 벌써 잠자리에서 일어나 거리에 나가 있던 그 이른 아침에 광장에서 벌어진 일을 다시 구성해 보고자 할 뿐이다. 그가 이걸 구성하여, 대체 무슨 일이 벌어졌는지 우리, 청자들이 이해할 수 있게 되면, 나사르와 그의 약혼녀, 그의 어머니, 누이의 명예를 위해서 어쩔 수 없이 복수한 두 형제, 신부와 신랑 등 관련된 모든 이들의 운명이 (반지의 보석처럼) 각자의 수수께끼에 끼워 맞춰질 수 있을 터이기 때문이다. 탐정 이야기는 수수께끼를 해결하려고 시작된다. 『예고된 죽음의 연대기』는 수수께끼를 보존하려고 시작된다.

> 몇 년 동안 우리는 다른 얘기를 할 수 없었다. 줄줄이 이어지는 수많은 습관들에 지배되던 우리의 일상이 그때 갑자기 단 하나의 공통된 걱정거리를 중심으로 빙빙 돌기 시작했다. 그 불합리한 일을 가능케 한 수많은 우연의 타래를 정리하다 보면 새벽닭이 울곤 했는데, 우리가 그럴 수밖에 없었던 이유는 수수께끼를 밝히려는 조급함 때문이 아니었다. 그 장소와 운명이 우리에게 지운 임무를 명확하게 알지 않고서는, 우리 누구도 계속 살아갈 수 없다는 게 분명했기 때문이었다.

마르케스는 내가 동시대인 중에서 제일 존경하는 인물이다. 아마 공정한 판단은 아닐 것이다. 일부 국가의 비평가들이 나의 최근 소설을 그의 소설과 비교하기도 했고, 내가 비평가로서가 아니라 '이야기하기'라는 기술을 공유하는 동료로서 그를 생각하는 것도 사실이다.

그건 어떤 기술일까? 마르케스는 수수께끼를 보존하려 나선다. 그저 신비화를 위한 신비화를 통해 이득을 얻거나 아니면 신비화를 즐기는 반계몽주의자라는 의미일까? 터무니없는 혐의다. 그는 이데올로기적 신화들을 폭로하고 민주적 알 권리를 위해 싸우기로 결심한 고도의 전문 저널리스트이기도 하다. 그는 '운명이 우리에게 준 임무'를 말한다. 하지만 의심의 여지 없이 그의 역사의식은 마르크스주의적이다. 우리가 서로 화해할 수 없는 모순들로 여기게끔 배워 온 이런 것들을 화해시키는 '이야기하기'의 형태와 전통이란 대체 어떤 것일까?

잠깐 돌이켜 보면, 이야기꾼에게 삶에서 이끌어낸 이야기란 뭐든 끝에서 시작된다. 딕 휘팅턴의 이야기는 그가 마침내 런던 시장이 되었을 때 그런 형태가 된다. 로미오와 줄리엣의 이야기는 그들이 죽은 뒤에 시작한다. 전부는 아니라도 대부분의 이야기가 주인공의 죽음으로 시작한다. 이런 의미에서 본다면 이야기꾼이야말로 '죽음의 서기'라 할 수 있다. 죽음이 그들에게 서류철을 건네준다. 서류철에는 온통 까만 종잇장만 가득하지만, 그들에게는 그걸 읽을 수 있는 눈이 있어 살아 있는 자들에게 들려줄 이야기를 구성해낸다. 여기서 현대의 비평가들과 특정 학파의 교수들이 힘주어 강조하는 창작이라는 문제가 공공연하게 황당무계해진다. 이야기꾼이 가진 것, 또는 필요한 것은 검은 종이에 적힌 걸 읽을 줄 아는 능력이 전부다.

나는 헤이그에 있는 렘브란트의 그림 〈눈먼 호메로스〉를 생각한다. 죽음의 서기를 묘사한 최고의 이미지다. 그리고 나는 그 그림과 식도락가 같은 얼굴에 상스러운 활력이 느껴지는 마르케스의 사진을 비교해 보기를 좋아한다. 이 비교에 자만 따위는 없다. 우리, 죽음의 서기들에게는 똑같은 의무감과 똑같은 모호한 부끄러움(우리는 살아남았고, 최고의 사람들은 떠났다)과, 우리가 하는 이야기들이 그렇듯이, 남몰래 가지는 똑같은 애매한 자부심이 있다. 그렇다, 나는 그 그림과 그 사진을 나란히 놓고 생각하기를 좋아한다.

이 책이 '연대기'라고 불리는 건 의미심장하다. 내가 말하는 이야기하기의 전통은 **소설**의 전통과는 거의 관련이 없다. 연대기는 공적이고 소설은 사적이다. 서사시와 마찬가지로 연대기는 이미 대중적으로 알려진 것을 보다 기억하기 쉬운 다른 형식으로 이야기한다. 이와는 대조적으로 소설은 가족의 개인사에 숨은 비밀을 폭로한다. 소설가는 남몰래 독자를 어느 개인의 집 안으로 불러들이고는 손가락을 입에 댄 채 함께 지켜본다. 연대기 작가는 시장에서 다른 상인들의 떠들썩한 소리와 경쟁하며 자신의 이야기를 한다. 어쩌다 그의 목소리가 다른 소리들을 누르면 그의 말 주변에 일시적인 침묵이 생겨난다.

그러므로 소설가와 이야기꾼은 다르고, 서로 다른 역사적 시기에 속해 서로 다른 지배계급들과 맞서거나 협력했음이 분명하다. 하지만 내적인 차이도 있는데, 서사의 시제와 관련이 있다. 소설은 희망의 드라마로 시작한다. 주인공들이 각자의 삶에 대해 가지는 희망 말이다. 형식으로서의 소설은 절대적으로 불우한 이들의 삶을 얘기하는 데에 스스로를 할애하지 않는다. (디킨스가 가장 궁핍한 등장인물들을 **구제**한 덕에 그런 사람들이 소설 속 인물이 될 수 있었다.) 그리고 소설의 시제는, 아니 그보다 소설을 읽는 독자가 마음속으로 그리는 시제는 미래형이거나 조건형이다. 소설은 '존재의 변화'에 관한 것이다.

연대기의 시제는, 이야기꾼의 서사는 역사적 현재형이다. 이야기는 끈덕지게 끝난 일들을 말하는데, 이야기하는 방식이 마치 끝났어도 지속될 수 있다는 식이다. 이 지속은 회상의 문제라기보다 과거와 현재의 공존 문제이다. 서사시적 연대기는 '존재의 현상'에 관한 것이다. 이십오 년 전, 새벽 여섯시 삼십분, 산티아고 나사르가 죽던 그 순간의 중심은 여전히 현재다.

어쩌면 그래서 이야기가 거대하게 들리는지도 모르겠다. 마르케스의 글쓰기를 아는 이들이라면 이 점을 믿기 힘들어할 텐데, 그들이 맞다. 이 책은 정말로 그의 모든 책 중에서 가장 일상적이고 가장 평범하다. 등장인물은 모두 작은 소도시에 사는 소시민이다. 그들의 일상적인 관심사는 근시안적이고 사소한 것들이다. 이 책에는 매력적인 고상한 인물이 단 한 명도 나오지 않는다. 죽음을 만나러 가면서도 (내 의견으로는 앙헬라를 유혹하지 않았고, 저지르지도 않은 짓 때문에 어처구니없이 죽게 된) 산티아고 나사르는 여전히 일종의 한가한 호기심으로, 몇 초 후에는 이 한가함이 천국처럼 느껴지리라는 것도 모른 채, 새신랑이 지난밤 결혼 축하잔치에 정확하게 얼마를 썼을까 계산하고 있었다.

그럼에도 이야기에 등장하는 모두는 (실제 생활이라고 다를까?) 또 다른 차원을, 권력과는 아무 상관없이 각자의 운명을 살아가는 방식과 존엄을 지니고 있다. 수동성이나 선택 포기의 의미는 아니다. 서구 소설가들이 운명이라는 개념에 혼란스러워하는 이유는 단지 운명이 자유의지와 동시에 존재하는 듯이 생각하기 때문이다. 운명은 다른 시간상에 존재하고, 그곳은 정말 글자 그대로 모든 것이 말해지고 행해져 끝난 곳이다.

이제 아주 간략하게 정리해 보자. 이 책은 사람들에 관한 이야기이고, 여전히 삶이 하나의 이야기라고 믿는 사람들에게 전하는 이야기이다. 아무도 스스로의 이야기를 선택하지 못한다. 하지만 당연하게도 겪은 이야기든 들은 이야기든 이야기에는 의미가 있다. 그 의미의 객관성과 주관성을 묻는 질문은 이미 청자들의 판단 영역이 아니다. 그 의미가 무엇인가라는 질문은 말로 표현할 수 없는 것을 묻는 질문이다. 그럼에도 불구하고 그 의미에 대한 믿음은 한 가지를 약속한다. 의미는 나눌 수 있어야 한다. 그런 이야기들은 죽음으로 시작하지만 절대 고독으로는 끝나지 않는다. 마지막으로 어머니를 부를 때 산티아고 나사르는 끔찍하게 외로웠다. 앙헬라는 이십 년이 넘도록 자신만의 비밀과 기억을 간직한 채 혼자 살았다. 마침내 부당한 대우를 받은 불행한 그녀의 남편이, 그녀가 보낸 수천 통의 편지를 한 번도 열어 보지 않았던 남편이 그녀와 함께 살려고 돌아온다. 그 긴 시간 동안 둘의 외로움은 그러했다. 이 책에는 쓰라린 외로움은 있을지언정 고독은 없다. 모호함을 꿰뚫어 보고 극복하기 위한, 이 끝나지 않는 공동의 투쟁에 모두가 가담하기 때문이다. 모두가 읽고 있지만, 책을 읽는 건 아니다. 내가 보기에는 가장 행복할 때 죽은, 자살한 친구의 삶을 내가 읽고 있듯이 말이다.

# 롤랑 바르트: 가면의 안쪽

프랑스에는 삽화까지 곁들여 아리스토파네스부터 파스테르나크에 이르는 작가들을 소개하는 문고판 시리즈가 있다.[1] 각 권에는 해당 작가의 전기와 발췌한 인용문들이 실려 있다. 고작 일 프랑을 조금 넘는 가격으로 폭넓은 대중을 겨냥하는데, 이 책들의 목적은 대중에게 삽화의 도움을 받으며 해당 작가의 낯을 익힐 기회를 주는 것이다. 가족 스크랩북이라는 개념도 아마 이 시리즈의 기획에 일부 기여했을 것이다.

바르트(R. Barthes)는 자기 책의 서두를 이렇게 열었다.

우선 몇 가지 이미지들로 시작해 보자. 책을 끝낸 걸 자축하며 저자가 자신에게 주는 기쁨의 선물이다. 여기서 기쁨은 매혹의 문제다. (그래서 상당히 이기적이다.) 나는 왠지 모르게 나를 매혹하는 이미지들만 간직해 왔다. (그런 무지가 매혹의 본질이며, 내가 각 이미지에 대해서 말할 수 있는 건… 비실재적이라는 말밖에 없다.)

그런 책의 영어본이 원서의 거의 여덟 배나 되는 가격으로 출간됐을 때는 완전히 다른 사물이 된 것이므로 맥락의 차이를 설명할 필요가 있다. 맥락에 지대한 관심을 가졌던 바르트야말로 제일 먼저 나서서 그렇게 할 인물이다. 그리고 그 차이는 그 책을 쓴 행위를 실제보다 편협하고 훨씬 자기중심적으로 보이게 만들 가능성이 크다. 맥밀런출판사는 이 책에 귀족적인 인상을 부여했다.

하지만 이 책은 독창적이고, 그런 변형을 겪은 뒤에도 여전히 독창적이다. 광고에서 주장하듯이 바르트가 '자신에 대해 아주 자유롭게' 얘기하기 때문은 아니다. 이 책이 독창적인 이유는 하나의 독창적인 심문이 되었기 때문이다. 이 책은 언어가 어느 지적인 삶의 역사와 그 역사가 묘사하는 개인에게 의문을 던지도록 허용한다. 원한다면 우리는 이 책을 바르트의 언어가 토하는 고백이라 볼 수 있다. 그리고 그는 다른 무엇보다 한 사람의 언어가 (의식을 중심으로 독특하게 뻗어 가는 방식으로) 그 몸의 투사(投射)라고 믿는 사람이다.

> 성욕과는 달리, (몸의 아름다움이 아닌) 몸의 섹시함은 누군가가 머릿속에 에로틱한 행위의 대상으로 두었을 때 (나는 다른 어떤 것이 아니라 그 특정한 행위를 구체적으로 생각한다) 식별할 수 있다는(상상할 수 있다는) 사실로 볼 때 고유하다. 이와 유사하게, 텍스트 내에서 식별되는 것이 있다면 우리는 **섹시한 문장**이 있다고 말할 수 있다. 언어적 행위가 우리, 독자들에게 한 약속이 그 문장에 들어 있기라도 하듯이, **자신이 원하는 것을 아는** 쾌락의 힘으로 우리가 그 문장을 찾게 마련이었다는 듯이, 그 문장이 두드러진다는 사실 자체에 마음 불편해하면서 말이다.

이 책에는 바르트의 어린 시절과 관련된 의심스러운 사진들을 모아 놓은 부분이 있다. (그는 1915년에 태어난 후 팔 년간 프랑스 남서부의 항구 도시인 바욘에서 살았다.) 여기에 백사십 쪽에 걸친 짧고 단편적이면서 자기 투영적인 쪽글들이 저마다의 제목을 달고 이어진다. 어떤 순서로 읽어도 무방할 듯싶다. 글이 반복되진 않지만 맞접히고, 이 접힘으로 인해 쪽글들 사이에 통일성이 만들어진다. 그 글들에 얽힌 언어적 행위는 접으면 바욘에 살던 소년에게로 되짚어 갈 수도 있고, 펼치면 유럽에 사는 우리 일부를 형성하도록 도왔던 (정치적, 심리적, 수사적, 성적, 과학적) 언어들을 지시하며 우리를 당황스럽게 만들기도 한다. 예를 들자면 이런 식이다.

'희극으로서의 반복': 첫번째에는 강하게 충격을 받고, '역사는 반복된다. 한 번은 비극으로, **한 번은 희극으로**'라는 마르크스의 개념에는 영원히 충격을 받음. 희극은 모호한 형식. 우리로 하여금 자기 안에서 조소하듯이 반복되는 어떤 형태를 읽게 만들기 때문. '회계'가 그렇듯이. 자본가 계급이 진보적 세력이었던 시기에는 긍정적 가치였지만 자본가 계급이 승리하고 안정되어 착취하게 되었을 때는 경멸적인 특징이 됨. '구체성'(수많은 구태의연한 학자와 멍청한 정치가의 알리바이)은 그저 가장 고귀한 가치 중 하나인 '의미의 면제'라는 측면에서 희극일 뿐.

이 짧은 서평에서 바르트가 스스로를 심문했던 용어들을 정의하기란 불가능하다. 기껏 얘기할 수 있는 건 바르트가 언어의 맹점에, 일반적으로 사용되는 말이 작용할 수 없는 공간에 관심을 가졌다는 점 정도다. 그런 관심을 탐구하기 위해서는 말을 '빌려야' 했고, 때로 그 점은 모호함으로 이어진다. 가끔은 들인 노력이 제시된 공간 영역과 균형을 이루지 못하는 듯도 싶다. 그런 일이 일어날 때, 우리는 바르트가 얼마나 특혜받은 인물인지 (그는 여유있는, 유럽인이자 페르시아 지식 엘리트 사회의 일원이었다) 상기하게 된다. 하지만 그는 이 문제를 처음으로 인식한 사람이고, 느긋하게, 그러면서도 자신의 특권을 이용하여 잘 훈련된 질문 습관을 획득한다. (바르트를 사로잡은 희망은 아마도 지드의 경우와 그리 다르지 않을 것이다.) 아무도 바르트의 가면을 벗길 수 없다. 왜냐면 그 단락이 채 끝나기도 전에 가면 안에서 보는 것이 어떠한지 보여 주려고 그가 스스로 가면을 벗어던지기 때문이다.

'형용사': 그는 자신에 대한 모든 **이미지**에 시달리고, 호명될 때마다 고통스러워한다. 그는 이미지가 없는 공백 속에서 인간관계의 완성을 찾는다. 자기 안에서, 자기와 다른 이들 사이에서 **형용사** 없애기. 형용사화(形容詞化)하는 관계는 이미지의 편이고, 지배의, 죽음의 편이다.

천인공노할 가격만 아니라면 나는 이 책을 널리 권유할 것이다. 바르트를 가까이하는 경험은 값지다. 나는 그가 훌륭한 선생님이자 아주 좋은 친구이리라 상상한다. 그의 시작점은 종종 사소하고, 그래서 더욱 값지다. 그의 글쓰기는 자부심과 과묵함의 측면에서 고도로 미학적이다. 그의 결론은 때로 유토피아적이다. 그의 믿음 중에서 가장 유토피아적인 것은 어떻게든 언어가 영혼을 구제할 수 있으리라는 믿음이다. 하지만 그는 믿을 만하다. 그리고 그런 사람은 아주 드물다. 그는 기회주의자가 아니다. 그는 절대 다른 이들이 이미 말한 걸 반복하지 않는다. 그리고 그는 계속해서 아직 밝혀지지 않은 것을 밝히려는 진실의 탐구에 이끌린다. 가면의 안쪽, 모든 말의 안쪽에 말이다.

1. 이 글은 다음 책에 대한 서평이다. Roland Barthes, *Roland Barthes*, translated by Richard Howard (London: Macmillan, 1977). (프랑스판 원서는 다음과 같다. *Roland Barthes par Roland Barthes*, collection "Écrivains de toujours," Paris: Éditions de Seuil, 1975.—옮긴이)

# 조이스의 물결을 타고 나가다

나는 열네 살 때 처음으로 제임스 조이스(James Joyce)의 『율리시스(Ulysses)』 속으로 항해를 떠났다. 내가 '읽었다' 대신에 '항해를 떠났다'고 하는 이유는 제목이 상기시켜 주듯이 그 책이 대양과 같기 때문이다. 우리는 그 책을 읽는 것이 아니라 항해한다. 어린 시절이 외로웠던 많은 사람과 마찬가지로 내 상상력은 열네 살 즈음에 이미 성장해 바다로 나갈 준비를 마쳤다. 부족한 것은 경험이었다. 나는 이미 『젊은 예술가의 초상』을 읽었고, 그 제목은 내가 몽상 속에서 나 자신에게 부여하는 명예로운 이름이 되었다. 중년의 사람들이, 아니면 그들의 대리인들이 요구할 때 보여 줄 일종의 알리바이, 또는 뱃사람의 명함이었다.

그때가 1940년에서 1941년으로 넘어가는 겨울이었다. 조이스는 사실상 십이지장궤양으로 취리히에서 죽어 가고 있었다. 하지만 난 당시에는 몰랐다. 나는 그를 죽을 운명을 가진 인간이라고 생각하지 않았다. 나는 그가 어떻게 생겼는지, 심지어 시력이 나빠서 고생한다는 사실까지 알았다. 그를 신이라 상상하지는 않았지만 나는 그의 말을 통해, 그의 끝없는 배회를 통해 언제나 존재하는 사람처럼 느꼈다.

쉽게 죽지 않을 사람처럼 말이다.

내게 그 책을 준 친구는 정해진 틀을 거부하는 학교 선생님이었다. 아서 스토우(Arthur Stowe)가 그의 이름이다. 나는 그를 '스토우버드(Stowbird, 흰멧새라는 뜻—옮긴이)'라고 불렀다. 나는 모든 것을 그에게 빚졌다. 내가 지하실에서 기어 나올 수 있도록 팔을 뻗어 손을 잡아 준 이가 그였다. 내가 내던져진 그 지하실은 아무도 어떤 것에 대해서도 감히 질문할 수 없고, 모두가 없는 용기까지 긁어모아 무슨 일이건 불평 없이 복종하는 데에 써야 했던, 관습과 금기와 규칙과 일반적인 통념과 금지와 공포의 장소였다. 그 책은 셰익스피어앤드컴퍼니에서 프랑스어 원본을 영어 번역본으로 펴낸 것이었다. 스토우버드는 전쟁이 발발하기 전 마지막으로 파리로 여행 갔을 때 그 책을 샀다. 그는 그때 입수한 긴 레인코트와 검은 베레모를 즐겨 착용했다.

그가 책을 주었을 때, 나는 영국에서 그 책을 소지하는 건 불법이라고 믿고 있었다. 사실은 더는 문제가 되지 않던 때였다. 그러나 열네 살이던 내게 그 책의 '불법성'은 효과적인 문학적 특질이었다. 그리고 그 점에서는, 아마도, 내가 잘못 생각하지는 않았던 듯하다. 나는 법을 지키는 것이 임의적인 가식이라고 확신했다. 사회적 계약을 위해 필요하고 사회의 생존을 위해 불가결하지만, 대부분이 겪은 경험으로부터는 등을 돌리는 짓. 나는 그 점을 본능적으로 알았고, 그 책을 처음으로 읽을 때 점점 높아 가는 흥분과 함께 그 책에 부여된 불법성이 그 장대한 내용에 등장하는 여러 삶과 영혼 들의 부조리에 필적하고도 남는다는 판단을 하기에 이르렀다.

내가 그 책을 읽는 사이에 잉글랜드 남쪽 해안가와 런던 상공에서 브리튼 전투가 벌어지고 있었다. 온 나라가 침공을 예상했다. 어떤 미래가 올지 확실하지 않았다. 두 다리 사이에서 나는 남자가 되고 있었지만, 삶이 어떤지 알아볼 만큼 오래 살지 못할 가능성이 농후했다. 그리고 물론 나는 알지 못했다. 역사 수업이든 라디오든, 그 지하실에서 들은 얘기는 당연히 믿지 않았다.

그 모든 내용은 내가 모르는 것들의 어마어마함에 덧붙여지기에도 너무 작았다. 그러나 『율리시스』는 아니었다. 이 책에는 어마어마함이 있었다. 그런 체하지는 않았다. 책은 어마어마함에 의해 잉태되었고, 그 속으로 흘렀다. 지금껏 씌어진 책 중에서 가장 **유동적인** 책이기도 하니, 이 책을 대양과 비교하는 것이 다시금 그럴듯하게 느껴진다. 그렇지 않은가?

나는 방금 이렇게 쓰려고 했다. '처음 읽는 동안에는 이해하지 못하는 부분이 많았다.' 하지만 거짓말일 터이다. 이해한 부분이 없었다. 그리고 한결같이 장담하지 않는 부분도 없었다. 저 깊숙한 곳에서, 말들 밑에서, 가식들 밑에서, 주장과 영원히 지속되는 도덕적인 판단 밑에서, 의견과 교훈과 과장과 일상의 위선 밑에서, 성인 남녀의 삶은 이 책을 구성하는 그런 것들로 구성된다는 장담 말이다. 군데군데 반점을 품은 성스러운 것들의 내장 찌꺼기. 궁극의 요리법!

어린 나이에도 나는 조이스의 심오한 지식을 인지했다. 어떤 의미에서 그는 육화된 지식이었다. 하지만 근엄하지 않은, 모자를 벗어 던지고 익살꾼과 곡예사가 되기로 한 지식이었다. 그때 내게는 그가 곁에 두었던 배움의 벗들이 훨씬 더 중요했다. 중요하지 않은, 한 번도 무대에서 조명받지 못한, 성경에서 '낮은 자들'이라 칭한, 세리와 죄인들로 구성된 벗들이었다. 『율리시스』는 자기들을 대변해 달라고 (거짓으로) 요구하는 자들이 대변자들에게 가지는 경멸이 가득하고, 외면받았다고 (거짓으로) 얘기되는 이들에 대한 가벼운 풍자들이 꽉 들어차 있다.

그리고 그는 거기서 그치지 않았다. 내가 전혀 몰랐을 삶을 알려주던 이 사람은, 누구에게도 친절하게 말한 적이 없는 이 사람은, 오늘날까지도 내게는 삶을 받아들였으므로 삶과 친밀한 진정한 어른의 사례로 남은 이 사람은 거기서 멈추지 않았다. 낮은 곳을 향하는 그의 **성향** 덕분에 그는 유일한 등장인물의 **내면에** 동일한 종류의 벗들을 두었다. 그는 그들의 욕망에, 그들의 고통에, 그들의 흥분에 귀를 기울였다. 그는 그들의 첫인상을, 그들의 거침없는 생각을, 그들의 방황을, 그들의 말없는 기도를, 그들의 무례한 불평과 가슴에 품은 환상을 들었다.

1941년 어느 가을날, 한동안 나를 예의 주시하셨을 아버지가 내 침대 옆 선반에 있는 책들을 점검해야겠다고 결심하셨다. 그 결과 『율리시스』를 포함한 다섯 권의 책이 압수됐다. 그날 저녁 아버지는 자신이 한 일을 얘기하면서, 그 다섯 권의 책을 서재 금고에 넣고 잠궜다고 말했다. 당시에 아버지는 전시(戰時)의 공장 생산량을 늘리는 문제를 놓고 정부와 함께 중요한 임무를 수행하고 있었다. 나는 내 『율리시스』가 '일급비밀'이라는 딱지가 붙은 정부 기밀문서철에 눌린 채 금고에 갇힌 상상을 했다.

나는 열네 살짜리만이 할 수 있는 식으로 격분했다. 아버지는 자신의 고통도 한번 생각해 보라 하셨지만, 나는 내 고통과 비교해서 바라보기를 거부했다. 나는 그때까지 써 본 것 중에 가장 큰 캔버스에다 메피스토펠레스의 색으로 아버지를 악마처럼 보이도록 그렸다. 하지만 격분하는 와중에도 나는 결국 뭔가 다른 것을 인지할 수밖에 없었다. 압수당한 책들의 줄거리와, 아들의 영혼이 잘못될까 두려운 아버지와, 금고와 정부 문서철이라는 상황은 문제의 압수당한 책에서 다루었을 만한 내용이었고, 그 책에서 다루었다면 증오를 품지 않고 냉정하게 서술했을 터였다.

오십 년이 지난 지금 나는 조이스가 그처럼 풍성하게 준비해 준 삶을 계속해서 살고 있고, 작가가 되었다. 내가 아무것도 모를 때 문학이 모든 위계에 반한다는 걸, 상상과 실제를, 사건과 감정을, 주인공과 화자를 분리하려면 육지에 머무르면서 절대 바다로 나가서는 안 된다는 걸 보여 준 사람이 그였다.

부풀어 오르는 물결 밑에서, 수줍은 은빛 엽상체를 흔들고 뒤집는 속삭이는 물속에서, 그는 구불구불한 해초들이 속치

마를 들어 올리며 나른하게 떠올라 마뜩잖은 듯이 팔을 흔드는 걸 보았다. 낮이면 낮마다. 밤이면 밤마다. 떠오르고, 범람하고, 가라앉았다. 신이여, 저들은 지쳤습니다. 그리고 속삭이고, 한숨을 쉽니다. 성 암브로시우스가 그 소리를, 자신들의 시간이 차오르기를 기다리는, 기다리고 있는 이파리와 물결의 한숨 소리를 들었다. '환자의 상처는 마흔 낮과 마흔 밤을 신음했다(diebus ac noctibus iniurias patiens ingemiscit).' 어떤 끝도 모이지 않기. 헛되이 풀어주고, 밀려 나가고, 밀려들어 온다. 어렴풋한 달. 음탕한 남성들과 연인들을 보는 것에 너무 지쳐 버린 자신의 법정에서 환히 빛나는 나신의 여성, 그녀는 수고로이 바다를 끌어당긴다.

# 로자 룩셈부르크를 위한 선물

로자(Rosa Luxemburg)여! 저는 어릴 때부터 당신을 알았습니다. 그리고 저는 어느덧 당신이 놈들에게 맞아 죽은 때보다 두 배나 나이를 먹었습니다. 1919년 1월, 당신이 카를 리프크네히트와 함께 독일공산당을 창당한 지 몇 주 만의 일이었지요.

당신은 가끔 제가 읽는 책에서 튀어나오옵니다. 그리고 때로는 제가 쓰려는 책에서도요. 고개를 쏙 들고는 미소를 지으며 걸어 나와 저와 함께하지요. 어떤 책도, 끊임없이 당신을 가두던 놈들의 감옥도 당신을 잡아 두지 못했습니다.

전 당신에게 뭔가를 드리고자 합니다. 당신께 가기 전에 이 물건은 폴란드 남동부에 있는 소도시 자모시치에 있었습니다. 당신이 태어나고 당신의 아버지가 목재상인으로 일하던 그 소도시 말입니다. 하지만 이 물건과 당신의 연관성은 그렇게 단순하지 않습니다.

이 물건은 야닌이라는 제 폴란드인 친구의 것이었습니다. 그녀는 당신이 두 살 때까지 살았던 우아한 도심이 아니라, 소도시 변두리에 있는 아주 조그만 주택에 혼자 살았습니다.

야닌의 집과 코딱지만 한 정원에는 화분이 가득했습니다. 심지어

127

침실에도요. 그녀는 손님이 오면 노동하는 나이 든 여성의 손가락으로 기르는 식물 하나하나를 가리키며 얼마나 특별한지 알려 주는 걸 제일 좋아했습니다. 식물이 그녀의 벗이었습니다. 그녀는 식물과 수다를 떨고 농담을 나눴습니다.

폴란드어는 할 줄 모르지만 제가 유럽에서 제일 편하게 느끼는 나라가 폴란드입니다. 저와 그 사람들은 우선순위 같은 뭔가를 공통으로 가지고 있습니다. 그들 대부분은 상상할 수 있는 모든 종류의 개떡 같은 권력을 살아냈기 때문에 권력의 도발에 넘어가지 않습니다. 그들은 장애물을 피하는 방법을 찾는 데 전문가들입니다. 그들은 그럭저럭 살아가기 위해 상대의 허점을 찌르는 책략들을 끊임없이 고안해냅니다. 그들은 비밀을 존중합니다. 그들은 아주 옛날까지도 기억합니다. 그들은 야생 괭이밥으로 수프를 만듭니다. 그들은 쾌활하고 싶어 합니다.

감옥에서 보낸 분노에 가득 찬 편지 어딘가에서 당신도 그런 비슷한 얘기를 하셨지요. 자기 연민은 늘 당신을 화나게 한다고, 그리고 당신은 어느 친구가 한탄을 실어 보낸 편지에 답장을 했습니다. "다른 무엇보다 인간이 되는 게 중요해." 당신은 말합니다.

그건 단단하고 명확하고 쾌활해진다는 의미지. 그래, 이 모든 상황에도 불구하고 쾌활해야 돼. 울부짖는 건 나약한 사람들의 몫이니까. 인간이 된다는 건 그래야 할 때 기꺼이 우리의 온 생을 거대한 운명에 던지는 거고, 동시에 하루하루의 찬란한 빛과 구름 하나하나의 아름다움에 기뻐하는 거야.

최근 몇 년 사이에 폴란드에서는 새로운 직종이 발달해서, 그 일을 하는 사람은 누구나 '스타츠(stacz)'라 불리는데, '대신하기'라는 뜻입니다. 돈을 받고 대신 줄을 서는 건데, 오랜 시간이 지나(대체로 줄이 아주 깁니다) 스타츠가 줄 앞에 가까워지면 돈을 준 사람이 그 자리를 대신 차지하는 거지요. 줄을 서야 하는 이유는 다양합니다. 음식이나 주방용 식기, 모종의 면허, 서류에 찍을 정부 직인, 설탕, 고무장화….

그들은 그럭저럭 살아가기 위해 상대의 허점을 찌르는 많은 책략들을 고안해냅니다.

1970년대 초 제 친구 야닌은 이웃 몇몇이 그랬던 것처럼 기차를 타고 모스크바에 다녀오기로 했습니다. 쉬운 결정은 아니었습니다. 불과 일이 년 전인 1970년에 그단스크와 다른 항구들에서 학살이 있었으니까요. 파업 중이던 수백 명의 조선소 노동자들을 향해 모스크바의 명령을 받은 폴란드 군인과 경찰 들이 총을 쏘았습니다.

로자여, 당신은 그걸, 모든 볼셰비키식 논리적 추론과 논쟁 방식에 내포된 위험을 예측했습니다. 당신은 1918년에 이미 러시아혁명에 대한 논평에서 그걸 예측했습니다.

상당히 숫자가 많다 하더라도 정부 인사들만을 위한, 당원들만을 위한 자유는 전혀 자유가 아니다. 자유란 언제나 다르게 생각하는 이의 자유다. 어떤 광신적인 정의의 개념 때문이 아니라 정치적 자유에서 유익하고 온전하고 정화하는 모든 것이 이 본질적인 특성에 달려 있으며, '자유'가 특권이 될 때 그 유효성도 사라지기 때문이다.

야닌은 금을 사러 모스크바행 기차에 올랐습니다. 거기 금 시세가 폴란드의 삼분의 일이었거든요. 모스크바 벨로루스키 역에 내린 그녀는 마침내 정식 인가를 받은 보석상들이 반지를 파는 뒷골목을 찾아냈습니다. 이미 다른 '외국인' 여성들이 길게 줄을 서 있었습니다. 법과 질서를 지키기 위해 여자들의 손바닥에는 분필로 순서를 나타내는 숫자가 적혔습니다. 경찰 한 명이 거기 서서 숫자를 적었습니다. 마침내 판매대에 다다른 야닌은 준비한 루블화로 금반지 세 개를 샀습니다.

역으로 돌아오는 길에 그녀는 내가 당신 로자께 보내고자 하는 물건을 보았습니다. 육십 코페이카밖에 하지 않았습니다. 그녀는 순간적인 충동으로 그걸 샀습니다. 그녀의 취향에 맞았습니다. 그건 그녀의 화분들과 수다를 떨 테니까요.

그녀는 돌아오는 기차를 기다리느라 역에서 상당히 오래 머물러야 했습니다. 로자여, 아시죠, 오래도록 다음 기차를 기다리는 승객들의 야영지가 되는 러시아 역 말이에요. 야닌은 반지 하나를 왼손 약지에 끼고, 나머지 두 개는 보다 은밀한 곳에 숨겼습니다. 기차가 도착해 탑승하자 어느 병사가 구석 자리 하나를 내주었고, 그녀는 안도의 한숨을 내쉬었습니다. 잘 수 있을 테니 말이죠. 국경에서도 아무 문제가 없었습니다.

그녀는 자모시치에서 두 배의 가격을 받고 반지를 팔았는데, 그래도 폴란드 상점에서 파는 것에 비하면 상당히 싼 가격이었습니다. 기찻삯을 제하고도 약간의 횡재를 했습니다.

그녀는 내가 당신께 드리고자 하는 이 물건을 부엌 창가에 두었습니다.

백과사전의 목적은 지표면에 흩어진 모든 지식을 모으고, 우리와 같이 살아가는 사람들에게 보편적인 체계를 보여 주며, 우리 뒤에 올 사람들에게 그것을 전달하여 지난 세기들의 성과가 앞으로 올 세기들에서 쓸모를 잃지 않도록 함으로써, 더 많이 배우게 될 우리 후손들이 더욱 도덕적이고 행복해질 수 있도록 하는 것이다.

디드로는 1750년에 자신이 힘을 보태 출간한 백과사전을 이렇게 설명했습니다.

창가에 둔 물건에는 백과사전적인 뭔가가 있었습니다. 사절지 크기의 얇은 마분지 상자였습니다. 뚜껑에는 목도리딱새가 그려져 있고, 밑에는 러시아 키릴 문자로 두 단어가 적혀 있었습니다. '노래하는 새'.

뚜껑을 열어 봅시다. 안에는 한 줄에 여섯 갑씩, 성냥갑이 세 줄로 들어 있습니다. 성냥갑마다 다채로운 색의 각기 다른 노래하는 새가 그려진 상표가 있습니다. 그리고 그림 밑에는 아주 작은 러시아 글씨로 새의 이름이 적혀 있습니다. 러시아어와 폴란드어와 독일어로 맹렬하게 글을 써내던 당신이라면 읽을 수 있겠지요. 저는 못 읽습니다. 저는 드문드문 나갔던 희미한 탐조(探鳥) 기억을 바탕으로 추측을 해야 합니다.

머리 위로 날아가거나 산울타리 속으로 사라지는 살아 있는 새를 발견하고 느끼는 만족감은 좀 이상하지요, 그렇지 않습니까? 거기엔 이상한, 순간적인 친밀감이 있습니다. 마치 세상사의 셀 수 없는 소음과 혼란에도 불구하고, 새를 알아보고 부르는 순간에는 그 새만의 특별한 별명으로 부르듯이 말입니다. 할미새야! 할미새야!

상표에 나오는 열여덟 종류의 새 중에서 제가 알아보는 건 아마 다섯 정도일 겁니다.

성냥갑에는 눈에 확 띄는 녹색 머리를 단 성냥들이 가득합니다. 한 갑에 육십 개씩입니다. 일 분을 만드는 초 수와 한 시간을 만드는 분 수와 같습니다. 하나하나가 불꽃의 가능성입니다.

당신은 이렇게 쓰셨죠. "현대의 프롤레타리아 계급은 책이나 이론으로 정해진 계획에 따라 투쟁을 수행하지 않는다. 현대의 노동자 투쟁은 역사의 일부이고 사회 진보의 일부이며, 역사의 한가운데에서, 진보의 한가운데에서, 싸움의 한가운데에서, 우리는 어떻게 싸워야 하는지를 배운다."

상자 뚜껑에는 1970년대 러시아 수집가들〔그들은 'phillumenists(성냥갑 수집가를 이름—옮긴이)'로 불렸습니다〕에게 주는 짧은 설명글이 있습니다.

그 글에는 다음과 같은 정보가 들었습니다. '진화적인 측면에서 새는 포유류에 앞선다. 지금 세상에는 오천 종의 새가 있다고 추정된다. 소련에는 사백 종의 노래하는 새들이 있다. 대개 수컷이 노래를 부른다. 노래하는 새들은 맨 바깥쪽 성대가 특히 발달했다. 대개 관목이나 나무나 땅에 둥지를 짓는다. 벌레를 먹어 치우기 때문에 곡물 산업에 도움이 된다. 최근에 소련 벽지에서 노래하는 참새 세 종이 새로 발견되었다.'

야닌은 그 상자를 부엌 창가에 두었습니다. 그 상자는 기쁨을 주었고 겨울에도 새들이 우는 소리를 떠올리게 해 주었습니다.

당신은 제일차세계대전을 격렬히 반대하다가 투옥되었을 때 푸른 박새의 노랫소리를 들으셨지요.

늘 내 감방 창 가까이에 머무는 푸른 박새 한 마리가 다른 새들과 같이 모이를 먹으러 와 '지지배배' 우스꽝스러운 짧은 노래를 부르는데, 꼭 어린애가 짓궂게 놀리는 소리 같았습니다. 그때마다 나는 웃으며 똑같은 소리로 대답해 주었습니다. 그러다 이번 달 초에 그 새가 다른 새들과 함께 사라졌는데, 분명 어딘가 다른 곳에 둥지를 튼 게지요. 수 주 동안 그 새를 보지도 노랫소리를 듣지도 못했습니다.

어제 귀에 익은 그 새 소리가 갑자기 우리 안뜰과 다른 감옥을 분리하는 담 저쪽에서 들렸습니다. 하지만 소리가 상당히 달랐어요. 짧게 연달아 세 번을 울었기 때문입니다. '지지배배, 지지배배, 지지배배' 그러고는 모든 것이 조용해졌습니다. 그 소리가 가슴에 사무쳤습니다. 멀리서 들리는 그 허둥거리는 부름에 너무 많은 것이 실려 있었기 때문이지요. 새의 생이 겪은 역사 전체가 말입니다.

몇 주 후에 야닌은 상자를 계단 밑 벽장에 넣어 두기로 마음먹었습니다. 그녀는 그 벽장을 일종의 은신처이자 가장 가까운 저장실로 생각하고 '내 비축품'이라고 부르는 것들을 보관했지요. 그녀의 비축품은 소금 깡통 하나와 요리용 설탕 깡통 하나, 큰 밀가루 깡통 하나, 작은 카샤(kasha, 껍질을 벗겨 빻은 곡물가루로 특히 메밀을 일컬음—옮긴이) 자루 하나와 성냥이었습니다. 대부분의 폴란드 주부들이 모종의 국가적 재난이 일어나 갑자기 가게 선반들이 텅 빌 때를 대비해 최소한의 생존수단으로 그런 비축품을 재 놓았습니다.

그런 재난이 또 일어난 때가 1980년이겠지요. 또다시 그단스크에서 시작됐습니다. 노동자들이 식량 가격 상승에 반대하는 파업에 돌입했고, 그 행동이 전국적인 자유노조 운동을 낳아 정부를 전복시켰습니다.

당신은 지금으로부터 거의 백여 년 전에 이렇게 쓰셨죠. "현대의 프롤레타리아 계급은 책이나 이론으로 정해진 계획에 따라 투쟁을 수행하지 않는다. 현대의 노동자 투쟁은 역사의 일부이고 사회 진보의 일부이며, 역사의 한가운데에서, 진보의 한가운데에서, 싸움의 한가운데에서, 우리는 어떻게 싸워야 하는지를 배운다."

2010년 야닌이 죽자 아들 비테크가 계단 밑 벽장에서 상자를 발견하고 파리로 가져왔습니다. 그는 파리에서 배관공이자 건설노동자로 일하고 있었습니다. 제게 주려고 가져온 거였지요. 우리는 오랜 친구였습니다. 우리의 우정은 매일 밤 카드놀이를 하면서 시작됐습니다. 우리는 러시아와 폴란드에서 하는 '얼간이'라는 놀이를 했는데, 자기 카드를 먼저 다 터는 쪽이 이기는 놀이입니다.

비테크는 상자를 보면 제가 놀라워하리라 짐작했지요.

저는 두번째 줄 성냥갑 중에서 분홍색 가슴 그리고 꼬리에 흰색 줄이 두 줄 난 홍방울새를 알아보았습니다. 추잇! 추잇!… 가끔 몇 마리가 관목 꼭대기에 앉아 합창을 하곤 했습니다.

"내가 다시 이성을 차리는 데 가장 큰 역할을 한 이는 여기 이미지를 동봉한 작은 친구입니다. 경쾌한 부리와 위로 치솟은 이마와 뭐든 다 아는 눈빛을 가진 이 동지는 히폴레스 히폴레스, 일상 용어로는 수목새 또는 흉내지빠귀라 불립니다." 당신은 1917년에 포즈난에서 투옥되었고, 이렇게 편지를 이어갔지요.

이 새는 상당한 괴짜입니다. 다른 새처럼 한 노래나 한 멜로디로 그치지 않는 신의 은총을 받은 대중 연설가입니다. 이 새는 정원을 향해 장황하게 연설을 하는데, 그것도 극적인 흥분으로 가득한 아주 시끄러운 목소리로 숱한 조바꿈과 격앙된 비애감이 묻어나는 소절들을 건너뛰며 노래합니다. 이 새는 전혀 가당찮은 질문들을 꺼내고는, 무모하기 짝이 없는 주장을 하고, 아무도 언급하지 않은 반대 견해를 열띠게 내놓으며, 서둘러 제 입으로 말도 안 되는 대답을 하고, 활짝 열린 문을 향해 비난한 다음, 갑자기 승리를 선언합니다. '내가 그랬지? 내가 그랬지?' 그러고는 곧바로, 들으려는 사람이나 듣지 않으려는 사람이나 가리지 않고 진지하게 경고합니다. '두고 봐! 두고 봐!' (이 새는 모든 익살맞은 얘기를 두 번씩 반복하는 영리한 버릇이 있습니다.)

로자여, 홍방울새가 그려진 성냥갑에는 성냥이 가득 들어 있습니다.
당신은 1900년에 이렇게 쓰셨죠. "대중은 사실상 변증법적으로 스스로의 발전 과정을 창조하는 스스로의 지도자이며…."
이 성냥갑들을 어떻게 당신께 드릴 수 있을까요? 당신을 죽인 폭도들은 당신의 잘린 몸을 베를린 운하에 내던졌습니다. 석 달이 지나고서야 고인 물속에서 당신이 발견됐지요. 당신의 사체가 맞는지 의심하는 사람들도 있었습니다.
전 이 어두운 시대에 이 글을 씀으로써, 당신께 이걸 보내드릴 수 있습니다.

당신은 말했습니다. "나는 존재했고, 존재하고 있으며, 존재할 것이다." 로자여, 당신은 우리에게 보여 준 모범으로서 살아 있습니다. 여기 이것을 드리오니, 받으소서.

# 이상적인 비평가, 싸우는 비평가

장기적인 역사관을 가지고 본다면 우리 시대는 분명 매너리즘과 데카당스의 시대다.[1] 우리 시대 예술과 비평 대부분에서 볼 수 있는 과도한 주관성이 이 점을 확인해 준다. 역사적 사회적으로 설명하기는 어렵지 않다. 작품들을 부르주아적이고 형식주의적이며 현실도피적이라고 비난하는 것이 대중적이지 않을지는 모르겠지만, 어리석지는 않다.

반면에 아주 제한적인 역사관으로 본다면, 거의 모든 예술가와 공감할 수 있다. 그들이 저마다 무엇을 하려고 애쓰는지를 받아들이면, 그 노력을 우러러볼 수도 있다. 그러면 작품은 더는 예술가가 가진 의도의 유효성을 증명하는 증거가 아니다. 예술가의 의도가 작품의 유효성을 증명해야 한다. 다른 사람이 되는 기분이 어떤지 알고 싶다면, 무엇보다 그 사람의 그림이 더 많은 걸 말해 주리라. 그에게 연대와 의무감과 정체성이 모두 빨려 나간, 일종의 끊임없이 요동치는 물결 같은 세계를 창조할 필요가 있다고 받아들이고 나면, 분명 그의 그림이 인상적으로 보일 것이다.

첫번째 접근법의 한계는 과도하게 기계적인 태도를 취하는 경향이다. 장기적인 역사관을 가지려면 우리는 우리 시대와 문화의 바깥에 서야 한다. 스스로를 과거에, 상상의 미래나 대안적인 문화의 중심에 세워야 한다. 그러면 아마 전반적으로 옳은 의견을 낼 수 있을 것이다. 하지만 거의 확실히, 우리 시대가 스스로를 변화시키는 과정은 보지 못할 것이다. 우리는 우리가 동의하는 문화와 우리를 둘러싼 문화 간의 극적인 간극 자체를 간극으로 이어졌다가 벗어나는 변증법보다 훨씬 분명하게 보게 될 것이다. 예를 들어, 우리는 초현실주의가 데카당스하다고는 알겠지만, 그 초현실주의가 나중에 모든 데카당스를 반대한 엘뤼아르에게 어떻게 자양분이 되는지 이해하는 데는 실패할 것이다. 우리 시대가 계속되기보다는 끝났다고 추정하는 것이 이 접근법이다.

두번째 접근법의 한계는 주관성이다. 결과보다 의도가 중요하다. 우리는 아직 가야 할 거리 대신에 이미 지나온 거리를 판단한다. 우리는 역사를 각 개인과 함께 새로이 시작되는 듯 생각한다. 우리의 마음은 열려 있다. 무엇이든 들어올 수 있고, 또 그러는 것이 긍정적으로 보인다. 우리는 천재와 바보를 인정할 테지만, 어느 쪽이 어느 쪽인지는 알지 못할 것이다.

그러니 필요한 것은 두 접근법의 조합이다. 그러면 예술가의 개인적인 욕구 추구가 진실 추구가 되는 드문 전환이 일어날 때, 우리는 그 전환을 인식할 채비를 완전히 갖춘 채 그때를 맞을 수 있다. 우리는 예술가가 발견하는 진실을 평가하는 데 필요한 역사적 관점을 가지게 될 테고, 예술가가 발견을 향해 나아가기 위해 취해야 할 경로를 이해하는 데 필요한 창의적인 이해력을 가지게 될 것이다. 이론적으로 보면, 이런 조합이 이상적인 비평가를 만들 수 있다. 하지만 실제로는 불가능하다.

두 접근법은 상호 반발한다. 우리는 비평가가 한곳에(X의 상상속에) 있는 동시에 모든 곳에(역사 속에) 있기를 요구한다. 신의 역할을 부여하는 셈이다. 이는 물론, 비평가 대부분이 자신에게 부여하는 역할이기도 하다. 그들의 유일한 관심과 유일한 공포는 다음에 오는 천재를, 최근의 발견을, 최신의 경향을 이해하지 못하면 어쩌느냐는 것이다. 하지만 그들은 신이 아니다. 그래서 그들은 자기들도 무엇인지 알지 못하는 것을 찾고, 늘 방금 찾아냈다고 믿으면서 돌아다닌다.

적절한 비평은 훨씬 겸손하다. 먼저, 우리는 '예술은 지금 이 순간 무엇에 복무할 수 있는가?'라는 질문에 답해야 한다. 그러면 우리는 문제의 예술작품이 그 목적에 복무하는지 아닌지에 따라 비평한다. 예술작품이 언제나 노골적으로 그럴 수 있다고 믿는 것에는 주의해야 한다. 우리는 그저 프로파간다를 원하는 게 아니다. 하지만 나중에 우리의 자리를 차지할 이들로부터 잘못이라고 판정받지 않기 위해 굳이 뒤로 걸려 넘어질 필요는 없다. 우리는 실수를 할 것이다. 우리는 아마 마침내 스스로의 정당성을 입증해내는 천재를 알아보지 못할 것이다. 하지만 역사적 논리와 정의에 관련된 원래의 질문에 답한다면, 우리는 사람들이 우리 시대의 예술을 손쉽게 판단할 수 있는 미래가 오도록 돕는 것이리라.

나의 질문은 이렇다. '이 작품은 사람들이 각자의 사회적 권리를 인식하고 요구하도록 돕거나 권장하는가?' 먼저 이 말이 의미하지 않는 것이 무엇인지 설명하겠다. 나는 미술관에 가면 작품을, 예컨대 노인 연금생활자들의 곤경을 얼마나 시각적으로 잘 제시했느냐는 기준에 따라 평가하지 않는다. 회화와 조각은 분명 토지를 국유화하라고 정부에 압력을 가할 때 이용할 수 있는 가장 적절한 수단은 아니다. 예술가가 실제로 작업을 할 때 우선적으로 사회적 사안의 정의를 고려해야 한다거나 할 수 있다고 주장하는 것도 아니다.

교황의 예배당 문을 닫아라,
저 아이들을 들여보내지 마라.
저기 비계(飛階) 위에 기댄
미켈란젤로.

쥐들이 내는 소리 말고는 아무 소리도 없이

그의 손이 앞뒤로 움직인다.
하천 위의 다리 긴 파리처럼
그의 마음이 침묵 위로 움직인다.

예이츠는 예술가에게 필요한 몰입을 이해했다.

내가 의미하는 바는 그보다 덜 직접적이면서 더 포괄적인 어떤 것이다. 우리는 어떤 예술작품에 반응하여 이전에 없던 무언가를 우리 의식에 취한 채 그 작품을 떠난다. 그 무언가는 그 사건이 나타내는 것에 대한 우리의 기억보다 더 많은 것을 의미하며, 예술가가 사용하고 조합한 형태와 색깔과 공간에 대한 우리의 기억보다도 많은 것을 의미한다. 우리가 의식에 취한 것은, 가장 심오한 수준에서 보자면, 그 예술가가 세상을 보는 방식에 대한 기억이다. 인식할 수 있는 사건(이때의 사건은 단순히 나무 한 그루나 머리 하나를 의미할 수 있다)의 표상은 예술가의 보는 방식을 우리 자신의 보는 방식과 연결할 기회를 제공한다. 예술가가 사용하는 형태들은 자신의 보는 방식을 표현하는 수단이다. 우리가 종종 정확한 주제와 정확한 형태적 조합을 잊고서도 어느 작품에 대한 경험을 떠올릴 수 있다는 점에서도 이 사실을 확인할 수 있다.

하지만 왜 어느 예술가가 세상을 보는 방식이 우리에게 의미가 있어야 할까. 왜 그것이 우리에게 즐거움을 줄까. 왜냐하면, 그것이 우리 자신의 잠재력에 대한 인식을 증진시키기 때문이라고 나는 믿는다. 당연히 예술가로서의 우리 잠재력에 대한 인식은 아니다. 하지만 세상을 보는 방식은 특정한 세상과의 관계를 내포하고, 모든 관계는 행동을 내포한다. 내포된 행동의 종류는 상당히 편차가 크다. 고대 그리스 조각은 우리 육체가 지닌 잠재적 위엄에 대한 인식을 증진시킨다. 렘브란트의 그림은 잠재적인 도덕적 용기에 대한 인식을, 마티스는 잠재적인 감각에 대한 인식을 증진시킨다. 하지만 이런 각각의 사례들은 너무나 개인적이고 문제의 총체적 진실을 담기에는 너무 협소하다. 예술작품은, 어느 정도는, 개별 인간의 개별적인 잠재력에 대한 인식을 증진시킨다. 중요한 점은 유효한 예술작품이 이런저런 방식으로 증진의 가능성을, 개선의 가능성을 약속한다는 점이다. 그러기 위해서 예술작품이 꼭 낙관적일 필요는 없다. 사실, 주제는 비극적일 수도 있다. 약속을 주는 건 주제가 아니라 예술가가 주제를 보는 방식이기 때문이다. 고야가 학살을 보는 방식은 우리가 학살 없이 살 수 있어야 한다는 논쟁으로 이끈다.

거칠게 나누면 예술작품은 크게 두 부류로 나뉘는데, 방금 얘기한 대로 둘은 다른 종류의 약속을 한다. 피에로, 만테냐, 푸생, 드가의 작품과 같이 현실 극복을 약속하는 보기의 방식을 구체화한 작품들이 있다. 각 작품은 시공간의 변화를 이해할 수 있고 통제할 수 있다는 점을 다른 방식으로 제시한다. 삶이란 인간이 만들거나 허용한 만큼만 혼란스럽다. 엘 그레코, 렘브란트, 바토, 들라크루아, 반 고흐의 작품과 같이 어떤 극복을 제시하기보다는 변화에 대한 욕망을 암시하는 열정에 관련된 보기의 방식을 구체화한 작품들이 있다. 이 예술가들은 인간이 어떤 식으로든 주어진 환경보다 위대하다고, 그래서 환경을 바꿀 수 있다고 제시한다. 두 부류는 아마도 고전주의와 낭만주의 사이의 오래된 차이와 관련될 듯하지만, 특정한 역사적 용어들과 얽히지 않기 때문에 더욱 그 폭이 넓다. (엘 그레코를 들라크루아나 쇼팽과 같은 느낌으로 낭만주의 작가라 생각하는 건 명백히 터무니없다.)

여러분은 이제 말할 것이다. '좋아, 네 요점이 뭔지 알겠어. 예술이 희망에서 생겨난다는 거지. 전에도 종종 제기됐던 주장이기도 하지만, 그게 사회적 권리를 요구하는 것과 무슨 상관이 있지?' 여기서 예술작품의 특정한 의미가 바뀐다는 점을 기억해야 한다. 그렇지 않다면 어떤 작품도 그 시대를 넘어 살아남을 수 없고, 어떤 불가지론자도 벨리니의 작품을 감상할 수 없다. 한 예술작품이 약속한 개선의 의미, 증진의 의미는 언제 누가 그 작품을 보는가에 달렸다. 아니, 변증법적으로 말하자면, 주어진 시대에 인간의 진보를 가로막는 장애물이 무엇인지에 달렸다. 푸생의 합리성은 먼저 절대왕권이라는 맥락 안에서 희망을 주었다. 나중에는 자유무역과 휘그당의 개혁이라는 맥락 속에서 희망을 주었다. 더욱 나중에 푸생의 합리성은 프롤레타리아 사회주의에 대한 레제의 신념에 확신을 주었다.

우리 시대는 두드러지게 전 세계 인민들이 평등할 권리를 요구하는 시대다. 우리 자신의 역사가 불가피하게 '인간의 사회적 권리 요구에 도움이 되는가'라는 기준으로 판단할 때에만 우리 시대를 이해할 수 있도록 만들었다. 예술이 가진 불변의 성질과는 아무 관련이 없다. 그런 성질이 존재한다고 가정한다면 말이다. 미켈란젤로를 혁명적인 예술가로 탈바꿈시킨 것은 지난 오십 년간 살았던 사람들의 삶이다. 지금 시대에 불가피하게 예술에 부여되는 사회적 의미를 부정하는 많은 이들이 보여 주는 히스테리는, 그저 그들이 자신의 시대를 부정하고 있다는 사실에 기인한다. 그들은 자기가 옳은 시대를 살고 싶은 것이다.

1. 존 버거의 『영원한 빨강(Permanent Red)』(1960)에 실렸다.―엮은이

# 2부
# 지형

나는 가네
      가서
대지에 누우려네
          대지는
두 귀를 눕힐 거라네
그리고 내 팔뚝은
          내 팔뚝이
그 사이에 놓이고
손가락이
간질이네
      이리저리 간질이네
그녀의 코끝을
      신만이 아는 곳에서
불어오는 바람에
차가워진 코끝을.

# 르네상스의 명쾌함

기분이 처진다. 비가 오기 시작한다. 습하지만 불평하지 않기로 한다. 뿌옇고 흐릿하다. 이런 논평들은 어떤 하루를 저마다 주관적이고, 실용적이고, 도덕적이고, 시각적인 관점에서 설명한다. 진정한 화가라면 누구나 당연히 위의 마지막 논평보다, 아니 사실은 위의 모든 논평보다 백 배는 더 예민하게 시각적이고 생생한 방식으로 그 하루를 보고 느낀다. 하지만 그들이 보고 느끼는 대상은 대개 다른 사람들이 보고 느끼는 대상과 동일하다. 굳이 할 필요도 없는 진부한 얘기이다. 하지만 이 사실이 너무나 자주 잊힌다. 사실, 십육세기 이후로 이 사실은 내내 당연하게 받아들여지지 않았는가?

요전 날 나는 국립미술관에서 플랑드르와 이탈리아의 르네상스기 작품들을 주로 들여다보며 하루를 보냈다. 대체 무엇 때문에 이 작품들은 이후에 나오는, 특히나 지금 우리 시대에 나오는 거의 모든 작품들과 근본적으로 다를까. 순진한 질문처럼 보일지도 모르겠다. 사회사학자들과 미술사학자들과 경제학자들과 화학자들과 심리학자들이 이 질문에 답하느라, 그리고 개별 예술가들과 시대와 문화 전반의 수많은 차이를 정의하고 설명하느라 일생을 바쳤다. 하지만 너무 복잡하다 보니 매우 간단하고 명백한 두 가지 사실이 가려질 때가 많다. 첫번째는 우리에게 가장 예리한 교훈을 줄 수 있는 건 외국의 문화가 아니라 우리 자신의 문화라는 점이다. 개인주의적 인본주의 문화는 십삼세기 이탈리아에서 시작됐다. 두번째 사실은 적어도 회화 부문에서는 이 문화가 시작된 지 이백오십 년 만에 근본적인 붕괴가 일어났다는 점이다. 십육세기 이후로 예술가들은 심리적으로 더욱 심오해지고(렘브란트), 성공에 관하여 더욱 야심만만해지고(루벤스), 더욱 자주 사회적 논란을 일으켰다(클로드 모네). 하지만 그들은 편안함과 함께 모든 가식을 배제하는 시각적 솔직함을 잃었다. 그들은 베런슨이 '촉지할 수 있는 가치들(tactile values)'이라고 부른 것을 잃었다. 1600년 이후로 위대한 예술가들이 외로운 강박에 쫓기며 회화의 경계를 늘이고 확장하여 무너뜨렸다. 바토는 음악을 향해, 고야는 무대를 향해, 피카소는 팬터마임을 향해 경계를 무너뜨렸다. 샤르댕과 코로, 세잔과 같은 몇몇 화가들만이 가장 엄격한 제약들을 받아들였다. 하지만 1550년 전까지는 모든 예술가가 그랬다. 이 차이의 가장 중요한 결과 중 하나는, 나중에 일어난 대대적인 변화들 속에서 천재만이 승리할 수 있게 됐다는 점이다. 전에는 아주 소소한 재능이라도 상당한 즐거움을 줄 수 있었다.

새로운 라파엘 전파 운동(Pre-Raphaelites, 십구세기 중반 영국에서 결성된 회화 운동으로, 라파엘과 미켈란젤로 이전의 이탈리아 예술로 회귀하고자 하는 경향—옮긴이)을 주창하거나 지난 삼백오십 년간의 예술에 대해 어떤 식으로라도 질적인 판단을 내리자는 게 아니다. 하지만 지금, 수많은 예술가들이 기술과 주제 양쪽에서 자신만의 특별한 길을 뚫겠다는 희망을 품고 헛되이 회화의 경계에 투신하는 경향이 있는 지금, 정당한 회화의 영역이 어디인지 정의하기가 거의 불가능한 지금, 나는 우리 문화가 낳은 가장 위대한 화가 몇몇이 여전히 기꺼이 고수하는 한계들이 무엇인지 살펴보는 것이 유용하다고 생각한다.

르네상스 미술관에 가면 다른 건 차치하더라도 그동안 침침한 근시로 고생하고 있었구나 싶은 느낌이 갑자기 든다. 세심하게 오염을 제거한 그림이 많아서도, 명암법이 나중에 유행한 기법이어서도 아니다. 플랑드르와 이탈리아의 모든 르네상스 예술가들이 자신이 의도한 감정과 사상을 표현하는 건 대상을 그리는 방식이 아니라 대상 그 자체라고 믿었기 때문이다. 근소해 보일지 모르겠지만 결정적인 차이다. 코시모 투라처럼 고도로 정형화된 예술가조차 성모로 그려 놓은 여성 모두의 손가락이 실제로도 섬세하고 잘 휘리라는 확신을 준다. 하지만 고야가 그린 초상화는 모델의 해부학적 구조에 대한 확신을 주기 전에 고야 자신의 직관에 대한 확신을 준다. 우리는 고야의 해석이 설득력이 있다고 인식하기 때문에 그의 대상으로부터 확신을 받는다. 르네상스 작품들 앞에서는 정확하게 반대의 일이 일어난다. 미켈란젤로 이후로 예술가들은 우리가 따라오든 말든 내버려 둔다. 미켈란젤로 전에는 자신들이 만든 이미지로 우리를 이끌었다. 이 차이가, 그림이 시작점이 되는 것과 목적지가 되는 것의 차이가 르네상스 미술의 명쾌함과 시각적 명확성과 그 '촉지할 수 있는 가치들'을 설명해 준다. 르네상스 화가들은 '자신이 언급하고자 하는 것'에 반대되는 의미로서 '관객이 볼 수 있는 것'에만 관심을 두도록 스스로를 제한했다. 티치아노가 1538년에 그린 〈우르비노의 비너스〉와 삼십 년 후에 그린 〈님프와 목동〉을 비교해 보라.

이런 태도는 몇 가지 중요한 결과를 낳는다. 이런 태도는 글자 그대로의 자연주의를 추구하는 모든 시도를 막아서는데, 자연주의의 유일한 매력이 '정말 살아 있는 것 같다'는 추론이기 때문이다. 사실은 살아 있지 않은 게 명백하다. 그림은 고정적 이미지에 불과하니까. 이런 태도는 그저 주관적이기만 한 암시를 전면 금지했다. 이런 태도는 예술가의 지식이 허용하는 한, 색과 명암과 덩어리와 선과 움직임과 구조 같은 대상이 가진 모든 시각적 측면들을 동시에 상대하도록 밀어붙이며, 이후로 갈수록 흔해지는 현상, 즉 한 가지 측면에만 집중하면서 다른 많은 것들은 결론적으로 암시하는 데 그치는 현상이 일어나지 않도록 강제한다. 이 태도 덕분에 당시의 예술가는 후대의 어떤 예술가보다 훨씬 풍부하게 사실주의와 장식적 묘사를, 관찰과 형식화를 결합할 수 있었다. 그런 것들이 양립할 수 없다는 생각은 그저 그런 것들에 대한 암시가 양립 불가능하다는 오늘날의 가정에 기초할 뿐이다. 시각적으로 보자면, 가장 아름다운 이동형 구조체로 **발명된** 수를 놓은 표면 또는 휘장이, 셰익스피어 작품에서 우아함과 물질성이 결합하는 만큼이나, 사실적인 해부학적 분석 내용과 자연스럽게 결합할 수 있으니 말이다.

하지만 무엇보다 르네상스 예술가의 태도는 세상에서 가장 표현적인 시각적 형태, 즉 인간의 신체를 그 최대치까지 이용하도록 종용한다. 나중에 누드는 하나의 개념, 아르카디아 또는 보헤미아가 되었다. 하지만 르네상스기에는 눈썹과 가슴과 손목과 아기의 발과 콧구멍 하나하나가 사실에 대한 이중의 축하였다. 즉 인간의 신체가 기적과 같은 구조를 가졌다는 사실과 이 신체의 감각을 통해야만 시각적이고 촉각적인 세상의 나머지를 이해할 수 있다는 사실 말이다.

이처럼 모호함이 없었던 시기가 르네상스이고, 인위적으로는 다시 만들어낼 수 없는 그 시기의 자신감에서 특유의 감각주의와 장엄함의 뛰어난 결합이 뻗어 나왔다. 하지만 우리가 종국에 자신감있는 사회를 다시 얻는다면, 그때의 예술은 도덕적이거나 정치적인 여느 십구세기 예술론들보다는 르네상스 시대와 더 관련이 있을 성싶다. 그런 와중에, 베런슨이 자주 현명하게 말했듯이, 오늘날에도 유럽 예술의 생명력이 '물체의 물질적인 특징'에 대한 관찰의 결과인 '촉지할 수 있는 가치들과 변화'에 있다는 건 우리에게 유익한 신호이다.

# 델프트 풍경

물 건너
저 도시에서는
뭐든 다 보였지
벽돌이 참새처럼 소중히 여겨지고,
집에서 온 편지처럼
항구에서 읽고 또 읽히는 저 도시에서,
타일을 두른 도서관이 있는 저 도시에는
빚에 몰려 죽은 요하네스 페르메이르가
떠올리던 주소들이 있고,
물 건너 저 도시는
죽은 자가 인구 조사를 받고
죽은 자의 시선이 몽땅 점해 버려서
그곳은 빈방이 없는 곳,
탄생의 소식이 들려오기를
하늘이 기다리는 곳,
떠나는 이들의

눈에서 쏟아지는 저 도시에서,
거기
광장에서 생선이 팔려 나가는
두 번의 아침 종소리 사이에,
벽에 붙은 지도는
바다의 깊이를 보여 주고,
저 도시에서
나는 너를 맞을 준비를 한다.

# 낭만주의자들의 딜레마

최근 들어 낭만주의(Romanticism)가 대략 1770년부터 1860년 사이
유럽에서 만들어진 모든 예술을 지칭하는 용어로 채택되었다. 앵그르
와 게인즈버러, 다비드와 터너, 푸시킨과 스탕달. 그리하여 지난 세기
에 벌어진 낭만주의와 고전주의 간의 격전은 액면 그대로 받아들여지
기보다 그 시대의 다른 예술들과 마찬가지로, 두 유파에 공통된 것에
비하면 두 유파 간의 차이는 크게 중요하지 않다는 식으로 얘기된다.

이 공통 요소란 무엇이었을까. 폭력적인 동요와 반란의 시대를
택하고서 그 시대 예술에 공통되는 일반적이고 보편적인 성질을 정
의하려 시도하는 건 그런 시대의 성격 자체를 부정하는 짓이다. 특정
한 혁명의 결과가 가지는 의미는 그와 관련된 특정한 환경들과의 관
계 속에서만 이해될 수 있다. 혁명을 일반화하는 것보다 덜 혁명적인
일은 없다. 어쨌든, 어리석은 질문은 대개 어리석은 답을 얻는 법이다.
어떤 사람들은 낭만주의 예술을 '주제와 관련된 문제'로 정의하려 한
다. 하지만 그렇다면 피에로 디 코시모(Piero di Cosimo, 기행으로 유
명했던 피렌체의 화가—옮긴이)도 조지 몰랜드(George Morland, 시
골 농가와 가축, 마구간 등을 즐겨 그린 영국의 화가—옮긴이)에 필

적하는 낭만주의 예술가다! 다른 사람들은 낭만주의가 모든 예술에 나타나는 비합리적인 힘이지만 가끔은 대항하는 힘인 질서와 이성을 눌러 압도하는 시기가 있다고 주장한다. 그렇다면 고딕 시대의 상당 부분도 낭만주의다! 또 다른 사람들은 이게 다 영국 날씨와 관련이 있는 게 틀림없다고 말한다.

아니다. 누군가 굳이 답을 해야 한다면 역사적으로 해야 할 것이다. 그리고 말했듯이, 어떤 답도 그다지 신통치 않을 것이다. 문제의 그 시기는 두 혁명, 즉 프랑스혁명과 러시아혁명의 시작점 사이에 위치한다. 루소는 1762년에 『사회계약론』을 출간했다. 마르크스는 1867년에 『자본론』을 출간했다. 이 둘보다 더 많은 것을 설명해 줄 개별 사건은 없을 것이다. 낭만주의는 터져 나오기로 되어 있던 약속 밑으로 모여든 혁명적인 운동이었다. 자연인이라는 개념에서 도출한 철학을 바탕으로 한 혁명이 성공하리라는 약속 말이다. 자유의 여신을 창조하고 그 손에 깃발을 들려 주었다. 깃발을 든 자유의 여신을 따랐다. 그러나 결국 여신이 이끈 곳은 '현실'이라는 매복병 앞이었다. 그 사실을 깨달은 이들이 처한 완전한 곤경! 그 곤경을 대변하고 행동으로 나타낸 것이 바로 낭만주의다. 그 곤경이 낭만주의의 두 얼굴이라 할, 탐험적인 모험성과 음울한 방종을 설명한다. 순수한 낭만주의자에게 세상에서 가장 낭만적이지 않은 둘을 꼽으라면, 첫째는 삶을 있는 그대로 받아들이는 것이고, 둘째는 그걸 바꾸는 데 성공하는 것이다.

시각예술에서 이 두 얼굴은 한쪽에서는 새로운 차원을 감지하는 것으로, 다른 쪽에서는 가혹한 밀실공포증으로 드러난다. 우리가 볼 수 없는 땅과 물이 만들어낸 컨스터블의 구름이 있고, 산 채로 관에 담겨 묻힌 남자를 그린 전형적인 낭만주의 회화가 있는 것이다. 보호시설의 수감자들을 고요히 응시하는 제리코가 있고, 화면 전체가 접시처럼 깨질 것만 같은, 언덕과 하늘을 전설적인 푸른색으로 그린 지중해의 독일 낭만주의 화가들이 있다. 과학적으로 동물들을 비교하고 호랑이의 눈을 들여다보는 조지 스텁스가 있고, 고데일 협로(폭포와 백 미터 높이의 절벽이 이어지는 영국 노스요크셔의 석회암 협곡—옮긴이)를 자신을 위해 지금 막 쪼개진 고대의 바위로 축소시킨 제임스 워드가 있다. 세상에 존재하는 힘의 크기와 위력에 대한 새로운 깨달음이 있었다. **자연**이라는 말에 완전히 새로운 의미를 부여하는 깨달음이었고, 인간이 발견해내는 어마어마한 힘들로부터 인간을 보호하기 위해 새로이 등장하는 미신들의 숨가쁨이 있었다. 특히 마음속의 어떤 감정을 폭풍우 치는 하늘에 비견할 수 있다는 미신 말이다.

당연하게도 낭만주의 예술의 초점은 시간과 장소에 따라 크게 달라진다. 영국에서는 산업혁명과 풍경에 던진 새로운 빛(글자 그대로의 의미와 상징적인 의미에서)이 자극제였다. 프랑스에서는 나폴레옹이 구축한 새로운 형태의 군사적 영웅주의가 지배적인 자극제였다. 독일에서의 자극제는 점점 높아 가던 국가적 정체성 확립에의 강박이었다. 역시 당연하게도, 앞서 얘기했던 정치적 곤경은 종종 간적접인 자극제로 작용했다. 예를 들어, 차티스트 운동(Chartist Movement, 십구세기 중반 영국에서 보통선거에 입각한 의회민주주의를 요구한 노동계급의 정치 운동—옮긴이) 같은 것에서보다 과거의 작가 집단으로부터 직접적인 영향을 받은 낭만주의 예술가들이 더 많았다. 그들은 과거에는 삶이 '보다 단순'하고 '보다 자연'스러웠다고 생각했다. 뉴턴 과학 역시도 낭만주의와 관련이 있다. 낭만주의자들은 과학이 종교로부터 사고를 해방시키는 방식은 받아들였지만, 동시에 과학이 지닌 폐쇄적인 기계적 체계에는, 경제체제가 보여 주는 끔찍한 관행들로 여실히 드러난 듯한 그 비인간성에는 직관적으로 저항감을 느꼈다. 상황은 엄청나게 복잡했다. 그 시대의 특정 예술가들은 낭만주의적 어휘들을 빌려 썼어도 낭만주의자로 분류돼서는 안 된다. 낭만주의적 곤경으로부터 영향을 받지 않았기 때문이다. 예를 들자면, 고야와 도미에가 그렇다.

이렇게 복잡해도 그나마 이런 역사적 정의가 보편적으로 사리에 맞을 만한 유일한 정의다. 정치적 곤경을 극복할 수 있는 지식과 경험 덕분에 더는 그 곤경이 현실적이지 않게 된 1860년 이후, 낭만주의가 시들한 유미주의로 쇠퇴한 사실로도 이를 확인할 수 있다. 그리고 가장 충격적으로는 낭만주의의 정점을 대표하는 한 작품으로도 확인되는 바, 바로 들라크루아의 〈히오스섬의 학살〉이다.

이 그림의 부제는 '죽음 아니면 노예가 되기를 기다리는 어느 그리스인 가족'이다. 잘 알려진 걸작이고 눈부신 회화적 세부들을 담고 있다. 이 작품의 정치적 의도는 중요한 데다 의심할 여지 없이 진실하기도 하다. 하지만 그저 의도로 남아 있을 뿐이다. 죽음이나 노예제에 대한 진정한 창의적 이해와는 관련이 없다. 이 작품은 관능적인 몸짓놀이다. 말에 묶인 여성은 나른한 성적 매력을 띠고, 팔을 묶은 밧줄은 희롱하는 이국적인 뱀 같다. 중앙의 남녀는 하렘(harem)에라도 누운 듯하다. 사실 모든 인물이 (나이 든 여성은 제외할 수 있을지도 모르겠다) 이국적이다. 그들은 예술적 몽상과 문학적 전설에 속한 인물들이며, 특정한 역사적 비극에 등장함으로써 더욱 '고상'해지기 위해 어떤 실질적인 맥락 안에 놓였을 뿐이다.

들라크루아는 그리스에서 막 돌아온 어느 여행가를 만나 이야기를 나누게 된 사연을 기록한다. 한번은 이 남자가 "흉벽 위에 나타난 터키 병사의 머리가 어찌나 인상적이던지 그를 쏘려는 병사를 말리기도 했다"고 말한다. 다른 글에서는 앙투안 장 그로의 어떤 그림을 극찬하며 말한다. "적의 목을 찔러 들어가는 군도(軍刀)의 번득임까지 보인다." 이런 것이 전쟁을 보는 낭만주의적 시각이다. 영화처럼 재생을 멈추거나 다시 시작할 수 있는, 진실하지만 남부끄러울 정도로 특혜받은 시각이었다. 그리고 특혜와 현실 사이에는 곤경이 놓여 있다.

# 빅토리아 시대의 의식

〈희망〉[1]이 부랑아처럼 지구 위에 앉아 있다. 그 그림은 〈쫓겨난 사랑〉과 〈물거품〉만큼이나 유명하다. 덧없는 어린 시절, 불가능한 사랑, 찾기 힘든 희망, 이런 것들이 시대적 자신감과 풍요가 주는 안락에 안주한 빅토리아 시대 사람들을 지탱하던 주제였다. 그들 죄의식의 본질은 아마도 복잡했겠지만, 그 결과로 드러난 믿음의 양가성은 그들의 모든 회화에 아주 명확하게, 문학에서보다 더 명확하게 드러난다. 그리고 왓츠(G. F. Watts, 영국 빅토리아 시대의 화가이자 조각가―옮긴이)는 빅토리아 시대 회화의 전형이었다.

그의 거의 모든 작품에는 이상과 이상을 구체화하기 위해 그가 선택한 대상들 간의 위협적인 간극이 존재한다. 아무것도 있는 그대로 받아들여지지 않는다. 소망은 빅토리아 시대 사상의 아버지였다. 어떻게 보면 왓츠와 닮은 데가 있는 앨프리드 테니슨은 맹인처럼 그려졌다. 내적 심상이 보존되어야 하기에 그의 눈은 보지 않아야 하는 것이다. (열여섯에 왓츠와 결혼한) 엘런 테리는 향기 없는 꽃이다.

왓츠가 품은 고통스러운 양가감정과 걱정의 정확한 원인이 무엇인지 짚어내기는 불가능하다. 그는 불온한 사회의식을 가졌고 때로

는 작품에 직접적으로 사회적 저항을 담아내기도 했지만, 그의 공포
는 아주 개인적이기도 했다. 죽음에 사로잡힌 그는 카인의 그림을 여
러 장 그렸다. 그 작품들에 대한 설명에서 갈등의 양 측면이 드러난다.
"다른 사람의 고통을 대가로 부를 움켜쥐거나 타인을 아랑곳하지 않
는 데, 살기에 맞지 않는 집을 짓는 데, 거침없이 시냇물을 오염시키
는 데 카인이 있다." 하지만 또한 필사적으로 스스로를 카인과 동일시
하며 이렇게 썼다. "동료들이 그의 존재를 의식하지 못할 뿐만 아니라
모든 살아 있는 자연이 그를 내쫓았다. 새나 살아 있는 생명체 어느 것
도 그의 존재를 인정하지 않았다."

언제나 부분적으로 억눌려 있던 이 갈등이 예술가로서의 재능에
영향을 미쳤다. 그는 그릴 수가 없었다. 대상이 상징하기를 바랐던 무
언가가 그와 대상의 형태 사이를 가로막았다. 그는 예술의 목적이 "자
연의 어떤 위대한 진실, 표현하기에는 너무나 위대해서 지금까지 결
국은 정의되지 않은 채 남아야 했던 그 무언가에 대한 인상을 주는 것
이어야 한다. 유한한 것 뒤에 도사린 무한한 것 말이다"라고 생각했
다. 그 도사린 것이 너무 거대해서 미간의 주름이 두개골의 형태를 파
괴했거나 그가 그 일그러진 형태를 보지 못하도록 막았을 것이다. 눈
에 깃든 불안이 눈구멍을 녹였다. 매닝 추기경을 그린 초상화처럼, 가
끔은 감정의 강도가 엄청나다. 하지만 우리는 의문스럽기만 하다. 정
말로 사람이 저렇게 보일 수 있을까? 그럴 리가. 그렇다면 정말로 저
렇게 생겼다는 말인가?

상대적으로 성공적인 드로잉 소품도 몇 장 있지만, 어느 정도 재
능이 있는 예술가라면 누구나 평생에 좋은 스케치북 작품 몇 개는 내
놓기 마련이다. 이 가혹한 판단은 시각적 취향의 변화 문제도 아니다.
왓츠를 밀레와 비교만 해 봐도 된다. 왓츠가 적절한 훈련을 받지 못해
서 드로잉에는 약하지만 티치아노풍의 색채를 자유자재로 구사하는
것으로 그 약점을 만회했다고 주장할 수도 있다. 하지만 그의 색채는
동일한 결점으로 고통받는다. 러스킨은 그에게 이런 편지를 썼다. "당

신은 색의 혼합에 지나치게 의존하면서 색의 사용은 지나치게 간과합니다." 색을 사용한다는 건, 말하자면 색을 이해하는 것이다. 왓츠는 그 정도까지 헌신하지는 못했을 것이다. 그의 색은 강력하지만 형태에 **속하지** 않기 때문에 파악하기 힘들다. 십팔세기 그림 같은 그의 초기 초상화들을 보면 색이 분홍 뺨에 바른 연지처럼 쓰였다. 우화적인 후기 작품들을 보면 색이 반대쪽 사물이 침침하게 보이는 두꺼운 스테인드글라스 같다. 그의 조각도 마찬가지다. 그는 대상을 하나의 유기적인 전체로 받아들일 수가 없었다. 클리티에 흉상을 보면, 근육은 남성을 모델로 했지만 얼굴은 여성에게서 따 왔다. 그리고 무엇보다, 전혀 어울리지 않게 젖꼭지가 노골적으로 부각되는 이유가 바로 이 부분들의 분리 때문이다. 왓츠가 작품에 대한 의견을 물었을 때 윌리엄 글래드스턴이 무엇을 보고 무슨 말을 했을지 궁금하다.

빅토리아 시대의 모든 예술이 그렇듯이, 왓츠의 작품에서 갈등을 가장 분명하게 드러내는 것은 성적인 요소이다. 앨저넌 스윈번은 그의 그림 하나를 놓고 '요염한 정숙'을 논했다. 의도하지 않았는지는 모르겠지만 그 관능적 모순을 요약하는 간결한 표현이다. 왓츠의 인물들이 두른 휘장은 깜짝 놀랄 정도로 주름지고 과도하게 복잡하다. 엄청나게 많은 것을, 실제보다 훨씬 많은 것을 숨기고 있다고 믿어졌기 때문이다. 〈새벽〉의 주인공이 산 위로 밝아 오는 여명을 보는 사이 망토가 막 미끄러져 떨어질 참이다. 하지만 망토가 떨어지면 그녀의 몸이 아니라 모든 것을 빨아들일 '절대 쳐다볼 수 없는' 태양이 드러날 것이다.

왓츠는 열심히 일했고, 호화롭게 살았으며, 사회의 찬사와 총애를 받았지만, 천장에 비치는 밤 불빛을 올려다보았을 때, 그는 우주의 기원을 그린 그림인 〈별을 뿌리는 사람〉의 첫 아이디어를 떠올렸다. 이 그림을 어떻게 작업했는지 설명하면서 그는 신을 그려 달라는 부탁을 받고 '종이를 푹신푹신한 곳에 놓고는 연필로 가운데를 찔러 커다란 공허를 만드는' 아이에 스스로를 비교했다. 그는 전형적인 빅토리아 시대 사람이었지만 생각보다는 우리의 혁명에 더 가까웠다. 〈야경꾼, 밤은 어때?〉, 그가 물었다. 그 질문에 답한 사람은 랭보였다. 예술가로서의 왓츠는 실패했지만, 자신이 믿는 것이 공허하다는 사실로부터 방향만 다를 뿐 더욱 빨리 달아나는 오늘날의 많은 동시대 예술가들의 실패보다는 훨씬 의미가 있다.


1. 1886년 조지 프레드릭 왓츠(1817-1904)와 조수들이 그린 비유적인 그림으로, 지금은 테이트갤러리에 소장돼 있다.

# 큐비즘의 한때

이 글을 거의 이십 년 전, 그레이즈인로드 근처에 있는 에이비시 찻집에서 이 글을 쓰라고 촉구했던 바버라 니븐에게 바친다.

> 어떤 사람들은 산이라서
> 사람들 가운데에 솟노라
> 모든 미래를 내다보노니
> 지금보다도 잘
> 일어난 일보다도 날카롭게
> ―아폴리네르

나와 피카소가 저 세월 동안
서로에게 했던 말들은 다시는 얘기되지 않을 테고,
설사 다시 얘기된다 하더라도,
더는 아무도 이해하지 못할 테다.
이는 마치
한데 밧줄로 묶여 산 위에 놓인 꼴이다.

—조르주 브라크

역사에 행복한 순간은 있어도
행복한 시대는 없다.
—아르놀트 하우저

그러므로 예술작품은
생성의 과정에 존재하는 하나의 멈춤일 뿐
그 자체로 고정된 하나의 목적이 아니다.
—엘 리시츠키


　가장 극단적인 큐비즘(Cubism) 작품들이 오십 년도 전에 그려졌다는 사실이 문득 믿기지 않는다. 그 작품들이 오늘 그려졌으리라고 기대하는 건 아니다. 그러기에는 너무 낙관적인 동시에 너무 혁명적인 작품들이니까. 어떤 측면에서는 그런 그림들이 적게나마 그려졌다는 사실에 놀랐는지도 모르겠다. 그 그림들은 앞으로 그려져야 할 그림처럼 보인다.

　내가 불필요하게 상황을 복잡하게 만들고 있나? 단순하게 몇 안 되는 위대한 큐비즘 작품들이 1907년과 1914년 사이 그려졌다고 말하는 편이 더 도움이 될까? 그리고 후안 그리스(Juan Gris)의 걸작 몇 점이 약간 뒤에 그려졌다고 덧붙여서 이 사실을 한정하는 것이?

　게다가 어쨌든 우리의 일상이 큐비즘의 분명한 영향들에 둘러싸여 있는데, 큐비즘이 아직 일어나지 않았다고 생각하는 건 허튼소리가 아닐까? 앞서 있었던 큐비즘의 사례 없이는 모든 현대적 디자인과 건축, 도시계획을 생각할 수 없는 듯한데 말이다.

　그래도 나는 그 작품들 앞에서 느낀 감각적 충격을 강조해야겠다. 그 작품들을 바라볼 때 작품과 내가 외딴 시간에 꼼짝없이 사로잡힌 채, 그저 풀려나 1907년에 시작된 여행을 계속할 수 있기만을 기다리는 듯한 느낌 말이다.

큐비즘은 아주 재빨리 발달한 회화 양식이었고, 그 발달 단계들을 상당히 명확하게 정의할 수도 있다.[1] 하지만 세상에는 큐비즘 시인과 큐비즘 조각가와 나중에는 소위 큐비즘 디자이너와 건축가도 있었다. 큐비즘 고유의 양식적인 특징들을 절대주의, 구성주의, 미래파, 소용돌이파(Vorticism), 데스틸 운동 등 다른 운동의 선구적인 작품들에서 찾아볼 수도 있다.

그래서 이런 질문이 떠오른다. '큐비즘은 하나의 양식으로 정의되기에 충분한가?' 그럴 것 같지가 않다. 하나의 사조로 정의될 수도 없다. 큐비즘 선언문 같은 것은 없었다. 피카소나 브라크, 레제, 후안그리스의 의견과 견해는 그들 그림이 많은 특징을 공통으로 드러낸 몇 년 사이에도 뚜렷하게 달랐다. 지금 그 작품들이 큐비즘이라는 범주에 속한다고 일반적으로 인정된다는 것만으로 충분하지 않은가? 화상(畵商)과 수집가와 미술사학자라는 이름으로 통하는 목록 작성자들에게는 충분하다. 하지만 여러분이나 나에게는 충분하지 않다고나는 믿는다.

양식적 분류에 만족하는 이들조차 큐비즘이 예술사에서 혁명적인 변화를 조성했다고 흔히 말한다. 이 변화는 나중에 자세하게 분석해 보도록 하자. 르네상스 이후로 존재해 오던 회화의 개념이 전복됐다. '자연을 비추는 거울을 든 예술'이라는 개념은 이제 향수를 불러일으킨다. 현실을 해석하는 대신에 축소하는 수단으로 말이다.

혁명이라는 단어가 그저 이번 시즌의 아이디어 상품을 칭하는 별명이 아니라 진지하게 사용된 거라면, 하나의 과정을 함의한다고 볼수 있다. 어떤 혁명도 그저 개인적인 창의성의 결과가 아니다. 그런 창의성이 성취할 수 있는 최대치는 광기이다. 광기는 자기 안에 갇힌 혁명적 자유다.

대표 주자들의 천재성이라는 말로는 큐비즘을 설명할 수 없다. 그들 대부분이 큐비즘을 그만둔 후로는 그만큼 유망한 작품을 만들어내지 못했다는 사실에서도 이 점은 확연하다. 브라크나 피카소조차 큐비즘 시절을 능가하는 작품을 내놓지 못했다. 이들의 후기 작품 대다수는 수준이 떨어진다.

회화와 주요 인물들 측면에서 큐비즘이 어떻게 생겨났는지는 여러 번 얘기됐다. 주요 인물들 스스로는 그때나 이후에나 자신들이 하던 일의 의미를 설명하기를 극도로 어려워했다.

큐비즘 작가들에게 큐비즘은 자연발생적이었다. 우리에게 큐비즘은 역사의 일부다. 하지만 이상하게도 완성되지 않은 일부다. 큐비즘은 양식적 범주가 아니라, 일정 수의 사람들이 경험한 한때로 (그 한때가 육칠 년밖에 지속되지 않았다 하더라도) 고려되어야 한다. 그건 엉뚱하게 놓인 한때였다.

그때는 미래에 대한 약속이 지금보다 튼튼했던 때였다. 1917년 이후 몇 년 동안 모스크바에서 활동했던 아방가르드 예술가들 외에는, 그때 이후로 예술가들 사이에서 큐비즘 작가들이 가졌던 자신감에 견줄 상대는 없었다.

큐비즘 작가들의 친구이자 화상이었던 칸바일러(D. H. Kahn-weiler)는 이렇게 썼다. "나는 1907년부터 1914년까지의 중요한 칠 년을 화가 친구들과 살았다. …그 시기에 조형예술계에서 일어난 일들을 이해하려면, 새로운 시대가 태어나는 중이었고 인간이(사실상 인류 전체가) 지금껏 역사적으로 알려진 다른 어떤 시대보다 더 급진적인 변혁을 겪고 있었다는 사실을 염두에 두어야 한다."[2]

이 변혁의 성질은 무엇이었을까? 나는 다른 글(「피카소의 성공과 실패」)에서 큐비즘과 그 시기의 경제적 기술적 과학적 발전 간의 상관관계를 간략히 밝힌 바 있다. 여기서 그 얘기를 반복해 봐야 별 의미가 없을 듯싶다. 그보다는 그 발전과 동시성의 철학적 의미에 대한 우리의 정의를 좀 더 파고들어 가고자 한다.

상호 결합된 제국주의 세계체제, 그에 반대하는 사회주의 인터내셔널, 현대 화학과 물리학과 사회학의 성립, 갈수록 늘어나는 전기 사용과 라디오 및 영화의 발명, 대량 생산의 시작, 대량 유통되는 신문 발간, 철강과 알루미늄의 등장으로 제시된 새로운 건축적 가능성, 화학산업의 급격한 발전과 합성소재 생산, 자동차와 비행기의 등장, 이 모든 것은 무엇을 의미했을까?

질문이 너무 광범위해서 실망으로 이어질 듯이 보일지 모른다. 그러나 드물지만, 어쩌다 이런 질문이 적용될 수 있는 역사적 순간들이 있다. 그런 순간은 집중의 순간이고, 다양한 새로운 시기들로 갈라지기 전, 수많은 발전이 유사한 질적 변화의 시기로 접어드는 때이다. 그런 순간을 살아가는 이들 중에도 한창 일어나고 있는 그 질적 변화의 중요성을 완전히 이해할 수 있는 사람은 많지 않다. 하지만 모두가 시대가 바뀌고 있음을 인식한다. 미래는 연속적으로 느껴지기보다는 그들을 향해 전진하는 듯 보인다.

분명 1900년경부터 1914년까지 유럽의 상황은 이랬다. 증거를 찾아보려는 이라면 많은 사람들이 인지한 변화를 무시하는 방식으로 반응하는 경향이 있음에 유념해야겠지만 말이다.

큐비즘 운동에서 가장 위대한 대표적인 시인 아폴리네르는 시에서 반복적으로 그 미래를 언급했다.

내 청춘이 진 곳에서
너는 보리라, 미래의 불꽃을
너는 알아야 한다, 오늘 나의 말은
온 세상에 알리기 위해서다
마침내 예언의 예술이 탄생했음을.

이십세기 초엽 유럽에서 집중적으로 일어난 발전들은 시간과 공간의 의미를 모두 바꿨다. 각기 다른 방식으로, 일부는 비인간적이었고 일부는 약속으로 가득 차 있었지만, 모두가 직접적인 것들로부터의 해방을, 존재와 부재 간의 완고한 구분으로부터의 해방을 제시했다. 전통적인 용어로 정의된 '거리를 두고 일어나는 행위'의 문제를 씨름하던 패러데이(M. Faraday)가 처음으로 제시한 장(場, field)이라는 개념은 이제 부지불식간에 모든 계획과 계산의 형태는 물론이요, 심지어 여러 감정의 상태에까지 대입되었다. 시간과 공간의 측면에서 인간의 능력과 지식이 깜짝 놀랄 만큼 확장됐다. 역사상 처음으로 하나의 전일체로서의 세계를 더는 추상적인 관념으로서가 아니라 실체로서 **인식할 수 있게** 되었다.

아폴리네르가 가장 위대한 큐비즘 시인이었다면, 블레즈 상드라르(Blaise Cendrars, 스위스 출신의 프랑스에서 활동한 시인이자 소설가로, 유럽 모더니즘 운동에 큰 영향을 미침—옮긴이)는 첫 큐비즘 시인이었다. 그의 시 「뉴욕의 부활절」(1912)은 아폴리네르에게 지대한 영향을 미쳤고, 급진적인 시 한 편이 어떻게 전통을 부술 수 있는지 웅변적으로 보여 주었다. 이 시기에 씌어진 상드라르의 주요 시 세 편이 모두 여행에 관한 것으로, 새로운 의미에서 인식할 수 있게 된 지구를 누비는 여행이었다. 「파나마에서 또는 일곱 삼촌들의 모험」에서 그는 이렇게 쓴다.

> 시는 오늘부터 시작된다
> 　　은하수가 내 목을 두르고
> 　　세계의 두 반구가 내 눈에 있다
> 　　　　전속력으로
> 　　세상에 더는 붕괴는 없다
> 약간의 돈을 모을 시간이 있었더라면
> 　나는 에어쇼에서 날고 있었을 것이다
> 해협 밑 터널을 지나는 첫번째 기차에
> 　좌석을 잡아 놨을 것이다
> 나는 홀로 대서양을 건너는 첫번째 비행사
> 구 억

구 억은 아마도 그 당시 추정된 전 세계 인구를 말하는 것이리라.

이런 변화들의 결과가 철학적으로 얼마나 광범위하게 영향을 미쳤는지, 왜 이 변화들을 질적이라고 말할 수 있는지 이해하는 것이 중요하다. 단순히 더 빠른 교통편과 더 신속한 통신, 더 복잡한 과학용어, 더 많은 자본 축적, 더 큰 시장, 국제적 조직 등등의 문제가 아니었다. 세계의 세속화 과정이 마침내 완성된 것이다. 신의 존재를 부정하는 주장들은 거의 아무것도 성취하지 못했다. 하지만 이제 인간은 **스스로를** 직접적인 것들 너머 불확실한 것들에게까지 확장할 수 있었다. 인간은 신이 존재한다고 여겨졌던 시간과 공간의 영역을 접수했다.

아폴리네르가 상드라르의 직접적인 영향을 받고 쓴 시 「구역」에는 다음과 같은 구절이 있다.

> 눈에는 그리스도의 눈동자
> 세기의 스무 번째 눈동자는 방법을 알아서
> 하늘로 떠오르는 예수처럼 이번 세기를 새로이 바꾸었다
> 지옥의 악마들이 고개를 들어 바라보고는
> 유대의 마법사 시몬 마구스를 흉내내는 거라 말한다
> 나는 법을 알다니, 도둑이라 불러야 한다고 소리친다
> 이 아름다운 곡예사를 둘러싸고 천사들이 날갯짓한다
> 이카루스 에녹 엘리야 티아나의 아폴로니우스가
> 첫 비행기 주위에 떠 있다
> 그들은 이따금 흩어져 성체를 든 사제들이 지나가도록 길을 터
>   준다
> 성체의 빵을 들고 영원히 오르는 사제들에게

두번째 결과는 자아와 세속화된 세계 간의 관계와 관련이 있다. 보편과 특수 사이에 더는 근본적인 불연속이 없다. 보이지 않는 것들

과 복합적인 것들이 더는 개인과 세계 사이에 끼어들지 않았다. 세계 안에 **놓여**졌다는 관점으로 생각하기가 가면 갈수록 어려워졌다. 인간은 세계의 일부이고 세계와 분리될 수 없었다. 현대적 인식의 기초에 남아 있는 완전히 독창적인 의미에서, 인간은 자신이 물려받은 세계였다.

다시, 아폴리네르는 이렇게 표현한다.

나는 그때 이후로 세상이라는 꽃다발을 알았다
나는 우주를 몽땅 마시고 취했다.

기존의 모든 종교와 도덕의 영적 문제들이 이제는 세계의 존재 양태에 어떤 태도를 취할 것인가라는 선택의 문제로 집중될 터였다. 그리고 세계의 존재 양태는 갈수록 인간 자신의 존재 양태로 생각되어졌다.

이제 인간이 스스로의 의식 안에서 스스로의 성장을 가늠하는 방법은 세계에 비춰 보는 수밖에 없다. 인간은 세계의 성장이나 쇠퇴에 대해 어떻게 행동했는가에 따라 성장하거나 축소된다. 인간의 자아가 세계와 분리되고, 모든 존재하는 사회적 맥락들의 총합인 전체적인 맥락으로부터 떨어져 나온 건 그저 생물학적 사선일 뿐이다. 세계의 세속화는 선택의 특권을 부여하는 만큼이나 역사상 그 어느 것보다 분명하게 제 몫의 대가를 강요한다.

아폴리네르는 말한다.

나는 어디에나 있다 아니 어디에나 있기 시작한다
앞으로 다가올 수 세기의 일을 시작하는 건 나다.

한 사람 이상이 이런 말을 하거나 느끼거나 느끼길 갈망하자마자, 이런 일이 일어나자마자, 세계의 통일성이라는 개념이 제시되었다. 그리고 우리는 이런 생각과 느낌이 곧 수백만 명의 삶에 악영향을 미치는 수많은 물질적 발전의 결과라는 점을 기억해야 할 것이다.

**세계의 통일성**이라는 용어는 위험스러울 정도로 유토피아적인 아우라를 띨 수 있다. 하지만 있는 그대로의 세계에 정치적으로 적용된다고 생각될 때에만 그렇다. 세계의 통일성을 위한 **필수 조건**은 착취의 종결이다. 이 사실을 회피할 때에만 이 용어가 유토피아적으로 느껴질 것이다.

한편으로 이 용어에는 다른 중요한 의미가 있다. 많은 측면(인권 선언, 군사 전략, 통신 등등)에서 1900년 이후의 세상은 하나의 단위로 취급되었다. 세계의 통일성은 사실상의 승인을 받았다.

오늘날 우리는 모든 사람이 동등한 권리를 가져야 한다고 아는 것처럼, 세계가 통합되어야 한다고 알고 있다. 인간이 이를 부정하거나 그 부정을 묵인하는 건 자기 자아의 통일성을 부정하는 셈이다. 그래서 제국주의 국가들에 심리적 병들이 만연하고, 그래서 지식이 지식을 부정하는 데 쓰일 때, 그들의 수많은 학문에 부패가 내포된다.

큐비즘의 한때에는 아무런 부정도 필요 없었다. 예언의 한때였지만 실제로 시작된 변혁의 기초로서의 예언이었다.

아폴리네르는 이렇게 쓴다.

벌써 나는 친구의 날카로운 목소리가 다가오는 걸 듣는다
아메리카를 한시도 떠나지 않으면서
너와 함께 유럽을 거니는 친구.

낙관이 들끓던 일반적인 시대라 주장하고 싶지는 않다. 그때는 빈곤과 착취와 공포와 절망의 시대였다. 대다수가 자기 생존의 수단들에만 관심을 기울일 수 있었고, 수백만 명은 살아남지 못했다. 하지만 질문을 했던 이들에게는 새로운 긍정적인 답이 있었다. 새로이 등장한 힘들 덕분에 그 답은 믿어도 될 듯 보였다.

유럽의 사회주의 운동세력들은 (독일의 경우와 미국에서 일어난 노조운동을 제외하고) 지금이 혁명 전야이며, 그 혁명이 퍼져 나가 세계 혁명이 되리라 확신했다. 필요한 정치 수단들을 놓고 사회주의 세력들과 합의하지 못했던 생디칼리스트나 의회주의자, 공산주의자, 아나키스트 같은 이들도 이런 믿음을 공유했다.

특정한 종류의 고통이 끝이 나고 있었다. 절망과 패배의 고통이었다. 사람들은 이제 자기는 아니더라도 미래에는 승리하리라 믿었다. 상황이 최악인 곳에서 믿음이 가장 공고한 경우가 많았다. 착취당하거나 압정(壓政)에 시달리는 모두가, 불행한 자기 삶의 목적이 무엇인지 질문할 힘이 있는 모두가 1898년 오스트리아 황후를 찌른 이탈리아인 아나키스트 루케니의 "모든 사람의 머리 위에 새로운 태양이 똑같이 비출 때가 그리 머지않았다"는 선언이나, 1905년 모스크바 총독을 암살한 칼랴예프가 사형 선고를 받는 법정에서 말한 "똑바로 눈앞으로 다가오는 혁명을 보는 법을 배우라"는 선언 같은 메아리를 답으로 들을 수 있었다.

끝이 보였다. 그때까지는 언제나 소망을 이루기가 불가능하다는 사실을 일깨워 주던 무한성(limitless)이 갑자기 용기가 되었다. 세계는 출발점이 되었다.

수가 많지 않았던 큐비슴 화가들과 작가들 무리는 정치에 직접 관여하지 않았다. 그들은 정치적인 측면에서 생각하지 않았다. 하지만 혁명적인 세계 변혁에는 관심을 두었다. 어떻게 가능했을까? 다시 우리는 큐비즘 운동의 역사적 시기에서 답을 찾는다. 그때는 인간의 지적 완결성이 정치적 선택을 하는 데 필수적이지 않았다. 많은 발전이 집중되면서 그에 상응하는 질적 변화가 일어났고, 그 발전들이 변혁된 세계를 약속하는 듯이 보였다. 그 약속은 총체적인 것이었다.

또 다른 큐비즘 시인 앙드레 살몽은 이렇게 썼다. "모든 것이 가능하다. 어디에서나 무엇에나 모든 것이 실현될 수 있다."

제국주의가 세계를 통합하는 과정을 시작했다. 대량 생산이 결국에는 풍요로워질 세계를 약속했다. 대량 유통되는 신문들이 정보에 근거한 민주주의를 약속했다. 비행기가 이카루스의 꿈을 실현하겠다고 약속했다. 집중으로 인해 태어난 끔찍한 모순들은 아직 분명하게 드러나지 않았다. 모순들은 1914년 명백하게 드러났고, 1917년 러시아 혁명에 의해 먼저 정치적으로 양극화되었다. 러시아 혁명예술이 탄압받기 전까지 활동했던 위대한 혁신가 중 한 명인 엘 리시츠키(El Lissitzky)가 쓴 자전적 기록은 큐비즘 시기의 조건들로부터 정치적 선택의 순간이 어떻게 도출됐는지 은연중에 드러낸다.

## 1926년까지 엘의 삶을 기록한 영화[3]

출생: 나의 세대는
몇십 년 전
위대한 시월 혁명 전에 태어났다.
조상: 몇백 년 전에 우리 조상들은 운이 좋아서
대항해시대를 열었다.
우리: 우리, 콜럼버스의 손주들인 우리는
가장 영광스러운 발명의 시대를 창조하고 있다.
그들은 우리 지구를 아주 작게 만들었고
하지만 그들은
우리의 공간을 확장하고
우리의 시간을 강화했다.
흥분: 내 삶은 전에 없던
흥분을 동반한다.
겨우 다섯 살이 됐던 나는 에디슨의 축음기에서
고무 납을 귀에 쑤셔 넣었다.
여덟 살,
나는 스몰렌스크의 첫 전차를 쫓아 달렸다.
도심에서 농부들의 말을 쫓아냈던

그 악마 같던 힘을.

물질의 압축: 증기기관이 내 요람을

흔들었다.

그 사이에 그건 익티오사우르스의 길을 가 버렸다.

기계들은 배를 내장으로 꽉 채워 부풀리기를

그만두고 있었다.

이미 우리에겐 기계 두뇌를 장착한

발전기가 달린 압축된 두개골이 있었다.

물질과 마음은

크랭크축을 통해 직접 전달되고

그래서 작동하게 되었다.

중력과 관성이 극복되고 있었다.

1918년: 1918년 모스크바에서는 내 눈앞에서

합선이 일어나 불꽃을 튀기며

세계를 둘로

쪼갰다.

이 타격이 어제와 내일 사이에 박힌

쐐기처럼

우리의 현재를 쪼개 버렸다.

나의 일

역시도

그 쐐기를 좀 더

밀어 넣는

힘의 일부를 구성한다.

누구나 여기 아니면 저기에 속한다.

중간은 없다.


큐비즘 운동은 1914년에 프랑스에서 끝났다. 전쟁과 함께 새로운 종류의 고통이 태어났다. 인간은 처음으로 지옥이나 천벌이나 패전이나 기근이나 역병의 고통이 아닌 완전한 공포를, 스스로의 진보를 막아서는 것에 대한 완전한 공포를 마주하게 되었다. 게다가 선명하게 정의된 적들 간의 명쾌한 대결이라는 측면이 아니라, 스스로의 책임이라는 측면에서 그 공포를 대면해야 했다.

엄청난 규모의 낭비와 비합리성, 그리고 인간이 자신의 이해관계를 어느 정도까지 부정하도록 설득되고 압박받을 수 있는지에 대한 경험이 세상에는 이해할 수 없는 맹목적인 힘들이 작용한다는 믿음으로 이어졌다. 하지만 더는 그런 힘들이 종교적 신앙을 구성할 수 없고, 사람들이 참여하여 위안을 얻을 적절한 종교의식이 없었으므로, 각자는 할 수 있는 한 **자기 안에서** 그 믿음과 공존해야 했다. 그 믿음은 인간의 의식 안에서 의지와 자신감을 파괴했다.

『서부전선 이상 없다』의 마지막 쪽에서 영웅은 이렇게 생각한다.

나는 아주 고요했다. 몇 달이고 몇 년이고 오라지, 내게선 아무것도 가져가지 못한다. 더는 아무것도. 나는 아주 외롭고, 두려움 없이 그들을 대면할 수 있다는 희망도 없이 외롭다. 이 몇 년 동안 나를 지탱했던 삶이 여전히 내 두 손과 두 눈에 있다. 그걸 내가 가라앉혔던가, 나는 아니란 걸 안다. 하지만 그게 거기 있는 한, 내 안의 의지와는 상관없이 그건 저만의 표출 방식을 찾을 것이다.[4]

1914년에 생겨서 오늘날까지도 서부 유럽에 끈질지게 남아 있는 새로운 종류의 고통은 반전된 고통이다. 인간은 자기 안에서 사건과 정체성과 희망의 의미를 놓고 싸웠다. 그건 자아와 세계의 새로운 관계 안에 내포된 부정적인 가능성이었다. 자기가 경험한 삶이 자기 안에서 혼돈이 되었다. 사람들은 자기 안에서 길을 잃었다.

세계의 운명과 동일한 자신들의 운명이 만들어지는 과정을 (아무리 간단하고 직접적인 방식으로라도) 이해하는 대신에 그들은 새로운 조건을 수동적으로 따랐다. 바꾸어 말하면, 어쨌거나 보이지 않는 자신들의 일부였던 세계가 **그들의 마음속에서** 뒤집혀 그들과 분리된, 그들에게 대항하는 옛 세계가 된 것이었다. 신과 천국과 지옥을 집어삼키며 그들 안에 남은 파편들과 영원히 공존하게 된 듯했다. 정말로 새롭고도 끔찍한 형태의 고통인 데다, 하필이면 하나의 무기로서 의도적으로 널리 쓰인 가짜 이데올로기의 프로파간다가 동시에 그들을 덮쳤다. 그런 프로파간다는 새로운 경험을 강요하면서도 사람들 내부에 이미 효력이 다한 감정과 사고의 구조를 잔존시킨다. 사람들을 꼭두각시로 만드는 것이다. 반면에 그 변혁이 가져온 긴장 관계의 대부분은 어쩔 수 없이 **논리적 맥락을 갖지 못한** 불안으로서 정치적으로 무해한 상태로 남는다. 그런 프로파간다의 유일한 목적은, 사람들로 하여금 자아를 부정하고는 저버리게 만드는 것이다. 그러지 않았다면 자아는 스스로의 경험을 창조했을 터이다.

전쟁을 겪은 뒤 아폴리네르가 마지막 장편시인 「아름다운 갈색 머리」에서(그는 1918년에 사망한다) 그린 미래의 모습은 희망만큼이나 큰 고통의 원인이 되었다. 그가 본 것과 그가 한때 내다봤던 것을 어떻게 화해시킬 수 있겠는가? 지금부터는 비정치적인 예언이란 있을 수가 없다.

우리는 당신들의 적이 아니다
우리는 드넓은 낯선 영토를 빼앗고자 한다
꽃피는 신비가 손길을 기다리는 곳
여태 보지 못한 불길과 색깔 들이
실체가 주어져야 할
헤아릴 수 없는 천 가지 유령을 아직 못 본 곳
우리는 모든 것이 고요할 드넓은 신의 영역을 탐험하고자 한다
그리고 시간을 쫓아갈 수도 되돌릴 수도 있는 그곳에서

무한과 미래의 전선에서
끊임없이 싸우는 우리를 불쌍하게 여기시라
우리의 실수를, 우리의 죄악을 불쌍하게 여기시라.
여름의 폭력이 여기 있다
봄 같던 나의 청춘은 죽었다
이제는, 오 태양이여, 가차 없는 이성의 시간이다
웃으시라 그리고 나를 비웃으시라
모든 곳과 특히 이곳에서 온 사람들이여
차마 당신들에게 말하지 못할 것들이 지천이니
당신들이 듣고 싶지 않을 것들이 지천이니
나를 불쌍히 여겨 주시라.

이제 큐비즘의 핵심적인 모순이 이해되기 시작할 것이다. 큐비
즘의 정신은 객관적이다. 그래서 예술가들 사이가 그렇게나 고요하고
그렇게나 상대적으로 익명적이었다. 그래서 그 기술적인 예언들이 그
렇게나 정확했다. 나는 건설된 지 오 년도 안 된 위성도시에 살고 있
다. 글을 쓰다가 창을 내다보면 도시 경관의 양식적 성격이 곧장 1911
년과 1912년의 큐비즘 그림들로 이어진다. 하지만 오늘날 우리에게
큐비즘의 정신은 이상하게 멀고도 무관하게 느껴진다.

큐비즘 예술가들이 **우리가 그때 이후로 경험한 것과 같은 정치
에** 주의를 기울이지 않았기 때문이다. 숙련된 정치적 동시대인들과도
마찬가지로, 그들은 분명하게 가능해진 것들과 그 이후로 지상과제가
된 것들을 실현하려는 정치적 투쟁에 수반됐을 고통의 범위와 깊이와
지속 기간을 상상하지도 내다보지도 않았다.

큐비즘 예술가들은 변혁된 세계는 상상하면서도 변혁의 과정은
상상하지 않았다.

큐비즘은 그려진 이미지와 현실이 맺는 관계의 성질을 변화시켰
고, 그럼으로써 인간과 현실 간의 새로운 관계를 표현했다.

많은 작가가 예술사에서 큐비즘이 새긴 단절은 중세예술과 르네상스의 관계에 맞먹는다고 지적했다. 큐비즘이 르네상스와 동일시될 수 있다는 말은 아니다. 르네상스의 자기 확신은 육십여 년간(대략 1420년부터 1480년까지) 지속됐다. 큐비즘의 경우는 육 년 정도 지속됐다. 그러나 르네상스는 여전히 큐비즘을 판단할 수 있는 출발점이다.

르네상스 초기 예술의 목적은 자연 모방이었다. 알베르티(L. B. Alberti, 이탈리아 초기 르네상스 시대의 철학자이자 건축가, 화가, 조각가—옮긴이)가 이런 시각을 정형화했다. "화가의 기능은 주어진 판이나 벽, 어떤 물체의 보이는 표면을 선과 색을 써서 조작하여 특정 거리와 특정 위치에서 보면 그 부분이 두드러져 물체 그 자체처럼 보이도록 만드는 것이다."[5]

물론 말처럼 간단하지는 않았다. 알베르티 스스로가 풀어야 했던 선형적 원근법의 수학적 문제들이 있었다. 선택의 문제, 말하자면 최상의 상태에 있는 자연의 전형으로서 무엇을 선택하느냐는 측면에서, 예술가가 자연을 정당하게 다루고 있는가라는 문제도 있었다.

하지만 자연과 예술가의 관계는 자연과 과학자의 관계에 필적했다. 과학자와 마찬가지로 예술가도 이성과 방법론을 적용하여 세계를 탐구했다. 예술가는 자신이 발견한 바를 관찰하고 정리했다. 두 학문의 유사성은 나중에 레오나르도의 사례로 입증된다.

이후 몇 백 년 동안 훨씬 모호하게 이용된 경우가 많았지만, 이 시기 회화의 기능에 대한 은유적 상징은 **거울**이었다. 알베르티는 물에 비친 자기 모습을 본 나르시스가 최초의 화가라고 말한다. 거울은 자연의 외양을 띠는 동시에 그 외양을 인간의 수중으로 전달한다.

과거의 태도가 어떠했는가를 재구성하기란 극도로 어려운 일이다. 우리는 보다 최근에 이루어진 발전과 그 발전이 제기한 질문들에 비추어 그런 질문이 형성되기 전에 존재했을 모호함들을 없애 버리는 경향이 있다. 예를 들자면, 르네상스 초기에는 인본주의적 시각과 중

세 기독교적 시각이 여전히 쉽게 결합될 수 있었다. 인간이 신과 동등 해지긴 했지만 둘은 아직 전통적인 각자의 자리를 유지하고 있었다. 아르놀트 하우저는 르네상스 초기에 대해 이렇게 쓴다. "신의 자리를 중심으로 천구들이 돌고, 지구는 물질적인 우주의 중심이었으며, 인간 자신은 자족적인 소우주로서, 말하자면 천체들이 고정된 별인 지구를 중심으로 도는 것과 마찬가지로 자연 전체가 인간을 중심으로 돌았다."[6]

그래서 인간은 주변을 둘러싼 자연을 모든 측면에서 관찰할 수 있었고, 자신이 관찰한 바와 관찰할 수 있는 능력 둘 다에 의해 개선될 수 있었다. 인간은 자신이 기본적으로 자연의 일부라는 점을 고려할 필요가 없었다. **실재가 보이도록 만들어진 이유는 인간이라는 눈을 위해서였다.** 이상적인 눈, 르네상스 원근법의 시점을 가진 눈. 인간이 위대한 이유는 존재하는 것들을 반영하고 보유하는 거울 같은 능력을 지닌 눈이 있기 때문이었다.

코페르니쿠스 혁명, 프로테스탄티즘, 반개혁이 르네상스의 자리를 무너뜨렸다. 이 몰락과 함께 근대적 주관주의가 태어났다. 예술가는 기본적으로 창조에 관여하게 되었다. 스스로의 천재성이 경이였던 자연의 자리를 대체했다. 예술가를 신과 같이 만들어 주는 건 자신의 천재성과 '정신(spirit)'과 '재능(grace)'이라는 선물이었다. 동시에 인간과 신의 평등한 관계는 완전히 파괴되었다. 그 불평등을 강조하기 위해 신비가 예술에 개입한다. 예술과 과학이 유사한 행위라는 알베르티의 주장이 있은 지 한 세기 만에, 미켈란젤로는 더는 자연 모방을 말하지 않고 그리스도 모방을 얘기한다. "우리 주의 존엄한 상을 어느 정도 모방하기 위해서는 화가가 위대하고 능숙한 대가가 되는 것으로는 충분하지 않다. 나는 거기서 더 나아가, 성인이나 돼야 가능할지라도, 성령이 나서서 영감을 주실 정도로 나무랄 데 없는 삶을 살아야 한다고 믿는다."[7]

매너리즘과 바로크, 십칠세기와 십팔세기 고전주의 등, 미켈란젤로 이후의 예술사를 추적하는 건 우리의 논점에서 너무 벗어나는 시도일 것이다. 우리의 목적에 적절한 것은 미켈란젤로 시대에서부터 프랑스 혁명기까지 회화의 기능에 대한 상징적 모델이 **극장 무대**였다는 사실이다. 그러나 (실제로 스스로 만든 무대 모델을 바탕으로 일을 했던) 푸생과 마찬가지로 금욕주의자에다 샤르댕과 마찬가지로 중산층 도덕주의자였던 엘 그레코 같은 공상가에게 극장 모델이 먹혔을 듯하지는 않다. 하지만 두 세기의 모든 예술가들은 특정한 가정들을 공유했다. 그들은 예술이 가진 힘이 그 **인위성**에 있다고 보았다. 말하자면, 그들은 어떤 진실을 이해할 수 있는 형태들로 구축하는 데에 관심이 있었다. 삶 자체로는 그처럼 황홀하거나 날카롭거나 숭고하거나 의미있게 만날 수 없는 진실을 말이다.

회화는 도식적인 예술이 되었다. 화가의 과제는 더는 존재하는 것을 반영하거나 모방하는 것이 아니라 경험을 요약하는 것이었다. 자연은 이제 인간이 스스로를 구원해내야 할 대상이었다. 예술가는 단순히 진실을 전달하는 수단에 대해서만이 아니라 진실 그 자체에 대해서도 책임을 지게 된다. 회화는 자연과학의 한 분야가 아니라 윤리학의 한 갈래가 된다.

극장에서 관객은 무해한 사건들을 대면한다. 감정적으로 도덕적으로 영향을 받을 수는 있겠지만 물리적으로는 눈앞에서 벌어지는 일과 동떨어지고, 보호되고, 분리돼 있다. 벌어지고 있는 일은 인위적이다. 이제 자연을 반영하는 것은 예술작품이 아니라 **관객**이다. 그리고 그와 동시에 관객이 스스로를 구원해내야 할 대상이 자기 자신이라면, 이는 그 두 세기를 예언적으로나 실제적으로나 완전히 지배했던 데카르트적 이분법의 모순을 반영한다.

루소와 칸트와 프랑스혁명이, 아니 그보다는 철학자들의 사고와 혁명 행위들 뒤에 놓인 그 모든 발전이, 자연의 혼돈에 대항하는 것으로서의 구축된 질서를 계속해서 믿을 수 없게 만들었다. 상징적인 모델이 다시 바뀌었고, 역시나 극적인 양식의 변화에도 불구하고 그 적용에는 긴 시간에 걸렸다. 새로운 모델은 **개인적 판단**에 관련되었다. 더는 예술가가 자연을 살핀다고 해서 자연이 예술가를 인정하거나 증진시켜 주지 않는다. 예술가도 더는 '인위적인' 사례들을 창조하는 것에 관심이 없는데, 그 사례들이 특정한 도덕적 가치들에 대한 공통의 인식에 기초하기 때문이다. 예술가는 이제 자연에 둘러싸인 혼자이며, 예술가 자신의 경험이 스스로를 자연으로부터 분리한다.

자연은 예술가가 경험을 **통해** 보는 것이다. 그러므로 낭만주의의 '감정적 허위'에서부터 인상주의의 '광학'에 이르기까지, 모든 십구세기 예술에는 어디에서 예술가의 경험이 멈추고 자연이 시작되는지에 관련된 상당한 혼란이 존재한다. 예술가의 개인적 판단이란 타인과 소통함으로써 자신의 경험을 절대 닿을 수 없는 자연만큼이나 실재적인 것으로 만들려는 시도다. 대부분의 십구세기 예술가들이 겪었던 상당한 고통이 이 모순에서 야기됐다. 자연으로부터 소외되었기 때문에 그들은 타인에게 **스스로를** 자연이라 내보일 필요가 있었다.

경험을 묘사하고 실재로 만드는 수단으로서의 말하기가 낭만주의자들을 사로잡았다. 그래서 회화와 시가 끊임없이 비교되었다. 의도적으로 목격담에 기초하여 최초로 동시대 사건을 담은 〈메두사호의 뗏목〉을 그린 제리코는 1821년 이렇게 썼다. "나는 제일 영리한 우리 화가들에게 초상화 몇 장을 보여 줄 수 있으면 좋겠다. 너무나 자연과 닮고, 자연스러운 자세가 더할 나위 없으며, 보고 있자면 말만 할 수 있으면 딱 좋을 텐데라는 감탄이 절로 나올 초상화 말이다."[8]

1850년 들라크루아는 이렇게 썼다. "나는 그림, 말하자면, 그림이라 불리는 물질은 평계일 뿐, 화가의 마음과 보는 사람의 마음을 잇는 다리라고 스스로에게 백 번쯤 얘기해 왔고…."[9]

낭만주의자들에 비해 코로(J.-B.-C. Corot, 프랑스의 화가로 주로 풍경화를 그림—옮긴이)는 경험을 훨씬 덜 현란하면서도 보다 겸손한 것으로 받아들였다. 그러면서도 그는 여전히 개인적인 것과 상대적인 것이 예술에서 얼마나 필수적인지를 강조했다. 1856년 그는 이렇게 썼다. "현실은 예술의 일부다. 감정이 그걸 완성한다…. 어떤 자리에 있든 어떤 물체 앞에 있든, 첫인상에 몰두하라. 정말로 감동했다면 그 감정의 진정성이 다른 이에게 전달될 것이다."[10]

최초의 인상주의 옹호자 중 한 명이었던 졸라는 예술작품을 '하나의 기질을 통해 본 자연의 어느 측면'이라 정의했다. 이 정의는 십구세기 전체에 적용되는, 동일한 상징적 모델을 묘사하는 또 다른 방식이다.

모네는 인상주의자들 중에서 가장 이론적인 동시에 주관성이라는 그 세기의 장벽을 깨뜨리는 데에도 가장 열성적이었다. 그에게 (적어도 이론적으로는) 자기 기질의 역할은 지각의 과정이 갖는 역할로 축소되었다. 그는 자연과의 '밀접한 통합'을 이야기한다. 하지만 그 통합이 아무리 조화롭다 해도 결과는 무력감인데, 이로 보아 그가 주관성을 없앤 자리에 아무것도 대신 집어넣지 않았으리라 짐작할 수 있다. 자연은 더는 연구의 장이 아니라 압도적인 힘이 되었다. 어떻게 하든, 십구세기에 있었던 예술가와 자연의 대결은 불평등했다. 인간의 마음 아니면 자연의 위엄이 지배한다. 모네는 이렇게 썼다.

나는 반세기 동안 그림을 그렸고 곧 예순일곱 살이 넘을 테지만 감각이 쇠퇴하기는커녕 나이가 들수록 더 예민해진다. 외부 세계와의 끊임없는 접촉을 통해 호기심의 열정이 유지되는 한, 그리고 내 손이 날렵하고도 충실한 지각의 하인으로 남아 주는 한, 나는 노년을 두려워할 이유가 하나도 없다. 나는 자연과의 밀접한 통합 말고는 다른 소원이 없고, (괴테를 따라) 자연의 법칙과 조화를 이루며 일하고 사는 것 말고는 다른 운명을 원치 않는다. 자연의 위엄과 힘과 불멸성에 비교하면, 인간은 불쌍한 원자 하나에 불과하지 싶다.

나는 이 간략한 연구의 도식적인 성질을 잘 알고 있다. 어떤 의미에서 보면 들라크루아는 십팔세기와 십구세기 사이의 전환기적 인물이 아닌가? 그리고 그처럼 단순한 범주를 혼동한 라파엘은 또 다른 전환기적 인물이 아닌가? 그러나 그 도식은 큐비즘이 대변하는 변화의 성질을 이해하는 데 도움이 되는 진실을 담고 있다.

큐비즘의 상징적 모델은 **도형**(diagram)이다. 보이지 않는 과정과 힘과 구조를 눈에 보이는 상징적인 형태로 표현한 도형 말이다. 도형은 외형의 특정 측면들을 피할 필요가 없다. 도형 또한 모방이나 재창조로서가 아니라 **신호**로서 상징적으로 취급될 터이기 때문이다.

자명하지 않은 것에 대한 관심을 제시한다는 측면에서 **도형** 모델은 **거울** 모델과 다르다. 절정에 집중할 필요 없이 연속적인 것을 드러낼 수 있다는 점에서 **극장 무대** 모델과도 다르다. 보편적인 진실을 목표로 한다는 점에서 **개인적 판단** 모델과도 다르다.

르네상스 예술가는 자연을 모방했다. 매너리즘, 고전주의 예술가는 자연을 초월하기 위해 자연의 사례들을 재구성했다. 십구세기 예술가는 자연을 경험했다. 큐비즘 예술가는 자신의 자연 인식이 자연의 일부라는 사실을 깨달았다.

하이젠베르크(W. K. Heisenberg, 양자역학이 발전하는 데에 절대적인 공헌을 한 독일 물리학자—옮긴이)는 현대 물리학자로서 이런 말을 했다. "자연과학은 단순히 자연을 묘사하거나 설명하지 않는다. 자연과학은 자연과 우리 간에 일어나는 상호작용의 일부다. 자연과학은 우리의 질문 방식에 따라 드러난 자연을 묘사한다."[11] 이와 유사하게 예술에서도 자연을 정면으로 마주하는 것이 부적절해졌다.

큐비즘 예술가들은 인간과 자연 간에 존재하는 새로운 관계에 대한 암시를 어떻게 표현했을까?

## 1. 큐비즘식 공간 사용을 통해

큐비즘은 르네상스 이후로 회화에 적용돼 온 환각적인 삼차원 공간을 깨뜨렸다. 파괴하지는 않았다. 고갱과 퐁타벤 화파(Pont-Aven, 고갱이 1886년 브르타뉴 남쪽 퐁타벤 마을에서 에밀 베르나르 등과 함께 결성한 화파로 인상주의 극복을 표방하며 강렬한 색과 구도를 활용하는 화풍을 선보임—옮긴이)처럼 덮어 버리지도 않았다. 큐비즘은 삼차원 공간의 연속성을 깨트렸다. 큐비즘 그림에는 공간이 있고, 하나의 형태가 다른 형태의 뒤에 있다고 구별할 수도 있다. 하지만 특정한 두 형태 간의 관계는 환각적 공간에서처럼 그림에 등장하는 모든 형태 간의 공간적 관계의 규칙을 세우지 않는다. 그림의 이차원 표면이 언제나 상이한 요구들 사이의 중재자이자 해결자로서 존재하기 때문에 공간을 악몽처럼 변형시키지 않고도 이것이 가능하다. 큐비즘 회화에서 그림의 표면은 변하는 것들을 감상할 수 있도록 허용해 주는 불변의 것으로 작용한다. 큐비즘 회화의 문제적인 공간 속으로, 그리고 그 연결들 사이로 우리 상상력을 발휘시킬 때마다, 우리 시선은 그림의 표면으로 다시 돌아와 캔버스라는 이차원 판에 놓인 이차원 형태들을 다시 한번 인식하게 된다.

이 때문에 큐비즘 작품에서는 물체나 형태와 **대면**하기가 불가능하다. 시점의 다중성, 말하자면 밑에서 본 탁자가 위에서 본 탁자와 옆에서 본 탁자와 결합되는 시점 때문만이 아니라, 제시된 형태가 스스로를 하나의 전체로서 드러내지 않기 때문이기도 하다. 전체는 그림의 표면이며, **이제 그 표면은 관객이 보는 모든 것의 기원이며 총합이 된다.** 르네상스 원근법의 시점은 그림의 바깥에 고정돼 있지만, 그것에 따라 그림 안에 그려진 모든 것에게는 그림 자체이기도 한 하나의 시계(視界)가 되었다.

피카소와 브라크가 이런 특별한 변형을 성취하는 데는 삼 년이 걸렸다. 1907년부터 1910년까지 그린 그림 대부분에는 여전히 르네상스적 공간과의 타협이 있다. 이것의 효과는 대상을 변형시키는 것이다. 구성이 사람과 대상의 관계에 대한 하나의 표현으로서 작용하는 그림이 되는 대신에 인물이나 풍경이 구성이 된다.[12]

1910년 이후로 외양에 대한 모든 참조는 그림 표면에 나타나는 기호로 만들어진다. 병 입구는 원, 눈은 마름모꼴, 신문은 글자, 바이올린 머리는 소용돌이, 그런 식이다. 콜라주는 동일한 원칙의 연장이었다. 대상의 실제 표면 또는 가짜 표면의 일부가 외양을 표현하되 모방하지는 않는 기호로서 그림의 표면에 고정되었다. 시간이 조금 더 지나자 그림은 콜라주의 이 경험을 빌려 그림 표면에 붙은 하얀 종잇장 위에 있는 '체하는' 드로잉으로 입술이나 포도송이가 표현될 수 있도록 했다.

## 2. 큐비즘식 형태 취급을 통해

이 때문에 큐비즘 예술가들에게 그런 이름이 붙었다. 모든 것을 **정육면체**(cubes)로 그린다고 일컬어졌으니까. 나중에는 세잔의 언급과 연결되었다. "자연을 원통으로, 구(球)로, 원뿔로, 모든 것을 적절한 원근법으로 취급하고…." 그리고 그때부터 오해가 계속돼, 감히 말하자면 일부 고만고만한 큐비즘 예술가들 스스로가 했던 수많은 혼란스러운 주장들로 인해 더욱 널리 퍼졌다.

오해란 큐비즘 작가들이 단순화를 원했다는 것이다. 단순화하자면 말이다. 피카소와 브라크의 1908년 작품 일부로 보면 맞는 말로 보일 수 있다. 새로운 전망을 찾아내기 전에 전통적인 복잡함을 내던져야 했으니까. 하지만 그들의 목표는 지금껏 회화에서 시도됐던 그 어떤 것보다 더 복잡한 현실의 이미지에 도달하는 것이었다.

이 점을 이해하려면 우리는 수백 년간 지속해 오던 습관을 저버려야 한다. 모든 대상이나 육체가 그 자체로 완결되며, 그 완결성으로 인해 분리된다고 보는 습관 말이다. 큐비즘 작가들은 대상들 간의 상호작용에 관심을 두었다.

그들은 형태를 정육면체와 원뿔과 원통의 조합으로, 또는 나중에는 편평하게 연결된 작은 면들이나 날카로운 모서리를 가진 평면의 조합으로 축소해서 산이든, 여체든, 바이올린이든, 유리병이든, 탁자든, 손이든 어떤 특정한 형태의 요소들이 다른 것과 상호 교환될 수 있도록 했다. 그리하여 큐비즘적인 공간의 불연속성에 대항이라도 하듯이 큐비즘적 형태는 구조의 연속성을 창조했다. 하지만 우리가 큐비즘적 공간의 불연속성을 말할 때는 그저 르네상스적 선형 원근법의 관습과 구분하기 위해서일 뿐이다.

공간은 그 안에서 일어나는 사건들이 가지는 연속성의 일부다. 공간은 그 자체로 하나의 사건이며, 다른 사건들과 비교될 수 있다. 공간은 단순히 그릇이 아니다. 몇 안 되는 큐비즘 걸작들이 우리에게 보여 주는 것이 이것이다. 대상들 사이의 공간은 대상들 자체와 마찬가지로 동일한 구조의 일부다. 말하자면 정수리가 볼록한 요소라면 정수리가 채우지 않는 인접한 공간은 오목한 요소가 되도록, 형태는 그저 뒤집힐 뿐이다.

큐비즘 예술가들은 고정된 실체 대신에 과정을 드러내는 예술의 가능성을 창조했다. 그들 예술의 내용은 다양한 상태의 상호작용으로 구성된다. 동일한 사건의 여러 측면 간의 상호작용, 빈 공간과 채워진 공간 간의 상호작용, 구조와 운동 간의 상호작용, 보는 이와 보이는 것 간의 상호작용 등.

큐비즘 그림에 대해서는 '진실한가?' '솔직한가?'라고 물어보기보다 '계속되는가?'라고 물어야 한다.

큐비즘 이후로 요즘은, 예를 들어 초현실주의처럼 큐비즘의 직접적인 영향이 없는 경우에도, 회화가 갈수록 도형화되는 것을 쉽게 보게 된다. 에디 볼프람은 프랜시스 베이컨에 관한 글에서 이렇게 쓴다. "오늘날 회화는 철학적 의미에서의 개념적 행위로 직접 기능하고, 예술품은 유형의 실재에 관련된 암호로서만 작동한다."[13]

이것은 큐비즘이 했던 예언의 일부였다. 하지만 일부일 뿐이다. 볼프람의 정의에는 비잔틴 예술도 마찬가지로 잘 맞아떨어졌을 것이다. 큐비즘의 예언을 완전히 이해하려면 그 예술의 내용을 살펴봐야한다.

피카소가 1911년에 그린 〈병과 잔〉은 보는 이의 시선이 자꾸 그림의 표면으로 돌아오고 또 돌아오는 측면에서 볼 때 이차원적이다. 시선은 그 표면에서 시작하여 연속된 형태를 따라 그림 속으로 들어갔다가 갑자기 다시 표면에 도달하고는, 새로 얻은 지식을 표면에 저장하고 다시 사냥에 나선다. 내가 큐비즘의 '그림-표면'을 우리가 그림에서 볼 수 있는 모든 것의 기원이자 총합이라고 부르는 이유가 그래서다. 이런 이차원성에는 장식적인 건 전혀 없고, 훨씬 최근의 네오다다이즘이나 팝아트의 경우처럼 단순히 분열된 이미지들의 병치 가능성을 제공하는 영역마저 없다. 우리는 표면에서 시작하지만 그림에 있는 모든 것이 표면을 다시 참고하므로, 결론에서 시작하는 것이나 마찬가지다. 그런 후에 우리는 단 하나의 지배적인 의미(웃는 남자, 산, 누운 나체)를 가진 이미지를 제시받았을 때 그러하듯이, 설명을 위해서가 아니라 사건들의 구성을 조금이라도 이해하기 위해 그것들을 살핀다. 그 사건들 간의 상호작용이 우리가 애초에 가지고 시작한 결론이다. '새로이 얻은 지식을 그림 표면에 저장'할 때, 우리가 실제로 하는 일은 방금 발견한 것의 기호를 찾는 것이다. 늘 거기에 있지만 이전에는 읽지 못했던 기호 말이다.

논점을 더 분명히 하기 위해 큐비즘 그림을 르네상스 전통을 따르는 다른 작품과 비교해 볼 만하다. 폴라이우올로의 〈성 세바스찬의 순교〉를 예로 들어 보자. 폴라이우올로의 작품 앞에서는 관람객이 그림을 완성한다. 궁수들, 순교자, 뒤에 펼쳐진 평원 등등 제시된 증거의 조각들 간의 미학적 관계를 제외하고, 모든 것을 결론짓고 추론해내는 건 관람객이다. 포착된 것에 대한 저마다의 해석을 통해 그 의미의 통일성을 굳히는 것도 관람객이다. 작품이 관람객에게 제시된다. 사람들은 자신에게 이 그림을 설명할 기회를 주기 위해 성 세바스찬이 순교하는 듯한 기분마저 느낀다. 묘사된 형태의 복잡성과 공간의 규모가 성취와 이해의 느낌을 강화한다.

큐비즘 그림에서는 결론과 연결관계가 주어진다. 그것들이 그림을 구성한다. 그것들이 그림의 내용이다. 관람객은 **그 안**에서 자신의 위치를 찾아야 한다. 게다가 형태의 복잡성과 공간의 '불연속성'은 그 위치에서 보는 시야가 그저 부분일 수밖에 없다는 점을 상기시킨다.

그런 내용과 그 기능이 예언적인 이유는 단순 인과관계와 단 하나의 영속적인 전지자적 관점을 거부하는, 자연에 대한 새로운 과학적 시각과 동시에 등장했기 때문이다.

하이젠베르크는 이렇게 쓴다.

누군가는 인간의 이해 능력이 어떤 의미에서는 무한정하다고 말할지 모른다. 하지만 기존의 과학적 개념들은 언제나 현실의 아주 제한적인 부분만을 다룰 뿐, 아직 이해되지 못한 부분이 무한하다. 알려진 것에서 알려지지 않은 것으로 나아갈 때마다 우리는 이해할 수 있기를 희망하겠지만, 그와 동시에 '이해'라는 단어의 새로운 의미를 배워야만 할지도 모른다.[14]

이런 언급은 연구와 창작 방법론에서의 변화를 함의한다. 생리학자 그레이 월터는 이렇게 쓴다.

우리가 익히 봐 온 고전 생리학은 방정식에서 단 하나의 미지수만 허용했는데, 어떤 실험에서나 한 번에 조사할 수 있는 것은 하나일 수밖에 없다는 말이다. …우리는 고전적인 방식으로는 하나의 독립적인 변수를 추출할 수 없고, 언제나 많은 미지수와 변수 들의 상호작용을 다루어야 한다. …실제에서 이는 하나가 아니라 많은, 가능한 한 많은 관찰이 동시에 이루어져 서로 비교되어야 한다는 사실을 내포하고, 가능할 때마다 알려진 단순한 변수를 사용하여 몇몇 알려지지 않은 복잡한 변수의 경향과 상호의존성이 평가될 수 있도록 조절해야 한다는 사실을 함의한다.[15]

1910년과 1911년, 1912년에 나온 최고의 큐비즘 작품들은 위에서 얘기된 연구와 실험 방식의 한결같고도 정확한 모범이었다. 말하자면, 그 작품들은 관람객의 감각과 상상력을 밀어붙여 과학적 관찰을 할 때와 아주 닮은 방식으로 계산하고 삭제하고 의심하고 결론내리게 만든다. 차이는 매력의 문제다. 그림을 바라보는 행위가 훨씬 덜 집중적이기 때문에, 더 폭넓고 다양한 관람객들의 경험에 호소할 수 있다. 예술은 기억에 관련된다. 실험은 예측에 관련된다.

현대적인 실험실의 바깥에서, 폴라이우올로의 작품 앞에 섰을 때처럼 심원한 의미를 꼽아 보거나 제시하기보다 이미 제시된 완결성에 끊임없이 스스로를 적응시켜야 할 필요는 대중매체와 현대적 통신체계를 통해 모두에게 영향을 미치는 현대적 경험의 한 특징이다.

마셜 매클루언은 상궤를 벗어난 허풍쟁이지만 어떤 진실은 분명하게 보았다.

우리를 인류 전체와 연관시키고 인류 전체를 우리와 연관시키도록 우리의 중앙 신경계가 기술적으로 확장된 이 전자 시대에, 우리는 필연적으로 모든 행동의 결과에 깊숙이 관여한다. …온전함과 공감, 깊이있는 인식을 향한 우리 시대의 열망은 전자 기술의 자연스러운 부산물이다. 앞선 기술산업 시대는 개인적인 견해를 격렬하게 주장하는 것이 자연스러운 표현의 형태라 여겼다. …우리 시대의 특징은 강요된 유형들에 대항하는 혁명이다. 우리는 갑자기 사물과 사람이 스스로의 존재를 완전하게 선언하도록 만드는 데 열정을 불사른다.[16]

큐비즘 예술가들은 덩어리가 아니라 전체를 그리려 시도한 최초의 예술가들이었다.

지금 우리가 큐비즘 예술에서 읽어내는 모든 것을 큐비즘 예술가들이 알지는 못했으리라는 점을 다시 강조하고 싶다. 피카소와 브라크와 레제는 자신이 실제로 아는 것보다 더 큰 일을 하고 있을지 모른다는 사실을 알았으므로 침묵했다. 고만고만한 큐비즘 예술가들은 외양의 구속으로부터 예술을 해방시켰기 때문에 전통과 단절했으며, 자신들이 모종의 영적인 정수를 다룰 수 있다고 믿는 경향이 있었다. 자신들의 예술이 특정한 새로운 과학기술적 발전의 영향들과 동시에 일어났다는 발상을 즐기긴 했지만, 한 번도 완전하게 논증을 이끌어내 본 적은 없었다. 그들이 세계에 일어난 그런 질적 변화를 인식했다는 증거는 전혀 없다. 내가 변혁된 세계에 대한 그들의 **암시**를 끊임없이 언급한 것도 그런 이유에서다. 그 이상으로는 나아가지 못했다.

왜 큐비즘 예술가들이 정확히 그 시기에 정점에 올랐는지 아무도 설명하지 못한다. 왜 1905년부터 1907년까지가 아니라 1910년부터 1912년까지인가? 보나르나 뒤샹, 데 키리코와 같은 특정 예술가들이 왜 같은 시기에 그들과는 아주 다른 세계관을 갖게 되었는지도 **정확하게** 설명할 수 없다. 설명을 하려면 우리는 각각의 개별적인 발전에 대하여 **불가능**할 만큼 많이 알아야 한다. (절대적인 그 불가능성에, 우리의 결정론으로부터의 자유가 놓여 있다.)

우리는 부분적인 설명을 가지고 작업해야 한다. 육십여 년이 지난 후에 되돌아보니, 내가 큐비즘과 나머지 역사 간에 세워 보고자 했던 상호관계가 부정할 수 없이 명확해 보인다. 관계의 정확한 경로는 아직 밝혀지지 않았다. 관계는 예술가들의 의도에 관해서는 알려주지 않는다. 왜 큐비즘이 그런 식으로 생겨났는지도 정확하게 설명하지 않는다. 하지만 그 관계는 가장 넓은 의미로 지속가능한 큐비즘의 의미를 밝히는 데 도움을 준다.

두 가지 보류 조건이 더 있다. 큐비즘이 그처럼 근본적인 예술사적 혁명을 대표하다 보니, 나는 큐비즘이 순수한 이론이라도 되는 듯이 논의해야 했다. 그 방식으로만 그 혁명적 내용을 분명하게 드러낼수 있으니 말이다. 하지만 당연하게도 큐비즘은 순수한 이론이 아니었다. 깔끔하거나 일관되거나 정리된 게 절대 아니었다. 변칙과 경이롭지만 까닭 없는 부드러움과 혼란스러운 흥분으로 가득한 큐비즘 그림들이 있다. 우리는 그 그림이 제시하는 결론에 비추어 그 시작을 본다. 하지만 그건 그저 시작이었고, 급하게 막을 내린 시작이었다.

외양의 부적절함과 자연의 정면 모습에 대한 통찰에도 불구하고, 큐비즘 예술가들은 그런 외양을 자연을 언급하는 수단으로 이용했다. 새로운 구성의 대혼란 속에서도, 그들을 자극한 사건들과 그 사건들의 관계가 포즈를 취한 사람의 입에 꽂힌 관이나 포도 한 송이, 과일접시, 일간신문 제목과 같은 단순하고 거의 순진한 언급 방식으로 드러난다. 예를 들어 브라크의 가장 '밀폐된' 그림이라는 〈포르투갈인〉을 보면, 음악가의 외투에 달린 단추 같은, 구성 안에 온전하게 묻힌 대상의 상세한 외양을 가리키는 자연주의적 암시를 찾을 수 있다. 피카소가 1912년에 그린 〈모델〉처럼 그런 암시들이 완전히 배제된 작품은 아주 소수뿐이다.

아마 지적 측면과 감성적 측면 모두에서 어려움이 있었을 것이다. 변화를 판단할 수단을 제공하기 위해서는 자연주의적 암시들이 필요한 듯했다. 큐비즘 예술가들도 다시는 이전으로 돌아갈 수 없다는 사실을 의심했기 때문에 외양을 포기하기가 마뜩잖았을 것이다. 그 기념품으로 세부묘사가 몰래 반입돼 숨겨진다.

두번째 보류 조건은 큐비즘의 사회적 내용, 아니 그보다는 사회적 내용의 결여와 관련이 있다. 우리는 브뤼헐이나 쿠르베에게서 찾을 수 있는 종류의 사회적 내용을 큐비즘 그림에서 기대할 수 없다. 대중매체와 새로운 대중이 등장하면서 순수예술의 사회적 역할이 크게 변했다. 그러나 큐비즘 예술가들이 큐비즘의 한때에 자신들이 하는일의 인간적 의미, 사회적 의미에 무관심했다는 사실도 여전하다. 단순화해야 했기 때문이라고 나는 생각한다. 앞에 놓인 문제가 너무 복잡하다 보니 그들은 어떻게 하면 그 문제를 언급하고 풀 수 있는지에 모든 주의를 기울였다. 혁신가로서 그들은 가능한 한 가장 단순한 조건에서 실험하고자 했다. 결과적으로, 그들은 손에 닿는 건 무엇이든 대상으로 취해 최소의 요구들을 만들었다. 이런 작품의 내용은 보는 이와 보이는 것 간의 관계다. 보는 이가 정확한 역사적 경제적 사회적 상황을 이어받는다는 사실을 감안할 때에만 가능한 관계다. 그렇지 않으면 무의미해진다. 그 관계는 인간적이거나 사회적인 상황을 묘사하지 않는다. 가정할 뿐이다.

나는 큐비즘의 계속되는 의미를 이야기했다. 이 의미도 어느 정도 바뀌었고, 현재의 요구에 따라 다시 바뀔 것이다. 우리가 큐비즘의 도움을 받으며 읽어내는 상대적인 위치는 우리가 선 곳에 따라 달라진다. 지금의 위치는 어떤가?

'현대적 전통'이 자리(A. Jarry, 프랑스의 상징주의 시인이자 극작가로, 미래파 운동의 선구자로 일컬어짐—옮긴이)와 뒤샹과 다다이즘 작가들과 함께 시작한다는 주장이 가면 갈수록 더욱 급박하게 제기되고 있다. 이 주장은 최근의 네오다다이즘과 자동파괴적 미술, 해프닝 등등의 발전에 정통성을 부여한다. 이 주장은 이십세기의 개성적인 예술을 이전의 모든 예술과 구분해 주는 것이 그 예술이 드러내는 부조리의 수용, 사회적 절망, 극단적 주관성, 실존적 경험에 대한 강요된 의존이라고 암시한다.

최초의 다다이즘 대변인의 한 사람인 한스 아르프(Hans Arp, 프랑스의 시인이자 화가, 조각가로 다다이즘 창시자 중 한 명—옮긴이)는 이렇게 썼다. "르네상스는 사람들에게 이성(理性)의 오만한 고양을 가르쳤다. 과학과 기술의 시대인 현대는 사람들을 과대망상증으로 돌려세운다. 우리 세대의 혼란은 이성에 대한 과대평가에서 비롯된다."

다른 글에서는 이렇게 썼다. "다른 모든 법칙을 포용하는 법칙이

면서, 우리로서는 모든 생명이 일어나는 그 깊이를 헤아릴 길 없는 우
연의 법칙은 무의식에 완전히 항복할 때에만 이해될 수 있다."[17]

오늘날에도 아르프의 이 진술을 동시대의 충격적인 예술을 변호
하는 모든 사람이 어휘만 약간 바꿔서 반복하고 있다. (여기서 '충격
적인'이라는 단어는 경멸적인 의미에서가 아니라 서술적인 의미에서
쓰였다.)

그 사이에 있었던 초현실주의자들, 피카소, 데 키리코, 미로, 클
레, 뒤뷔페, 그리고 추상표현주의자들과 다른 많은 이들이 똑같은 전
통에 차출될 수 있다. 세상을 속여 공허한 승리를 얻어내고, 세상의 고
통을 드러내는 데 목표를 두는 전통 말이다.

큐비즘의 사례는 이것이 일방적인 역사 해석이라는 점을 인식하
도록 우리를 몰아붙인다. 충격적인 예술에는 수많은 선구자들이 있
다. 의심과 전환의 시기마다 대다수 예술가는 늘 환상적인 것과 통제
할 수 없는 것, 끔찍한 것에 몰두하는 경향이 있었다. 더욱 커진 동시
대 예술가들의 극단주의는 고정된 사회적 역할을 맡지 않은 결과다.
그들이 어느 정도 자기만의 것을 창조할 수 있기 때문이다. 그러므로
예컨대 자동파괴적 미술의 전례는 미술사에 없는 셈이다. 하지만 다
른 행위들의 역사에 자동파괴적 미술의 정신에 맞는 전례들이 있다.
이단적 종교들, 연금술, 마법 등등 말이다.

전통과의 진정한 단절은, 혹은 그 전통의 진정한 개혁은 큐비즘
자체와 같이 일어났다. 인간과 세계 간에 구축된 질적으로 다른 관계
에 기초한 현대적 전통은 절망에서가 아니라 단언에서 시작되었다.

이것이 큐비즘의 객관적인 역할이었다는 증거는 그 정신이 수도
없이 거부됐어도 이후의 모든 운동이 스스로의 자유를 쟁취하는 기
본적인 수단들을 큐비즘으로부터 제공받았다는 사실에 있다. 말하자
면, 큐비즘은 예술의 구문론(構文論)을 재창조하여 현대적 경험을 수
용할 수 있도록 했다. 하나의 예술작품이 새로운 대상이며 단순한 소
재의 표현이 아니라는 명제, 다른 상태의 공간과 시간이 공존하는 것

을 인정하는 그림의 구성, 예술작품의 이질적인 물체 포용, 운동이나 변화를 드러내기 위한 형태의 전위, 지금껏 분리되고 구별되던 매체의 결합, 외양의 도형적 사용, 이런 것들이 큐비즘의 혁명적인 혁신이었다.

큐비즘 이후에 예술이 성취한 것들을 과소평가해서는 안될 일이다. 그래도 일반적으로 말해서 큐비즘 이후의 예술이 불안하고 고도로 주관적이었다고 말하는 것은 공정하다. 그러나 큐비즘이라는 증거는 우리가 이로부터 불안과 극도의 주관주의가 현대미술의 본질을 구성한다는 결론을 끌어내서는 안 된다는 사실을 보여 준다. 그것들은 극단적인 이데올로기적 혼란과 반전된 정치적 좌절의 시대의 예술의 본질을 구성할 뿐이다.

이번 세기의 첫 십 년 사이 변혁된 세계가 이론적으로 가능해지고, 변화에 필요한 동력들이 이미 존재하는 것으로 인식되었다. 큐비즘은 이런 변혁된 세계의 가능성과 그 가능성이 불러온 자신감을 반영한 예술이었다. 그러므로, 어떤 의미에서 보자면 큐비즘은 지금껏 존재했던 가장 현대적인 예술인 동시에 철학적으로 가장 복잡한 예술이기도 했다.

큐비즘의 한때에 가졌던 전망은 여전히 기술적으로 가능한 것들과 동시에 발생한다. 하지만 세계의 사분의 삼이 영양부족 상태이고, 세계 인구의 예상 성장률이 식량 생산율을 앞선다. 그런 와중에 수백만 명의 혜택받은 이들은 점점 커지는 무력감에 사로잡힌 죄수가 되고 있다.

정치적 투쟁이 범위와 지속기간의 측면에서 상당히 거세질 것이다. 변혁된 세계는 큐비즘 작가들이 상상한 대로 당도하지 않을 것이다. 세상은 더 길고 훨씬 끔찍한 역사로 태어날 것이다. 우리는 지금의 정치적 전도와 기아와 착취의 시대의 끝을 볼 수 없다. 하지만 우리가 우리 세기의 수동적인 피조물이 아니라 우리 세기의 대표자가 되어야 한다면, 큐비즘의 한때는 이 시대의 끝을 성취하려는 목표가 우리의 의식과 결정에 끊임없이 고려되어야 함을 일깨워 준다.

음악이 시작되는 순간이 모든 예술의 본질에 대한 실마리를 제공한다. 주목받지 않은, 인지되지 않은 이전의 침묵과 비교되는 그 순간의 부조화가 예술의 비밀이다. 그 부조화와 그에 동반되는 충격의 의미는 무엇일까? 의미는 실제와 바람직한 것 간의 차이에서 찾아질 것이다. 모든 예술은 이 차이를 정의하고 **부자연스럽게** 만들려는 시도이다.

오랜 시간 동안 예술은 자연의 모방이고 자연에 대한 축하라고 생각되었다. 자연이라는 개념 자체가 우리가 욕망하는 것들의 투영이었기 때문에 혼란이 일었다. 이제 우리의 자연관을 정화했으니, 예술이란 것이 우리에게 주어진 것들의 부적절함에 대한 느낌의 한 표현이라는 것을 안다. 우리에겐 그 주어진 것들을 기꺼이 받아들여야 할 의무도 없었다. 예술은 우리의 행운과 실망 사이를 중재한다. 때로 예술은 공포의 음색을 띤다. 때로 예술은 덧없는 것들에게 영속적인 가치와 의미를 준다. 때로 예술은 욕망하는 것들을 묘사한다.

그래서 예술은 표현 형태가 아무리 자유롭고 무정부적이라 해도, 늘 더 큰 통제를 향한 탄원이자 '매체'라는 인공적인 한계 안에서 그런 통제의 이점을 보여 주는 사례가 된다. 예술가의 영감에 대한 이론들은 모두 그 작품이 우리에게 주는 영향을 예술가에게 다시 투영한 것들이다. 존재하는 유일한 영감은 우리 자신의 잠재력에 대한 암시뿐이다. 영감은 역사의 거울상이다. 그것을 이용함으로써 우리는 과거에 등을 돌리면서도 과거를 볼 수 있다. 그리고 바로 그런 일이 음악이 시작되는 순간에 일어난다. 우리는 바람직한 것들을 담았을 이어지는 소절과 음악적 해법에 갑자기 주의를 기울이는 동시에 이전에 존재했던 침묵을 의식하게 된다.

큐비즘의 한때는 아직 만나지 못한 것에 대한 욕망을 정의하는 그런 시작이었다.

1. John Golding, *Cubism* (London: Faber & Faber, 1959) 참조.

2. D. H. Kahnweiler, *Cubism* (Paris: Editions Braun, 1950).

3. El Lissitzky, *El Lissitzky: Maler, Architekt, Typograf, Fotograf / Erinnerungen, Briefe, Schriften übergeben von Sophie Lissitzky-Küppers* (Dresden: Verlag der Kunst, 1967), p. 325 (selection translated by Anya Bostock).

4. E. M. Remarque, *All Quiet on the Western Front*, trans. A. W. Wheen (New York: Mayflower-Dell Paperback, 1963).

5. Anthony Blunt, *Artistic Theory in Italy, 1450-1600* (Oxford: Oxford Paperbacks, 1962)에서 인용.

6. Arnold Hauser, *Mannerism* (London: Routledge, 1965), p. 44. 동시대 예술의 문제적 성질과 그 역사적 뿌리에 관심이 있다면 필수로 읽어야 할 책이다.

7. Blunt, *Artistic Theory in Italy*에서 인용.

8. R. J. Goldwate and M. Treves, eds, *Artists on Art* (New York: Pantheon, 1945).

9. 위의 책.

10. 위의 책.

11. Werner Heisenberg, *Physics and Philosophy* (London: Allen & Unwin, 1959), p. 75.

12. 큐비즘에 대한 유사한 분석이 삼십 년 전에 나온 적이 있지만, 이 글을 쓸 당시에는 알지 못했다. 막스 라파엘의 위대한 저서를 참조하라. Max Raphael, *The Demands of Art* translated by Norbert Guterman (London: Routledge & Kegan Paul, 1968), p. 162.

13. Eddie Wolfram, *Art and Artists* (London), September 1966.

14. Heisenberg, *Physics and Philosophy*, p. 172.

15. W. Grey Walter, *The Living Brain* (Harmondsworth: Penguin, 1961[1953]), p. 69.

16. Marshall McLuhan, *Understanding Media* (London: Routledge & Kegan Paul, 1964), pp. 4, 5.

17. Hans Richter, *Dada* (London: Thames & Hudson, 1965), p. 55에서 인용.

# 「파라드」, 1917

〈아비뇽의 처녀들〉(1909) 이후로 피카소는 자신이 불러일으킨 것에 사로잡혔다. 그는 어느 집단의 일원이 되었다. 친구들 무리가 있었다는 말을 하려는 건 아니다. 그 무리는 이전에도 이후에도 있었으니까. 그는 하나의 강령을 내걸지는 않았지만 모두 같은 방향으로 작업하고 있던 한 집단의 일원이 되었다. 피카소의 일생에서 그의 작품이 다른 동시대 화가들의 작품과 어느 정도 닮았던 때는 그때가 유일했다. 그때는 또한 그의 삶에서 작품이 (본인의 부인에도 불구하고) 완전히 일관된 발전의 궤적을 그리는 유일한 시기이기도 하다. 1908년에 그린 〈다리가 있는 풍경〉에서부터 1913년에 그린 〈바이올린〉까지의 시기 말이다. 그때는 엄청난 흥분의 시기인 동시에 내적인 확신과 안정감의 시기이기도 했다. 피카소가 완전히 편안한 기분을 느낀 적은 그때가 유일했다고 나는 믿는다. 이후 그는 스페인에서 추방당했듯이 그 시기에서도 추방당했다.

그 집단 안에서(**집단**이라는 용어부터가 너무 딱딱한 듯하지만) 맺어진 동료 관계 속에서도 피카소의 에너지와 급진성은 여전히 발군이었다. 대체로 논쟁과 논리를 완전한 회화적 결론으로 밀어붙인 사람이 그였을 것이다. (끈적거리는 이질적인 물질을 처음 캔버스에 바를 생각을 한 사람도 그였다.) 하지만 내가 큐비즘을 가능케 한 역사적 집중이라 부르는 것의 압박을 감지한 이들은 그의 친구들이었을 것이다. 그들은 피카소보다 현대 세계에 어울렸고, 그래서 현대 세계에 전념하고 있었다. 그는 그들과 함께 작품에 전념했다.

1914년 그 집단은 해산했다. 브라크, 드랭, 레제, 아폴리네르가 전장으로 나갔다. 피카소의 화상이었던 칸바일러는 독일인이라 프랑스를 떠나야 했다. 그와 유사한 변화들이 수백만 명의 삶에 영향을 미쳤다.
　피카소는 전쟁에 관심이 없었다. **그의** 전쟁이 아니었다. 그가 자신을 둘러싼 삶에 얼마나 느슨하게 연결돼 있었는지를 보여 주는 또 다른 사례라 하겠다. 하지만 홀로 남겨졌기 때문에 고통받았고, 1915년 젊은 애인이 비극적으로 죽자 외로움은 더욱 심해졌다. 외로움의 압박을 받으며 그는 원래의 모습으로 돌아갔다. 다시 과거에서 온 돌출적인 침입자가 되었다. 하지만 그래서 어떤 결과가 나왔는지를 찾아보기 전에, 나는 1914년 이후 예술과 현실 간의 관계 전체가 어떻게 달라졌는지를 예시를 통해 보여 주고자 한다.
　단순한 해산의 문제는 아니었다. 전쟁이 끝나자 대부분의 큐비즘 예술가들이 파리로 돌아왔다. 하지만 1910년의 기운과 분위기를 되찾거나 다시 만드는 건 불가능했다. 세상의 모든 측면이 달라졌기 때문만도 아니고, 환멸이 희망의 자리를 차지했기 때문만도 아니었다. 세상에 대한 그들의 상대적인 위치가 달라졌기 때문이었다. 1914년까지 그들은 사건에 앞서 있었고, 그들의 작품은 예언적이었다. 전쟁이 끝난 뒤에는 사건이 그들에 앞서 있었다. 현실이 그들을 앞질렀다. 그들은 더는 일어나고 있는 일의 흐름을, 심지어 직관적으로도 감지하지 못했다. 본질적인 정치의 시대는 갔다. 이제는 불가피하게 혁명적인 것이 정치적일 수밖에 없었다. 1920년대 위대한 혁신가, 위대한 혁명적 예술가는 예이젠시테인이었다. (제임스 조이스는 본질적으로 전쟁 전의 세계에 속했다.) 레제와 같은 일부 큐비즘 예술가와 르 코르뷔지에와 같은 추종자 일부가 정치적 시각을 획득하고 앞으로 나아가 새로운 아방가르드가 되었다. 다른 이들은 후퇴했다. 예를 들어 한때 회의적이고 이단적이었던 막스 자코브는 1915년 세례를 받고 가톨릭 신자가 되더니 수도원에 들어가 살았다.

발레극 「파라드(Parade)」 이야기보다 이런 변화를 더 생생하게 묘사하는 일화도 없다. 큐비즘 작가들은 늘 허세에 찌든 부르주아적 오락의 형태라며 발레를 경멸했다. 전람회장과 서커스를 더 선호했다. 그러나 1917년 장 콕토가 작곡가 에릭 사티와 협력하여 막강한 영향력을 가진 공연단장 디아길레프(Diaghilev)를 위한 발레극을 만들자고 피카소를 설득했다. 디아길레프의 회사는 파리에서 지난 십 년간 인기를 누렸다. 러시아 황제가 좋아하는 공연단이었다. 하지만 콕토의 계획은 전통과 결별하고 '현대적인' 볼거리를 만들어내는 것이었다. '파라드'라는 제목은 서커스와 음악당을 암시하려는 의도였고, 그럼으로써 부르주아 유령들을 쫓아내려는 의도였다.

피카소는 이 발레 일을 위해 로마로 갔다. 그는 말아 났다 내리는 무대막과 의상과 무대를 디자인했다. 또 아이디어를 내고 여러 제안을 했다. 의도한 바겠지만, 무대막은 감상적이다. 하지만 피카소가 찾은 새로운 환경에는 잘 맞았다. 콕토는 이렇게 썼다. "우리는 단원들이 리허설을 하는 로마의 어느 지하실에서 「파라드」를 만들었고, 무용수들과 함께 달빛을 받으며 산책했고, 나폴리와 폼페이에 갔다. 우리는 명랑한 미래파 작가들을 알게 되었다." 〈아비뇽의 처녀들〉이 담고 있는 폭력과는 거리가 멀었고, 큐비즘 정물화의 내핍과도 거리가 멀었으며, 삼 년째 세계대전을 겪고 있던 서부전선과는 아주 거리가 멀었다.

발레 자체는 덜 관습적이었다. 무대막이 관객을 달랠 의도로 디자인되었다는 주장이 나올 만했다. 발레에는 일곱 명의 인물이 등장했다. 중국인 마술사와 미국인 소녀, 두 명의 곡예사와 세 명의 무대관리자. 무대관리자들은 키가 삼 미터쯤 되는 '큐비즘적' 요소들로 만든 일종의 구조물을 입었다. 그중 한 명은 프랑스인으로 가로수 나무를 '입었고', 다른 한 인물은 미국인으로 고층빌딩을 '입었으며', 세번째는 말이었다. 그들이 움직이는 무대배경처럼 무대를 돌아다니는 목적은 무용수들을 압도하여 꼭두각시처럼 보이게 만드는 것이었다.

일관적인 줄거리는 없고 이런저런 흉내만 많았다. 콕토가 무용수들에게 준 전형적인 지시사항 두 가지를 보자. 중국인 마술사에 대해서는 이런 지시가 있었다.

변발(辮髮)에서 달걀을 꺼내고, 삼키고, 신발 끝에서 다시 달걀을 꺼내고, 불을 뿜고, 데이고, 불꽃을 짓밟고, 등등.

미국인 소녀에게는 이런 지시가 있었다.

아이는 경주를 하고, 자전거를 타고, 초기 영화처럼 벌벌 떨고, 찰리 채플린 흉내를 내고, 권총을 들고 도둑을 쫓고, 권투를 하고, 재즈에 맞춰 춤을 추고, 잠을 자러 가고, 난파를 당하고, 사월 아침 잔디밭을 구르고, 사진을 찍고, 등등.

5월 17일 파리에 있는 테아트르 뒤 샤틀레에서 발레 공연의 막이 올랐다. 아주 품위있는 관객들은 분노했고, 발레극이 자신들을 놀리려는 의도로 기획되지 않았나 의심했다. 무대막이 내려오자 제작자를 공격하겠다는 위협과 '더러운 독일놈들!'이라는 외침이 난무했다. 아폴리네르가 그 상황을 구했다. 부상으로 머리에 붕대를 감은 채 군복에 무공 십자 훈장을 단 애국 영웅인 그가 참아 달라고 호소했다.

공연 안내서에 서문을 쓴 사람도 그였다. 그는 열정적인 태도로 그 발레가 현대적 운동이, 예술에 나타난 새로운 정신이 전쟁을 이겨낼 수 있는 증거라고 말했다. 그는 그 정신에 극현실주의(Super-realism), 또는 초현실주의라는 이름을 붙여 주었다.

십팔 개월 후에 아폴리네르는 죽는다. (그는 정전을 축하하는 파리에서 죽었는데, 본명이 빌헬름이었던 그는 열에 들뜬 나머지 카이저 빌헬름의 목을 매달자는 군중의 외침 소리를 듣고는 자신을 말한다고 착각했다.) 그러나 그는 이미 다음 시기의 현대적 운동에 이름을 붙여 두었다.

아폴리네르가 나중에 어떤 생각을 했는지 우리는 모른다. 나는 그 '새로운 정신'이 큐비즘 정신의 단순한 지속이 아니라는 걸 그가 곧바로 인식했으리라 본다. 큐비즘 예술가들은 예언자들이었고, 예언은 여전히 어느 정도 충족되지 않은 채, 하지만 설득력을 지닌 채 유지되었다. 초현실주의자들은 이미 자신들을 제쳐 버린 현실에 대한 뒤틀린 해설가들이었다.

정확하게 「파라드」가 파리에서 개막하기 한 달하고도 하루 전에 프랑스군이 힌덴부르크 전선에 공격을 감행하기 시작했다. 목표는 엔 강이었다. 결과는 완전한 재앙이었다. 사상자 숫자는 비밀에 부쳐졌지만, 십이만 명의 프랑스인이 죽은 것으로 추산된다. 그런 일이 테아트르 뒤 샤틀레에서 이백사십 킬로미터 떨어진 곳에서 벌어지고 있었다. 발레가 개막할 때, 완전히 절망하고도 어느 정도는 러시아의 이월혁명 소식에 고무된 프랑스군이 광범위한 폭동을 일으키고 있었다. 또다시 숫자는 비밀에 부쳐졌다. 하지만 의심할 여지 없이 그 위대한 군대가 현대에 들어 겪은 가장 심각한 반란이었다. 이상한 사건들이 많았다. 모든 것이 이유를 잃었다. 그때 이후로 유명해진 작은 사건이 있었다. 어느 보병 분견대가 한 중소도시의 거리를 행진했다. 줄을 맞춰 행진하면서 자신들이 불합리하게 도살장으로 끌려가는 새끼양임을 나타내기 위해 양처럼 매매거리며 우는 소리를 냈다.

**실제로 일어난** 이런 장면의 기괴한 불합리함이 콕토와 피카소의 미국인 소녀를 놀라울 것 없는, 식상한 인물로 보이게 만들지 않았을까?

우리는 이 점의 중요성을 매우 분명하게 인식해야 한다. 왜냐면 1917년의 테아트르 뒤 샤틀레에는 우리 시대 예술의 반복되는 문제 하나가 도사리고 있었기 때문이다.

우리 세기의 사건들은 전 지구적 규모로 일어난다. 그리고 지식의 범위가 이런 사건들을 포함하며 넓어져 왔다. 우리는 매일 수백만 명의 사람들에게 영향을 주는 결정적인 사안들을 알 수 있다. 하지만 위기나 전쟁 시기를 제외하면 대체로 그런 일들에 마음을 닫는다. 대다수의 사람들보다 상상력을 통제하기 어려운 예술가들은 그 문제에 사로잡혔다. 이런 시대에 내가 하는 일을 어떻게 정당화할 수 있을까? 일부는 이 문제로 인해 세계를 부인하게 되었고, 다른 일부는 과도한 야망을 품거나 허세를 부리게 됐지만, 또 다른 일부는 상상력을 억누르게 되었다. 하지만 1914년 이후로 스스로에게 그 질문을 하지 않는 진지한 예술가는 있을 수 없었다.

이 딜레마를 온전하게 살펴보려면 책 한 권으로도 부족할 것이다. 왜 「파라드」 얘기를 하다 말고 앤 강 전투 얘기를 하는지 설명하기 위해 한 가지만 짚도록 하자. 1917년에도 후안 그리스는 계속해서 큐비즘 그림을 그렸다. 그의 최고작이면서 그때까지 그려진 큐비즘 그림 중에서도 가장 앞선 그림들이었다. (그리스는 큐비즘 작가 중에서 가장 지적인 인물이었기 때문에 큐비즘이 운동으로서의 생명을 다한 후에도 몇 년 동안 지속할 수 있었던 유일한 인물이었다. 그는 여전히 풀리지 않은 이론적인 문제들을 보았고, 자기 지성을 다하여 문제를 풀고자 했다.) 그 그림들은 「파라드」만큼이나 전쟁과 동떨어져 있다. 사실은 더 떨어져 있다. 하지만 그 작품을 놓고 팔백만 명이 죽었다는 언급을 하는 것은 왜 부적절할까? 아니 그런 언급을 하는 것은 왜 늘 부적절할까?

문제는 사회적이고 답도 사회적이어야 한다. 우리는 후안 그리스의 그림과 「파라드」의 사회적 기능과 내용을 고려해야 한다. 이미 큐비즘의 사회적 내용은 살펴보았다. 그리스 그림의 사회적 기능을 말하자면, 그때에는 거의 아무것도 없었다. 그리스는 전쟁 기간 내내 극도로 가난했고, 그림을 팔거나 전시하는 데 엄청난 어려움을 겪었다. 장기적인 의미에서 그 그림들의 사회적 기능은 현대적 지식의 모든 긍정적 가능성을 받아들이는 하나의 질서에 근거한 '보는 방식'을 표현하고 보존하는 것이었다. 다른 말로 하자면, 그리스는 **마치 전쟁이 없다는 듯이** 그 그림들을 그렸다. 우리는 말할 수 있다. 로마가 불타는 동안 그는 빈둥거리기로 선택했다고. 하지만 네로와 달리 그는 화재에 궁극적인 책임이 없었고, 공인도 아니었다. 그가 온전함을 잃지 않고 전쟁을 무시할 수 있었던 건 혼자였기 때문이었다. 오늘날에도 여전히 어딘가에는 은신할 만한 **예외** 지역들이 있을 테고, 어느 예술가가 그런 곳을 찾는다면, 그 결과는 역설적이게도 때가 되면 상당한 사회적 가치로 드러날 수 있다. 그리스가 제일차세계대전 동안 온화하고 흐트러짐 없는 정물화를 계속 그리지 않았더라면, 유럽 문화는 더 빈곤해졌을 터이다. 하지만 우리는 언제나 그런 성공이 고립을 정당화함으로써 그 예외의 순수성을 파괴하기도 한다는 점을 기억해야 한다. 성공은 계속해서 예외를 요청하는 예술가를 도피주의자로 변신시키고, 자기 시대로부터 도피한 자들은 그 시대와 함께 제일 먼저 잊힐 것이다. 그들은 절대 후원자보다 오래 남을 수 없는 아첨꾼들과 같다.

「파라드」의 경우는 후안 그리스와 상당히 달랐다. 「파라드」는 공개적 선언에 가까웠다. 도발적이고 충격적이기를 의도했다. 「파라드」에 주어진 정당화는 그 발레극이 동시대의 '현실'을 표현했다는 점이다. 콕토는 아폴리네르가 부여한 초현실적이라는 형용사를 거부하고, 실제로는 **사실주의적 발레 작품**이라 부르기를 고집했다.

분명 그 '현실'은 엄격하고 질서정연하고 희망에 찬 큐비즘 예술가들의 현실이 아니었다. 그 현실은 열광적이고 비이성적이며, 창작자들이 아는지 모르는지 모르겠지만, 전쟁에 대한 참조로서만 정당화될 수 있었다. '더러운 독일놈들!'이라 외친 관객들이 올바른 연결을 지은 셈이다. 하지만 습관에 따르자면, 관객들은 그 연결을 자기만족을 더하는 용도로만 이용했다.

「파라드」가 수행한 객관적인 사회적 기능은 그것에 충격을 받은 부르주아들을 위로하는 것이었다. (여기서 **객관적**이라는 표현을 쓴 이유는 창작자들이 주관적으로 얻으려 했던 효과와 그 발레가 보여준 실질적인 효과를 구분하기 위해서다.) 이런 측면에서 「파라드」는 뒤에 올 소위 '충격적인' 예술의 상당 부분에 해당할 선례를 세웠다. 이 작품이 주는 충격의 가치는 특정한 정신의 결과다. 이 작품의 비일관성, 광란, 기계화, 꼭두각시놀음 말이다. 아무리 희미하다 하더라도 그 정신은 당시에 벌어지던 일의 반영이었다. 그리고 벌어지던 일은 헤아릴 수 없이 더 심각한 수준에서 헤아릴 수 없이 더 충격적이었다. 마신(L. Massin, 러시아 출신의 안무가 겸 발레 무용수—옮긴이)이 아무리 아름답게 춤추었다 해도 「파라드」가 비난을 받고 마침내 경박한 작품으로 치부되는 이유는 전쟁을 무시했기 때문이 아니라 사실주의적인 척했기 때문이었다. 가식의 결과로, 작품은 사람들이 진실을 외면하도록 만드는 방식으로 충격을 주었다. 이를테면 그 작품은 큰 것을 작은 것으로 대체한 셈이었다. 사람들은 말할 수 있었다. 세상의 광기는 예술가들이 만든 거야! '더러운 독일놈들!'이라 외쳤던 관객들은 그날 밤 어느 때보다 더 애국자가 된 듯이, 그 전쟁이 고귀하고 이성적이고, 기타 등등 하다고 확고하게 느꼈다. 「레 실피타」 공연으로는 그런 효과를 얻지 못했을 것이다.

근본적인 정치의 시대는 갔다. 매매거리는 보병들은 그걸 알았다. 거기서 빠져나갈 방법은 몰랐지만 말이다. 콕토와 피카소, 아폴리네르까지도 아직 그걸 깨닫지 못했다. 예술이 분리된 채 존재할 수 있다고 여전히 믿었기 때문이었다. 이런 통렬한 역설이 아폴리네르가 전쟁 영웅으로 입은, 십팔 개월 후에 죽음의 원인이 될 상처에 기대어 그간 경멸하고 멸시했던 부르주아 관객들을 달래는 기이한 광경에서 드러난다.

어리석은 사람들은 종종 마르크스주의자들이 정치가 예술에 침투하는 것을 환영한다고 비난한다. 반대로 우리는 그런 침투에 저항한다. 침투는 혼란과 커다란 고통의 시기에 가장 두드러진다. 하지만 그런 시기들을 부정하는 건 무의미하다. 그런 시기를 끝내려면 이해해야 한다. 그러면 예술과 인간이 더 자유로워질 것이다. 그런 시기가 유럽에서는 1914년에 시작돼 여전히 계속되고 있다. 발레 「파라드」는 지금 상황에서 예술이 대면하고 있는 어려움을 볼 수 있는 최초의 사례 중 하나다. 우리는 처음으로 현대 예술가가 스스로의 의도에도 불구하고 부르주아 세계에 봉사하는 것을, 그럼으로써 미심쩍은 특혜의 어떤 자리를 점유하는 것을 본다. 피카소 생애의 나머지 이야기는 그가 어떻게 그 자리의 결점을 극복하려 애썼는가의 이야기다.

1918년에 런던에 온 피카소는 사보이 호텔에 묵었다. 그는 희망이나 구원의 여지 없이 카페 탁자에 쌍쌍이 앉은 사람들을 더는 보지 않았다. 곡예사나 말도둑이 있던 자리는 웨이터들과 주차요원들이 차지했다. 이런 말이 하찮겠지만, 그게 피카소가 얻은 새로운 삶의 전형이 아닐까. 저명한 사람들과 부유한 사람들에게 '충격'을 주었지만, 그는 그들에 합류했다.

　이전 친구들, 특히 브라크와 후안 그리스는 피카소의 새로운 삶을 그들이 한때 얻으려고 분투했던 것에 대한 배신이라고 여겼다. 그러나 문제는 간단하지 않았다. 브라크와 그리스는 예전처럼 계속하기 위해 자기 안에 틀어박혀야 했다. 대신에 피카소는 세계로 나가는 길을 선택했다. 이와 관련된 개인적인 소소한 내용을 우리가 신경 쓸 필요는 없을 것이다. 우리가 알아야 할 것은 그의 정신이, 그의 태도가 어떻게 변했냐는 것뿐.

# 파리에 대한 평가

사십여 년 동안 파리는 유럽 화가들의 수도였다. 최근 들어 더는 그렇지 않다는, 더 의미있는 발상들이 로마나 밀라노나 바르샤바에서 펼쳐지고 있다는 신호가 있었다. 하지만 미신은 공고하고, 영국의 미술비평가는 시골 기자가 런던을 들락거리듯 여전히 파리를 들락거린다. 그러고는 잘난척과 감탄이 반씩 뒤섞인 태도로 그 위대한 도시의 비밀스러운 진실을 폭로할 '독점' 스토리를 가득 안고 돌아온다. 사실 대도시라면 어디든, 어느 기자가 가더라도 원하는 이야기를 충분히 얻고도 남을 것이다. 이런 이야기를 하는 이유는 파리에 대한 나의 시각이 다른 이들과 다를 수 있음을 설명하고, 나는 당연히 내 시각이 결정적이라고 확신하지만 사실은 그렇지 않을 수도 있다는 점을 독자들에게 경고하기 위해서다.

내게 오늘날의 파리는 예술을 앓는 도시, 자신이 가졌던 천재적 재능의 이세대나 삼세대 희생자처럼 보인다. 아니, 멋을 좀 덜 부리며 말하자면, 파리는 국제적 산업자본주의의 불가피한 과도한 전문화로 고통받고 있으며, 그저 속물 상품의 판매장이자 공장이 되었다. 우리는 그림을 카드처럼 차곡차곡 쌓아 거대한 상점 건물을 만들어 놓은 듯한 인상을 받는다. 실제가 아닌 듯이 보이지만 일단 안에 들어가면 폐소공포증을 일으킬 정도로 외부 세계를 싹 가려 버리는 건물 말이다. 파리는 경제적으로 공급과잉이고 지적으로는 가뭄이다.

파리의 일반적인 분위기를 보여 주는 전형적인 사건이 루브르를 다시 교수형에 처하는 작금의 스캔들이다. 이 일을 자세하게 설명할 지면은 없지만, 지금의 경향이 계속된다면 물랑루즈 관리자들이 미술관 경영을 맡는다고 해도 놀랄 일이 아니라고 쓴 어느 프랑스 화가의 글이 이 사건을 잘 요약하고 있다. 전시가 눈과 마음에 멋지고 쉽게 드러나도록 만드는 데 총력이 기울여졌다. 전시되는 그림에 대한 고려는 전혀 없이 장식을 위한 장식이 가해졌다. 시대를 초월한 세계적 '양식'에 따라 산뜻하게 배치하기 위해 작품이 시대나 화파로부터 분리되었다. 만국의 잔치에 방문객들을 끌어오기 위해 프랑스 회화를 무시하는(푸생의 작품은 마흔 점 중에서 고작 아홉 점이 전시되었다) 범죄가 저질러졌다. 이 모든 음모가 누적되어 진지한 학문 장소로서의 미술관이 파괴되고 문화여행객들을 위한 놀이공원이 세워지는 데까지 이르렀다.

이런 움직임 뒤에 도사린 그 기운 빠지는 개념들은 익숙하다. 소위 국가적 전통은 무시될 수 있다는, 예술작품은 그 자체로 완결된 실체라는, '양식'은 의도와 기능에 따라 나눠질 수 있다는, 미학이 주는 드문 기쁨은 순수하고 절대적이라는 개념들. 파리의 분위기에 관해 얘기될 것이 이게 다라면 다시 얘기할 필요는 없을 것이다. 국제조각 대전 「알려지지 않은 정치범」(1953년 영국 현대미술학회에서 주관한 국제조각공모전—옮긴이)과 베네치아 비엔날레, 지식인을 대상으로 하는 출판사에서 전후(戰後)에 내놓은 책 대부분이 이런 동일한 주제를 강조해 왔다. 그러나 기쁘게도, 이런 전개에 직접적으로 역행하는 성공적인 운동이 파리에서 일어났다. 뤼르사(J. Lurçat, 태피스트리(tapestry)를 현대적 예술로 탈바꿈시킨 프랑스 예술가—옮긴이)의 주도로 오뷔송을 중심으로 한, '판지 태피스트리 화가 연합'에서 일하는 예술가들의 운동이다.

뤼르사는 전쟁이 일어나기 훨씬 전부터 태피스트리에 관심을 두었다. 하지만 그 운동이 프랑스 예술에 진짜 영향을 줄 정도로 성장한 건 전쟁 중과 직후였다. 피카소, 레제, 그로메르, 브라크, 뒤피, 미로, 루오 같은 화가들도 태피스트리 디자인을 했다. 그러나 그때나 지금이나 최고의 작품은 중세시대의 기술을 익히는 데 사력을 다하는 예술가들의 작품이었다. 가장 두드러지는 예술가는 뤼르사 자신과 마크 생상, 장 피카르 르 두다.

그들 작품의 성격을 묘사하는 서정적인 문장들을 줄줄 쓰는 건 식은 죽 먹기다. 새와 꽃과 물고기와 영웅과 태양과 달과 연인들의 이미지를 따서 엮은, 그 단순하고 순박하지만 심오한 시적 정취란. 격렬한 성숙의 힘과 소유욕(생상의 〈테세우스와 미노타우르스〉)을 통한 어린 시절(피카르 르 두의 〈새장에 든 새〉)에 대한 예리한 인식에서부터 오랫동안 존중된 지식과 감각의 요약인 노년에 대한 반추(뤼르사의 〈하늘…땅…평화〉)에 이르기까지, 인간의 시적이고 감각적인 경험의 범위에 대한 확언. 양모 자체의 내재적 특질과 수직 씨실을 따라가며 미묘하게 변화하면서 잎사귀나 깃털이나 물고기 지느러미의 부드러운 반짝임처럼 물결치는 빛의 흐름을 표현하는 단순한 색조(무의미하게 유화작품들을 복제하는 고블랭 태피스트리는 때때로 만사천 가지 색깔을 사용한다. 하지만 이 예술가들은 약 마흔 가지 색을 사용한다). 이런 말들을 계속 늘어놓을 수 있다. 하지만 그들 작품이 가진 생명력의 이유를 이해하는 것이 보다 중요하다.

그들은 위대한 중세 태피스트리에서 배워 스스로를 국가적 전통의 반열에 올려놓았다. 그들은 산적된 엄청난 기술적 문제들에 전념하다 보면, 단순하고 물리적인 삶을 묘사하는 근본적으로 시각적인 주제들을 선택하다 보면, 미학적 문제는 저절로 해결되리라 짐작했다. 그들은 기꺼이 지식을 모으고 각자의 다른 개성적 특성에 따라 전통과 단절하기보다는 전통을 재창조했다. 그들은 자기 작품 안에서,

작업실 바깥에 존재하는 사실들과 그들에게 작품을 주문한 거래처들의 요구사항과 오뷔송에 있는 태피스트리 노동자들과의 기술을 맞추는 데서 기쁨을 얻었다. 그들은 진보적인 인본주의적 믿음이 진정한 낙관이 될 정도로, 그리고 결국에는 기쁨을 축하하는 것이 예술가의 최우선 과제 중 하나라는 사실을 알 정도로 오래 살아온 사람들이다.

그 결과, 시적인 부조리와 변형 등이 가득한데도 그들의 작품은 정말로 유명해졌다. 그들의 태피스트리는 작자 미상의 노래나 전설이 그러듯이, 아니면 어떤 영화들이 더 복잡한 방식으로 그러듯이, 일반적인 열망과 경험들을 응축한다. 또, 일하려 애쓸 뿐 스스로를 **내세우지** 않은 덕분에, 그들은 천재 흉내를 낼 필요 없이 각자의 재능을 사용하여 긴급한 인간적 가치를 담은 작품을 만드는 방법을 찾아냈다. 그리고 이 말이 진부하게 들린다면, 오늘날 재능은 일반적으로 적성이 아니라 하나의 자산으로 취급된다는 점을 기억하는 편이 좋을 것이다. 우화는 여전히 들어맞는다.

# 소비에트 미학

"당신네 사회주의 리얼리즘 소설이 어떤 것인지 알아요." 모스크바의 텔레비전 코미디언이 한숨을 쉬었다. "일 쪽에 터빈에 대한 묘사가 나오죠. 이 쪽에는 유압 드릴에 대한 묘사가 나오고요. 삼 쪽에는 발전기 묘사가 나오겠죠. 백사십 쪽에 가서야 '사랑해'라는 말이 나오는데, 바로 뒤에 '내 기계야'라는 말이 따라오죠."

　예술에 대한 소비에트적 태도는 고정적이지 않다. 최근에는 논의와 비판이 많았다. 하지만 새로운 전개를 설명하기 전에 그들이 가진 접근법의 변하지 않는 토대를 이해할 필요가 있다. 첫번째로 제일 중요한 것이, 예술작품은 저마다 하나의 도덕적 과제다. 우리는 사실주의와 형식주의에 관한 끊임없는 논쟁을 내용과 형식의 상대적인 중요성에 대한 문제로 보는 경향이 있다. 그들은 그 논쟁을 작품이 도덕적인가 아니면 비도덕적인가의 문제로 보고, 그들에게 비도덕은 부도덕이다. 그들은 물질로서의 예술작품에는 관심이 없지만, 그 효과에는 관심이 있다. 그 효과의 성질은 절대적이지 않고 기능적이다. 스탈린이 작가들을 일컬어 '영혼의 기술자'라고 한 데는 이런 의미가 있었다.

**러시아인들이 모든 예술을 프로파간다로 여긴다는 얘기를 하는 건가?**

그렇다. '프로파간다(propaganda)'라는 단어가 지금은 동의하지 않게 된 가치에 따른, 삶에 대한 모든 집요한 해석을 의미하게 되었다는 점을 기억한다면 말이다. 그리고 또 그들이 주장하는 전통이 정치적 풍자화가들의 전통뿐만 아니라, 예를 들어 고야나 셰익스피어, 발자크, 특히나 자신들의 위대한 십팔세기, 십구세기 예술가들 모두라는 점을 고려한다면 말이다. 예술의 **이용**을 강조하는 소비에트식 원칙의 명백한 결과는 예술의 이용이라는 문제가 정말로 진지하게 받아들여진다는 점이다. 그곳 예술대학 학생들과 건축가들에 적용되는 교육과정은 우리보다 훨씬 길고 보다 종합적이며 엄격하다. 열일곱 살짜리 학생은 서른 시간 동안 초상화 소묘를 해야 한다. 이런 훈련으로 그 학생은 예술대학에서 가르치는 나보다 두 배는 더 유능해진다.

**하지만 당의 노선을 따르고 싶지 않은 예술가들은 어떻게 되는가?**

이 질문 뒤에는 상당히 많은 부질없는 기대가 놓여 있다. 대개는 너무 극적인 대답을 가슴에 품고 물어보는 질문이다. 마치 누군가가 바다 위 백이십 미터에 지은 집 이야기를 듣고는, 산자락에 자리잡은 마을에 있는 집이 아니라 우뚝 솟은 험한 바위 위에 달랑 나앉은 집이라고 곧바로 추측하는 것과 마찬가지다. 첫째, 러시아에서 생산되는 작품은 지역적인 전통 측면에서나 개인적인 개성 측면에서나 일반적으로 상상하는 것보다 훨씬 다양하다. 나는 아주 능숙한 야수파 화가도 두 명이나 만났다. 둘째, 러시아 회화와 문학의 주류 전통(푸시킨, 톨스토이, 수리코프 등등)이 늘 사회적 양심을 강조해 왔다. 셋째, 혁명이 일어난 지 삼십육 년이 지났다. 완전히 확고해진 소비에트식 삶의 방식과의 관계 속에서만 소비에트의 동시대 예술을 볼 수 있다. 러시아 예술가를 비극적인 **희생자**로 여기는 건 좋은 생각이 아니다. 가여워하기 시작하면, 우리는 그 예술가가 비극의 **산물**이라고, 더 좋은 것이 있다는 걸 알려 주지 않는 환경의 제약을 받았다고 말할 게 틀림

없다. 하지만 그런다고 그 예술가가 고마워하진 않을 것이다. 우리가 '독립성'이라고 부르는 것을 그 예술가는 '무책임'이라고 부를 테니까.

레닌그라드에서 활동하던 화가 집단이 혁명 직후에 최초의 사회주의 리얼리즘 그림들을 내놓았다. 가장 뛰어난 이는 브로드스키였다. 그들의 주제는 혁명 투쟁에 관한 초상이나 장면 들이었다. 예를 들자면 핀란드를 떠나 페테르스부르크 기차역에 도착해 그 유명한 장갑차량에서 노동자들에게 연설하는 레닌이 있다. 그들의 양식은 엄격했다. 사실은 일찍이 1860년대부터 사회적 주제들을 그려 왔던 자생적인 십구세기 사실주의 화가들에게 훨씬 많은 빚을 졌지만, 얼마간은 쿠르베의 방식에서 영향을 받았다. 브로드스키의 캔버스는 대부분 큰 데다 수백 명의 인물을 담고 있다. 복제품들을 보면 약간은 과다 노출된 사진처럼 보인다. 하지만 실제로 그 작품들은 산뜻한 자극과 품위와 명료함과 정말로 주목할 만한 구성적 감각을 보여 준다. 거칠게 말하자면, 예이젠시테인의 영화에 필적하는 강렬한 집중도를 보여 주는 그림들이라 할 수 있다.

대략 십 년에서 십오 년 뒤 소비에트 그림의 성격이 바뀌기 시작했다. 검소함이 덜해지고 더 다채로워지는 대신 훨씬 더 격식을 중요시하는 경향이었는데, 대체로 지금의 서구인들이 전형적인 '빅토리아풍' 소비에트 예술이라 여기는 양식이었다. 풍경화와 장르적 주제들, 역사적 장면, 노동자들의 초상, 공장 풍경, 스탈린, 집단 농장, 신도시, 스타하노프 영웅들이 있었지만, 대다수 그림은 사진처럼 보이는 데다 진부했다. 하지만 그런 진부함에도 불구하고 이 예술은 하나의 문제를 풀기 위한 진지한 시도였다. 혁명은 끝났다. 사회주의가 건설되고 있었다. 사상 처음으로, 대규모 대중의 취향이 화가들이 고려해야 할 긍정적인 요인으로 떠올랐다. 어쨌든 예술은 인민의 성취를 기념해야 했다. 인민이 확신만을 원하고 또 필요로 한다고, 끊임없이 격려를 받아야 한다고 가정한 것이 그들의 실수였다. 그들은 '삶이란 보다 나은 것에 대한 인간의 갈망이 소멸하지 않을 만큼 언제나 나쁘기 마련'

이라는 고리키의 언급이 드러내는 진정한 낙관을 잊고는 이를 사소한 낙관으로 대체했다. 이런 결정이 긴장이나 갈등 모두가 결여된 자연주의적 예술로 이어졌다. 세상의 모든 것이 괜찮았기 때문에, 또는 괜찮아질 것이기 때문에 예술가는 경험을 **선택**할 필요가 없었다. 그들은 당연히 성취한 것들을 자랑스러워했지만, 이제 필요한 건 성취한 것을 여실히 보여 주는 것뿐이라고 잘못 생각했다. 다른 말로 표현하자면, 예술이 삶에 너무나 가까이 다가서는 바람에 스스로를 분석할 공간도 시간도 없어져 버렸다. 자극할 수는 있지만 만족시킬 수는 없었다. 만족은 오직 삶 자체에서만 오는 것이었다.

그러고 나서 몇 년 전에 이런 문제들에 대한 대토론이 일어났다. 예술가들과 비평가들이 그저 특정 장면을 기록하고 그것이 전반적인 삶의 진보를 반영하기를 희망하는 걸로는 충분치 않다는 사실을 깨닫기 시작했다. 그보다 예술가는 자신이 그리는 것의 숨겨진 잠재력을 풀어내고 드러내는, 뭔가 전형적인 것을 선택해야 했다. 이는 투쟁과 갈등이 있다는 사실을 암시했다. 그렇지 않다면 그런 잠재력이 숨어 있지 않고 명백하게 드러날 터이기 때문이다. 심리적인 측면에서 보자면 이것은 동기와 관련되는 '본다'는 행위를 의미했다. 순수하게 시각적인 측면에서 내재된 구조와 관련하여 피상적인 외양을 보는 것이었다.

지금은 재검토의 결과들이 명백해지고 있다. 규정을 따르는 지루한 화가들이 여전히 남아 있다. 여전히 일화에 중점을 두는 러시아 민족주의가 강세다. 화가의 작업실에는 팔레트만큼이나 백과사전도 흔하다. (덧붙여 말하자면 벽화가 적은 것도 이 때문이다. 그들은 큰 화면에서 장식적인 것과 정밀하게 문학적인 것 간의 합을 만드는 건 아직은 능력 밖의 일임을 깨달았다.) 하지만 동시에 학생들과 젊은 화가들의 작품은 깜짝 놀랄 만큼 새롭고 다양하다. 주제 문제에서는 직접적으로 교훈적인 성격이 덜하다. 형식적 탐구에서는 훨씬 더 면밀하다. 한 팔이 '정지한' 순간의 이미지를 포착하는 것으로는 더는 충분치 않았다. 구조가 세워져야 했다. 그러고는 팔이 다르게 움직일 가능성이 완전히 인식되어야 하고, 그럼으로써 (인간적인 측면에서) 그 움직임 뒤에 있는 결정이 고려되어야 한다. 누군가가 웃는 얼굴을 그린다면 그 얼굴이 울 수 있다는 사실 또한 함축해야 한다.

나는 이런 식으로 요약하고자 한다. 러시아 회화의 다수가 좋지 않고, 새로이 나타난 발전 양태들은 여전히 맹아적이다. 서구 예술의 다수도 마찬가지로 좋지 않지만, 이유는 정반대다. 어떤 경우에는 예술이 너무 피상적으로 사실에 충실한 것이 문제다. 다른 경우에는 너무 완전히 사실과 동떨어지는 것이 문제다. 그들은 예술을 싸구려로 만들었다. 우리는 예술을 사치로 만들었다. 내가 모스크바에서 활동하는 비평가라면, 이곳에서 새로 나타나는 형식화와 추상화의 냉혹한 탁상공론을 공격하듯이, 그곳의 낡고 감상적인 탁상공론을 공격할 것이다. (그들의 비평을 좀 읽어 봤는데, 내 글도 출판되어야 한다고 생각한다.) 하지만 문제의 핵심은 우리가 대체로 물려받은 전통을 파괴하고 있는 데 반해, 그들은 진정한 전통의 기초를 만들어 가고 있는 데 있다고 나는 믿는다. 진정한 전통은 예술이 삶의 위안이 아니라 영감이 되어야 한다는 보편적인 인식 위에서만 세워질 수 있으니 말이다.

# 비엔날레

베네치아 비엔날레 전시관 대부분이 이탈리아 위원회에 의해 조직된
다. 올해(1958년) 이 위원회는 추상미술에 대한 아주 노골적인 편향
으로 많은 비판을 받았고, 배타적인 지역주의를 고집한다는 혐의를
받았다. 미술사학자이자 이탈리아 비평계의 원로인 리오넬로 벤투리
가 지난 육십 년간 최고의 예술가들은 추상 작가였으며, 어쨌든 다른
국가들이 조직할 전시관들도 똑같은 편향을 보여 준다고 언급함으로
써, 즉 모두가 틀릴 수는 없지 않냐는 암시를 풍기면서 방어에 나섰다.
하지만 진실은, 모두가 틀릴 수 있고, 틀렸다. 풍자 작가들이 이번 비
엔날레를 '버날레(The Banale, banal은 진부하다는 뜻—옮긴이)'로
부르는 것도 그럴 만하다.

　관련된 사안들을 정리해 보자. (이 전시는 세계의 정치적 미래를
읽을 수 있기 때문에 그럴 가치가 있다. 걸작은 없을지 몰라도 무의식
적인 폭로와 전조 들은 가득하다.) 모든 추상예술이 근본적으로 구상
예술에 대립한다는 식의 문제는 아니다. 그런 적도 없다. 이십세기 유
럽 문화를 배운 사람이라면 상당수의 추상 작가들이 회화와 조각, 건
축의 발전에 기여했다는 사실을 아무도 이성적으로 부정할 수 없다.

지금 구분은 책임감이 있는 예술가와 없는 예술가 사이에 있다. 아니, 다른 식으로 말하면, 인간 교류의 가치에 최소한의 믿음을 두는 삶의 관점을 지닌 예술가와 소외로 병들어 버린 예술가 사이의 구분이다. 추상예술은 오래전에 순수한 '미학'적 사건이 되기를 그만두었다. 상아탑은 이제 정신이상자용 감금실이 되었고, 이는 '배타적 지역주의'가 절대적 극단까지 갔음을 암시한다.

지금 베네치아에 있는 수천 점의 작품들이, 미국, 독일, 이탈리아, 네덜란드, 프랑스에서 온 작품들이 하나의 이미지를 공유한다. 오물과 쓰레기의 이미지 말이다. 어떤 판단을 내리며 하는 말이 아니다. 글자 그대로다. 우리는 갤러리에서 갤러리로 걸어가면서 부식되는 형태들과 부패하는 오물들을 본다. 일부 캔버스에는 찢어진 구멍이 나 있고, 깊은 상처가 난 어떤 캔버스들에는 거즈가 박혔고, 어떤 캔버스는 시멘트로 뒤덮였고, 어떤 캔버스에는 단일한 색을 두껍게 발라 인위적으로 금이 가고 벗겨지게 만든 것 말고는 아무것도 없다. 다시 말해, 어쨌든, 현상의 절대적인 타락을 다루고 있다는 점을 그럴 듯하게 납득시키려면 관용을 거부해야 하는 법이다. 화가들이 새로운 물질을 사용하거나 자기 그림 표면에 '장난치지' 말아야 할 이유는 없다. 브라크는 모래를 섞은 물감으로 아름답기 그지없는 정물화 몇 점을 그렸다. 하지만 지금 논의하는 것은 완전히 범주가 다른 일이다. 우리는 부가물이 아니라 위반을 논의하고 있다. 그리고 이들 작품이 절망적으로, 제멋대로 타락했다는 단 하나의 증거가 필요하다면, 대다수가 물리적으로 이 년 이상을 견디지 못하리라는 아주 명백한 사실이 그 증거다. 그것들은 만들어진 물체가 아니라 담배꽁초나 깨진 병, 무엇보다 딱 적당한 비유로, 써 버린 피임 기구 같은, 사용된 물체다.

나는 다른 여러 기회에 이런 식의 비예술을 가능하게 만든 사회적 심리적 요인들을 설명하려 했다. 물론 그것들도 무의식적으로, 그리고 완전히 수동적으로 현실을 반영한다. 공포의, 냉소주의의, 제국주의가 겪는 단말마의 고통에 동반되는 인간 소외의 현실을. 그것들은 우리 자신의 마우마우(Mau Mau, 영국의 식민 통치에 대항하여 1950년대 케냐에서 벌어진 무장 투쟁—옮긴이) 미신과 의례와 범죄의 현실을 수동적으로 반영한다. 아프리카의 마우마우는 그저 우리 현실에 대한 대응수단일 뿐이다. 하지만 우리는 무심한 자기만족을 느끼며 여기서 논쟁을 그만둘 수 없다. 부분적으로는 제국주의가 진정한 서구의 대표자가 아니기 때문이다. 서구에는 온갖 반대 운동이 있다. 그리고 부분적으로는, 지금 이 비예술이 수출되고 있기 때문이다. 스페인 전시관은 거의 온전히 여기에 바쳐졌고, 폴란드관과 유고슬라비아관에서도 보이기 시작했다. 이 비예술이 수출되는 이유는 그 안에 모든 예술가가 자기 안의 유혹으로 마주해야 하는 파괴적인 자기중심성에 호소하는 뭔가가 있기 때문이다. 이 비예술은 예술가의 가장 하찮은 몸짓에, 심지어 엄지의 지문에, 그리고 사소하기 짝이 없는 발상에 성스러운 예술의 가치를 부여한다.

이 사소함, 발상과 목표의 가난함과 '얄팍함'이 아직 비예술로의 최종적인 쇠퇴가 일어나지도 않은 지금 서구의 문화적 분위기가 보여주는 가장 충격적인 특성이다. 추상예술이 아직 어느 정도의 장식적인 기능을 하거나 아직 구상적인 작품들이 많은 미술관에서조차, 우리는 예술가들이 저마다 얼마 되지 않는 자신만의 새로움을 필사적으로 찾은 다음 대량생산하여 팔아먹는 데 만족했다는 인상을 받게 된다. 이런 기만적인 심리의 가장 극단적인 사례가 미국 국기처럼 단순하게 별과 줄무늬로 채워 놓은 그림이다. 더 심각해서 비극적인 사례는, 재능이 아주 뛰어난 영국인 조각가 케네스 아미티지(Kenneth Armitage, 반(半)추상 청동 조각으로 유명하다. 1958년 베네치아 비엔날레에서 최고국제조각상을 수상했다—옮긴이)다. 그는 불현듯 인물의 몸통을 탁자 상판처럼 보이도록 만들고 팔과 다리가 형구에 묶인 사람처럼 튀어나오게 만들어야겠다는 발상을 했다. 확실히 그 발상에는 피상적인 감정을 불러일으키는 기발함의 가치가 있다. 하지만 어느 정도 시간이 지나면 우리는 생각한다. 이 사람이 자기 재능을 제대로 쓸 수 있으면 좋을 텐데, 이 사람이 자유로우면 좋을 텐데, 속임수 장치들을 내놓아야 한다는 압박을 받지 않으면 좋을 텐데! 하지만 대체 누가 그를 압박한단 말인가?

모순이 있다. 자칭 '자유세계'의 예술이 재빨리 역사상 그 어느 때보다 갑갑하고 제한적인 예술이 되고 있기 때문이다. 이와 비교하면 구식 스탈린주의 작품들로 가득 찬 소련관은 풍부하고 다양하고 독창적이다. 확실히 그 풍부함은 문학적이고, 시각적으로 보면 러시아 회화들은 아주 감상적이다. 관료들이 제공한 진부한 표현들로 그려진 건 확실하다. 하지만 관료들의 빈약한 상상력과 병자의 판타지 중에서 하나를 골라야 한다면…?

사실 예술의 문제에서 누군가가 그런 선택을 해야 할 필요는 없다. 베네치아에서 작품을 전시한 오백여 명의 예술가들 가운데, 동료 예술가들과 크게 다르지 않은 재능을 타고났겠지만, 우리로 하여금 예술은 현실을 드러내는 딱 그만큼 현실로부터 독립한다는 점을 격려하듯 일깨워 주는 이는 아마 십여 명 정도일 듯싶다. 인도 조각가 케왈 소니, 인도 화가 파담시, 스리랑카 화가 이반 페리에스, 멕시코의 리베라 추종자 라울 앙기아노, 벨기에의 브뤼셀만스, 일본 표현주의 작가 이치로 후쿠자와 등. 그리고 아랍 연합 공화국의 전시관이 있다. 이곳처럼 역사와 예술이 서로 직접적으로 조응하는 경우는 드물다. 하지만 이 전시관이 1958년 비엔날레에서 가장 긍정적이고 중요한 전시관이라는 사실은 여전하다. 물론 하룻밤 사이에 카이로에 천재들이 나타났다는 의미는 아니다. 이 작품들이 뛰어난 건 '긍정'하기 때문이다. 이 작품들은 방어적인 협정(協定)이 아니다. 사물 이전에 사람이 있다. 이들의 언어는 대체로 전통적이다. 햇빛에 염색된 색들과 장식적 윤곽들의 표현적인 활용, 이집트 전통예술과 디자인에서 끌어낸 편안하고 우쭐대지 않는 단순화. 이들 작품과 대조적으로 틀에 박혔을 뿐만 아니라 부상하는 이십세기 세계라는 맥락 속에서 이미 끝난, 소모된, 낡은 것으로 보이는 건 서구의 예술이다.

# 지금의 예술과 사유재산

한 세기하고도 반세기 동안 유럽의 지배계급에게 예술애호는 유용한 개념이었다. 그 사랑은 자기 계급에 고유한 것이라 일컬어졌고, 그를 빌미로 그들은 과거의 위대한 문명들과 자기 계급이 동족이며 '아름다움'과 연관된 덕성들이 자기 계급에 있다고 주장할 수 있었다. 게다가 자국과 세계 각지에서 파괴되고 있던 문화들을 예술적이지 않은 원시적 문화라고 일축할 수도 있었고, 최근에는 예술에 대한 사랑을 자유에 대한 사랑과 동일시하며 '사회주의 국가들에서 벌어지는 예술에 대한 실제 또는 가상의 탄압을 비난할 수도 있었다.

이 유용한 개념에는 대가를 지불해야 했다. 명백한 특권이자 명백하고도 밀접하게 도덕성과 연관된 예술애호가 자격 있는 모든 시민에게 권장되어야 마땅하다는 요구가 등장한 것이다. 이런 요구가 십구세기의 수많은 문화적 자선운동으로 이어졌다. 서구 정부의 문화부가 그런 운동의 터무니없고도 실패한 마지막 시도다.

대중에게 열린 예술 관련 문화시설들이 전반적으로 아무 소용이 없었다고 주장한다면 과장일 것이다. 그런 곳들이 수천 명 개인의 문화적 발달에 기여해 왔다. 하지만 경험자와 미경험자, '애호가'와 무관심자, 다수와 소수 간의 근본적인 분리가 그 어느 때보다 엄격하게 유지돼 왔기 때문에 그 개인들은 모두 예외로 남을 뿐이다. 그렇게 되는 것도 불가피하다. 관련된 경제적 교육적 요인들과는 거의 상관없이, 자선(慈善)이라는 이론 자체에 절망적인 모순이 있기 때문이다. 특권층이 불우한 이들에게 뭘 가르치거나 줄 입장이 아니다. 그들이 가진 예술애호는 허구이며 가식이다. 그들이 애호가로서 제공하게 되는 것은 받을 만한 가치가 없는 것들이다.

나는 이런 현상이 결국 모든 예술 분야에 나타난다고 믿는다. 하지만, 잠시 후에 살펴볼 이유들 때문에 시각예술 분야에서 제일 뚜렷하다. 나는 이십 년 동안 디오게네스처럼 진정한 예술 애호가를 찾아다녔다. 한 명이라도 찾았다면, 나는 완고하고도 노골적으로 정치적인 내 예술관이 피상적이었다고, 나쁜 믿음을 갖다 보니 그런 예술관을 갖게 되었노라고 반성하고 내 예술관을 저버렸을 것이다. 그러나 나는 진정한 예술 애호가를 한 명도 찾지 못했다.

예술가 중에서도 없었을까? 특히 없었다. 실패한 예술가는 사랑받을 때를 기다린다. 작업 중인 예술가는 아직 존재하지 않는 다음 프로젝트를 사랑한다. 대부분의 예술가는 이쪽 저쪽을 오간다.

여름 내내 피렌체 우피치미술관에 꽉 들어찬 관람객들은 더운 실내에서 계속 시야를 방해받으면서 아무것도 드러나지 않고 드러내지도 않는, 안내원이 딸린 한두 시간짜리 관람 프로그램을 신청한다. 그 괴로운 체험에 시달리고서 받는 보상은 우피치미술관에 가 봤다고 주장할 수 있다는 사실뿐이다. 그들은 보티첼리의 그림이 나무판 또는 캔버스를 틀에 넣은, 소유할 수 있는 물건임을 확인할 수 있을 정도로 가까이 다가간다. 어떤 의미에서 그들은 작품들을 소유했다. 아니, 그보다는 소유의 맥락으로 그 작품들을 언급할 수 있는 권리를 획득했다. 아주 약화된 방식이긴 하지만, 어찌 보면 그들은 메디치가의 손님이었거나 아니면 손님인 듯 연기를 하는 것 같았다. 모든 미술관에는 권세가와 부자 들의 유령이 떠돌고, 대체로 우리는 그 유령들과 더불어 거닐기 위해 미술관을 방문한다.

나는 지금껏 그려진 가장 빼어난 큐비즘 그림들을 소장한 어느 개인 수집가를 안다. 관심을 둔 시기의 예술에 대해서는 백과사전급 지식을 가졌고, 훌륭한 안목을 가졌으며, 과거에도 지금도 몇몇 중요한 예술가들을 친구로 두었다. 그에게는 신경을 써야 할 사업체가 없었다. 물려받은 부가 엄청났으니까. 무식한 사람들과 우피치미술관이라는 고난에 고통받는 눈먼 군중들에 대한 안티테제(antithesis)의 상징처럼 보일 만한 인물이었다. 그는 넓은 집에서 자기 그림들과 같이 산다. 세상의 그 누구보다도 그 그림들에 가까이 다가갈 수 있는 시간과 고요와 지식을 가지고 말이다. 여기서 분명히 예술애호를 발견할 수 있지 않나? 아니, 여기서 우리는 자신이 구매한 모든 것이 비교할 수 없을 만큼 위대하다는 사실을, 어떤 형태로든 여기에 의문을 던지는 이는 무식한 무뢰한이라는 사실을 증명하려는 광적인 강박을 발견한다. 심리적 기제에 관한 한, 그림은 아이들이 가지고 노는 장난감과 다를 바 없다.

개인 화랑들이 밀집한 거리를 걸어 보라. 비단지갑 같은 얼굴을 한 화상들을 굳이 묘사할 필요는 없으리라. 그들이 하는 말은 전부 정확한 목적을 위장하고 숨기기 위한 것이다. 우리가 예술작품을 사는 걸 넘어 예술작품과 성교도 할 수 있다면, 그 화상들은 포주일 것이다. 하지만, 그런 경우라면 누군가는 일종의 사랑을 가정할지도 모르겠다. 실제로 그들이 꿈꾸는 건 돈과 명예인데 말이다.

비평가들은 어떨까? 존 러셀은 예술비평의 즐거움 중 하나가 '모험적인' 개인 소장품을 획득할 수 있는 것이라며, 어떤 부조화나 부끄러움의 기색도 없이 대다수 자기 동료들을 대변했다.

진실은 회화 혹은 조각이 소설이나 노래나 시와 달리 사유재산의 중요한 한 형태라는 사실에 있다. 사유재산으로서의 가치라는 말은 미술작품이 마술적으로 사용되던 한때에 지녔던 고귀한 성질이 마지막까지 열화(劣化)된 듯한 분위기를 풍긴다. 우리는 이 사유재산을 중심으로 마지막 남은 너덜너덜한 신앙을 짜 맞추고, 우리의 시각예술 작품은 이 신앙의 의례용 성물이 된다.

지난 십 년 사이에 새로이 부상하는 소비사회라는 이데올로기와 함께 시각예술이 수백 년 동안 사람들에게 주지 못했던 황홀한 매력을 갖추게 된 것이 이런 이유에서다. 작품들 자체는 이해할 수 없이 난해한 데도 전시회와 미술서와 예술가들은 긴급 메시지를 날린다. 미술작품이 이상적인 (그러므로 마법적이고, 신비롭고, 이해할 수 없는) 상품이라는 메시지다. 미술작품은 **정신화(精神化)된** 소유물이라고 여겨진다. 아무도 음악이나 연극이나 영화나 문학을 같은 방식으로 꿈꾸거나 생각하지 않는다.

최근 들어 대부분의 시각예술이 보여 주는 급진주의가 이런 상황의 결과다. 예술가는 자신에게 허용되는 특혜와 자유를 환영한다. 하지만 창의적인 식견이 있는 사람이라면 자기 작품이 상품으로 취급되는 것에 상당히 분개한다. (수백 년 동안 미술작품이 사고 팔렸기 때문에 지금의 이런 상황도 진지하게 받아들여야 할 새로운 것이 없다는 주장이 있다. 그 말은 사유재산이라는 개념이 이데올로기적 가면을 너무 느리게 벗었을 뿐이라는 의미다.) 추상표현주의, 아르 브뤼(Art Brut, 그라피티와 원시주의 미술 등 정규예술 교육 외부에 존재하는 예술을 일컫기 위해 프랑스 화가 장 뒤뷔페가 만든 용어—옮긴이), 팝 아트, 자동파괴적 예술, 네오다다이즘, 이외의 다른 운동들은 제각기 추구하는 정신과 양식은 상당히 다르지만, 미술작품이 누구나 원하는 값어치있는 소유물로 취급되는 한계를 넘어서고자 노력하는 점에서는 똑같았다. 하나같이 '무엇이 미술작품을 예술로 만드는가'라는 질문을 던졌다. 하지만 이런 중요한 질문은 폭넓은 오해를 샀고, 때로는 동료 예술가들로부터도 그랬다. 질문은 예술을 창조하는 과정을 언급하지 않는다. 지금은 노골적으로 드러난 사유재산으로서의 예술의 역할을 지시할 뿐이다.

나는 프랜시스 베이컨이 비극적인 예술가라는 평가를 믿은 적도 없고 지금도 믿지 않는다. 그가 기록하는 폭력은 세상의 폭력이 아니다. 한 예술가가 내면에서 개인적으로 느낄 만한 그런 폭력도 아니다. 그건 그림이 구매자들의 구미에 당겨야 한다는 생각에 가해진 폭력이다. '비극'은 구미에 당기는 소유물이 될 시시한 운명에서 도망갈 수 없는 이젤 그림의 비극이다. 그리고 최근의 저항예술들은 모두 똑같은 방식으로 패배했다. 그래서 그렇게 포학하다. 그림은 스스로를 해방시킬 수 없다. 폭력적일수록 더 극단적인, 날것이 될수록 더 특이하고 희귀한 소유물로서의 독특한 매력을 획득할 뿐이다.

'무엇이 예술작품을 예술로 만드는가'라는 질문을 최초로 한 사람이자 1915년에 이미 철물점에서 기성품 눈삽을 사서 제목을 붙이는 것 말고는 아무것도 하지 않았으면서 (지금 그 작품의 여러 판본이 미술관에 있다) 오늘날 젊은이들로부터 크게 추앙받는 마르셀 뒤샹 본인이 최근에 '요즘에는 충격적인 것이 없다. 유일하게 충격적인 것은 충격이 없다는 것이다'라고 말함으로써 성상파괴자(Iconoclast)로서의 실패를 자인했다.

머지않아 어느 화상이 전시회에 똥을 올리고 수집가들이 그 똥을 살 거라는 내 말은 상징적인 말이 아니다. 계속해서 말하지만, 대중이 아둔하거나 예술계가 미쳐서가 아니라, 소유하고자 하는 열망이 너무나 뒤틀리고 심화된 나머지 이제는 현실과 분리되어 절대적인 필요로 존재하게 되었기 때문이다.

상당수의 예술가들이 그저 반응하는 대신 이런 상황을 이해했고, 그 자체로 이런 사유재산과 결합된 타락에 저항하는 예술을 내놓으려고 노력했다. 내가 말하는 예술군은 키네틱 아트와 특정한 옵 아트와 구성주의의 연합 분파들이다.

십이 년 전에 바자렐리(V. Vasarely, 헝가리 태생의 프랑스 예술가로 옵 아트 운동의 아버지라 불림—옮긴이)는 이렇게 썼다.

예술로부터 버림받는 즐거움을 엘리트 감식가들의 손에 영원히 맡겨 둘 수는 없다. 새로운 예술 형태들은 모두에게 열려 있다. 내일의 예술은 모두를 위한 것이 아니면 존재하지 못할 터이다. …과거에는 조형예술이라는 개념이 장인적 태도와 고유한 산물이라는 신화에 매여 있었다. 지금의 조형예술이라는 개념은 재제작, 복제, 확장의 가능성을 제시한다.[1]

바꾸어 말하면, 이제 미술작품은 산업적으로 생산될 수 있고 희소성의 가치를 가질 필요도 없다. 심지어 보존에 필요한 정해진, 적절한 상태조차 없다. 미술작품은 이제 끊임없이 변화와 변조에 열려 있다. 장난감과 마찬가지로, 미술작품은 닳는다.

그런 예술의 가치는 **존재** 자체가 아니라 **기능**에 있으므로 앞서 있었던, 그리고 여전히 주변을 둘러싸고 있는 모든 예술과 질적으로 다르다. 그런 예술의 기능은 작품 자체의 움직임이 자극이 되어 관람객이 스스로의 시각적 인지 과정을 인식하도록, 또 그 과정을 가지고 놀도록 권장하거나 촉발하는 것이다. 그럼으로써 관람객은 지금 당장 자신과 작품 모두를 둘러싸고 있는 것이 무엇인가에 대한 인식과 관심을 환기하거나 확장한다. 여기에 관여하는 움직임의 종류는 다양하다. 광학적이나 기계적일 수도 있고, 미리 계획되거나 우연할 수도 있다. 유일하게 필수적인 것은 작품이 외부에 기원을 둔 변화에 의존해야 한다는 점이다. 자체 엔진에 의해 규칙적으로 움직이더라도 그 움직임은 작품 외부에 있는 변화들에 의해 가동되고 움직이는 것이어야 한다. 그런 예술의 성질은 주변적이다. 내재적인 가치는 거의 없이, 우리 감각과 작품을 둘러싼 시공간이 상호작용하는 데서 느끼는 우리의 즐거움을 위해 놓인 장치이다.

지금까지 그런 예술이 제시한 약속은 제한적이다. 다수 대중이 일하며 살아가는 환경에 그런 예술이 적절하게 적용되려면 정치적 경제적 결정들이 수반되어야 하고, 그런 결정들은 예술가들의 통제 범위를 넘어서는 일이다. 그동안에는 민간 시장에서 팔려야 한다.

더 절실한 문제는 그런 예술의 내용이 아직 사회적 관계들의 문제를 받아들이지 않기 때문에 제한적이라는 점이다. 다른 말로 하자면, 그런 예술은 비극과 투쟁과 도덕, 협력, 증오, 사랑을 논할 수 없다. 그런 예술을 (과소평가하려는 게 아니라) 장식예술로 분류하는 이가 있는 것도 이런 이유에서이다.

이런 근본적인 성격에도 불구하고, 제작 방식의 특징과 예술가의 개성을 착취하지 않는 경향으로 인해 그런 예술은 주객이 전도될 위험으로부터 자유로운 동시에 다른 동시대 예술을 파행으로 이끈 모순으로부터 도망갈 수 있다. 이 예술가들의 실험은 결국 유용할 터이다. 이들은 예술가로서 부분적으로 자기 시대의 역사적 상황을 초월할 방법을 발견했다.

이런 전반적인 상황은 항구적이고 독창적인 미술작품이 이제 목적을 완수했음을 의미할까? 그런 작품의 전성기는 부르주아의 전성기와 일치했다. 둘은 같이 사라지게 될까? 우리가 긴 역사적 안목을 가진다면, 그럴 가능성이 상당히 높다. 하지만 고르지 않은 역사의 발전은 예기치 않은, 심지어 예측할 수 없는 가능성을 숨기고 있을 수 있다. 사회주의 국가들에서 예술의 발전은 인위적으로 제약되었다. 많은 제삼세계 국가들에서 자주적인 예술작품은 유럽의 병적인 입맛을 충족시키는 수출품으로서만 존재한다. 다른 곳에서는 독창적인 작품이 저마다 다른 사회적 맥락을 부여받을 듯하다.

분명히, 지금 현재의 우리 유럽 사회에서 독창적인 미술작품은 운이 다했다. 사유재산의 의례용품이 될 운명에서 벗어날 수 없는 데다, 미술작품의 내용은 오로지 자기만족적이거나, 아니면 스스로의 역할을 부정하려는 절망적인 시도로 인해 억압적일 수밖에 없다.

1. Victor Vasarely, *Notes pour un Manifeste* (Paris: Galerie Denise René, 1955).

# 초상화는 이제 그만

내가 보기에 앞으로 중요한 초상화는 절대 나오지 않을 듯하다. 말하자면 우리가 지금 알고 있는 인물묘사라는 의미에서의 초상화 말이다. 초상화 대신에 대상 인물의 특징에 초점을 맞춰 제작된 멀티미디어 기념 세트 같은 것이 눈에 선하다. 하지만 그런 것들은 지금 국립초상화미술관에 있는 작품들과는 전혀 관계가 없을 것이다.

초상화의 죽음을 애도할 이유도 모르겠다. 한때 초상화에 관여했던 재능은 보다 긴급하고 현대적인 기능에 복무하도록 뭔가 다른 방식으로 사용될 수 있다. 그러나 왜 초상화가 시대에 뒤떨어지게 되었는지는 한번 살펴볼 만하다. 어쩌면 우리의 역사적 상황을 보다 명확하게 이해하는 데 도움이 될지도 모르니까 말이다.

초상화는 거칠게 말해서 사진이 부상하는 때와 같이하여 몰락하기 시작했다. 그래서 우리 질문에 대해 이미 십구세기 말엽에 제기된 최초의 대답은, 사진가가 초상화가의 자리를 빼앗았다는 것이었다. 사진술은 더 정확하고 빠르고 훨씬 쌌다. 사진술은 인물묘사의 기회를 사회 전체에 제공했다. 이전에는 극소수 엘리트의 특권이었다.

이 주장의 명료한 논리에 맞서 화가들과 후원자들은 초상화에 사진과는 비교할 수 없는 무언가가 있음을 입증하기 위해 여러 가지 신비롭고 형이상학적인 특질들을 고안해냈다. 기계(카메라)가 아니라 인간만이 대상이 되는 인간의 영혼을 해석할 수 있다거나, 카메라는 그저 빛과 어둠을 다루지만 예술가는 대상의 운명을 다룬다거나, 사진가는 기록하고 예술가는 판단한다거나, 기타 등등, 기타 등등.

모든 주장이 이중의 허위였다. 이런 주장들은 첫째, 사진가가 수행하는 상당히 중요한 해석적 역할을 부정한다. 둘째, 구십구 퍼센트의 초상화에서 전혀 찾아볼 수 없는 심리적 통찰을 초상화가 가지고 있다고 주장한다. 우리가 인물묘사를 하나의 장르로 여긴다면, 뛰어난 소수의 그림을 생각하기보다는 셀 수 없이 많은 지역 미술관과 시청에 걸린 지역 귀족들과 지방 고위 공직자들의 끝도 없는 초상화를 생각해야 한다. 심지어 르네상스 시대의 일반적인 초상화들도 상당한 존재감을 제시하기는 하지만 정신적 내용은 거의 가지고 있지 않다. 우리가 고대 로마나 이집트 초상화들을 보고 놀라는 건 **통찰력** 때문이 아니라 인간의 얼굴이 얼마나 변하지 않는지를 아주 생생하게 보여 주기 때문이다. 초상화가 영혼의 폭로자라는 건 미신이다. 벨라스케스가 얼굴을 그리는 방식과 엉덩이를 그리는 방식 사이에 어떤 질적인 차이가 있을까? 진정한 정신적 통찰을 드러내는 초상화(라파엘과 렘브란트, 다비드, 고야의 일부 작품들)가 상대적으로 드물다는 사실은 초상화가라는 **직업적** 역할로 단순히 포괄될 수 없는 예술가 본인의 개인적이고 강박적인 이해관계들이 있음을 암시한다. 그런 드문 그림들은 자화상과 같은 종류의 강렬함을 내포한다. 실상 자기발견의 작품들인 셈이다.

스스로에게 다음과 같은 가정적인 질문을 해 보라. 관심은 있지만 한 번도 얼굴을 본 적이 없는 십구세기 후반의 인물이 있다고 가정하자. 그 사람의 얼굴이 궁금할 때 당신은 그림을 찾아보겠는가, 아니면 사진을 찾아보겠는가? 사실 논리적인 질문이라면 '그림 한 장을 찾아보겠는가, 아니면 족히 앨범 한 권 분량이 되는 사진들을 찾아보겠는가?'가 되어야 하니, 질문 자체가 이미 그림에 상당히 호의적인 형세다.

사진이 발명되기 전에는 초상화(또는 초상 조각)가 인물의 초상을 기록하고 보여 주는 유일한 수단이었다. 그림의 이 역할을 사진이 탈취하자마자, 적어도 초상이라면 전달하는 정보가 어느 정도의 수준이 되어야 하는지에 대한 우리의 판단기준이 높아졌다.

사진이 **모든 면에서** 초상화보다 우월하다는 얘기는 아니다. 사진은 더 많은 정보를 제공하고, 대상의 정신적인 면을 더 많이 드러내고, 일반적으로 더 정확하다. 하지만 사진에는 팽팽하게 통일된 맛이 덜하다. 예술작품에서의 통일성이란, 매재(媒材)가 제한된 결과로서 얻어진다. 그 제한 안에서 제자리를 갖기 위해 각 요소는 변환되어야 한다. 사진에서는 그 변환이 어느 정도 기계적이다. 그림에서는 대체로 예술가의 의식적 판단에 따라 변환이 일어난다. 그래서 그림의 통일성에는 훨씬 높은 수준의 의도가 배어 있다. (진정성과는 별개로) 그림의 전체적인 효과는 사진보다 임의성이 덜하다. 그림의 구성은 더 많은 수의 인위적 판단에 의존하기 때문에 훨씬 고도로 사회화된다. 초상 사진이 대상의 외관과 성격에 관해 훨씬 많은 것을 보여 주고 훨씬 정확할 것이다. 하지만 설득력이 덜하고(말 그대로 아주 엄격한 의미에서), 결정적인 면이 덜하기 쉽다. 예를 들어, 초상을 만드는 사람의 의도가 아첨이나 대상의 이상화라면, 사진보다는 그림에서 훨씬 납득이 가도록 의도를 실현할 수 있을 것이다.

이런 사실에서 우리는 전성기 때의 초상화가 가진 실질적인 기능에 대한 통찰을 얻는다. 라파엘과 렘브란트, 다비드, 고야 등등이 그린 얼마 되지 않는 예외적인 '비전문가적' 초상화에만 집중하면 무시하게 될 가능성이 큰 기능이다. 초상화의 기능은 대상이 지닌, 선택받은 사회적 역할을 인정하고 이상화하는 것이었다. 대상을 '한 사람의 개인'이 아니라 개별적인 왕, 주교, 지주, 상인 등으로 보여 주는 것이었다. (왕이나 교황은 평범한 지역 유지나 궁정 신하보다 훨씬 개성적일 수 있었다.) 자세와 몸짓과 의상과 배경이 그 역할을 강조했다. 그림의 대상도 성공적인 초상화 전문 화가도 자세나 몸짓, 의상과 배경에 그다지 창의적인 신경을 쓰지 않았다는 사실이 전적으로 시간 절약의 문제만으로는 설명되지 않는다. 그런 부분들은 널리 인식되는 사회적 고정관념의 속성들로서 사고되고 읽히지 않으면 안 되었던 것이다.

고용된 화가들은 고정관념을 넘어서는 일이 거의 없었다. 훌륭한 전문가들(멤링크, 크라나흐, 티치아노, 루벤스, 반 다이크, 벨라스케스, 할스, 필리프 드 샹파뉴)은 개별 인간을 그렸지만, 그 인간들은 전적으로 정해진 사회적 역할에 비추어 판단될 특징과 표정을 지닌 사람들이었다. 초상화는 수제화처럼 발에 딱 맞아야 했지만, 신발의 종류는 문제가 되지 않았던 셈이다.

자신의 초상화를 그리게 하면서 느끼는 만족감은 사적으로 인정받는 동시에 **자신의 지위를 승인받는** 만족감이다. '진정한 나 자신'으로 인정받고 싶다는 현대의 외로운 욕망과는 아무 관계가 없다.

인물묘사의 쇠퇴가 불가피해진 시점을 특정하기 위해 특정 예술가의 작품을 예로 들자면, 나는 나폴레옹의 패배와 프랑스 부르주아 계급의 조악한 승리에 뒤이어 찾아온 낭만주의에 대한 환멸기 초기, 제리코(T. Géricault)가 정신이상자를 그린 두세 장의 예외적인 초상화를 꼽겠다. 윤리적으로 이야깃거리가 많지 않고 상징적이지도 않은 그림들이다. 그저 전통적으로 그린 성실한 초상화이다. 하지만 그 그림의 대상들은 사회적 역할이 없는 데다 역할을 준다고 해도 수행할 수 없어 보인다. 제리코는 공개 해부쇼에서 볼 수 있는 인간의 잘린 머리통과 수족을 그리기도 했다. 그의 견해는 신랄하게 비판적이었다. 빈털터리 미치광이들을 그리기로 작정한 건 부와 권력을 가진 자들에 대한 하나의 의견 표명이기도 했지만, 인간의 근본적인 정신은 사회가 강요한 역할과 무관하다는 하나의 단언이기도 했다. 제리코는 온전한 정신으로 사회를 그처럼 부정적으로 판단했고, 성공한 자들에게 허용되는 사회적 명예보다 미친 자들의 고독이 더 의미있다고 판단했다. 그는 최초이자 어떤 의미에서는 최후의 깊이있는 반사회적 초상화가였다. 이 용어는 양립 불가능한 모순을 담고 있다.

제리코 이후로 전문적인 인물묘사는 우둔하고 굽실거리는 개인적 아첨으로 퇴보하여 냉소적으로 수행되었다. 더는 선택받거나 할당된 사회적 역할들의 가치를 믿을 수 없었다. 진지한 예술가들(코로, 쿠르베, 드가, 세잔, 반 고흐)이 친구나 모델의 '친밀한' 초상화를 많이 그렸지만, 거기서 대상의 사회적 역할은 **그려지는 대상이 되는 것**으로 축소된다. 함의된 사회적 가치 또한 개인적인 우정(가까움)의 가치나, 그림을 그린 예술가가 보는('취급하는') 방식의 가치이다. 어느 경우든 화가에게 대상은 배치해 놓은 정물과 유사하게 부차적인 것이 된다. 결국 우리에게 감명을 주는 것은 대상의 인간성이나 역할이 아니라 예술가의 시각(vision)이다.

툴루즈 로트레크(Toulouse-Lautrec)는 이런 일반적인 경향에 뒤늦게 나타난 단 한 명의 중요한 예외다. 그는 수많은 매춘부와 카바레 종사자들의 초상화를 그렸다. 그 그림들을 자세히 들여다보면, 그 그림들도 우리를 들여다본다. 사회적 상호관계가 화가의 중재를 통해 구축된다. 우리는 공식적인 인물묘사에서 그러듯이 가식을 마주하거나 그저 예술가의 시각이 만들어낸 피조물과 마주하지 않는다. 그의 초상화는 우리가 정의했던 의미에서 설득력있고 최종적인 유일한 십구세기 후반 작품들이며 우리가 믿을 수 있는 사회적 증거들을 담은 유일한 초상화다. 그 작품들은 예술가의 작업실이 아니라 '툴루즈 로트레크의 세계'를 제시한다. 말하자면, 특정하고도 복잡한 사회적 환경 말이다. 어쩌다 로트레크가 이런 예외가 되었을까? 그가 특유의 별난 방식으로 초상화 대상들의 사회적 역할을 믿었기 때문이다. 그는 카바레 무용수들의 공연에 감탄했기 때문에 그들을 그렸다. 그는 매춘부들의 직업이 유용하다고 인식했기 때문에 그들을 그렸다.

한 세기를 지나는 동안 자본주의 사회에서는 사회적 역할이 가진 사회적 가치를 믿는 사람들이 갈수록 적어졌다. 이것이 초상화의 쇠퇴 원인을 묻는 우리 질문의 두번째 답이다.

어쨌든 두번째 답은 더 자신감있고 일관성있는 사회라면 초상화 그리기가 다시 부흥할지도 모른다는 암시를 내포한다. 그러나 그런 일은 있을 성싶지 않다. 이유를 알려면 세번째 답을 고려해야 한다.

달라진 현대 생활의 규모와 기준들은 개인의 정체성이 가지는 성질을 바꾸어 버렸다. 요즘 우리는 다른 사람과 마주할 때 그 사람을 통해 이십세기 이전에는 상상하지도 못했을, 비교적 최근 들어서야 명확해진 방향으로 움직이는 힘들을 알게 된다. 이 변화를 간단하게 정의하기는 힘들다. 비유가 도움이 될지도 모르겠다.

우리는 현대 소설의 위기에 대해서 많은 얘기를 듣는다. 근본적으로 서술 방식의 변화와 관련된 얘기다. 시간에 따라 순차적으로 펼쳐지는 직설적인 이야기를 더는 할 수 없게 되었다. 계속해서 무엇이 줄거리를 가로지르는지 우리가 너무 잘 알기 때문이다. 말하자면, 우리는 한 직선의 아주 작은 부분으로서의 점을 인식하지 않고, 무수히 많은 선의 아주 작은 부분으로서의 점을, 방사형으로 뻗은 선들의 중심으로서의 점을 인식한다. 끊임없이 동시성과 사건의 확장과 가능성을 고려해야 하는 우리 처지가 만들어낸 인식 방식이다.

이렇게 된 데에는 많은 이유가 있다. 광범위한 현대적 통신수단들, 현대적 힘의 강도, 전 세계에서 벌어지는 사건들에 적용되어야 하는 개인의 정치적 책임의 정도, 세계가 나눠질 수 없게 되었다는 사실, 그 세계 안에서 드러나는 경제발전의 불균형, 착취의 규모 등. 이 모든 것들이 저마다 일정 역할을 한다. 예언은 이제 역사적 전망보다는 지리적 전망을 품는다. 우리가 볼 수 없도록 결과를 숨기는 건 시간이 아니라 공간이다. 오늘날을 예언하기 위해서는 세계 전역에서 저마다의 불평등에 괴로워하는, 있는 그대로의 사람들을 알아야 한다. 이처럼 긴박한 차원의 이야기를 무시하는 동시대 서사는 모두 불완전하고, 그래서 과도하게 단순화된 우화의 성격을 띠게 된다.

유사하지만 보다 간접적인 상황이 초상화에 적용된다. 우리는 한

곳에서 한 사람의 시각으로 본 모습을 고정하고 보존하는 방법으로 한 인간의 정체성이 적절하게 구축될 수 있다는 주장을 더는 받아들일 수 없다. (동일한 제한이 정물 사진에도 적용된다고 주장할 수 있겠지만, 앞서 봤듯이 우리는 사진이 그림만큼 결정적이길 기대하지 않는다.) 우리의 인식 조건들이 초상화 전성기 때 이후로 변화해 왔다. 우리가 여전히 한 인물을 특정하기 위해 '닮음'을 찾는지는 모르겠지만, 그렇다고 해도 더는 그 사람을 설명하거나 사회적 지위를 확정하기 위해서는 아니다. '닮음'에 집중하기는 잘못 부각시키기다. 가장 바깥 표면이 사람이나 사물의 정수를 **담고** 있다고 추정하는 것이다. 우리는 무엇도 그 자체를 담을 수 없다는 사실을 너무나 잘 인식하고 있다.

분명 이 점을 인식했던 피카소와 브라크가 1911년경 그린 큐비즘 초상화가 몇 점 있지만, 그 '초상화'에서는 대상을 알아보기가 불가능하기 때문에 더는 우리가 초상화라고 부르는 것이 아니게 되었다.

현대적 시점의 요구가 고정적으로 그려진 '닮음'의 필요조건인 시점의 단일성과 양립하지 못하는 듯하다. 이 양립 불가능성은 개성의 의미에 찾아온 보다 보편적인 위기와 관련돼 있다. 개성(individuality)은 더는 성격적 특징을 나타내는 용어 목록에 포함될 수 없다. 변환과 혁명의 세계에서 개성은 이미 구축된 사회적 고정관념의 단순한 성격 묘사로는 드러낼 수 없는, 역사적이고 사회적인 관계의 문제가 되었다.

# 미술관의 역사적 기능

전 세계 미술관 전시기획자들은 (아마 서넛 정도의 예외는 있겠지만) 그냥 우리와 다른 사람들이다. 그들은 각자 미술관 안에 있는 작은 성이나, 현대미술 쪽이라면, 구겐하임 성채에 산다. 대중인 우리는 입장이 허용되는 시간을 할당받고, 그들은 매일의 필수품으로서 우리를 받아들인다. 하지만 이들은 자기 일이 정말로 우리와 함께 시작된다는 꿈은 꾸지 않는다.

전시기획자들은 난방과 벽 색깔과 장식물과 작품들의 출처와 귀빈을 걱정한다. 현대미술에 관심이 있는 전시기획자들은 자신이 분별과 과감함 사이에서 적절한 균형점을 찾았는지 걱정한다.

개인으로서는 제각각이지만 하나의 전문 집단으로 볼 때 그들의 성격은 잘난 척하고 속물적이고 게으르다. 이런 자질들은 그들 모두가 많든 적든 탐닉하는 지속적인 공상의 결과라고 나는 믿는다. 그 공상은 미술관 지붕 밑에 예술작품을 소유함으로써 생기는 특권이 **엄중한 공적 책임**으로서 자신들에게 맡겨졌다는 생각을 중심으로 펼쳐진다.

그들의 보호 아래 있는 작품들은 기본적으로 자산으로 간주되므

로 소유되어야 한다. 대부분의 전시기획자는 개인 수집가보다는 국가
나 지자체가 소유하는 것이 예술작품 입장에서 더 낫다고 믿을 것이
다. 하지만 어쨌든, 작품은 반드시 소유되어야 한다. 그리고 그러기 위
해서 누군가는 그것들과 영광스러운 소유적 관계에 서야만 한다. 예
술작품이 자산이기 이전에 인간 경험의 표현이며 지식의 수단이라는
생각은 그들의 지위까지는 아니더라도 그 지위의 기반 위에 쌓아 온
것들을 위협하기 때문에 극도로 불쾌한 생각이다.

최근 들어 상당한 상업적 권력과 심지어 외교적 권력까지 획득한
'미술관계(Museum world)'가 '예술계(Art world)'의 큰 부문을 형성
했으니, 내가 지금 말하는 내용은 틀림없이 편협한 견해라는 공격을
받을 것이다. 그래도 이건 내가 사회주의 국가와 자본주의 국가를 막
론하고 유럽 전역의 미술관 관리자들을 수년간 겪으면서 심사숙고하
여 얻은 견해다. 이런 측면에서는 레닌그라드라고 해서 로마나 베를
린과 다를 바가 없다.

요즘 전시기획자들이 하는 일이 쓸모없다는 식으로 들린다면 크
게 잘못됐다. 그들은 이미 미술관에 있는 것들을 글자 그대로 보존한
다. 그리고 그들 일부는 총명하게도 새로운 작품들을 확보한다. 쓸모
없는 일은 아니지만, 그것만으로는 부족하다. 부족한 이유는 그 일이
시대에 뒤졌기 때문이다. 예술이란 자명한 기쁨의 원천이라 보는 그
들의 예술관은 잘 형성된 취향에 호소하고, 그들이 생각하는 감상이
란 궁극적으로 아주 좁은 범위 안에서 작품과 작품을 비교할 수 있는
능력인 감식안에 의존하는데, 이 모든 것이 십팔세기에 연유한다. 그
들의 무거운 공적 책임감은 앞서 봤듯이 명예로운 특권으로 변형되었
다. 수동적인 집단인 대중이 정신적인 가치를 구현한 예술작품을 누
릴 수 있어야 한다는 그들의 대중관은, 공적인 예술작품과 자선이라
는 십구세기적 전통에 속한다. 요즘은 전문가가 아닌 이라면 누구나
일반적인 미술관에 갈 때마다 자선을 받는 문화적 빈민이 된 느낌을
받게 마련이고, 그 와중에 소소한 예술 전문 서적들의 놀랄 만한 판매

고는 그 결과로 이어지는 '자력구제'에 대한 믿음을 반영한다.

이십세기가 미술관 전시기획자들의 사고에 미친 영향은 대중이 그들의 영토를 용이하게 통과하도록 도와주는 장식이나 기술적 혁신들에 국한되었다. 어느 저명한 프랑스 전시기획자는 몇 년 전에 써서 출간한 책에서 미래의 미술관이 기계화되리라고 전망했다. 관람객들이 작은 전시 상자 안에 가만히 앉아 있으면, 그림들이 일종의 수직 에스컬레이터를 타고 등장할 것이라고 말이다. "이런 방식이면 한 시간 반 사이 천 명의 관람객이 자리에서 움직이지 않고도 천 장의 그림을 볼 수 있다." 뉴욕 구겐하임미술관을 안에 들어가 그림을 볼 수 있는 하나의 기계로 보았던 프랭크 로이드 라이트의 개념도 동일한 태도의 더 세련된 사례일 뿐이다.

그렇다면 무엇이 진정으로 현대적인 태도를 구성하는가? 당연히 모든 미술관은 각기 다른 문제를 제기한다. 지방 도시에 맞는 해결책이 국립미술관에는 잘 맞지 않듯이. 우리는 우선 일반적인 원칙들만 논의할 수 있다.

먼저 예술계의 현대미술 흐름 전반을 거스르는 창의적인 노력을 할 필요가 있다. 사유재산의 대상으로 부가된 온갖 신비성을 떨치고 예술작품을 볼 필요가 있다. 그러면 상품으로서가 아니라 만들어진 과정에 대한 증언으로서의 예술작품을 볼 수 있다. 완성된 성과 대신 행위의 측면에서 예술작품을 보는 것이다. '무엇이 이것을 만들게 되었을까?'라는 질문이 '이것은 무엇인가?'라는 수집가의 질문을 대체하게 된다.

이렇게 강조점을 바꾸는 것이 이미 예술에 깊은 영향을 끼쳤다는 점을 짚어 볼 가치가 있다. 액션 페인팅에서부터, 예술가들은 갈수록 결론에 다다르는 것보다 과정을 밝히는 데 관심을 두고 있다. 미국 혁신가들의 대변인이었던 해롤드 로젠버그(Harold Rosenberg, 미국의 철학자이자 예술비평가로, 훗날 추상표현주의로 알려진 예술사조에 '액션 페인팅'이라는 이름을 붙인 것으로 유명—옮긴이)가 이를 아주 간단하게 정리한 적이 있다. "액션 페인팅은… 이십세기 회화의 새로운 동기를 나타냈다. 예술가에게는 자기 재창조의 수단으로, 관람객에게는 이 모험에 어떤 종류의 행동들이 수반되는지 보여 주는 증거로 말이다."

새로운 강조점은 우리의 일반적인 사고와 해석 방식에 일어난 혁명의 결과다. 과정이 모든 고정된 상태들을 쓸어내 버렸다. 인간 최고의 특성은 더는 지식 자체가 아니라 과정에 대한 자의식적 인식이 되었다. 지난 사반세기 사이에 더 많은 독창적인 예술가들이 이런 혁명의 충격을 대부분의 사람들보다 더 날카롭게 느꼈다. 하지만 그들은 무관심한 사회에서 고립됐다고도 느꼈기 때문에(결국 오지 않은 성공이 이런 무관심을 정당화했다) 스스로의 외로움 말고는 새로운 예술을 위한 내용을 전혀 찾지 못했다. 그래서 그들 예술의 관심 영역이 좁지만, 또한 그렇기 때문에 그 암시가 적절하기도 하다.

실용적인 측면에서 보자면, 이것은 현대의 미술관에서는 어떤 시대의 예술작품이든 다양한 과정의 맥락 속에서 전시될 필요가 있다는 의미가 된다. 예술가가 자신만의 수단을 쓴 기술적인 과정, 그의 삶이 보여 주는 생물학적 과정, 그리고 무엇보다 그가 반영하거나 영향을 주거나 예언하거나 무효화했을 역사적 과정 말이다. 그림이 걸린 순서에 따라, 그리고 적재적소에 벽에 걸린 설명을 통해 이 맥락이 구축될 필요가 있다. 다른 미술관에 있는 그림을 찍은 사진들을 진짜 그림 옆에 걸 수도 있고, 수채화나 소묘의 경우 진품에 복제품을 섞을 수도 있을 것이다. 열등한 작품들도 그렇게 공개되고 설명될 필요가 있다. 국적과 시기를 중심으로 감정가들이 정한 분류는 자주 깨질 필요가 있다. 부셰의 나체 그림이 쿠르베 옆에 걸릴 수도 있다. 모든 장식이 중립적이며 이동 가능해야 할 것이다. 성주와 귀빈들만 누리던 공간적 특권은 사라질 것이다.

적용할 만한 다른 실용적인 결과들도 줄줄이 댈 수 있지만, 벌써 빗발치는 항의 소리가 들리는 듯하다. 청교도적인, 남을 가르치려 드는 프로파간다! 예술을 역사제일주의에 종속시키는 속물적 행태! 이런 주장들과 다른 천 가지 외침들과 허튼소리들로, 사유재산으로서의 예술의 신성함은 지켜질 것이다. 그리고 지금의 전시기획자들은 자신들의 주제를 하나의 전체로서 생각해 보아야 하는 난처함을 모면할 것이다.

예술을 이해하기 위해 개념을 적용하는 것이 프로파간다를 암시한다면, 지금 내가 제안하는 것이야말로 프로파간다다. 한편으로, 미술관이 하나의 변치 않는 주장에 따라 작품을 배치해야 한다고 제안하는 건 절대 아니다. 각각의 작품군은 다른 방식으로 취급되어야 한다. 어떤 주장도 영구적일 수 없으며, 가설벽을 설치하여 작품들을 배치하다가 핵심 작품에서 교차하도록 기획하면 같은 작품군 안에서도 여러 다른 주장을 동시에 드러낼 수 있다. 소장품 규모가 방대하다면, 당장은 논쟁의 대상이 되지 않는 작품들을 이미 그 작품을 아는 사람들이 참조하고 즐길 수 있도록 별도의 해설 없이 걸 수도 있다.

내가 제시하는 접근법을 채택한다면 거대한 대도시 미술관을 제외한 모든 미술관이 완전히 바뀔 것이다. 미술관의 명성이 자기 소장품이라 주장하는 소수의 몇몇 걸작들에 의존하지 않게 될 것이다. 이류, 삼류 작품들도 맥락에 따라 중요성을 띠고 감동을 줄 수 있다. 그뢰즈가 아이 때 그린 습작이 같은 시대 유명 화가가 그린 어느 공식적이고 형식적인 바로크풍 초상화와 나란히 있다고 상상해 보라. 열등하고 지루한 작품들이 갑자기 긍정적인 기능을 갖게 될 것이다. 다른 작품이 어떤 문제를 해결했는지 조명해 줄 테니 말이다. 미술관들이 서로 협력하면 모든 미술관이 저마다의 주장이나 연구 내용에 걸맞은 환상적인 복제 수채화와 드로잉 작품을 소장할 수 있을 것이다. 비교용으로 쓸 사진을 전 세계 어느 소장목록에 있는 작품이든 '빌릴' 수 있을 것이다. 간단하게 말해서, 미술관은 수많은 예술작품 또는 보물의 저장고가 되는 대신, 시각적 이미지를 다루는 아주 특별한 이점을 가진 살아 있는 학교가 될 수 있으며, 간단한 역사적 심리적 지식의 틀만 주어지면 그 학교는 여느 문학 전시나 과학 전시보다 훨씬 깊은 경험을 전달할 수 있다.

나는 미술관들이 결국에는 내가 제안하는 종류의 기능을 하게 되리라고 믿어 의심치 않는다. 내가 이처럼 확신하는 건, 미술관들이 마침내 자신들의 세기(世紀)를 인식하게 될 테고, 여기 이미 그들의 문제 상당수에 대한 명확한 해법이 나와 있기 때문이며, 우리가 물려받은 예술이 미래에도 의미를 가질 수 있는 유일한 기능이 그것이기 때문이다.

순수한 미학적 차원에서의 예술의 가치와 정당성이라는 주장은 절반의 진실도 안 되는 논거에 기반한다. 예술은 예술 외적인 목적에도 복무해야 한다. 위대한 작품은 종종 원래의 목적보다 오래 살아남는다. 하지만 그건 이후 시대가 그 작품이 담고 있는 심오한 경험 안에서 또 다른 목적을 찾아냈기 때문이다. 예를 들어 보자. 비용(F. Villon, 프랑스의 시인으로 보들레르와 함께 근대 서정시의 길을 닦았다고 평가됨—옮긴이)은 있는 그대로의 자신을 신에게 알리기 위해 글을 썼다. 오늘날 우리는, 그리스도교 유럽에서 홀로 '자유인'이 된 첫 시인으로서의 그의 글을 읽는다.

지금 우리는 대부분의 그림을 원래 의도했던 쓰임새 대로 '사용'할 수 없다. 그림은 원래 종교적 숭배를 위해, 부자의 부를 기념하기 위해, 시급한 정치적 계몽을 위해, 낭만적 숭고함을 증명하기 위해, 기타 등등의 목적으로 만들어졌다. 그래도 그림은 본래의 용도를 무용하게 만드는 의식을 발달시키는 데에 특히 적합하다. 말하자면, 우리의 역사적이고 진화적인 자의식을 개발하는 데 말이다.

과거에서 온 작품을 앞에 두고 우리는 미학적 반응뿐만 아니라 창의적인 지능을 이용하여 사천 년 전, 사백 년 전, 사십 년 전 현실이 한 예술가에게 허용했던 선택들을 인식할 수 있게 된다. 이 인식이 학문적일 필요는 전혀 없다. 우리에겐 (문학에서와는 달리) 그 예술가가 다른 선택지를 고려하며 머릿속에서 그 효과를 그려 볼 때 사용했

을 감각적 정보들이 있다. 시대의 제약을 받는 그 예술가의 마음으로
해석된 작품의 내용과 형식에 대한 우리의 감각과 반응만이 아니라,
마치 우리의 마음으로 해석된 작품의 내용과 형식에 대한 우리의 감
각과 반응으로부터도 도움을 받는 것과 같다. 시간을 가로질러 작동
하는 예외적인 변증법이요, 우리가 역사적으로 어떻게 우리 자신이
되었는지 깨닫게 하는 예외적인 조력자라 아니할 수 없다!

# 예술 '작품'

니코스 하지니콜라우의 책 『미술사와 계급투쟁』[1]에 대한 나의 반응에 내가 합의하는 데 시간이 오래 걸렸다. 이론적인 이유와 개인적인 이유 양쪽 모두에서 복잡한 반응이었다. 니코스 하지니콜라우는 실제로 가능한 과학적 마르크스주의 예술사가 어떤 것인지 정의하는 작업에 착수한다. 거의 오십 년 전에 막스 라파엘이 처음 제안했던 이 새로운 계획을 내놓는 것이 얼마나 필요한 일이었는지!

이 책에서 선택된 아버지라고 말할 수도 있을 모범적 인물은 고 프레데릭 안탈이다. 마침내 이 위대한 미술사학자의 저작이 인정받는 것을 보니 기운이 난다. 한때 안탈의 비공식적인 학생이었던 내게는 개인적으로 더 그렇다. 그는 내 스승이었고, 나를 격려했고, 예술사의 많은 것을 가르쳐 주었다. 동일한 스승을 둔 두 학생은 아마도 연대할 가능성이 크리라.

하지만 나는 원칙의 문제에서 이 책에 반대할 수밖에 없다. 하지니콜라우의 학문은 인상적이고 잘 활용되었다. 주장들은 용감하게도 선명하다. 그는 거주 중인 프랑스에서 다른 마르크스주의 동료들을 도와 '예술사와 예술비평 협회'를 구성하여 몇 차례 훌륭하고 의미있는 학회를 주최했다. 내 주장이 날카롭되 거만하게 느껴지지 않기를 바랄 뿐이다.

먼저 가능한 한 공정하게 그 책을 요약해 보도록 하자. "지금까지 존재하는 모든 사회의 역사는 계급투쟁의 역사다."「공산당 선언」에서 인용한 문구로 서두를 열면서 하지니콜라우는 묻는다. "이것이 예술사학에는 어떻게 적용돼야 할까?" 그는 화가의 출신 계급과 정치적 의견, 또는 그림이 말하는 이야기 속에서 계급투쟁의 직접적인 증거를 찾는 '천박한' 마르크스주의의 답들을 과도한 단순화라 판단하고 배제한다. 그는 그림제작(**예술**이라는 용어에 함의된, 부르주아 미학에서 유래한 가치 판단 때문에 그는 이 단어를 더 선호한다)의 상대적 자율성을 인식한다. 그림이 저마다의 이데올로기를 가지고 있다고 주장한다. 그 이데올로기는 시각적이며, 정치, 경제, 식민지 이데올로기 및 다른 이데올로기와 혼동하지 말아야 한다.

그에게 이데올로기란 하나의 계급 혹은 그 계급의 일부가 세계와의 관계를 도모하고, 속이고, 정당화하는 체계적인 방식이다. 이데올로기는 사회적-역사적 요소이며 물처럼 모든 것을 둘러싸고 있기 때문에 계급이 철폐되기 전에는 벗어나기가 불가능하다. 개인이 할 수 있는 최대치는 이데올로기를 식별하고 그것의 정확한 계급 기능과 연결시키는 것이다.

그가 말하는 **시각적 이데올로기**(visual ideology)는 그림이 우리로 하여금 그것이 나타내는 장면을 보게 만드는 방식을 의미한다. 어떤 식으로 보면 **양식** 분류와 비슷하지만 보다 포괄적이다. 그는 일상적으로 통용되는 양식의 의미를 더없이 유감스럽게 생각한다. 예술가의 양식 같은 건 없다. 렘브란트에게는 아무 양식도 없었고, 모든 것은 렘브란트가 어떤 환경에서 어떤 그림을 그려내고 있었는가에 달린다. 경험을 눈에 보이도록 만들어내는 각 그림의 방식이 그 그림의 시각적 이데올로기를 구성한다.

하지만 그의 용어가 아닌 나의 용어인 '보이는 것들'을 고려하면 우리가 기억할 것이 있다. (알튀세르와 폴란차스에 크게 신세를 진) 그런 이데올로기론에 따르면, 우리는 어떤 측면에서는 스스로의 '볼 수 없음'을 고려하고 극복하는 법을 배워야 하는 맹인과 같다. 계급 사회가 지속되는 동안은 시력 자체가 허용될 수 없는데도 말이다. 이 상황의 부정적 의미가 핵심적인 문제가 되는데, 뒤에서 설명하도록 하겠다.

과학적인 미술사라는 과제는 어떤 그림이든 검토하고 시각적 이데올로기를 찾아내어 그 시대의 계급사에 연결시키는 작업인데, 계급이란 절대 균일하고 않고 서로 반목하는 많은 집단과 이해관계들로 구성되기 때문에 복잡한 일이다.

전통적인 미술사 학파들은 비과학적이다. 그는 각 학파를 차례로 살펴본다. 첫번째 학파는 미술사를 위대한 화가들의 역사에 불과하다는 듯이 취급하고는 그 화가들을 심리학적이거나 정신분석학적이거나 환경주의적 용어들로 설명한다. 미술사를 마치 천재들의 릴레이 경주처럼 취급하는 것은 개인주의적 착각이며, 그 기원인 르네상스 시대는 사적 자본의 원시적 축적 시기와 일치한다. 나도『다른 방식으로 보기』에서 유사한 주장을 했다. 내 책의 거대한 이론적 약점은 내가 '예외(천재)'라고 부르는 것과 표준적인 전통 간에 어떤 관계가 존재하는지 분명히 밝히지 않았다는 점이다. 이 지점은 작업을 마무리지을 필요가 있다. 어느 학회의 주제로도 족할 것이다.

두번째 학파는 미술사를 사상사의 일부로 본다(야콥 부르크하르트, 아비 바르부르크, 파노프스키, 작슬). 이 학파의 약점은 회화 언어가 가지는 특수성을 회피하고는 마치 사상의 상징적 텍스트인 듯 취급한다는 점이다. 사상 자체에 대해서도, 계급적 측면에서 볼 때 순결하고 순수한 **시대정신**으로부터 나왔다고 생각하는 경향이 있다. 나는 하지니콜라우의 비판들이 유효하다고 판단한다.

세번째는 형식주의 학파(뵐플린, 리글)로 예술을 형식적인 구조들의 역사로 본다. 예술가와 사회 양쪽 모두로부터 자유로운 예술은 형식들 안에 도사린 자체적인 생명이 있다. 이 생명은 성장기, 성숙기, 쇠퇴기를 거치며 단계적으로 전개된다. 화가는 이 나선형 전개의 특정 단계에 있는 양식을 물려받는다. 형식주의 학파는 고도로 사회화된 활동들에 적용되는 모든 유기적 모델의 이론들과 마찬가지로 **역사**를 **자연**과 혼동하면서 반동적인 결론으로 이어진다.

이 학파들 각각에 대응하여 하지니콜라우는 **시각적 이데올로기**라는 새총으로 무장한 다윗처럼 용감하게 싸운다. '하나의 자율적인 과학으로서의 예술사학'이라는 적절한 주제는 '역사에 드러난 시각적 이데올로기 분석과 설명'이다. 그런 이데올로기로만 예술을 설명할 수 있다. 예술작품이 제공하는 정신적 교양인 '미적 효과'는 '그림의 시각적 이데올로기에서 스스로를 인식할 때 관찰자가 느끼는 즐거움이다'. 고전 미학의 '무목적적' 감성이 첨예한 계급적 이해관계임이 드러난다.

자, 알튀세르적인 마르크스주의 논리와 그 이데올로기적 계통의 영역 안에서 보면, 추상적인 공식이긴 하지만 우아하다. 그리고 시대에 뒤떨어진 부르주아 미학의 지루한 난제를 일거에 끊어내는 이점이 있다. 또한 취향의 역사에서 일어났던 극적인 변동을 어느 정도까지는 설명해내는 듯하다. 예를 들자면, 프란스 할스와 엘 그레코처럼 판이한 두 화가가 초기에는 명성을 누리다가 수 세기 동안 외면받은 현상 같은 것 말이다.

공식은 과거로 거슬러 올라가 미술사학자로서 안탈이 했던 작업을 포괄하는 듯하다. 다른 작업도 마찬가지지만, 피렌체 회화에 대한 방대한 연구를 통해 안탈은 회화가 경제적 이데올로기적 발전에 얼마나 민감하게 반응했는지 상세하게 보여 주기 시작했다. 유럽 학자 특유의 완고함으로 그는 혼자 힘으로 그림이 가진 내용의 새로운 이음매를 밝혔고, 그 이음매를 통해 계급투쟁이 이어졌다. 하지만 그가 이것이 예술이라는 현상을 설명한다고 믿었으리라고는 생각되지 않는다. 예술을 너무 존중한 나머지, 그는 마르크스와 마찬가지로 자신이 연구하는 역사를 용서할 수 없었다.

그리고 마르크스 스스로가 시각적 이데올로기 공식으로는 대답할 수 없는 질문을 도출했다. 예술이 특정한 사회역사적 발전 단계와 결합돼 있다면 우리가 여전히, 예컨대 고대 그리스 조각을 아름답다고 여기는 건 왜일까? 하지니콜라우는 '예술'이라 보이는 것이 늘 변화한다고, 십구세기가 본 그 조각들이 더는 기원전 삼세기가 본 조각들과 같은 예술이 아니라고 주장함으로써 이에 답한다. 하지만 질문은 여전히 남는다. 그렇다면 다른 해석을 '받고서도' 계속해서 신비감을 제공하는 특정한 예술작품들은 어떻게 그러는 것일까? (하지니콜라우는 '신비감'이라는 말이 비과학적이라 판단하겠지만, 나는 아니다.)

막스 라파엘은 「예술을 이해하기 위한 분투」와 「실증예술론을 향하여」(1941)라는 두 편의 글을 통해 마르크스가 제기한 동일한 질문을 다루기 시작했지만, 정확하게 반대 방향으로 움직였다. 하지니콜라우가 대상으로서의 예술작품에서 출발하여 그 제작과 제작 과정을 따르기 앞서 설명을 구한 반면, 라파엘은 제작 과정 그 자체에서 설명을 구해야 한다고 믿었다. 회화의 힘은 **그리는 과정**에 있다. "예술과 예술 연구는 작품에서 창조의 과정으로 나아간다."

라파엘에게 "예술작품은 인간의 창조력을 정지 상태로 담아 놓은 결정체이며, 그로부터 인간의 창조력은 다시 살아 있는 에너지로 전환될 수 있다". 그러므로 모든 것이 이 결정체적 정지 상태에 달려 있으며, 이런 정지 상태는 역사 속에서 일어나고 역사적 조건들의 제약을 받지만, 다른 수준에서는 그 조건들을 거부한다. 라파엘은 마르크스의 의문에 공감한다. 그는 사적 유물론과 지금까지 개발된 여러 사적 유물론적 범주들이 예술의 일부 측면들만 설명할 수 있다고 판단했다. 왜 예술이 역사적 과정과 시간의 흐름을 거부할 수 있는지는 설명하지 못한 것이다. 하지만 라파엘은 관념적이 아니라 실증적인 답을 제안했다.

"예술은 상호작용이고, 예술가와 세계와 형상화 수단이라는 세 가지 요소로 이루어지는 방정식이다." 예술작품은 단순한 물체나 단순한 이데올로기로 간주될 수 없다.

자연(또는 역사)과 이성 간에는 언제나 합이 있으며, 그러므로 이 두 요소는 서로에 대하여 어느 정도의 자율성을 획득한다. 이런 독립성은 인간에 의해 생성되는 듯하고, 그러므로 어떤 정신적 실체를 가진다. 하지만 이는 창작의 과정이 어떤 구체적인 물질에 녹아들어야만 존재하게 된다는 사실에 한해서이다.

나무, 안료, 캔버스 등등. 이런 물질이 예술가의 손을 거치면 존재하는 다른 어떤 물질과도 같지 않게 된다. 그 이미지가 표상한 것(예를 들면, 머리와 어깨)은 압축되고 이 물질 안에 내재되는 반면, 표상적인 이미지로 손질된 이 물질은 특정한 비물질적인 성격을 획득한다. 예술작품에 저마다의 독특한 에너지를 주는 것이 바로 이것이다. 예술작품은 물결이 존재한다고 할 때와 같은 의미로 존재한다. 물질이 없으면 존재할 수 없지만 그렇다고 단순한 물질 그 자체는 아니다.

라파엘의 어떤 주장도 '시각적 이데올로기'를 배제하지는 않는다. 하지만 라파엘의 이론은 그것을 그림을 그리는 행위에 존재하는 여러 요소 중 하나로 위치시킨다. 그것이 예술가의 시각과 관람객의 시각을 틀 짓는 단순한 좌표를 구성할 수는 없다. 하지니콜라우는 천박한 마르크스주의적 환원주의를 피하고자 하지만, 그림을 그리는 **행위** 또는 보는 **행위**에 대한 이론이 없기 때문에 또 다른 환원주의로 대체한다.

특정 그림의 시각적 이데올로기를 고려하는 순간 그 빈자리가 명확해진다. 하지니콜라우는 루이 다비드가 1781년에 그린 초상화와 1793년에 그린 〈마라의 죽음〉과 1800년에 그린 〈레카미에 부인〉 사이에 공통점이 전혀 없다고 말한다. 그림이 시각적 이데올로기로만 구성된다면, 그리고 세 점의 그림이 분명하게 혁명의 역사를 반영하는 각기 다른 시각적 이데올로기로 구성된다면, 아무것도 공통으로 가질 수 없으니 그로서는 그렇게 말할 수밖에 없다. 화가로서의 다비드의 경험은 중요하지 않고, 다비드의 경험을 보는 관람객으로서의 우리 경험 역시 중요하지 않다. 거기에 갈등이 있다. 그림을 바라보는 현실의 경험이 제거된 것이다.

더 나아가 〈레카미에 부인〉의 시각적 이데올로기를 지로데가 그린 초상화의 시각적 이데올로기와 동일시하는 데에서, 우리는 그가 언급하는 시각적 내용이 미장센에 그친다는 사실을 알아차린다. 의상과 가구, 머리 모양, 몸짓, 자세에 일치하는 점이 있다. 굳이 말하자면, 태도와 외양의 수준에 말이다!

물론 이 수준에서만 기능하는 그림들도 있고, 그런 일부의 그림들을 역사 안으로 끌어들이는 데 그의 이론이 도움이 될지도 모른다. 하지만 가치있는 그림이 외양 때문에 가치있는 것은 아니다. 중요한 것은 보이는 것들이 그저 암호에 지나지 않는 그림의 통일성이다. 그리고 그런 그림 앞에서 시각적 이데올로기라는 이론은 속수무책이다.

이 점에 대해 하지니콜라우는 '가치있는 그림'이라는 말이 무의미하다고 반박할 것이다. 그리고 어떤 의미에서는, 뛰어난 작품과 일반적인 작품 간에 존재하는 관계에 대한 나 자신의 이론이 취약하기 때문에 그의 반박에 답할 수 없을 것이다. 그래도 나는 하지니콜라우와 그의 동료들이 자신들의 접근법에서, 정도 면에서 즈다노프와 스탈린의 환원주의와 크게 다르지 않은 환원주의로 후퇴하는 자멸적이고 역행적인 가능성을 고려해 보기를 간곡하게 바라는 바이다.

비교를 통한 예술 평가를 거부하는 것은 궁극적으로 예술의 목적을 믿지 못하기 때문이다. 우리는 X가 Y보다 더 많은 것을 성취한다고 믿을 때, 그리고 그 성취가 목표와의 관계 속에서 판단되어야 한다고 믿을 때에만 X가 Y보다 낫다고 여긴다. 그림에 목적이 없고, 시각적 이데올로기를 홍보하는 것 외의 다른 가치가 없다면, 전문적인 역사가를 빼고는 옛 그림을 바라볼 이유가 없을 것이다. 그림은 전문가가 판독해야 할 텍스트가 된다.

자본주의 문화는 다른 살아 있는 모든 것에 대해 그랬듯이, 그림을 시장의 상품으로, 그리고 다른 상품의 광고로 환원시켰다. 우리가 지금 논하는 혁명적 이론의 새로운 환원주의도 사뭇 유사한 일을 하게 될 위험에 처해 있다. 누군가가 광고로(특혜받은 층을 위한 생활방식과 그에 따른 상품으로서) 사용하는 것을 다른 이는 특정 계급의 시각적 이데올로기로만 본다. 둘 다 자유의 잠재적 본보기로서의 예술을 제거해 버린다. 필요에 관해 얘기하자면, 예술가들과 대중들은 늘 예술을 자유의 잠재적 본보기로서 대접해 왔다.

작업하는 화가는 어떤 수단을 사용할 수 있는지 알고 있다. 수단에는 원재료와 그가 물려받은 양식, 따라야 하는 관습들, 주어지거나 자유로이 선택한 주제가 포함되며, 이는 화가에게 기회인 동시에 제약으로 작용한다. 작업을 하고 그 기회를 이용하면서 화가는 제약의 일부를 인식하게 된다. 그 제약들이 기술적인 측면과 마술적인, 또는 창의적인 측면에서 난관을 형성한다. 화가는 하나 또는 여러 개의 난관을 뛰어넘는다. 화가의 성격과 그가 처한 역사적 상황에 따라 제약을 뛰어넘은 결과는 같은 노래를 다른 가수가 부르면 변화가 생기는 것처럼 거의 알아보기 어려울 정도로 관습이 변형되는 것부터 완전히 창의적인 발견, 돌파가 이뤄지는 것까지 다양하다. 언급할 필요도 없이 현대적 시장의 발명품인 순수한 통속 화가의 경우를 제외하면, 선사시대 이후로 모든 화가는 난관을 뛰어넘고자 하는 의지를 발현했다. 그것이 없는 것을 있게 만들고, 보이는 것을 속이고, 이미지를 만드는 활동의 본질이다.

이데올로기가 완성된 결과를 일부 결정하기는 하지만 물결을 통과하며 흐르는 에너지를 결정하지는 않는다. 그리고 관람객이 동일시하는 것은 이 에너지이다. 관람객이 이용하는 모든 이미지는 그림 덕분에 먹잇감을, 성모를, 성적인 쾌락을, 풍경을, 얼굴을, 다른 세상을 향해 혼자 나아갈 수 있었을 거리보다 한발짝 **더 나아간 것**이다.

막스 라파엘은 이렇게 썼다. "인간이 할 수 있는 일의 가장자리에 인간이 할 수 없거나 아직 하지 못했던 일들이 나타나지만, 모든 창조성이 뿌리를 내리는 곳이 바로 거기다." 혁명적인 과학적 미술사는 그런 창조성을 받아들이는 법을 배워야 한다.

1. Nicos Hadjinicolaou, *Art History and Class Struggle* (London: Pluto, 1978).

# 『영원한 빨강』에 부치는 새로운 서문

## 1968/1979

이 책은 1960년에 처음 출간됐다. 1954년부터 1959년 사이에 쓴 글이 대부분이다. 나로서는 그때 이후로 많이 바뀐 듯 느껴진다. 오늘 이 책을 다시 읽어 보니 내가 그 당시에 뭔가에 갇혀 있었던 듯싶다. 내가 느끼거나 생각한 모든 것을 예술비평적인 용어로 표현해야 한다는 강박에 말이다. 아마도 몇몇 판단이 보여 주는 청교도적인 엄격함을 설명하는 데 갇혔다는 무의식적인 느낌이 도움이 될 것이다. 어떤 측면에서 보면 요즘의 나는 훨씬 관대하다. 하지만 핵심적인 사안에서는 지금의 내가 훨씬 더 완고하다. 지금의 나는 예술과 사유재산이, 또는 국가가 평민 민주주의가 아닌 이상 예술과 국유재산이 절대 양립할 수 없다고 믿는다. 상상력이 조금이라도 더 발전하려면 소유가 파괴되어야 한다. 그래서 요즘 나는 지금의 정규적인 미술비평의 기능을, 비평가의 의견이 어떻든 간에 지금의 미술시장을 유지하는 데 기여하는 그 기능을 받아들일 수 없다고 판단한다. 그리하여 요즘의 나는 대체로 파괴적인 존재로 환원되어 버린 저 예술가들에게 훨씬 관대하다.

하지만 나만 바뀐 건 아니다. 세상의 미래관이 근본적으로 바뀌었다. 내가 미술비평을 쓰기 시작한 1950년대 초에는 모든 정치적 사고와 행위가 결국에는 두 극, 고작 두 극에 귀결되었다. 모스크바와 워싱턴 간에 분열이 있었다. 많은 사람이 이 분열에서 벗어나고자 몸부림을 쳤지만, 그 분열이 **의견**의 결과가 아니라 사활이 걸린 세계적 분쟁의 결과였기 때문에, 객관적으로 말해서 벗어나기가 불가능했다. 소련이 핵무기에서 미국과 동등한 지위를 획득했을 때에야 (또는 획득했다고 인식되었을 때에야) 이 분쟁은 최우선적인 정치적 요인의 자리에서 물러났다. 소련이 동등한 지위를 획득한 뒤 곧바로 제이십차 소련공산당대회와 폴란드와 헝가리의 봉기가 있었고, 이후에는 쿠바 혁명의 승리가 뒤따랐다. 그때 이후로 혁명의 사례들과 가능성이 증가했다. 양극화된 교조주의(敎條主義)의 **존재 이유**가 무너졌다.

나는 언제나 소련의 스탈린식 문화 정책을 솔직하게 비판해 왔지만, 1950년대 나의 비평은 지금보다 훨씬 많은 제약을 받았다. 왜냐고? 학생 때부터 나는 예술의 영역에서 반영되고 표현되는 우리 부르주아 사회의 부정과 위선과 잔인함과 낭비와 소외를 알았다. 그리고 나의 목표는 아무리 사소한 방법이더라도 이 사회를 파괴하는 데 힘을 보태는 것이었다. 이 사회는 최고의 사람을 좌절시키기 위해 존재한다. 나는 이 점을 아주 잘 알았고, 자유주의자들의 변명에는 면역이 생겼다. 자유주의는 언제나 대안적인 **지배** 계급을 위한 것이었다. 착취받는 계급을 위한 적이 없었다. 하지만 우리는 존재하는 세력들의 상태를 고려하지 않고서는 파괴를 목표할 수 없다. 1950년 초 소련은 온갖 기형적 모습에도 불구하고, 자본주의를 향한 사회주의 도전 세력의 많은 부분을 대변했다. 하지만 더는 그렇지 않다.

사소하긴 하지만 세번째 변화도 언급할 가치가 있을 듯하다. 내 작업 조건과 관련된 것이다. 이 책의 글 대부분이 주간지 『뉴 스테이츠먼(New Statesman)』에 실을 기사로 작성되었다. 이미 설명했듯이 냉전이 정점일 때, 완고한 순응주의 시기에 쓴 글들이다. 나는 이십대였다(어린 사람은 불가피하게 보호를 받아야 하는 때였다). 결과적으로 매주 기사를 쓰고 나면 끊임없이 트집을 잡는 편집자와 기사 한 줄한 줄, 형용사 하나하나를 놓고 싸워야 했다. 1950년대 후반 몇 년간은 킹슬리 마틴(Kingsley Martin)의 지원과 우정을 누렸지만, 그 잡지를 위해 글을 쓰고 책을 내는 일에 대한 나의 입장은 그 즈음 이미 서있었다. 나는 호전적으로 조심스러운 태도를 취했다. 잡지 내부의 압력뿐만이 아니었다. 예술계 기득권들이 편집자들을 통해 저마다 압력을 가했다. 내가 헨리 무어의 전시회를 비평하면서 그가 앞서 성취했던 것들에서 후퇴했다고 주장했을 때, 영국문화협회가 실제로 헨리무어에게 전화를 걸어 런던에서 그런 유감스러운 일이 발생한 데 대해 사과하는 일도 있었다. 이제 예술 현장은 바뀌었다. 그리고 운이 좋아서 지금은 예술에 관한 글을 쓸 경우에도 아주 자유롭게 쓸 수 있다.

이 책을 다시 읽어 보니, 그때 나 자신이 어딘가에 갇혀 있었으며, 내가 주장한 많은 명제가 암호화되어 있다는 느낌이 든다. 그러나 나는 이 책을 문고판으로 재발간하는 데 동의했다. 왜일까? 세상은 변했다. 런던의 상황도 변했다. 내가 논했던 사안과 예술가들 일부는 더는 긴급한 관심사가 아닌 듯하다. 나도 변했다. 하지만 이 책을 쓸 때 무릅써야 했던 압력, 그 직업적 정치적 이데올로기적 개인적 압력 때문에, 나는 그때 재빠르고도 예리하게 논점을 일반화해내는 공식을 만들어내고 그 압력들을 뛰어넘고 해당 장르의 제약에서 벗어날 수 있는 모종의 장기적인 통찰을 계발해야 한다고 생각했다. 지금 그 일반화와 통찰 대부분이 내게는 아직 유효하게만 느껴진다. 게다가 그때이후로 내가 생각하고 써 왔던 것과도 일관성이 있어 보인다. 피카소에 관한 짧은 글은 여러 측면에서 봐도 나중에 내놓은 피카소에 관한책의 개요 같은 느낌이다. 지금 이 책에서 되풀이되는 주제는 '예술과소유의 비참한 관계'이며, 내가 여전히 예술과 관련하여 온전한 한 권의 책으로 쓰고 싶은 유일한 주제가 있다면 바로 이것이다.

'영원한 빨강(Permanent Red)'이라는 제목이 내가 바뀌지 않으리라고 암시하는 건 절대 아니다. 이 제목이 주장하는 바는, 내가 부르주아 문화와 사회에 반대한다는 의견을 내려놓는 일은 없으리라는 점이다. 이 책을 재발간하는 데 동의하면서 나는 이 주장을 한 번 더 반복하는 바이다.

# 삼부작 '그들의 노동에'에 부치는 역사적 맺는말

땅은 가치있는 이들과 아무짝에도 쓸모없는 이들을 가려
낸다.
ㅡ장 피에르 베르낭의 『그리스인들의 신화와 사유』에 인용
된 어느 농부의 소견

농민은 간단한 도구와 가족의 노동력을 빌려, 주로 자가소비
와 정치경제 권력을 가진 자들에 대한 의무 충족을 위해 생
산을 하는 소규모 농업생산자들로 구성된다.
ㅡ테오도르 샤닌, 『농민과 농민 사회』

십구세기에는 소설가와 이야기꾼, 심지어 시인도 자기 작품의 역사적
배경을 대개 서문의 형식으로 대중에게 설명하는 전통이 있었다. 시
나 소설은 불가피하게 특정한 경험을 다룬다. 이 경험이 세계적 규모
로 전개되는 상황들과 맺는 관계가 글에 함축될 수 있고, 함축되어야
한다. 언어의 '공명(共鳴)'이 제기하는 도전이 바로 이것이다(어떤 의
미에서 보자면, 모든 언어는 어머니처럼 모든 것을 알고 있다). 그러

나 시나 소설에서 보편과 특수의 관계를 명명백백하게 드러내는 건 대개 가능하지 않다. 그걸 시도하는 이들은 결국 우화를 쓰게 된다. 그래서 작가는 독자들에게 내놓는 한 편 또는 여러 편의 작품을 **두루** 설명하는 글을 쓰고 싶어 한다. 그런 전통이 십구세기에 수립된 이유는, 그때가 개인과 역사가 의식적인 관계를 맺기 시작한 혁명적 변화의 세기였기 때문이었다.

우리 세기의 변화 규모와 속도는 그보다 훨씬 크다. 하지만 지금은 작가가 자기 책을 설명하는 경우가 드물다. 작가가 창조한 상상의 산물이 그 자체로 충분해야 한다는 주장이 있었다. 문학은 스스로를 순수예술의 반열에 올렸다. 아니, 그랬다고 가정한다. 사실은 엘리트를 대상으로 하든 대중을 대상으로 하든, 대부분의 문학이 순수 오락물로 퇴화했다.

나는 많은 이유에서 이런 전개에 반대한다. 가장 간단한 이유는 독자의 존엄과 소통의 경험, 그리고 작가에 대한 모욕이라는 점 때문이다. 그런 의미에서 다음의 글이 나왔다.

농민의 삶은 철저하게 생존에 바쳐진다. 이는 아마 세상의 농민들이 온전하게 공유하는 유일한 성격일 것이다. 그들의 농법, 그들의 작물, 그들의 땅, 그들의 주인은 다르겠지만 자본주의 사회에서나 봉건제 사회에서나, 아니면 쉽게 정의되지 않는 다른 사회에서나, 그들은 노동한다. 자바에서 벼를 기르든, 스칸디나비아에서 밀을 기르든, 아니면 남아메리카에서 옥수수를 기르든, 기후와 종교와 사회적 역사가 어떻든 간에, 세상의 농민들은 모두 생존자 계급으로 정의될 수 있다. 지금까지 한 세기하고도 반세기 동안, 농민들의 집요한 생존 능력은 행정가들과 이론가들을 당황케 했다. 오늘날에도 여전히 세상의 다수는 농민들이라 말할 수 있다. 하지만 이 사실은 더 중요한 사실을 가린다. 사상 처음으로 생존자 계급은 생존하지 못할지도 모른다. 한 세기 후에는 더는 농민이 없게 될지도 모른다. 경제를 계획하는 자들의 예상대로 일이 진행된다면, 서구 유럽에서는 사반세기 안에 농민이 없어질 것이다.

최근까지도 농민 경제는 늘 어떤 경제 안에 있는 경제였다. 이것이 봉건주의, 자본주의, 심지어 사회주의 같은, 보다 큰 경제의 전 세계적인 전환 속에서도 농민 경제가 살아남을 수 있었던 요인이었다. 이런 전환에 발맞추어 생존을 위한 농민들의 투쟁 형태도 자주 바뀌었지만, 결정적인 변화는 농민에게서 잉여를 추출해내기 위해 사용되는 방법들에서 일어났다. 강제적인 노역 봉사, 십일조, 임대료, 세금, 물납(物納) 계약, 이자, 생산 규정 등등 말이다.

착취당하는 다른 노동 계급과 달리, 농민은 늘 스스로를 부양해 왔다. 이 때문에 어느 정도는 독특한 계급이 되었다. 필요한 잉여를 생산하는 한, 이 계급은 역사적인 경제문화적 체제 안으로 받아들여져 융합되었다. 스스로를 부양하는 한, 이 계급은 그 체제의 가장 바깥에 위치했다. 농민이 인구의 대다수를 차지하는 장소와 시기에서도 마찬가지이리라 생각한다.

봉건주의나 아시아 사회를 대략 피라미드 형태의 위계 구조로 생각한다면, 농민은 삼각형의 맨 아래쪽에 있다. 모든 최변방 인구들이 그렇듯이 정치적 사회적 체제가 그들을 최소한으로만 보호한다는 뜻이다. 이 때문에 그들은 마을 공동체나 확대 가족 안에서 스스로를 돌봐야 한다. 그들은 그들만의 불문법(不文法)과 행동 규범, 그들만의 의식과 신앙, 그들에게만 구전되는 지혜와 지식을 유지하거나 발전시켰다. 이 모든 것이 지배적인 문화와 경제적 사회적, 또는 기술적인 발전들에 영향을 받지 않는 독립적인 문화를 구성한다고 생각하면 잘못이다. 농민의 삶이 수 세기를 거치면서 정확하게 똑같이 유지되지는 않았지만, 그들의 우선순위와 가치는(생존을 위한 그들의 전략은) 나머지 사회의 어떤 전통보다 오래 지속된 전통 속에 녹아 있다. 어느 시대건, 지배적인 계급 문화와 이 농민 전통 간의 공표되지 않은 관계는 종종 이단적이고 전복적이었다. 러시아 농민들에게는 이런 격언이 있다. "아무것에서도 도망가지 말고 아무것도 하지 말라." 농민들이 잔꾀를 잘 부린다는 보편적인 평가는 공공연하게 드러나지 않는 이런 전복적인 경향에 대한 평가다.

농민만큼 경제를 의식하는 계급은 예나 지금이나 없다. 경제는 농민이 의식적으로 내리는 모든 일상적인 선택을 결정하거나 영향을 미친다. 하지만 농민의 경제학은 상인의 경제학도 부르주아나 마르크스주의의 정치경제학도 아니다. 실제 농민 경제를 가장 잘 이해하고 글을 쓴 사람은 러시아의 농경제학자인 차야노프(A. V. Chayanov)다. 농민을 이해하고자 한다면 다른 무엇보다 차야노프를 되돌아봐야 한다.

농민은 자신에게서 무엇이 잉여로 추출되는지 생각하지 않았다. 우리는 정치적으로 각성하지 않은 프롤레타리아 또한 자신이 고용주를 위해 어떤 잉여가치를 만들어내는지 알지 못한다고 주장하겠지만, 이 비교에는 오해의 소지가 있다. 화폐 경제에서 임금을 위해 일하는 노동자는 자신이 생산하는 것의 가치에 대해 쉽게 속을 수 있는 반면, 농민과 나머지 사회와의 **경제적** 관계는 언제나 투명했기 때문이다. 농민 가족은 살아가는 데 필요한 것을 생산하거나 생산하려 노력했고, 농민은 가족 노동의 결과인 생산물 일부가 노동하지 않은 이들에 의해 처분되는 것을 알았다. 농민은 자신에게서 무엇이 추출되고 있는지 완벽하게 인식했지만, 두 가지 이유로 그것을 잉여라고 생각하지 않았다. 첫째는 물질적 이유이고, 둘째는 인식론적 이유이다. 첫째, 자기 가족의 수요가 아직 충족되지 않았기 때문에 그것은 잉여가 아니었다. 둘째, 잉여는 노동과 욕구 충족 과정의 오랜 결과인 최종 산물이다. 그러나 농민의 입장에서 보면, 농민에게 강제된 사회적 의무들은 **사전 장애물**을 형성한다. 가끔은 넘을 수 없는 장애물이었다. 하지만 농민 경제의 다른 반쪽이 돌아가는 곳은 그 장애물을 넘어선 곳이었고, 그것으로 농민의 가족들은 스스로의 수요를 충족시키기 위해 땅을 부렸다.

농민이 자신에게 주어진 의무들을 당연한 의무, 또는 뭔가 불가피한 불의라 생각할 수 있겠지만, 그 의무는 어떤 경우에라도 생존을 위한 투쟁이 시작되기 **전에** 감내해야 하는 것들이었다. 농민은 먼저 주인을 위해 일하고 나서야 자기 차례가 온다. 물납을 하더라도 주인의 몫이 자기 가족의 기본적인 수요보다 **먼저**다. 농민에게 지워진, 거의 상상할 수 없는 노동의 부담 앞에서 이 말이 너무 가볍지만 않다면, 우리는 농민에게 강제된 의무들이 영구적인 장애를 형성한다고 말할 수 있다. **그럼에도 불구하고** 농민 가족이 자신의 노동으로 생존을 얻기 위해 이미 자연을 상대로 한 불공평한 투쟁을 시작해야 했다는 점이 중요하다.

그러므로 농민은 '잉여'를 빼앗기는 영구 장애를 딛고 살아남아야 했다. 농민은 자기 경제의 절반인 생계에서, 그리고 나쁜 날씨와 폭풍, 가뭄, 홍수, 충해(蟲害), 사건 사고, 황폐화된 토양, 짐승, 병해(病害), 흉작과 같은 농업에 따르는 온갖 위험들을 이기고 생존해야 했다. 그리고 거기에 더해 최변방에서, 최소한의 보호를 받으며, 농민은 전쟁과 전염병, 도적 떼, 산불, 약탈 등등의 사회적 정치적 자연적 재해들도 이기고 생존해야 했다.

**생존자**라는 단어에는 두 가지 의미가 있다. 이 단어는 고난을 이겨낸 사람을 이른다. 그리고 다른 이들이 사라지거나 죽을 때에도 계속 살아간 사람을 이른다. 내가 농민들과 관련하여 이 단어를 사용할 때는 두번째 의미에서다. 농민들은 젊어서 죽거나 이민을 가거나 빈민이 된 이들과 달리, 계속해서 노동하는 이들이다. 어떤 시기에는 명백히 **소수**가 생존했다. 인구 통계를 보면 이들을 덮친 재앙의 차원에 대해 여러 생각을 하게 된다. 1320년 프랑스 인구는 천칠백만 명이었다. 한 세기가 조금 더 지난 무렵의 인구는 팔백만 명이었다. 1550년 인구는 이천만 명으로 늘었다. 사십 년 후 그 숫자는 천팔백만 명으로 떨어졌다.

1789년 인구는 이천칠백만 명이었는데, 이천이백만 명이 시골에 살았다. 십구세기의 혁명과 과학적 진보가 농민들에게 이전에는 몰랐던 땅과 물리적인 보호 수단을 제공했다. 동시에 그들은 자본과 시장 경제에 노출되었다. 1848년 즈음 농민들이 대대적으로 도시로 이주하기 시작했고, 1900년 프랑스에는 고작 팔백만 명의 농민들이 있었다. 그 사이에 시골에는 텅 빈 마을이 즐비했을 테고, 분명 오늘날도 다시 그럴 것이다. 빈 마을은 생존자가 없는 곳을 대변한다.

산업혁명 초기의 프롤레타리아와 비교하면 생존자 계급이라는 내 말뜻이 더 명확해질 것이다. 초기 프롤레타리아의 노동과 주거 환경은 수백만 명을 조기 사망이나 장애로 이어지는 질병으로 내몰았다. 하지만 계급 전체로서는 숫자와 능력과 힘이 커지고 있었다. 그 계급은 지속되는 변화와 증가의 과정에 관여하는, 그리고 복종하는 계급이었다. 그 계급의 기본적인 성격을 결정한 것은 생존자 계급에서처럼 그 계급이 겪는 시련의 희생자들이 아니라 계급의 요구와 그 요구를 위해 싸운 이들이었다.

십팔세기부터 전 세계 인구가 처음에는 천천히, 나중에는 극적으로 늘어났다. 하지만 농민들에게는 삶의 안정성이라는 이런 새로운 보편적인 경험도 앞선 세기들의 계급적 기억을 덮어 버리지 못했다. 개선된 농업 기술이 가져온 변화까지 포함한 새로운 조건이 새로운 위협으로 나타났기 때문이었다. 대규모 상업화와 농업 식민지화, 그 어느 때보다도 작은 땅뙈기로 온 가족을 먹여 살려야 하는 부담, 이에 따라 농민의 아들딸들이 도시로 대규모 이주를 시작했고, 그곳에서 다른 계급으로 흡수되었다.

십구세기의 농민들도 여전히 생존자 계급이지만, 사라진 이들이 더는 기근이나 전염병을 피해 도망을 가거나 죽은 자들이 아니라 어쩔 수 없이 마을을 떠나 임금노동자가 된 이들이라는 차이가 있다. 이런 새로운 환경에서 소수의 농민이 부유해졌지만, 그럼으로써 그들 역시 한두 세대 안에 농민을 그만두었다는 사실이 추가되어야 할 것이다.

농민더러 생존자 계급이라고 이르는 것은 도시가 습관적인 오만한 태도로 늘 농민에 대해 하던 말을 확인시켜 주는 듯하다. 뒤떨어진 과거의 유산이라는 말 말이다. 그러나 농민 스스로는 그런 판단에 내포된 시간관을 공유하지 않는다.

끈기있게 고생하며 땅으로부터 삶을 일궈야 하고, 끝없는 노동의 현재에 매여야 하는 농민들은 그런 생활에도 불구하고 삶을 막간의 촌극이라 본다. 매일 탄생과 삶과 죽음의 순환을 가까이서 겪는 경험이 이런 생각을 굳힌다. 이런 시각 탓에 농민들이 종교에 빠지기 쉽지만, 농민적 태도의 기원에 종교가 있는 것은 아니며, 어쨌든 농민들의 종교가 지배자들과 사제들의 종교와 완전히 일치한 적도 없었다.

농민이 삶을 막간극으로 보는 이유는 농민 경제의 이중적 성격에서 차례로 도출되는 사고와 감정이 시간을 통과하며 이중으로 상반되게 움직이기 때문이다. 농민의 꿈은 장애가 없는 삶으로 돌아가는 것이다. 농민의 결정은 생존의 수단들을 (자신이 물려받은 것과 비교하여 더 안정적으로 만들 수 있다면) 자기 아이들에게 넘겨주는 것이다. 농민의 이상은 과거에 있고, 짊어진 의무는 살아서 보지도 못할 미래에 있다. 죽은 뒤에도 농민은 미래로 옮겨지지 않을 것이다. 농민이 가진 불사의 개념은 다르다. 농민은 과거로 돌아갈 것이다.

각자 과거와 미래로 향하는 두 움직임은 보기보다 서로 상반되지 않는다. 기본적으로 농민이 순환적 시간관을 가지고 있기 때문이다. 두 움직임은 순환주기를 도는 다른 방식이다. 농민은 수백 년의 주기를 받아들이면서도 그 주기를 절대적인 것으로 여기지 않는다. 비선형적인 시간관을 가진 이들은 순환적 시간이라는 개념을 받아들이지 못한다. 우리의 모든 도덕성이 인과 관계에 기초하기 때문에, 그 개념은 도덕적 혼란을 일으킨다. 순환적 시간관을 가진 이들은 그저 돌아가는 바퀴의 흔적일 뿐인 역사적 시간의 관습을 쉽게 받아들일 수 있다.

농민은 불의가 도래하기 전에 있었던 기본적인 존재의 상태로서 불리한 조건이 붙지 않는 삶을, 자신과 가족들을 먹이기 전에 잉여 생산을 먼저 강요받지 않는 삶을 상상한다. 먹거리는 인간의 첫번째 필수품이다. 농민들은 자신이 먹을 먹거리를 생산하기 위해 땅에서 노동한다. 하지만 그들은 다른 이들을 먼저 먹이도록 강요받고, 그 대가는 종종 스스로의 굶주림이다. 그들은 자기 땅이나 지주의 땅에서 직접 노동하여 거둬들인 들판의 곡식을 다른 이들이 빼앗아 먹는 것을 또는 다른 이들이 자기들의 이익을 위해 팔아 치우는 것을 본다. 아무리 흉작을 불가항력이라고 생각해도, 아무리 주인이나 지주가 당연한 존재라고 생각해도, 아무리 이데올로기적 설명이 주어져도, 기본적 사실은 명확하다. 스스로를 먹일 수 있는 그들이 대신 다른 이들을 먹이도록 강요받고 있다. 농민은 이런 불의가 늘 존재할 수는 없었을 거라고 결론을 내리고, 그래서 태초의 공정한 세계를 가정한다. 태초에 있었던, 인간의 기본적인 욕구를 만족시키는 기본적인 노동을 향한 기본적인 정의의 상태를 말이다. 동시다발적으로 일어난 모든 농민 반란은 공정하고 평등한 농민 사회를 다시 일으키는 데 목적이 있었다.

이 꿈은 일반적인 낙원의 꿈이 아니다. 지금 우리가 아는 낙원은 확실히 상대적으로 여유있는 계급의 창작품이었다. 농민이 꾸는 꿈에서는 여전히 노동이 필요하다. 노동은 평등의 조건이다. 부르주아와 마르크스주의 양쪽 모두의 평등 개념이 풍요로운 세상을 가정한다. 양쪽은 풍요의 뿔 이전에, 과학과 지식의 발전이 구축할 풍요의 뿔 이전에 모두를 위한 동등한 권리를 요구한다. 둘이 이해하는 동등한 권리는 물론 아주 다르다. 농민들이 가진 평등의 개념은 결핍의 세계를 인식하고, 풍요의 약속이란 이 결핍에 대항하는 투쟁에 있어서 서로 우애롭게 도우며 노동이 생산한 것을 공정하게 나누는 것이다. 농민은 생존자로서 결핍을 인정하는 것과 밀접하게 연관하여 인간의 상대적인 무지도 인정한다. 농민도 지식과 지식의 열매에 감탄하지만, 지식이 증진된다고 해서 미지의 영역이 축소되리라고는 생각하지 않는다. 무지와 지식 간의 이 상호대립하지 않는 관계는 왜 농민의 지식 일부가 외부에서 볼 때는 미신이나 마법이라 정의되는 것들로 수렴되는지를 설명한다. 농민의 경험 중 어떤 것도 궁극적인 원인을 믿으라고 권하지 않는다. 정확하게 말해서 농민의 경험이 너무 폭넓기 때문이다. 무지는 연구실의 실험 범위 안에서만 제거될 수 있다. 농민이 보기에 그 범위는 순진하게 느껴지지 싶다.

과거의 정의에 대한 농민들의 사고와 감정의 움직임에 반해 미래에 있을 자기 자손들의 생존을 향한 또 다른 사고와 감정이 존재한다. 대부분의 시간 동안에는 후자가 더 강하고 더 의식적이었다. 그 두 움직임이 지금껏 균형을 맞춰 온 것은 현재의 막간극이 자체의 기준에 따라서는 평가될 수 없다는 확신을 농민에게 주었기 때문이다. 현재는 도덕적으로는 과거와의 관계 속에서 판단되고, 물질적으로는 미래와의 관계 속에서 판단된다. 엄격하게 말해서, (어쨌든 눈앞의 기회를 좇는 데 있어) 농민만큼 기회주의적인 이들이 없다.

농민들은 미래에 대해서 어떻게 생각하고 느낄까. 농민의 일은 유기적인 과정에 끼어들거나 손을 빌려 주는 경우가 많아서 행위 대부분이 미래지향적이다. 나무를 심는 것을 명백한 사례로 들 수 있지만, 암소의 젖을 짜는 일도 마찬가지다. 치즈나 버터를 만들 우유 말이다. 농민들이 하는 모든 일은 선구적이기 때문에 절대 끝나지 않는다. 농민들은 이런 미래를 그리고, 위기와 위험이 줄줄이 매복하고 있는 그 미래를 위해 행동하라는 서약을 강요받는다. 최근까지도 가장 가능성이 큰 미래의 위기는 굶주림이었다. 농민들이 처한 상황의 근본적인 모순이자 농민 경제의 이중적 성격의 결과는 먹거리를 생산하는 그들이 가장 굶주릴 가능성이 크다는 점이었다. 생존자 계급은 안전을 보장받고 삶이 풍족해질 때를 믿을 여유가 없었다. 유일한, 하지만 원대한 미래의 희망은 생존이다. 죽은 자들이 더는 위기의 대상이 되지 않는 과거로 돌아가는 편이 나은 이유가 이 때문이다.

미래의 복병들 사이로 난 미래의 길은 과거로부터 생존자들이 왔던 옛길의 연장선이다. 이 비유가 적절한 것이, 수 세대의 발길이 만들고 유지해 온 길을 따라왔기 때문에 주변의 숲이나 산이나 늪지에 도사린 위험을 일부 피할 수 있었으니 말이다. 길은 지시와 사례와 설명을 통해 전승되는 전통이다. 농민에게 미래는 알려진 또는 알려지지 않은 위험의 불확실한 범위를 가로질러 좁은 길이 나 있는 그런 모습이다. 농민들이 힘을 합쳐 외부 세력에 맞서 싸울 때에도 동기는 언제나 방어적이기 마련이고 전략적으로는 게릴라 전술을 채택하는데, 불확실하고 적대적인 환경을 가로지르며 그물처럼 난 좁은 길이 정확하게 그 전술에 부합한다.

간략하게 설명하고 있듯이, 인간의 운명에 대한 농민들의 시각은 근대 역사가 도래할 때까지는 근본적으로 다른 계급의 시각과 다르지 않았다. 초서, 비용, 단테의 시를 생각해 보기만 해도 될 것이다. 그 시들에 등장하는, 아무도 도망칠 수 없는 '죽음'은 미래에 도사린 불확실성과 위험을 일반화한 대용물이다.

각기 다른 순간 각기 다른 장소에서 역사의 목표이자 동력으로서 진보의 원칙을 내세우며 근대 역사가 시작된다. 이 원칙은 부상하는 계급으로서의 부르주아와 같이 탄생했고, 근대의 모든 혁명 이론들에 인계되었다. 이데올로기 차원에서 자본주의와 사회주의 간에 벌어진 이십세기의 투쟁은 진보의 내용에 관한 싸움이다. 오늘날 선진국들에서는 이 투쟁의 주도권이 적어도 일시적으로는 자본주의의 손아귀에 있다. 자본주의는 사회주의가 퇴보를 만들어낸다고 주장한다. 개발도상국에서는 자본주의의 '진보'가 의심을 받는다.

진보의 문화는 미래의 확장을 꿈꾼다. 미래가 전에 없던 큰 희망을 제시하기 때문에 진보의 문화는 앞을 내다본다. 가장 대담한 선에서 보자면 이런 희망은 '죽음'을 왜소하게 만든다(혁명이 아니면 죽음을 달라!). 가장 사소한 선에서 보면 이런 희망은 죽음을 무시한다(소비자주의). 미래는 고전적인 원근법에서 길을 보던 것과 반대로 그려진다.

멀리 뻗어 나가면서 점점 좁아지는 듯이 보이는 대신, 점점 넓어진다.

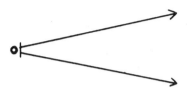

생존의 문화는 생존을 위한 행위들의 연속으로 미래를 그린다. 각각의 행위는 바늘귀에 실을 밀어 넣는데, 실이 전통이다. 전반적인 증대를 기대하지는 않는다.

이제, 이 두 가지 유형의 문화를 비교하면, 미래관뿐만 아니라 과거관까지 고려하면, 우리는 이 둘이 서로의 거울상임을 알게 된다.

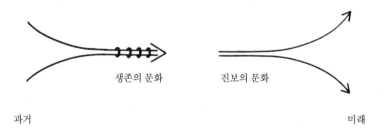

과거            생존의 문화      진보의 문화            미래

왜 생존의 문화 내에서 경험이 진보의 문화 내에서 그에 준하는 경험과 반대되는 **중요성**을 가질 수 있는지 설명하는 데 이 점이 도움이 될 것이다. 자주 얘기되는 농민 계급의 보수주의, 변화에 맞선 저항을 중요한 사례로 들어 보자. 종종 (반드시는 아니지만) 농민 계급을

우파 지지세력으로 판단하게 만드는 그 복잡하기 짝이 없는 태도와 반응 들 말이다.

먼저, 우리는 그 판단이 진보의 문화에 속하는 도시에서, 우파에 반대하는 좌파라는 역사적 시나리오에 따라 내려진다는 사실에 주목해야 한다. 농민은 그 시나리오를 거부할뿐더러, 우매해서 그런 것도 아닌데, 그 시나리오라는 것이 왼쪽이 이기든 오른쪽이 이기든 농민의 소멸을 그리기 때문이다. 농민의 삶의 조건은, 비록 그 착취와 고통의 정도가 절망적이라 해도 자신이 아는 모든 것에 의미를 주는 것, 즉 생존하고자 하는 자신의 의지를 소멸시키려는 계획을 짤 수 없게 만든다. 노동자는 그런 위치에 있을 수 없다. 노동자의 삶에 의미를 주는 것은 삶을 변화시킬 수 있다는 혁명적인 희망이거나, 아니면 소비자로서 '진짜 삶'에 쓰기 위해 임금노동자로서의 삶을 대가로 받는 돈이기 때문이다.

농민이 꿈꾸는 모든 변화에는 자유로웠다고 생각되는 과거 어느 한때의 '농민'으로 돌아가는 것이 포함된다. 노동자의 정치적 꿈은 지금까지 그에게 노동자로서의 운명을 선고했던 모든 것을 변화시키는 것이다. 이것이 노동자와 농민 간의 동맹이 상호 합의한 특정한 목표를 추구할 때만 유지될 수 있는 이유다. 전면적인 동맹은 대개 가능하지 않다.

농민 경험의 총합과 연결된 농민 특유의 보수주의가 가지는 중요성을 이해하려면, 변화라는 개념을 다른 시각으로 고찰할 필요가 있다. 변화와 질문과 실험이 도시에서 번성하여 바깥으로 퍼져 나오는 건 역사적으로 흔한 일이다. 그러나 그런 연구에 관심을 갖도록 허용하는 도시적 삶의 성격은 자주 간과된다. 도시는 시민들에게 상대적인 안전과 항상성과 영속성을 제공했다. 시민의 계급에 따라 제공되는 수준이 달랐지만, 시골 마을의 삶과 비교하면 모든 시민이 일정 정도 보호의 혜택을 받는 셈이었다.

도시에는 기온 변화에 대응하기 위한 난방이, 낮과 밤의 차이를 줄이기 위한 조명이, 거리를 좁히기 위한 교통이, 피로를 보상하기 위한 상대적인 안락이 있었다. 그곳에는 공격을 막아 주는 벽을 포함한 다른 방어수단들이 있었고, 효과적인 법률이 있었고, 병자와 노인을 위한 빈민구호소와 자선시설 들이 있었고, 글로 적힌 정보를 영구 보관한 도서관이 있었고, 기본적인 욕구가 관습적인 삶의 흐름을 방해할 정도로 위협을 가할 때마다 의지할 수 있는, 빵집과 푸줏간에서부터 기계공과 건설자 들과 의사와 외과의에 이르는 폭넓은 서비스들이 있었다. 그곳에는 낯선 이들이 받아들여야 하는 사회적 행동의 관습이 있었고(로마에서는⋯), 그곳엔 영속성의 약속이자 기념비로서 설계된 건물들이 있었다.

지난 두 세기 사이, 도시 이론들과 변화의 선언들이 점점 더 격렬해짐에 따라 일상적인 보호 수준과 유효성이 증가했다. 최근 들어서는 시민들을 감싼 보호막이 너무 총체적이라 숨이 막힐 지경이다. 서비스가 제공되는 림보에 홀로 살다 보니 시민은 시골에 대해 새로이 각성된, 하지만 필연적으로 순진할 수밖에 없는 관심을 갖게 되었다.

이와 대조적으로 농민은 보호를 받지 못한다. 농민은 매일 다른 어떤 계급보다 많은 변화를 더 밀접하게 경험한다. 변화의 일부는 계절의 변화나 노화나 체력 저하의 과정처럼 예측 가능하다. 그러나 하루하루의 날씨, 감자를 먹다 목이 막혀 죽는 암소, 번개, 너무 일찍 또는 너무 늦게 내리는 비, 꽃들을 죽이는 안개, 잉여를 추출해 가는 이들의 끊임없이 진화하는 요구, 전염병, 메뚜기 떼 같은 많은 변화는 예측이 불가하다.

사실상 변화에 대한 농민의 경험이 아무리 길고 포괄적이라 해도 그들이 겪는 변화는 늘 그보다 훨씬 더 강렬하다. 두 가지 이유가 있다. 첫째, 농민의 관찰 능력 때문이다. 농민은 구름에서부터 수탉의 꼬리깃에 이르기까지, 주변에 있는 모든 것의 변화를 알아차리고 미래라는 관점에서 해석한다. 농민은 능동적인 관찰을 절대 멈추지 않는다. 농민은 끊임없이 변화를 기록하고 반영한다. 둘째, 농민의 경제적인 상황 때문이다. 뭐든 조금만 안 좋은 쪽으로 변하면, 수확량이 작년보다 이십오 퍼센트 적으면, 수확물의 시장 가격이 떨어지면, 예상치 못한 지출이 생기면, 대체로 재앙이거나 거의 재앙에 가까운 결과가 나타날 수 있다. 농민의 관찰은 아주 작은 변화의 신호도 놓치는 법이 없으며, 농민이 진 빚은 관찰한 것들이 내포하는 진짜 또는 가상의 위협을 확대시킨다.

농민들은 세대를 거듭하며 매분, 매일, 매년 변화와 함께 산다. 그들의 삶에는 끊임없는 노동의 필요 말고는 항상적인 것이 거의 없다. 일과 일을 해야 할 시기를 둘러싸고, 그들은 무자비한 변화의 순환으로부터 약간의 의미와 지속성을 끌어내기 위해 스스로 의식(儀式)과 관례와 습관을 창조한다. 그 순환은 일부는 자연적이고 일부는 농민들이 살아가는 경제의 맷돌이 끊임없이 돌아가는 결과이다.

스스로를 노동과 노동하는 삶의 여러 단계(출생, 결혼, 사망)에 결부시키는 다양한 관례와 의식은, 계속 변화하는 환경으로부터 농민 스스로를 보호하는 장치다. 노동 관례는 전통적이고 순환적이며, 농민들은 매년 때로는 매일 그것을 되풀이한다. 전통은 작업이 성공할 수 있는 최선의 기회를 보장하는 듯이 보이기 때문에 유지되지만, 동일한 일상적 행위를 반복함으로써, 자신의 아버지나 이웃의 아버지와 같은 방식으로 일을 함으로써, 농민 스스로 지속성을 가정하고 의식적으로 생존을 경험하게 되기 때문이기도 하다.

그러나 그 반복은 본질적으로 형식적일 뿐이다. 농민의 노동 관례는 대부분의 도시 노동 관례와는 크게 다르다. 농민이 같은 일을 한다 해도 그 안에는 변화된 요소들이 있다. 농민은 계속해서 임기응변을 발휘한다. 전통을 지키는 것도 대충일 수밖에 없다. 전통적인 관례가 작업의 의식을 결정하지만, 농민이 아는 모든 것처럼, 그 내용은 변화의 대상이다.

농민이 새로운 기술이나 작업 방식을 도입하기를 거부하는 건 이로움을 몰라서가 아니라 그 이로움이 세상사의 이치에 따라 보장될 수 없으며, 그러다 실패하면 생존의 관례로부터 분리되어 고립될 것이라 믿기 때문이다. 농민의 보수주의는 맹목적이지도 게으르지도 않다. (생산성 개선을 위해 농민들과 일하는 이들은 이것을 고려해야 한다. 창의력 덕분에 변화에 열려 있지만 농민의 상상력은 지속성을 요구한다. 변화에 대한 도시적 요구는 대개 반대되는 기반 위에서 만들어진다. 고도의 분업 속에서 사라지기 쉬운 창의력은 무시하고, 상상력에 기초하여 새로운 삶을 약속하는 식이다.)

농민 경험의 맥락 안에서 보는 농민의 보수주의는 특권 지배계급의 보수주의나 알랑거리는 프티 부르주아의 보수주의와는 공통점이 전혀 없다. 특권 지배계급의 보수주의는 헛된 시도이긴 하지만 자신들의 특권을 절대화하려는 시도다. 프티 부르주아의 보수주의는 강자의 편에 붙은 대가로 다른 계급들에게 위임되는 약간의 권력을 받아오려는 방편이다. 농민의 보수주의는 거의 아무 특권도 방어하지 않는다. 도시의 정치이론가들이나 사회이론가들에게는 아주 놀라운 일이지만, 농민들이 자신들보다 부유한 농민들을 지키기 위해 자주 나서곤 하는 이유 중 하나가 그래서다. 농민의 보수주의는 권력의 보수주의가 아니라 의미의 보수주의다. 그것은 지속적이고도 피할 수 없는 변화로부터 위협받는 삶과 세대로부터 보존된 의미의 저장고(곡물창고)를 상징한다.

농민의 다른 태도 또한 자주 오해를 사며, 거울상 도표에서 이미 봤듯이, 완전히 정반대의 의미로 이해된다. 예를 들어, 농민들이 돈을 밝힌다고 하지만, 사실 이런 생각을 불러일으키는 행동은 돈에 대한 깊은 의심에서 비롯된다. 예를 들자면, 농민들은 절대 용서하는 법이 없다고 하는데, 이런 기질은, 지금까지는, 삶에 정의가 없으면 의미가 없다는 그들의 믿음 때문이다. 어떤 농민이라도 용서받지 못하고 죽는 경우는 드물다.

우리는 이제 이 질문을 던져야 한다. '지금 농민들과 그들이 참여하고 있는 세계 경제체제의 관계는 어떤가?' 아니, 농민의 경험을 고려하여 다시 질문하자면, '오늘날 이 경험은 전 세계적 맥락에서 어떤 중요성을 가지는가?'

농업이 반드시 농민을 필요로 하는 것은 아니다. 영국의 농민 계급은 백 년도 더 전에 (아일랜드와 스코틀랜드 특정 지역들을 제외하고) 파괴되었다. 미국에서는 통화거래에 기반을 둔 경제 발전의 속도가 너무 빠르고 완전했기 때문에 근대 역사에 농민들이 없었다. 프랑스에서는 지금 십오만 명의 농민들이 매년 땅을 떠난다. 유럽경제공동체(EEC)는 늦어도 세기말까지 체계적으로 농민을 제거하려 꿈꾼다. 단기적인 정치적 이유에서 '제거'라는 단어 대신 '현대화'라는 단어를 쓴다. 현대화는 (대다수인) 농민의 소멸, 그리고 남아 있는 소수를 완전히 다른 사회경제적 존재로 변환시킨다. 집중적인 기계화와 화학약품화를 위한 자본 지출, 시장에만 상품을 내놓는 농장의 필요 규모, 지역에 따른 생산 전문화, 이 모든 것이 농민 가족이 생산과 소비의 단위이기를 멈춰야 함을, 대신에 자금을 빌려 주는 동시에 상품을 사 가는 이해관계들에 종속되어야 함을 의미한다. 그런 계획을 위해 경제적 압박을 가하는 것이 농업 생산물의 시장 가치 하락이다. 이제 프랑스에서는 밀 한 포대 가격의 구매력이 오십 년 전에 비해 삼 분의 일로 떨어졌다. 소비주의의 온갖 약속들이 이데올로기적으로 대중을 설득했다. 온전한 농민 계급은 소비주의에 고유한 저항력을 가진 유일한 계급이다. 농민 계급이 흩어지면 시장이 확대된다.

제삼세계의 많은 부분에서 목격되는 토지 소유 현황과(라틴아메리카 대부분 지역에서 토지 소유주 일 퍼센트가 농장 토지 육십 퍼센트를 소유하며, 토질이 좋은 땅은 백 퍼센트 소유한다) 기업 자본주의의 이익을 위한 단일재배 조장, 생계를 위한 농업의 주변부화, 그리고 이런 다른 요인들이 아니면 문제가 안 되겠지만, 폭증하는 인구가 점점 더 많은 농민을 땅도 씨앗도 희망도 없는, 이전에 가졌던 모든 사회적 정체성을 잃게 될, 그런 절대 빈곤의 수준으로 추락하게 만든다. 이렇게 과거 농민이었던 많은 이들이 도시로 가서, 전에는 존재하지 않았던 수백만 배 규모의 대중을, 거의 변화하지 않는 부랑자 무리를, 실업 상태인 하인 무리를 형성한다. 과거로부터 단절된 채, 진보의 혜택으로부터 소외된 채, 전통으로부터 버림받은 채, 아무것도 섬기지 않으면서 빈민굴에서 기다린다는 의미에서 그들은 하인이다.

엥겔스와 이십세기 초반의 마르크스주의자들 대부분은 농민이 자본주의적 농업이 보여 주는 더 큰 수익성에 직면하고는 소멸하리라 예견했다. 자본주의적인 생산 방식이 농민의 생산을 '증기기관이 외바퀴 손수레를 쳐부수듯이' 제거할 터였다. 농민 경제의 복원력을 과소평가하고 자본이 보는 농업의 매력을 과대평가한 예언이었다. 한편으로, 농민 가족은 수익성 없이도 (농민 경제에는 비용 계산이 적용될 수 없다) 생존할 수 있었다. 또 한편으로, 자본의 입장에서 보자면 땅이 다른 상품과 달리 무한히 재생산할 수 있는 것이 아니다 보니, 농업 생산품에 투자하는 것은 결국 한계를 맞아 수확 체감을 나타낼 수밖에 없었다.

농민은 예상보다 훨씬 오래 살아남았다. 하지만 지난 이십 년 사이에 독점자본이 다국적 기업을 통해 새로운 고수익 농산업 구조를 창조하고, 꼭 생산이랄 수는 없어도 각종 식품에 대한 농업적 투입과 산출, 가공, 포장, 판매를 통제하게 되었다. 전 세계 구석구석까지 시장이 침투하면서 농민이 제거되고 있다. 선진국에서는 크든 작든 계획된 전환이지만 개발도상국에서는 재앙이나 마찬가지다. 전에는 도시가 먹거리를 얻기 위해 시골에 의존했고, 농민들은 어떤 식으로든 소위 잉여라는 걸 내놓도록 강요받았다. 곧 전 세계의 시골은 시골 인구가 요구하는 먹거리조차도 도시에 의존하게 될지 모른다. 이런 일이 일어난다면 그때는 농민이 더는 존재하지 않을 것이다.

그 지난 이십 년간 제삼세계의 다른 지역인 중국과 쿠바, 베트남, 캄보디아, 알제리에서는 농민들이 독자적으로 혁명을 완수했다. 이런 혁명들이 농민 경험에 어떤 종류의 변화를 안겨 줄지, 그렇게 만들어진 정부들이 자본주의 세계시장이 부담 지운 우선순위와는 다른, 일련의 우선순위들을 유지할 수 있을지 아직은 모른다.

내가 말한 것을 듣고는 누구도 전통적인 농민식 삶의 방식이 보전되고 유지되어야 한다고 논리적으로 주장하기 어려울 것이다. 그 삶의 방식을 보전하고 유지한다는 건 농민들이 계속해서 착취당해야 한다고, 종종 절망적이고 늘 억압적인 물리적 노동의 부담을 지는 삶을 살아야 한다고 주장하는 것이다. 농민들이 내가 정의한 용어의 의미에서 생존자 계급이라는 점을 빨리 받아들일수록 그들 삶의 방식에 어떤 이상화도 불가능해질 것이다. 공정한 세상이라면 그런 계급이 더는 존재해서는 안 된다.

하지만 농민 경험을 과거에만 속하는 것으로, 현대의 삶에는 관련성이 없는 것으로 내치는 것, 오래 존속되는 물질의 형태로 구체화되는 경우가 거의 없다는 이유로 수천 년에 걸친 농민 문화가 미래를 위한 유산을 전혀 남기지 않았다고 여기는 것, 수백 년 동안 유지되어 온 대로 농민 경험을 계속해서 문화 주변부에 남겨 두는 것은, 너무 많은 역사와 너무 많은 삶의 가치를 부정하는 것이다. 정산을 완료한 대차 계정에 줄을 죽 그어 폐기하는 식으로 역사에 배제의 줄을 그을 수는 없다.

논점을 더 정확하게 잡아 보자. 농민 경험의 놀랄 만한 지속성과 농민적 세계관은 멸종의 위협을 받고 있고, 전례 없고 예기치 않은 긴급 상황에 처해 있다. 농민들의 미래만이 이 지속성과 관계된 건 아니다. 지금 세계의 대부분 지역에서 농민을 제거하거나 파괴하고 있는 힘들은 한때 역사의 진보라는 법칙에 담겼던 희망들 대부분이 내포한 모순을 대변한다. 생산성은 희소성을 줄이지 못했다. 지식 전파는 명확하게 더 원대한 민주주의로 이어지지 않았다. 선진국에서 도래한 여가 생활은 자아실현이 아니라 더 큰 규모의 대중 조작을 가져왔다. 세계적인 경제 및 군사 통합은 평화가 아니라 학살을 불러왔다. 전 지구적인 기업 자본주의의 역사와 그 역사의 힘이 심지어 대안을 찾는 이들에게까지 받아들이도록 강요한 '진보'에 대한 농민들의 의심이 전적으로 번지수를 잘못 찾았다거나 근거가 없다 할 수는 없는 셈이다.

그런 의심만로는 정치적 운동 발전의 대안적 토대를 형성할 수 없다. 그런 대안의 전제 조건은 농민들이 계급으로서 자신의 세계관을 획득하는 것이며, 이는 소멸이 아니라 계급으로서의 권력 획득을 의미한다. 그 과정에서 계급적 경험과 성격을 변화시킬 권력 말이다.

반면, 잔인하기 짝이 없는 기업 자본주의가 더욱 확장되고 통합되는 방향과, 그에 대항하는 장기적이면서도 들쭉날쭉하고 그러면서도 승리가 확실하지 않은 투쟁의 양상을 염두에 두고 앞으로 세계 역사가 나아갈 경로를 살펴본다면, 수시로 바뀌며 실망을 주는, 궁극적인 승리에 대해 초조해하는 진보적 희망보다 농민의 생존 경험이 이 길고 가혹한 전망에 훨씬 잘 적용될 것이다.

마지막으로, 자본주의 자체에는 애덤 스미스나 마르크스도 예견하지 못했던 역사적 역할이 있다. 역사를 파괴하고, 과거와의 모든 연결 회로를 잘라 모든 노력과 상상력을 앞으로 일어날 일에 집중하도록 만드는 것이다. 자본이 계속해서 스스로를 재생산하려면, 그렇게 존재할 수밖에 없다. 자본의 현재 실체는 미래에 있을 스스로의 실현에 의존한다. 이것이 자본의 형이상학이다. 이 형이상학 안에서 **믿음**이라는 단어는 과거의 성취를 표현하는 대신, 미래의 기대만을 표현한다. 그런 형이상학이 결국 어떻게 이 세계체제를 특징짓게 되었는지, 어떻게 소비주의의 관행 속으로 해석되어 들어 갔는지, 어떻게 체제가 **퇴물로** 낙인찍은 (즉 과거의 치욕과 불명예를 안은) 이들에 대한 범주화에 차용되었는지는 이 글의 영역을 훌쩍 넘어서는 이야기다. '역사는 허튼소리다'라는 헨리 포드의 언급은 일반적으로 과소평가되었다. 그는 자신이 무슨 얘기를 하고 있는지 정확하게 알았다. 전 세계의 농민 계급을 파괴하는 것은 역사적 배제의 최종 작전이 될 수 있다.[1]

1. 삼부작 '그들의 노동에' 첫번째 작품 『끈질긴 땅』 1999년 판에는 마지막 문장 대신 다음 문구가 추가되었다. "이 삼부작은 시골에 살든 아니면 마지못해 대도시로 이주했든, 소위 '퇴물'이라는 이들을 위한 연대의 정신으로 씌어졌다. 내가 아는, 얼마 되지 않는 모든 걸 가르쳐 준 이들이 바로 그런 남녀들이므로, 나는 연대한다."

# 하얀 새

이따금 미학(美學)에 대해 말해 달라는, 대체로는 미국에 있는 기관의 초대를 받곤 한다. 언젠가 한 번은 수락하려고 마음을 먹고 하얀 나무로 만든 새를 가져가야겠다고 생각했다. 하지만 나는 가지 않았다. 문제는, 희망의 원리와 악의 존재에 대해 말하지 않고서는 미학에 대해 말할 수 없다는 점이었다. 긴 겨울 동안 오트사부아 주(존 버거가 살았던 프랑스 동부의 알프스 산맥 지역—옮긴이)의 어느 지역에 사는 농부들은 자기들 부엌과 아마 예배당에도 걸어 둘 나무 새를 만들곤 한다. 여행을 다니는 친구들이 체코슬로바키아와 러시아, 그리고 발트해 연안 국가들에서 똑같은 원리로 만든 비슷한 새들을 봤다고 얘기해 주었다. 이런 전통이 제법 널리 퍼져 있는 듯하다.

섬세하게 새를 만들려면 상당한 기술이 필요하긴 하지만, 만드는 원리는 간단하기 이를 데 없다. 길이가 십오 센티미터쯤 되고 높이와 폭이 삼 센티미터쯤 되는, 결이 고운 나무막대 두 개를 준비한다. 막대를 물에 담궈 최대한 부드럽게 만든 다음 깎는다. 막대 하나가 대가리와 펼친 꽁지깃이 달린 몸통이 되고, 다른 하나가 날개가 된다. 기술은 기본적으로 날개와 꽁지깃을 만드는 데 필요하다. 전체 날개 덩어리를 통째로 깃털 모양으로 다듬는다. 그러고는 덩어리를 얇게 열세 장으로 자르고, 조심스럽게 한 장씩 부채 모양으로 펼친다. 다른 쪽 날개와 꽁지깃도 같은 방식이다. 두 나무토막을 십자 모양으로 붙이면 새가 완성된다. 풀은 사용하지 않고 두 나무토막이 겹치는 곳에 못 하나를 박는다. 백 그램도 안 나가는 아주 가벼운 이 새는 대개 공기의 흐름에 따라 흔들리도록 실에 달아 머리 위 선반이나 대들보에 매단다.

이런 새 한 마리를 반 고흐의 자화상이나 렘브란트의 십자가 그림과 비교하는 건 터무니없을 것이다. 새는 집에서 간단하게 만든 물건이고 전통적인 양식에 따라 작업되었다. 하지만 우리는 바로 그 단순함 때문에 누구든 보면 즐거워하고 신기해할 재주라고 일컬을 수 있다.

여기에는 먼저, 형태적 반영이 있다. 우리는 분명하게 공중에 매달린 새, 더 정확하게는 비둘기 한 마리를 본다. 그러므로, 주변를 둘러싼 자연이라는 세계에 대한 지시가 있다. 둘째로, 선택된 대상(날아가는 새)과 그것이 놓인 맥락(살아 있는 새가 있을 성싶지 않은 실내)이 그 물건을 상징적으로 만든다. 이런 기본적인 상징성은 보다 일반적이고 문화적인 상징성과 이어진다. 새는, 특히 비둘기는 아주 다양한 문화에서 상징적 의미들을 인정받아 왔다.

셋째로, 사용된 물질에 대한 존중이 있다. 무게와 무름의 정도와 촉감 같은 성질에 맞도록 나무가 쓰였다. 그걸 보다 보면 우리는 나무가 얼마나 훌륭하게 새가 되었는지에 놀란다. 넷째로, 형태적 통일성과 경제성이 있다. 대상이 가진 분명한 복잡성에도 불구하고 제작의 문법은 간단하다 못해 금욕적이기까지 하다. 그 물건이 보여 주는 풍부함은 변형이기도 한 반복의 결과다. 다섯째로, 인간이 만든 이 물건은 일종의 감탄을 일으킨다. '대체 어떻게 만든 거지?' 위에서 대략적인 방법을 설명하긴 했지만, 그 기술에 익숙지 않은 이라면 누구나 그 비둘기를 들고 자세히 살펴보며 제작 과정에 숨은 비밀을 찾아내고 싶어진다.

이런 다섯 가지 특질이 획일화되지 않으면서 하나의 전체로서 인식될 때, 적어도 순간이나마 신비를 대면한 듯한 느낌을 불러일으킨다. 우리는 새가 된 나무막대를 보고 있다. 어떻게 보면 우리는 새보다 더 그럴듯한 새를 보고 있다. 우리는 신비로운 재주와 일종의 사랑으로 매만져진 무언가를 보고 있다.

지금까지 나는 미적 감정을 불러일으키는 그 하얀 새의 특질들을 잡아내려고 애썼다. ('감정'이라는 말이 마음과 상상력의 움직임을 가리키긴 하지만 다소 혼란을 주는데, 우리가 얘기하고 있는 감정이 우리가 경험하는 다른 것들과 전혀 다르기 때문인데, 분명 이때의 우리 자아가 훨씬 거대한 수준의 정지 상태에 있기 때문일 것이다.) 하지만 나의 정의는 근본적인 질문을 요구한다. 그 특질들은 미학을 예술로 축소시킨다. 그 특질들은 예술과 자연과의, 예술과 세계와의 관계에 대해 아무 말도 하지 않는다.

산이나 해가 막 넘어간 직후의 사막이나 과일나무 앞에 서서도 우리는 미적 감정을 경험할 수 있다. 결과적으로 우리는 다시 시작해야 한다. 이번에는 사람이 만든 물건이 아니라 우리가 태어난 자연으로부터 말이다.

도시 생활은 늘 감상적인 자연관을 내놓는 경향이 있다. 자연은 정원으로, 아니면 창으로 감싸인 풍경으로, 아니면 자유의 장으로 생각된다. 농민들, 어부들, 유목민들은 뭘 좀 안다. 자연은 에너지이고 투쟁이다. 자연은 스스로 그러하다. 인간이 자연을 하나의 장, 무대로 생각한다면 자연을 선뿐만 아니라 악에게도 스스로를 내줄 수 있는 존재라고 생각해야 한다. 자연의 에너지는 두려울 정도로 무관심하다. 삶의 첫번째 필수 요소는 안전한 거처다. 자연을 막아 주는 안전한 거처 말이다. 첫번째 기도는 보호를 원하는 것이다. 생명의 첫번째 신호는 고통이다. 창조에 목적이 있다면, 그 목적은 일어나는 일의 증거에 의해서가 아니라 신호들 안에서 흐릿하게만 발견될 수 있는 숨은 것이다.

미(美)와 마주치는 건 이런 암담한 자연적 맥락 안에서이고, 마주침은 본질적으로 갑작스럽고 예측할 수 없다. 강풍은 스스로 불어 가고, 바다는 칙칙한 회색에서 산뜻한 청록색으로 변한다. 산사태로 떨어져 내린 바윗덩어리 밑에서 꽃이 자란다. 빈민굴 위로 달이 떠오른다. 나는 맥락의 암담함을 강조하기 위해 극적인 예를 든다. 보다 일상적인 사례들을 깊이 생각해 본다. 마주친다 하더라도, 미는 언제나 예외적이고, 언제나 **그럼에도 불구하고**이다. 우리가 미에 감동하는 이유가 그래서다.

우리가 자연의 미에 감동하는 방식의 기원이 기능에 있다는 주장이 나올 수 있다. 꽃은 결실의 약속이고, 석양은 불과 온기를 생각나게 하며, 달빛은 밤을 덜 어둡게 해 주고, 화려한 깃털의 색은 (진화의 계보를 타고 우리에게까지) 성적 자극이다. 하지만 이런 주장은 너무 환원적이라고 나는 믿는다. 내리는 눈은 쓸모가 없다. 나비가 우리에게 주는 것은 거의 없다.

물론 특정한 공동체가 자연에서 아름답다고 느끼는 것의 범위는 저마다의 생존 수단과 경제와 지리적 특징에 달려 있을 것이다. 에스키모들이 아름답다고 느끼는 것이 아프리카 아샨티 족이 아름답다고 느끼는 것과 동일할 듯싶지 않다. 현대 계급사회들 안에는 복잡한 이데올로기적 경향들이 있다. 예를 들어, 우리는 십팔세기 영국의 지배 계급이 바다 풍경을 싫어했다는 걸 알고 있다. 마찬가지로 미적 감정에 대한 사회적 사용법은 역사적 순간에 따라 바뀐다. 산의 윤곽은 죽은 자의 고향이나 산 자의 주도권에 대항하는 도전을 상징할 수 있다. 인류학과 비교종교학, 정치경제학, 마르크스주의는 모두 이를 분명히 했다.

하지만 모든 문화가 '아름답다'고 느끼는 어떤 불변의 것들이 있는 듯하다. 특정한 꽃과 나무, 바위 형태, 새, 동물, 달, 흐르는 물….

우리는 우연을, 아니 어쩌면 조화를 알아차리지 않을 수 없다. 자연적 형태의 진화와 인간 인식의 진화는 함께 잠재적 인식이라는 현상을 만들어냈다. **존재**하는 것과 우리가 볼 수 있는 것(그리고 봄으로써 또한 느낄 수 있는 것)은 때로 어떤 확인의 시점에서 만난다. 이 시점은, 이 우연은 양면을 지닌다. 보인 것은 인식되고 확인되며, 동시에 보는 이는 본 것에 의해 확인된다. 아주 짧은 순간 우리는 창조자의 허위의식 없이 창세기 첫 장에 나오는 신의 위치에 서게 된다…. 그리고 **그 위치에서** 보았더니, 좋았다. 자연 앞에서 느끼는 미적 감정은 이 이중 확인에서 비롯된다고 나는 믿는다.

하지만 우리는 창세기 첫 장에 살지 않는다. 성경에 나오는 사건들의 순서에 따르면 우리는 타락 이후를 산다. 어떤 경우에도 우리는 악이 판을 치는 고통의 세계에, 일어나는 사건들이 우리의 존재를 확인시켜 주지 않는 세계에, 저항해야 할 세계에 살고 있다. 미적 순간이 희망을 주는 것이 이런 상황에서다. 수정이나 양귀비꽃이 예쁘다고 생각하는 것은 우리가 덜 외롭다는 걸, 혼자 살았더라면 믿지 못했을 정도로 우리가 존재에 더 깊이 연루돼 있음을 의미한다. 나는 문제의 경험을 가능한 한 정확하게 묘사하려 한다. 나의 시작점은 현상학적이지만 연역적이지는 않다. 그렇게 인식된 경험의 형태는 그 안에 든 모든 것이 순간적이기 때문에 우리가 받아들여도 해석할 수 없는 메시지가 된다. 일순간 우리 인식의 에너지가 그 창조의 에너지와 분리될 수 없게 된다.

내가 처음 얘기를 꺼냈던 하얀 새처럼, 사람이 만든 물건을 앞에 두고 느끼는 미적 감정은 우리가 자연 앞에서 느끼는 감정에서 파생된다. 그 하얀 새는 실제의 새로부터 받은 메시지를 해석하려는 시도이다. 모든 예술 언어는 순간적인 것을 영구적인 것으로 바꾸려는 시도로 개발되었다. 예술은 아름다움이 예외가 아니라, **그럼에도 불구하고**가 아니라, 질서의 기초라고 가정한다.

몇 년 전, 예술의 역사적 얼굴을 고민하면서 나는 현대 세계에서 정당한 사회적 권리들을 요구하는 인간을 도왔는지 여부에 따라 작품을 평가한다고 썼다. 나는 그 지점을 고수한다. 예술의 다른, 심원한 얼굴은 인간의 존재론적 권리에 대한 질문을 제기한다.

예술이 자연의 거울이라는 개념은 회의주의의 시대에나 먹힐 개념이다. 예술은 자연을 모방하지 않는다. 때로는 다른 세계를 제시하기 위해, 때로는 그저 자연이 제공하는 단순한 희망을 확대하고, 확인하고, 사회적으로 만들기 위해, 예술은 창조를 모방한다. 예술은 자연이 우리에게 가끔 마주하도록 허용하는 것에 대한 조직된 응답이다. 예술은 잠재적인 인식을 부단한 인식으로 변화시키기 시작한다. 예술은 보다 확실한 대답을 받을 희망에 찬 인간을 선언한다…. 예술의 심원한 얼굴은 언제나 일종의 기도였다.

이웃들이 모여 술을 마시는 주방에서 하얀 나무 새가 스토브에서 오르는 따뜻한 공기를 받아 가볍게 떠돈다. 바깥은 영하 이십오 도이고, 진짜 새는 얼어서 죽어 가는데!

# 영혼과 투기꾼

바르샤바와 라이프치히, 부다페스트, 브라티슬라바, 리가, 소피아에서 사진이 온다. 나라마다 대중 집회에서 어깨를 걸고 서는 물리적인 방식이 조금씩 다르다. 하지만 이 모든 사진들에서 나를 사로잡는 것은 보이지 않는 무언가이다.

엄청난 행복의 순간 대부분이 그러듯이, 1989년 동유럽에서 일어난 사건들(1989년부터 1990년대 초까지 폴란드, 동독, 헝가리, 슬로바키아, 라트비아, 불가리아 등 동유럽 국가들에서 일어난 공산정권에 대한 민중저항운동—옮긴이)은 예견되지 않은 것들이었다. 하지만 그 겨울 수백만 명이 함께 나눴던 그 감정을 '행복'이라는 말로 묘사하는 것이 맞을까? 행복보다는 뭔가 더 엄숙한 것이 개입돼 있지 않았나?

그 사건들을 예견할 수 없었던 것처럼, 미래도 여전히 그렇다. 우려와 혼란과 구원에 대해서 얘기하는 것이 더 적절하지 않을까? 왜 행복을 고집할까? 사진 속의 얼굴들은 긴장하고, 굳고, 수심에 잠겼다. 하지만 웃음이 행복의 필수는 아니다. 행복은 살아 있는 그 순간에 자신의 전부를 내줄 수 있을 때, 있는 곳과 바라보는 곳이 같을 때 일어난다.

쓰다 보니 이십 년도 전에 기차를 타고 프라하를 떠나던 기억이 난다. 마치 모든 건물의 모든 돌덩이가 검정색인 도시를 떠나는 듯했다. 뒤에 남아 마지막 모임에서 연설하던 학생 대표의 말이 다시 들리는 듯하다. "올해 1969년을 위한 우리 세대의 계획은 무엇인가? 모든 형태의 스탈린주의에 반대하는 지금의 정치적 사고를 고수하고, 그러면서도 몽상에 빠지지 않는 것이다. 그런 꿈을 꾸다 보면 우리가 묻힐 수 있으므로, 신좌익(New Left)의 유토피아를 거부하는 것이다. 어떻게든 노조들과의 연계를 유지하는 것이고, 다른 사회주의 모델을 위해 계속해서 일하고 준비하는 것이다. 일 년이 걸릴 수도 있다. 십 년이 걸릴 수도…."

이제 그 학생 대표는 중년이다. 그리고 둡체크(A. Dubček)가 그 나라의 총리다.

많은 사람이 지금 일어나고 있는 일을 혁명이라 칭한다. 아래로부터 일어난 정치적 압박의 결과로 권력의 소유자가 바뀌었다. 국가는 경제적 정치적 사법적으로 변화하는 중이다. 지배 엘리트들이 공직에서 쫓겨나고 있다. 혁명을 만들려면 무엇이 더 필요할까? 아무것도. 하지만 이것은 현대에 일어난 다른 어느 혁명과도 같지 않다.

첫째로는 혁명론자들이 비무장이었는데도 지배 엘리트들이 (루마니아의 경우를 제외하고) 반격하지 않고 물러나거나 외면했기 때문이다. 그리고 둘째로, 유토피아적인 환상 없이 만들어지고 있기 때문이다. 속도를 낼 필요가 있다는 걸 알면서도 **진격!**이라는 무시무시한 고전적 권고 없이 차근차근 만들어지고 있다.

그보다, 회귀하고자 하는 희망이 있다. 과거로, 이전의 모든 혁명이 일어나기 전의 시간으로? 불가능하다. 그리고 불가능한 것을 요구하는 이는 소규모의 소수자들뿐이다. 동시다발적으로 일어난 대중 시위다. 모든 세대의 사람들이 추위를 막으려 꽁꽁 싸맨 채, 엄숙하고 행복한 얼굴로 집결지를 지켰다. 누구와 함께?

답하기 전에 우리는 물어봐야 한다. 막 끝난 그건 무엇인가? 베를린 장벽, 일당 체제, 많은 국가에서는 공산당, 붉은 군대의 점령, 냉전? 이런 것들보다 더 오래된 데다 이름을 대기도 쉽지 않은, 다른 어떤 것도 끝났다. 그게 무엇인지 우리에게 얘기해 줄 목소리는 부족하지 않다. 역사! 이데올로기! 사회주의! 그런 대답들은 설득력이 없다. 그런 것은 뭔가를 바라는 사상가들이 만들기 때문이다. 그럼에도 불구하고, 뭔가 방대한 것이 끝났다.

가끔 역사가 이상하게 수학적으로 보일 때가 있다. 우리가 자주 떠올렸듯이, 작년은 다른 모든 근대 혁명의 첫 모델은 아닐지라도 고전적인 모델이 된 프랑스혁명 이백주년이었다. 1789-1989. 그저 연도만 적어도 이 기간이 한 시대를 구성하지 않는지 물어보기에 충분하다. 끝난 건 이 시대인가? 그렇다면, 무엇이 이를 한 시대로 만들었는가? 이 시대의 눈에 띄는 역사적 특징은 무엇이었나?

이 두 세기 동안 세상은 '개방'됐고, '통합'됐고, 현대화되었고, 창조되었고, 파괴되었고, 전에 없던 규모로 변화되었다. 자본주의가 이런 변화를 위한 에너지를 만들었다. 이기심이 일상적인 인간의 유혹으로 여겨지는 대신 영웅이 된 시대였다. 많은 사람이 보편적인 선과 이성과 정의의 이름으로 이 새로운 프로메테우스적 에너지에 반대했다. 하지만 프로메테우스들은 물론, 반대자들도 어떤 믿음을 공유했다. 둘 다 진보와 과학과 인간을 위한 새로운 미래를 믿었다. 모두가 자신만의 특정한 개인적 믿음을 가졌지만(그렇게 많은 소설이 씌어진 이유 중 하나다), **실행**에서는, 세계와의 소통에서는, 교환에서는, 모두가 전적으로 물질적인 기반에서 삶을 해석하는 체제들의 대상이었다.

애덤 스미스와 리카도, 스펜서 같은 철학자들의 원칙을 따라 자본주의는 물질적 고려와 가치만을 중요시하는 실행 관습을 안착시켰다. 그래서 정신적인 것들은 주변화되었다. 금지와 탄원은 (오늘날에도 여전히 그렇듯이) 자연법칙에 버금가는 권위가 부여된 경제법칙의 우선순위에 밀려 무시되었다.

　공식적인 종교는 진짜 결과들을 외면하고 기본적으로 권력자들을 축복하는 회피의 극장이 되었다. 그리고 저명한 자본주의 이론가 중 한 명인 조지프 슘페터가 정의한 자본주의의 '창조적 파괴'에 직면해서는, 실행 관습의 기저에 깔린 무자비한 논리를 숨기기 위해 부르주아 정치학의 현대적인 수사가 발전했다.

　수사와 위선에 속지 않는 사회주의 세력은 그 실행 관습에 천착했다. 끈질긴 강조는 마르크스의 비범한 재능이었다. 아무것도 그의 주의를 돌리지 못했다. 그는 최종적으로 완전히 노출될 때까지 그 실행 관습을 한꺼풀 한꺼풀 벗겨냈다. 충격적일 정도로 방대한 그 폭로가 사적유물론에 예언자적 권위를 부여했다. 역사와 온갖 고통의 비밀이 여기 있다! 우주의 모든 것이 이제 물질적 기반 위에서 설명되고, 인간의 이성을 향해 열릴 수 있었다. 이기주의 자체는 결국 진부해질 터였다.

그러나 인간의 상상력은 물질적 실행 관습이나 철학의 틀 안에서만 갇혀 살아가는 데 엄청난 어려움을 겪는다. 개집에 든 개처럼 들판의 토끼를 꿈꾼다. 그래서 이 두 세기 동안 정신적인 것들이 난무했지만, 새로운, 주변화된 형태로서였다.

　정확하게 우리의 시대가 열린 해에 태어난 자코모 레오파르디〔Giacomo Leopardi, 1798-1837, 십구세기 초 이탈리아의 시인으로, 이성(理性)이 행복을 파괴한다는 통찰이 엿보이는 시를 많이 남김—옮긴이〕를 예로 들어 보자. 그는 근대 이탈리아에서 가장 위대한 서정 시인이 될 사람이었다. 그 시대의 아이로서 그는 실존하는 것들에 대한 합리주의적이고 유물론적인 태도로 우주를 탐구했다. 그럼에도 불구하고, 그의 시 세계에서는 합리주의적이고 유물론적인 태도와 공존했던 그의 슬픔과 금욕적 성향이 우주보다 커졌다. 자신을 둘러싼 물질적 실재를 고집할수록 그의 우울은 더욱 심원해졌다.

마찬가지로, 시인이 아닌 사람들도 자신의 시대를 지배하는 유물론의 예외가 되고자 애썼다. 그들은 유물론적 해석을 넘어서는 것들, 그 설명에 딱 맞아떨어지지 않는 것들을 위한 **고립된** 영토를 창조했다. 그 고립지는 은신처를 닮았다. 자주 비밀에 부쳐졌다. 밤에만 들락거렸다. 숨을 죽이고 생각했다. 때로는 광기의 극장으로 변했고, 때로는 정원처럼 담이 쳐졌다.

그 안에 있는 것은, 이런 고립지에 보관된 **저 너머의 것들**의 형태는 시대와 사회적 계급과 개인적 선택과 유행에 따라 판이하게 달랐다. 로맨티시즘, 고딕으로의 회귀, 채식주의, 루돌프 슈타이너, 예술을 위한 예술, 접신학(theosophy), 스포츠, 나체주의…. 각각의 운동은 저마다의 숙련자들을 위해 정신적인 것들의 사라진 조각을 살려냈다.

물론 여기서 파시즘(fascism)의 문제를 피해 갈 순 없다. 파시즘도 같은 일을 했다. 악에 아무런 정신적인 힘이 없다고 가정하는 사람은 없어야 한다. 사실, 그 시대의 주요한 실수가 악과 관계되었다. 철학적 유물론자들에게는 악이라는 범주가 사라졌고, 기득권의 수사학자들에게는 마르크스주의 유물론이 악이 되었다! 이런 상황이 키르케고르가 정확하게 '악마의 수다'라고 부른, 이름과 물체, 행동과 결과 사이 끔찍한 가림막을 세우는 수다에 활짝 열린 장을 마련해 주었다.

하지만 이 시대에 가장 원천적으로 주변화된 정신적 형태는, 부자들의 탐욕에 대항하여 사회적 정의를 위해 싸우는 이들의 초월적이면서도 세속적인 믿음이었다. 이 투쟁은 프랑스혁명의 코르들리에(Club des Cordeliers, 프랑스혁명기에 활동했던 인민 결사—옮긴이)에서부터 크론시타트의 선원들, 프라하대학의 내 학생 친구들에게까지 확장되었다. 여기에는 글을 읽을 줄 모르는 농민들부터 어원론 교수들까지 모든 계급의 일원이 포함되었다. 그들의 믿음은 절차적 선언이 없다는 의미에서 벙어리였다. 그들의 영성(靈性)은 명시적이지 않고 내재적이었다. 아마도 이 시기의 다른 어떤 역사적 운동보다 자기희생을 요구하는(이 말에 일부는 움츠러들었겠지만) 고귀한 행위를 더 많이 만들어냈을 것이다. 사람들이 신경 쓰는 설명이나 전략은 유물론적이었다. 하지만 그들이 때때로 스스로의 마음속에서 발견하는 희망과 예상치 못한 평정은 초월적인 공상가의 특징이었다.

종종 공산주의가 하나의 종교라는 말을 듣는데 아무것도 이해하지 못한 얘기다. 중요한 것은 세상의 물질적 힘들이 지금껏 한 번도 보지 못한 방식으로 **보편적인** 구원의 약속을 수백만에게 전해 줬다는 점이다. 니체가 신이 죽었다고 선언했어도, 이 수백만은 신이 역사 속에 숨어 있다고, 자신들이 함께 물질세계의 완전한 무게를 질 수 있다면 영혼에 다시 날개가 주어질 거라고 느꼈다. 그들의 믿음은 이 행성의 일상적인 어둠을 가로지르는 인류의 길을 나타냈다.

하지만 그들의 사회정치적 분석에는 그런 믿음을 위한 공간이 없었으므로, 그들은 자신들의 믿음을 이름도 지어 주지 않은 사랑하는 사생아처럼 취급했다. 그리고 여기서 비극이 시작됐다. 그들의 믿음에는 이름이 없었으므로 손쉽게 강탈될 수 있었다. 당의 지배세력이 최초의 범죄를 정당화하고, 그 범죄가 나중에는 마침내 어디에도 믿음이 남지 않을 때까지 더 많은 범죄를 묵인한 건 그들의 결정과 그들의 연대라는 명목에서였다.

텔레비전은 특유의 직접성 때문에 가끔 일종의 전자적 우화(寓話)를 양산한다. 예를 들어, 장벽이 열리던 날의 베를린을 보자. 더는 그늘을 드리우지 않는 장벽 옆에서 로스트로포비치가 첼로를 연주하고, 백만 명이나 되는 동베를린 시민들이 서독 은행들이 준 용돈으로 쇼핑을 하기 위해 서쪽으로 몰려가고 있었다! 그 순간, 유물론이 굉장했던 역사적 권력을 잃고 쇼핑 목록이 되는 장면을 전 세계가 지켜보았다!

쇼핑 목록은 소비자를 암시한다. 자본주의가 세계를 장악했다고 믿는 이유가 그래서다. 베를린 장벽의 덩어리들이 지금 세계 전역으로 팔리고 있다. 커다란 서쪽 장벽 덩어리는 사십 마르크, 동쪽 장벽 작은 덩어리는 십 마르크다. 지난달에는 모스크바에 첫 맥도널드 매장이 문을 열었다. 지난해에는 천안문 광장에 처음으로 켄터키 프라이드치킨 매장이 생겼다. 다국적기업은 더 강력하다는 의미에서 여느 일개 국가보다 국제적이 되었다. 도처에 자유시장이 세워질 것이다.

하지만 지난 두 세기 동안의 유물론 철학이 쇠락하게 되면, 소비주의와 그에 따른 전 지구적 자본주의가 지금 전적으로 의존하고 있는 **유물론적 환상**에는 무슨 일이 일어날까?

기업의 마케팅이 신학교 기도 시간 만큼이나 정기적이고 체계적으로 우리 삶을 관통한다. 마케팅은 팔리는 제품이나 포장을 변모시켜 고통에 대한 일종의 일시적인 면역을, 모종의 잠정적인 구원을, 언제나 소비로 귀결되는 건전한 행위를 약속하는 어떤 분위기를, 광휘를 얻어낸다. 따라서 모든 상품은 일종의 꿈꾸기가 되지만, 더 중요한 건 그 상상 자체가 버클리대학 경영대학원에서 "나는 탐욕이 건전하다고 생각한다. 탐욕을 가져도 스스로 죄의식을 느끼지 않아도 된다"라고 연설한 이반 보에스키(Ivan Boesky, 주식브로커이자 유명한 기업사냥꾼—옮긴이)의 신조를 받아들이며 탐욕스러워진다는 점이다.

우리 세기의 가난은 다른 어느 세기의 가난과 같지 않다. 이전의 가난과 달리, 이 가난은 자연적인 희소성의 결과가 아니라 부자들이 세상의 나머지들에게 부과한 우선순위의 결과다. 결과적으로 현대의 빈자들은 개인들의 동정을 제외하면 어디서도 동정을 받지 못하고 쓰레기로 치부된다. 이십세기 소비자 경제는 처음으로 거지를 보아도 아무 생각이 떠오르지 않는 문화를 양산했다.

동유럽에서 일어나는 사건들을 논하는 평론가 대부분은 종교와 민족주의로의 회귀를 강조한다. 전 세계적 경향의 일부분이지만, '회귀'라는 말에는 오해의 소지가 있다. 문제의 종교기관들이 예전과 같지 않기 때문이고, 이 '회귀'를 만드는 사람들이 십팔세기가 아니라 **이십세기** 말 트랜지스터라디오와 같이 살고 있기 때문이다.

예를 들어, 요즘 라틴아메리카에서 사회정의를 향한 혁명적 투쟁을 이끄는 동시에 역사의 쓰레기로 취급받는 이들에게 생존수단을 제공하는 이가 가톨릭교회의 한 종파다.(교황에게는 커다란 수치이지만.) 대부분의 중동 지역에서 점점 커지는 이슬람의 매력도, 이 종교가 서구의 무자비한 경제적 군사적 지배세력들에 대항하며 빈자들이나(팔레스타인인들을 보듯이) 땅이 없는 이들, 쫓겨난 이들을 대변하여 약속해 주는 사회적 양심과 불가분의 관계에 있다.

다시 부상하는 민족주의도 유사한 경향을 반영한다. 모든 독립운동이 경제발전과 토지에 대한 요구를 내놓지만, 제일 먼저 내놓는 건 정신적 질서에 대한 요구다. 아일랜드인과 바스크인, 코르시카인, 쿠르드인, 코소보인, 아제르바이잔인, 푸에르토리코인, 라트비아인에게는 문화적으로나 역사적으로는 공통된 게 거의 없지만, 다들 길고 쓰디쓴 경험을 통해 자신들을 지배하는 먼 외국의 중심지들이 영혼을 가지고 있지 않다는 사실을 알게 되었고, 그들로부터 자유로워지기를 원한다.

모든 민족주의가 속으로는 가장 비물질적이면서도 인간의 근원적인 창조물인 '이름'에 크게 신경을 쓴다. 이름을 사소한 것으로 제쳐놓은 이들은 한 번도 추방된 적이 없지만, 주변부 사람들은 늘 추방되었다. 그들이 정체성을 인정받기를 고집하고, 지속성에, 자신들의 망자에서 아직 태어나지 않은 아이들로 이어지는 관계에 집착하는 것도 이런 이유에서다.

종교로의 '회귀'가 부분적으로 물질주의적 체제의 비정함에 대한 저항이라면, 민족주의의 부활은 부분적으로 그 체제의 익명성에 대한, 모든 것과 모든 사람이 통계와 덧없는 것들로 환원되는 데 대한 저항이다.

민주주의는 정치적인 요구다. 하지만 더 많은 뭔가가 있다. 민주주의는 기준에 따라 어떤 행동이 옳거나 그르다고 판단할 수 있는 개인적 권리에 대한 도덕적 요구다. 민주주의는 양심의 원칙으로 태어났다. 원칙이라 하기에도 애매한, 상대적으로 사소한, '선택의 원칙'에서 태어난 것이 아니다. 그렇게 믿게 만든 건 자유시장이었다.

구석으로 몰린 정신적인 것들, 주변화된 것들이 잃어버린 땅을 다시 요구하기 시작한다. 무엇보다, 사람들의 마음속에서 일어난다. 폐기 됐던 옛 논리와 옛 상식과 옛 용기의 형태들이, 오랫동안 주변부로 사라졌던 낯선 인식들과 희망이 저마다의 몫을 요구하며 돌아온다. 이 것이 사진 속 얼굴들 뒤에 숨은 행복이 시작되는 지점이다. 하지만 거기서 끝나지 않는다.

　재회가 일어났다. 헤어진 이들이, 국경과 국가에 의해 헤어진 이 들이 만난다. 끝나 가는 이 시대를 통틀어 온통 가혹하기만 한 일상의 삶이 빛나는 미래에 대한 약속으로 인해 계속해서 정당화되었다. 산 자들이 끊임없는 희생을 바친 새로운 공산주의적 인간이라는 약속. 무지와 편견의 울타리를 영원히 철폐할 과학이라는 약속. 더욱 최근 에는, 즉각적으로 다음 행복을 살 수 있는 신용카드라는 약속.

　빛나는 미래에 대한 이런 과도한 수요는 현재를 모든 지난 시대 와 지난 경험으로부터 분리했다. 이전에 살았던 이들은 역사적으로 그 어느 때보다 멀어졌다. 그들의 삶은 현재라는 독특한 예외로부터 동떨어지게 되었다. 그리하여 두 세기 동안 역사가 건넨 미래의 '약속' 은 산 자들에게 전례 없는 고독을 안겨 주었다.

　오늘날 산 자들은 죽은 자들을, 심지어 오래전에 죽은 자들을 다 시 만나 고통과 희망을 나눈다. 그리고 이상하게도, 그 또한 그 사진들 속 얼굴 뒤에 숨은 행복의 일부다.

　이런 순간이 얼마나 오래 지속될 수 있을까? 상상할 수 있는 역사 의 모든 위험이 준비를 마치고 기다리고 있다. 편협성, 광신, 인종주 의. 그리고 이론적으로는 자유시장이 해결할, 하루하루의 생존이 걸 린 계속되는 이 엄청난 경제적 곤란. 시장과 함께 돈에 대한 탐욕스러 운 새로운 관심이 게걸스러운 정글의 법칙과 함께 도래한다. 하지만 아무것도 최종적으로 결정되지 않는다. 영혼과 투기꾼이 함께 은신처에서 나왔다.

# 1991년 8월 셋째 주

1958년, 터키에서 공산주의자라는 이유로 수년간 투옥된 뒤 모스크바에서 망명 생활을 하고 있던 나짐 히크메트(Nâzim Hikmet)가 터키의 화가이자 시인인 내 친구 아비딘 디노(Abidin Dino)를 위해 시를 한 편 썼다.

　　이들은, 디노여
　　갈가리 찢긴 빛 조각을 꽉 쥔 이들은
　　어디로 가고 있나, 디노여
　　깊디깊은 어둠 속에 든 이들은?
　　너와 나 또한, 디노여
　　우리도 이들 가운데에 있네
　　우리 역시도, 디노여, 우리 또한 봤었네
　　푸르던 하늘을.

　　직접 보지는 못했지만 어느 정도는 상상할 수 있는 디노의 그림에서 영감을 받은 시다. 아비딘은 반대로, 방랑하는 수피(Sufi) 수행자들에게서 비롯된 전통들로부터 영감을 받는 상상화가이다.

　텔레비전 뉴스를 보고 난 이 밤에 나짐 히크메트의 시가 떠오른다. 다른 사람들과 마찬가지로 나도 일주일 내내 텔레비전을 지켜보았다. 오늘 밤 본 모스크바에서는 루뱐카 광장에 모인 군중이 누구 한 사람도 절대 잊지 못할 순간을 살고 있었다. 악명 높은 케이지비(KGB) 건물 바깥에 선 펠릭스 제르진스키의 거대한 동상이 해체되고 있었다. '철의 펠릭스'라 알려진 그는 1918년 케이지비의 전신인 정치경찰 체카(Cheka)를 창설했다. 크레인이 기단을 남기고 청동 동상을 들어 올렸다. 루뱐카라는 단어가 오늘 밤까지, 하지만 다른 의미에서는 영원히 의미했던 것을 안나 아흐마토바(Anna Akhmatova, 이십세기 최고의 러시아 시인으로 추앙받는 소련의 시인—옮긴이)가 전달했었다. 가로로 공중에 매달린 동상이 천천히 멀어졌다. 다른 동상들과 같은 신세가 될 것이다.

　흉상과 조각들, 마르크스와 엥겔스, 칼리닌, 스베르들로프가 도처에서 쓰러지고 있다. 뒤집힌 그것들이 모두 잔해처럼, 고물처럼 보인다. 하지만 자동차 사고나 비행기 사고 때문이 아니었다. 그것들은 오랜 세월 연이은 희생을 정당화하거나 요구한 우상들이었다. 그것들의 지금 꼴은, 고물처럼 옆으로 누워 줄에 매달린 그 꼴은, 그들의 미적 양식과 도상학(圖像學)의 결과다.

　기념 조각상 중에서는 특정한 십자가형만이 옆으로 누워 공중에 매달렸을 때도 여전히 의미를 가질 것이다. 십자가형은 이미 쓰러진 나무에 행해졌고, 사실적으로 조각되었다면 십자가에 오른 인물은 모욕과 고통을 받는 남자다. 이와 대조적으로 우상이 조각상으로 설 때는 수직으로 서 있어야만 한다.

1989년 있었던 동유럽 사례에도 불구하고, 사건의 속도에 모두가 놀랐다. 분명 시아이에이(CIA)도 내다보지 못했던 그 쿠데타 이후 러시아 시민사회가 새로이 얻은 의지력은 그 사건들로 자극을 받은 이들까지도 놀라게 했을 게 틀림없다. 8월 셋째 주의 속도는 역사적 과정의 속도가 아니라 갑작스러운 자연의 부활 속도였다. 불이나 바람, 욕망을 닮은 속도였다. 동상이 무너졌을 뿐만 아니라 기관들이, 성당들이, 연결망들이, 서류들이, 무기고들이 무너졌다. 영국의 자장가처럼 '모두가 무너지네'였다.

　예상치 못했지만 결정적이었던 젊은이들의 참여로 여기에 관여된 에너지의 유기적 성질이 확인되었다. 8월 21일 수요일 국회 광장에서 있었던 일은 한 세대의 탄생이었다. 그리고 고르바초프는 하룻밤 사이에 늙었다.

고르바초프의 승리와 극적인 이야기는 놀랍기 그지없다. 우리는 이제 알 수 있다. 그는 권력을 잡기 훨씬 전에 조언자들과 함께 잠재적인 시민사회가 형성되고 해외에 있는 소비에트의 위성국가들이 해체되어야만 소비에트 국가기구 내부에 변화를 일으킬 진정한 기회가 생기리라고 계산했다. 그래서, 먼저 글라스노스트(glasnost, 정보 공개 정책―옮긴이)가 있었다. 그리고 나서야 베를린에서 시작해야 했던, 모스크바 붉은 광장까지 이어지는 도로가 있었다. 1944년에는 붉은 군대가 영웅적으로 반대 방향으로 나아갔는데, 이제 이렇게 되어야만 하는 역설이 여러 번 그의 뇌리를 스쳤을 것이다.

　그의 계산이 옳았다고 판명됐고, 결과적으로 역사상 전례가 없는 규모로 뭔가가 일어났다. 그렇게 거대한 권력 체계가 그처럼 짧은 시간에 그처럼 적은 사상자를 내며 해체된 적은 일찍이 없었다. 유럽의 얼굴이 완전히 변했는데, 거의 모든 사람이 매일 밤 자기 침대에서 잠을 잤다. 내가 자장가를 인용한 것도 그런 이유에서다.

　한스 마그누스 엔첸스베르거는 고르바초프에게 퇴각의 귀재, 후퇴의 달인이라는 이름을 붙였다. 그가 옳다. 하지만 그 계획, 그 실행, 그리고 그 위대한 후퇴의 성공은 한 가지에 달렸고, 그것이 그 사람이 이룬 극적인 이야기의 축이다.

고르바초프는 공산당을 개혁할 수 있다고, 개혁이 바람직하다고 믿었다. 믿지 않았다면, 필요한 힘을 얻거나 동지들을 설득하거나 반대파에게 두려움을 주거나 그처럼 전망을 제시하는 힘을 발휘할 수 없었을 것이다.

그는 정치론 책을 써냈어야 할 사람인지도 모른다. 하지만 그랬다면 우리가 지난 오 년 동안 겪으며 살았던 어마어마한 변화들이 그런 식으로 일어나지는 않았을 것이다. 또한 소련의 경제 붕괴가 결국에는 아주 폭력적이고 절박한 대결 상황을 초래했을 것이다.

고르바초프는 공산당 내부에서 성장하여 당과 그 당이 세상에서 맡은 역할을 변화시키는 일에 착수한 사람이다. 그가 상상하지 못한 건 딱 한 가지였다. 즉 그가 초래하거나 감독한 그 모든 변화들 때문에, 소비에트 공산당은 하룻밤 사이 불법 단체로 선언될 터였다.

8월 셋째 주가 끝나는 시점에, 자유로워진 세상을 상징하는 시청자들에게 간청하는 그 순간, 그는 자신이 빈손이라는 사실을 깨닫는다.

내가 히크메트의 시를 생각한 건 서로 다르지만 유사한 역설과 극적인 이야기가 언급되기 때문이다. 엽서 한 장에 들어가는 짧은 시지만, 그의 많은 시들이 그렇듯이 슬픔과 남다른 동정이 가득 차 있다. '동정'이라는 말을 시에 적용하면 아무 문제가 없다. 하지만 실제 삶에서, 현대의 삶에서 '동정'이라는 개념은 의심스러워졌다. 불행하게도 그 말에 모욕이 담겼다고 생각한 사람들이 있었다.

반대말인 '매정'은 끔찍하고도 간단한 개념으로 남았다. 우상이 무너진 이유는 우상이 '매정'을 구현했기 때문이다. 그 당 역시 같은 이유로 해산되었다. '매정'에는 어떤 간청도 통할 수 없다. 지금 이 순간의 우상 파괴는 간청해 봐야 소용없다는 것을 배운 이들의 복수다.

하지만, 애초에 마르크스를 포함한 공산주의자들은 동정에 마음이 움직였기 때문에 공산주의자가 되었다. 마르크스는 동정받아야 할 이들의 구원을 자신이 본 역사의 법칙으로 성문화(成文化)했다. 그것이 제일 중요했다. 갈수록 더 넓고 보다 교조적(教條的)인 일반화에 이용되면서 교리가 되어 버린 모든 일반화가 그렇듯, 그 법칙들은 마침내 거짓말이 되었다. 산 자들의 실제가 이렇게 적힌 법칙들에 가려졌고, 그럴 때마다 악이 군림한다.

오늘날 사망 판정을 받은 공산주의는 한때 동정하는 마음과 매정한 관습에서 태어난 열렬한 희망이었다.

그 사람들은… '갈가리 찢긴 빛 조각을 꽉' 쥐었다.

그렇다면 동정이란 무엇인가? 내가 알기론 시몬 베유(Simone Weil)가 동정을 가장 잘 정의했다. 동정은 "사람들에게 아무런 해가 가해지지 않는 것을 보는 데 있다. 누군가가 '나는 왜 고통스러운가?' 고민하며 속으로 울 때마다 해가 가해지고 있다. 그 해가 무엇인지, 누가 무엇 때문에 그 해를 가하는지 정의할 때 우리는 종종 실수한다. 하지만 그 울음 자체는 절대 틀림이 없다."

나는 동상이 제거된 러시아 도시마다 다른 청동상이 세워질 것이라 믿지 않는다. 거기 몰락한 무자비했던 우상들에 대한 악몽은 이미 꿈으로 대체되었다. 자유시장이 꿈꿀 권리를 나른다. 우리가 여기, 프랑스 잡지 『마리 끌레르』가 그처럼 간명하게 표현했듯이, 당신들의 갈망에 이름을 달아 줄 우리가 여기 있다. 온갖 고난을 겪은 러시아인들의 갈망은 강렬하다. 다른 어떤 제안보다, 전 세계적인 미디어 소통망이 지금 이 순간 그들의 갈망에 더 많은 대답을 줄 듯하다. 동상들은 미래의 예고편이 투사되는 스크린처럼 훨씬 더 휘발적인 이미지들로 대체되고 있다. 그 스크린 뒤에는 모순이 숨어 있다.

한편으로는, 정치인들이 언론을 두려워해야 하는 이유를 걸프 전쟁이 보여 주었다. 아니, 그보다는 언론이 보여 주는 것에 대한 대중의 반응을 두려워해야 할 이유 말이다. 위성방송이 전 세계에 '진실의 순간'이라는 용어의 새로운 의미를 전달했다. (국회 광장에서 붉은 군대의 탱크를 탄 군인이 운명을 걸고 비무장 상태의 군중에 합류한 그 순간처럼.)

다른 한편으로 보면, 지난해 루마니아에서 일어났던 사건들이 그랬듯, 걸프 전쟁은 마치 진실인 듯 흥분과 논평과 분석 등등을 전송하는 언론을 위해 거짓 시나리오가 준비될 수 있다는 사실을 보여 주었다.

저 동상들처럼, 어쩌면 언론 유통망의 근본적인 성격이 자체의 미학과 도상학에 의해 가장 분명하게 드러나는 듯하다. 지나치는 모든 것에 찍혀 있지는 않지만, 언론 유통망은 지배적인 데다 표상의 양식뿐만 아니라 관념의 양식도 만들어낸다.

그 양식은 승자와 승자가 되고자 하는 이들, 지배자가 아닌, 사실은 슈퍼맨도 아닌, 그저 성공이 당연하다고 믿을 수 있는 상황이었기 때문에 잘되고 성공한 이들의 양식이다. (스포츠계에서 이런 양식이 두드러지는데, 승자가 일시적으로는 지면서도 승자의 위치를 유지할 수 있기 때문이다.)

모든 미학과 마찬가지로 이것도 마취를 수반한다. 감각이 없는 마비된 부분 말이다. 약간의 여지를 두어 그런 마비로 고통받는 이들을 승자들에게 도움을 요청할 수 있는 예외적 존재로 인정하긴 하지만, 승리하는 미학은 실패와 패배와 고통의 기억을 배제한다. 마취는 영원히 희망이 미루어지는 장소로서의 삶을 보여 주려는 모든 주장과 증거와 외침으로부터 사람들을 격리한다. 오늘날 전 세계 대다수의 인구가 여전히 경험하고 있는 삶의 모습에도 불구하고 승리의 미학은 그런 작용을 한다.

언론 유통망은 여러 우상을 가지고 있지만, 근본적인 우상은 저만의 독특한 양식이다. 그 양식은 승리의 분위기를 만들어내며 나머지를 어둠 속에 방치한다. 언론은 동정도 매정도 인정하지 않는다.

# 장소에 관한 열 가지 속보

## 2005년 6월

### 1

누군가가 묻는다. 당신은 아직도 마르크스주의자요? 일찍이 자본주의가 정의한 '이익 추구'로 인해 이처럼 광범위하게 황폐해진 적은 없었다. 거의 모두가 알고 있다. 그렇다면 이런 황폐함을 예언하고 분석했던 마르크스의 말에 어떻게 귀를 기울이지 않을 수 있을까. 아마도 사람들이, 많은 사람들이 정치적 방향을 모조리 잃어버린 탓이리라. 지도가 없으니, 그들은 어디로 향하는지 알지 못한다.

### 2

사람들은 매일 집이 아닌 어떤 선택된 목적지를 가리키는 신호를 따라간다. 도로 표지판, 공항 탑승장 표지판, 정거장 표지판. 일부는 쾌락을, 일부는 일을 향한 길을 찾아가고, 많은 이들이 상실이나 절망에 빠진 채 길을 따라간다. 도착하면, 표지판이 가리킨 곳이 아니라는 사실을 깨닫게 된다. 그곳의 위도와 경도와 지역 시간과 화폐는 틀림이 없지만, 자신이 선택한 목적지의 그 특정한 중력은 거기 없다.

그들은 가고자 선택한 곳에 있지 않다. 원래의 목적지와 얼마나 떨어져 있는지 계산할 수도 없다. 도로 하나 사이일 수도 있고, 어쩌면 한 세상 너머일지도 모른다. 그곳은 그곳을 목적지로 만들어 주었던 것을 잃었다. 그곳은 자기 경험의 영토를 잃었다.

때로 이런 여행자들 몇몇이 개인적인 여정을 감행하여 가고 싶었던 곳을 찾기도 한다. 예상보다 가혹하기 십상이지만, 그래도 그곳에서 한없는 편안함을 발견한다. 결코 많은 이들이 도달하지는 못한다. 사람들은 자신들이 따라가는 신호들을 받아들이고, 어디로도 가지 않는 듯하고, 늘 있던 자리에 있는 듯하다.

3

매달 수백만 명이 고향을 떠난다. 가진 걸 **다해도** 아이들을 먹이기에도 충분하지 않아서 고향을 떠난다. 한때는 충분했었다. 이것이 새로운 자본주의의 빈곤이다.

길고도 끔찍한 여정 후에, 남들이 행할 수 있는 야비함을 경험한 뒤에, 자신의 비할 데 없는 끈질긴 용기를 믿게 된 후에, 이주민들은 문득 낯선 이국의 환승역 어딘가에서 기다리며 섰다. 그렇다면 그들이 고향 땅에 두고 온 것은 **그들 자신**이다. 그들의 손, 그들의 눈, 그들의 다리, 어깨, 몸, 그들의 옷가지와, 지붕을 꿈꾸며 잠드는 밤마다 머리를 묻던 것들.

아나벨 게레로(Anabell Guerrero)가 프랑스 칼레 인근 상가트에 세워진 난민과 이주민 들을 위한 적십자사 난민촌에서 찍은 몇 장의 사진에서 우리는 인간의 손가락이 대지에 일군 밭의 흔적이 될 수 있음을, 인간의 손바닥이 어느 강바닥의 폐허가 될 수 있음을, 인간의 눈이 참석할 수 없는 가족 모임이 될 수 있음을 알아차린다.

4

"나는 지하철을 타려고 내려가는 중이야. 사람이 많네. 넌 어디야? 그렇군! 거기 날씨는 어때? 지하철 탔어, 나중에 전화…."

전 세계 도시와 변두리에서 매시간 수백만 건의 휴대전화 통화가 이뤄지고, 개인적인 통화든 사업적인 통화든 대부분 자신이 어디에 있는지 언급하며 통화를 시작한다. 사람들은 곧장 자기가 어디에 있는지 확실히 알아야 한다. 자기가 어디에도 있지 않을지 모른다는 의혹에라도 쫓기듯이 말이다. 너무나 많은 모호한 것들에 둘러싸인 그들은, 자기들만의 일시적인 지표들을 궁리해내고 서로 나누어야 한다.

삼십 년도 더 전에 기 드보르(Guy Debord)가 이런 예언적인 글을 썼다. "시장이라는 추상적인 공간을 위해 축적된 대량생산 상품들이 모든 종교와 법적인 장벽들과 장인적 생산의 질을 유지해 왔던 중세의 모든 집단적 규제들을 박살냈듯이, 장소가 지닌 자율성과 특질 또한 파괴했다."

지금 진행 중인 전 세계적 혼돈의 핵심 단어는 '세계화' 또는 '재현지화'다. 이것은 비단 노동력이 싸고 규제가 적은 곳으로 생산을 이동시키는 관행만을 이르지 않는다. 여기에는 새로운 권력이 해외에서 추진하는 정신 나간 꿈도 포함된다. 이전 모든 장소의 안정된 상태와 자신감을 뒤흔들어 전 세계를 단 하나의 유동적인 시장으로 만들겠다는 꿈 말이다.

소비자는 기본적으로 소비하지 않으면 혼란을 느끼는, 또는 그렇게 느끼도록 만들어진 존재이다. 브랜드와 로고 들이 '아무 곳도 아닌 곳'의 장소명이 된다.

과거에 침략자들에 대항해 고향 땅을 방어하려는 이들이 채택한 공통적인 전술이 도로 표지판을 바꿔치기해서 '사라고사'가 정반대 방향인 '부르고스'를 가리키게 하는 것이었다. 요즘은 지역민들에게 혼란을 주기 위해, 누가 누구를 지배하고 있는지, 행복의 성질이 무엇인지, 비애의 범위는 어떤지, 아니면 어디에서 영원을 찾을 수 있는지 혼란을 주기 위해 표지판을 바꾸는 것은 방어자들이 아니라 외국에서 온 침략자들이다. 그리고 이 잘못된 방향 표시의 목적은 고객이 되는 것이 궁극적인 구원이라고 설득하기 위해서다.

하지만 고객은 어디에서 살고 죽는지가 아니라 어디에서 결제하고 지불하는지에 따라 정의된다.

5

한때 시골이었던 넓은 지역(place)들이 구역(zone)으로 바뀌고 있다. 상세한 과정은 아프리카냐, 아니면 중앙아메리카나 동남아시아냐에 따라 대륙마다 다르다. 그러나 최초의 해체는 늘 다른 곳에서, 더 많은 축적을 향한 욕망을 추구하는 기업의 이해관계에서 온다. 더 많은 축적이란 땅이나 물이 누구에게 속하는지에 상관없이 닥치는 대로 자연자원(빅토리아호수의 물고기, 아마존의 나무, 어디든 발견되는 곳에 있는 석유, 가봉의 우라늄, 기타 등등)을 손에 넣는 것을 의미한다. 그 결과로 일어나는 착취는 이내 쪽쪽 빨려 나가는 착취물들을 지키기 위한 공항과 군사 기지 및 준군사 기지와 지역 마피아들과의 유착을 요구한다. 부족 전쟁, 기근, 학살이 따를 것이다.

그런 구역에 있는 사람들은 거주에 대한 모든 감각을 잃는다. 아이들은 (실제 고아가 아닐 때조차도) 고아가 되고, 여성들은 노예가 되고, 남성들은 악한이 된다. 한번 이런 일이 일어나면 포근한 터전이라는 감각을 되찾는 데 몇 세대가 걸린다. 그러한 축적이 매년 시공간에 '아무 곳도 아닌 곳'을 늘린다.

6

이 와중에, (그러고 보니 정치적 저항 운동은 종종 '이 와중에' 시작된다) 파악하고 기억해야 할 가장 중요한 것은 이 혼돈에서 이익을 얻는 이들이 언론에 입맛에 맞는 평론가들을 심어 놓고는 계속해서 잘못된 정보를 전하고 잘못된 방향을 가리킨다는 점이다. 그들의 발표는 아무도 아무 곳으로도 보내지 않는다.

하지만 이와 동시에, 기업과 기업의 군대들이 '아무 곳도 아닌 곳'

을 더 빠르게 지배하기 위해 개발한 정보기술이 도처에서 어딘가로 가고자 분투하는 다른 사람들의 통신 수단으로 사용되고 있다.

카리브의 작가 에두아르 글리상(Edouard Glissant)이 이 점을 아주 잘 짚었다. "세계화에 저항하는 길은 보편성을 부정하는 것이 아니라 가능한 모든 특수성의 유한한 합이 무엇인지 상상하고, 단 하나의 특수만 빠져도 우리에게는 그 보편이 온전하지 않다는 생각에 익숙해지는 것이다."

우리는 우리의 지표를 세우고, 장소에 이름을 붙이고, 시를 찾고 있다. 그렇다, 이런 와중에 시를 찾아야 한다. 개러스 에번스(Gareth Evans)의 시를 보자.

오후의 벽돌이 여정의 장밋빛 열기를 품듯이
장미 봉오리가 숨 쉴 푸른 방과
바람 같은 꽃송이들을 품듯이
가느다란 자작나무들이 바람의 이야기들을
트럭에 탄 다급한 이들에게 속삭이듯이
생울타리 이파리들이 낮이 잃어버렸다고 생각한
빛을 품듯이
손목 오목한 곳이 몸을 뒤채는 공중의 참새 가슴처럼 뛰듯이
대지의 합창이 하늘에서 그들의 눈을 찾아
가린 천을 풀어 가득한 어둠 속에서 서로를 향하게 하듯이
**모든 것을 소중히 하라**


7

그들의 '아무 곳도 아닌 곳'은 전례 없는 시간 감각 탓에 기이함을 자아낸다. 디지털 시간이다. 시간이 전혀 방해받지 않고 낮과 밤을, 계절을, 출생과 죽음을 통과하며 계속된다. 돈 만큼이나 무관심하다. 하지만, 지속적이긴 하나 그 시간은 전적으로 혼자다. 과거와 미래로부터

분리된 현재의 시간. 그 안에서는 오직 현재만이 무게를 가진다. 과거와 미래는 중력을 상실한다. 시간은 더는 기둥을 따라 끝없이 이어진 복도가 아니라 일(1)과 영(0)의 기둥 하나씩이다. 공백 말고는 주변을 둘러싼 것이 아무것도 없는 수직의 시간이다.

에밀리 디킨슨의 시를 몇 쪽 읽고 나서 폰 트리에(Von Trier)의 영화 「도그빌」을 보라. 디킨슨의 시에는 영원한 것의 존재가 글자 사이 공백마다 현현하다. 그와 대조적으로, 영화는 일상에서 영원한 것의 모든 흔적이 지워졌을 때 어떤 일이 일어나는가를 무자비하게 보여 준다. 무슨 일이 일어나느냐 하면, 모든 단어와 그들의 언어 전부가 의미를 잃어버린다.

유일한 현재 안에서는, 디지털 시간 안에서는, 어떤 거처도 찾거나 만들 수 없다.

8

다른 시간 안에서의 우리 태도를 보자. 스피노자에 따르면 영원은 **지금**이다. 영원은 우리를 기다리고 있는 뭔가가 아니라 모든 것이 모든 것을 수용하고 어떤 교환도 부적절하지 않은, 짧지만 무한한 저 순간들 동안 우리가 마주치게 되는 뭔가이다.

레베카 솔닛(Rebecca Solnit)은 절박한 책『어둠 속의 희망』에서 산디니스타(니카라과의 민족해방전선—옮긴이) 시인 지오콘다 벨리가 니카라과에서 소모사 독재가 무너지던 순간을 묘사한 글을 인용한다. "마법처럼 느껴졌던 이틀, 아주 오래 묵은 주문이 머리 위로 떨어져 우리를 창세기로, 세계가 창조되던 바로 그 장소로 데려가는 듯했다." 미국과 그 용병들이 나중에 산디니스타를 파괴했다는 사실도 과거와 현재와 미래에 존재하는 그 순간을 한 치도 손상시키지 못한다.

9

내가 글을 쓰고 있는 곳에서 일 킬로미터쯤 도로를 따라 내려가면 암

수 두 마리씩 당나귀 네 마리가 풀을 뜯는 들판이 있다. 놈들은 유독 작은 종이다. 검은 테를 두른 암컷의 귀가 바짝 서면 내 턱쯤에 닿는다. 태어난 지 몇 주밖에 안 된 수컷들은 커다란 테리어종 개만 한 크기인데, 차이라면 머리통이 거의 몸통만큼이나 크다는 점이다.

나는 울타리를 넘어 들판에 들어가 어느 사과나무 등치에 기대앉는다. 놈들이 들판을 가로질러 이리저리 지나간 흔적을 남겨 놓았는데, 몇몇은 나라면 몸을 반으로 접어야 할 정도로 아주 낮은 가지 밑을 지난다. 놈들이 나를 지켜본다. 들판엔 풀이 전혀 없이 불그스름한 흙만 남은 곳이 두 군데 있는데, 놈들이 하루에도 여러 번 가서 뒹구는 곳이다. 암컷이 먼저, 수컷은 나중이다. 수컷의 등에는 벌써 어깨를 가로지르는 검은 줄이 생겼다.

지금 놈들이 다가온다. 놈들에게서 당나귀 냄새와 밀기울 냄새가 난다. 말 냄새는 아니고 그보다는 조심스러운 냄새다. 암컷 둘이 아래턱으로 내 정수리를 건드린다. 놈들의 주둥이는 흰색이다. 눈 주위에 붙은 파리들이 당나귀들의 질문하는 듯한 시선보다 훨씬 더 동요한다.

놈들이 숲 가장자리 그늘에 서 있으면 파리들이 떠나는데, 놈들은 꼼짝도 않고 거기에 삼십 분은 너끈히 서 있을 수 있다. 한낮의 그늘 속에서는 시간이 천천히 흐른다. 새끼인 수컷이 젖을 빨 때면(당나귀 젖은 인간의 젖과 제일 흡사하다) 암컷의 귀가 뒤로 바짝 누워서 꼬리를 가리킨다.

햇빛을 받으며 선 당나귀 네 마리에 둘러싸인 나는 놈들의 다리에, 총 열여섯 개인 다리에 집중한다. 그 가늘고 온전한, 한군데에 모이지 않도록 억제하는 그 확고함. (비교하자면 말의 다리는 우스꽝스러워 보인다.) 그 다리는 어떤 말도 도전하지 못한 산맥을 넘는 다리이고, 그 무릎과 정강이와 발굽 위 돌기와 무릎과 마디뼈와 관절과 발굽만으로는 상상도 하지 못할 짐을 지는 다리다! 당나귀의 다리다.

놈들은 고개를 숙이고 풀을 뜯으며 어슬렁거리면서도 귀로는 아

무엇도 놓치지 않는다. 나는 놈들을 바라본다. 나는 놈들에게 시선을
빼앗긴다. 한낮에 서로 말벗이 되어 주고받은 변변치 않은 우리 대화
에는 나로서는 고마움이라고밖에 묘사할 수 없는 무언가의 토대가 있
다. 들판에 당나귀 네 마리. 때는 2005년 6월이다.


10
그렇다, 나는 무엇보다도 여전히 마르크스주의자이다.

# 돌멩이

## 2003년 6월, 팔레스타인

에크발 아흐메드(Eqbal Ahmed)는 삶을 온전하게 본 사람이었다고 나는 생각한다. 그는 노련하고 빨랐으며, 바보들에게 내줄 시간이 없는 사람이었고, 요리하는 걸 즐겼으며, 기회주의자와는, 삶을 분열시키는 누군가와는 정반대의 인물이었다. 나는 인도와 파키스탄이 분할되던 시기에 비하르에서 자란 그의 어린 시절 이야기를 한 번 쓴 적이 있다. 그가 어느 날 밤 암스테르담의 한 바에서 들려준 얘기를 종이에 옮긴 것이었다. 글을 읽은 그가 자기 이름을 바꿔 달라고 말했다. 나는 그렇게 했다. 어쩌다가 그가 열일곱의 나이에 혁명가가 되기로 결심했는가에 관한 내용이었다. 이제 그가 죽었으니, 나는 그의 이름을 돌려 준다.

프란츠 파농(Frantz Fanon)의 글, 특히 『대지의 저주받은 자들』에서 영향을 받은 그는 팔레스타인 투쟁을 포함한 몇몇 해방 투쟁에 깊숙이 관여하게 되었다. 그가 팔레스타인 제닌 시에 대해서 했던 얘기가 기억난다. 생의 끝이 다가오자 에크발은 사회학이 존재하기도 전에 사회학 교육과정을 상상했던, 위대한 십오세기 철학자 이븐 할둔(Ibn Khaldun)의 이름을 딴 자유사상 대학을 파키스탄에 세웠다.

에크발은 일찌감치 삶이 필연적으로 이별로 이어진다는 사실을 배웠다. 비극이라는 범주가 쓰레기로 버려지기 전에는 누구나 그 사실을 인식했다. 그러나 에크발은 그 비극을 알았고 받아들였다. 그리고 결과적으로 그는 관계를 만드는 데, 우정의, 정치적 연대의, 군사적 의리의, 공통의 시(詩)의, 호의의 관계를 만드는 데 자신이 지닌 막대한 에너지 대부분을 썼고, 관계는 불가피한 이별 후에도 살아남을 수 있었다. 나는 아직도 그가 요리해 준 음식들을 기억한다.

라말라에서 에크발을 만나리라고는 생각도 못했다. 그러나 이상하게도 그곳에서 처음으로 집어 펼쳐 본 책 셋째 쪽에 그의 사진이 실려 있었다. 아니, 나는 그를 찾고 있지 않았다. 하지만 내가 그 도시를 방문하려고 결심했을 때 그가 내 곁으로 왔고, 나는 상상 속 조그만 화면에 뜬 단문 메시지처럼 그가 남긴 메시지를 본 것이다.

돌멩이를 보라! 메시지가 그렇게 말했다.

좋아, 돌멩이로군. 나는 내 식으로 대답했다.

어떤 나무는, 특히 뽕나무와 서양모과나무는 아직도 다른 생처럼 느껴지는 오래전의 이야기, 나크바(Nakba)가 있기 전, 라말라가 아직 부자들의 여가와 휴식을 위한 도시가 되기 전, 더운 여름 동안 가까운 예루살렘 사람들이 잠시 쉬러 오는 휴양지가 되기 전의 이야기를 들려준다. 나크바는 만 명의 팔레스타인인이 살해되고 칠십만 명이 제 나라를 떠나야만 했던 1948년의 '재앙'을 이른다.

옛날에는 갓 결혼한 신혼부부가 앞으로 함께할 미래를 기념하는 의식으로 라말라의 정원에 장미를 심었다. 충적토 토양이 장미에 잘 맞았다.

오늘날 팔레스타인 자치정부의 수도가 된 라말라 시내 중심에는 살아 있을 때 찍은 사진과 이제는 작은 포스터로 재출력된 죽은 이들의 사진으로 덮인 담이 하나 있다. 죽은 이들은 2000년 구월에 시작된 제이차 인티파다(1987년부터 시작된 팔레스타인의 반이스라엘 민중

봉기를 일컫는다. 제이차 인티파다는 이스라엘의 가자지구 봉쇄와 서안지구 공습에 저항하여 일어났다—옮긴이)의 순교자들이고, 자살이나 다름없는 반격에 스스로를 희생하기로 결심한 이들이다. 그들의 얼굴은 지저분한 길거리 벽을 개인 메모와 사진이 든 지갑처럼 친근한 무언가로 바꿔 놓는다. 지갑에는 이스라엘 보안당국에서 발행한 마그네틱 신분증이 들어가는 칸이 있고, 그게 없으면 팔레스타인인 누구라도 불과 몇 킬로미터도 이동할 수 없다. 다른 칸은 영원을 위한 칸이다. 벽에 나붙은 포스터 주변으로 총탄과 유산탄 파편 자국이 나 있다.

거기엔 여러 지갑 속의 할머니일지도 모르는 나이 든 여성이 있다. 거기엔 십대 초반의 소년들이 있고, 여러 아버지가 있다. 그들이 각자 죽음을 맞은 이야기를 듣고 있자면, 우리는 가난이 어떤 것인지 되새기게 된다. 가난은 거의 아무 결론에도 이르지 못할 가장 곤란한 선택을 하도록 강요한다. 가난은 그 **거의**와 같이 사는 일이다.

벽에 얼굴이 나붙은 소년들 대부분은 빈민굴만큼이나 가난한 난민촌에서 태어났다. 그들은 가족을 위해 돈을 벌거나 아버지가 일이 있으면 일을 돕기 위해 일찍 학교를 떠났다. 몇몇은 멋진 축구선수가 되는 걸 꿈꾸었다. 그들 중 상당수가 나무를 깎고 끈을 연결하고 가죽을 꼬아서 점령군에게 돌멩이를 날리는 새총을 만들었다.

이런 대결에 쓰인 무기를 조금만 비교해 봐도 우리는 가난이 어떤 것인지 알게 된다. 한쪽에는 아파치, 코브라 헬리콥터와 에프십육(F16) 전투기와 에이브람스 탱크와 험비 지프차와 전자감시장비와 최루탄이 있다. 반대쪽에는 투석기와 새총과 휴대폰과 험하게 굴러다닌 칼라슈니코프 소총과 대개가 사제인 폭탄이 있다. 이 어마어마한 차이가 비탄에 잠긴 벽들 사이에서 느껴지지만, 나로서는 딱히 이름을 붙일 수 없는 무언가도 드러난다. 내가 이스라엘 병사라면 아무리 잘 무장을 했더라도 결국에는 이 무언가가 두려워질 것이다. 어쩌면 시인 무리드 바르구티(Mourid Barghouti, 팔레스타인 출신 작가로,

삼십 년간 외국을 떠돌며 망명생활을 함—옮긴이)가 알아챈 것도 이것일 테다. '산 사람은 늙어 가지만 순교자는 젊어진다.'

다음은 벽에서 들은 이야기 세 가지.

후스니 알 나자르, 열네 살. 아이는 용접공이었던 아버지를 도와 일했다. 돌멩이를 날리던 중에 머리에 총을 맞고 숨졌다. 사진 속에서 아이는 멀지도 가깝지도 않은 거리를 고요하고 흔들림 없는 시선으로 바라본다.

압둘하미드 카르티, 서른네 살, 화가이자 작가, 젊을 때 간호사 교육을 받았다. 그는 부상자들을 구하고 돌보는 응급의료조에 자원해서 들어갔다. 그의 시체는 충돌이 없었던 어느 밤이 지난 다음 날, 검문소 근처에서 발견됐다. 손가락들이 잘려 나갔다. 엄지 하나가 덜렁거렸다. 한쪽 팔과 한쪽 손, 턱이 부서졌다. 몸에는 총알이 스무 발 박혀 있었다.

무함마드 알 두라, 열두 살, 브레이즈 난민촌에 살았다. 아버지와 함께 집으로 돌아오는 길에 가자 지구에 있는 넷자림 검문소를 지나는데 차에서 내리라는 지시를 받았다. 군인들이 벌써 총을 쏘고 있었다. 둘은 재빨리 시멘트벽 뒤로 몸을 숨겼다. 아버지가 자신들이 거기 있다는 걸 알리려 손을 흔들다 손에 총을 맞았다. 잠시 후에 무하마드가 발에 총을 맞았다. 아버지는 자기 몸으로 아들을 가렸다. 더 많은 총알이 둘을 덮쳤고, 아이를 죽였다. 의사들이 아버지의 몸에서 여덟 발의 총알을 제거했지만, 부상으로 몸이 마비된 그는 더는 일을 할 수 없어 실업자가 되었다. 그 장면이 우연히 사진에 찍힌 덕분에 이 이야기는 전 세계에 알려지고 또 알려졌다.

나는 압둘하미드 카르티에게 줄 그림을 그리고 싶다. 동이 트자마자 우리는 아인 킨야라는 마을로 간다. 그 마을 너머 계곡 근처에 베두인 야영지가 있다. 해가 아직은 뜨겁지 않다. 염소와 양 대부분이 천막들 틈에서 풀을 뜯고 있다. 나는 동쪽에 보이는 언덕들을 그리기로 하고 작고 거무스름한 천막 근처에 있는 바위에 앉는다. 공책 한 권과 펜뿐이다. 땅바닥에 버려진 플라스틱 머그잔이 보여서 필요하면 졸졸 흐르는 샘에서 물을 떠 와서 잉크와 섞으면 되겠다 싶다.

한동안 그림을 그리고 있자니 젊은 남자 한 명이 다가와 (보이진 않지만 야영지 사람 모두가 당연히 나를 봤을 것이다) 뒤에 있는 천막 입구를 열고 들어간다. 그러고는 등받이 없는 낡고 하얀 플라스틱 의자를 들고 나와 내게 바위보다는 편안할 거라는 몸짓을 한다. 아마 어느 빵 가게나 아이스크림 가게에서 내버린 것을 발견하고 들고 온 것이리라. 나는 그에게 감사해한다.

그리고 베두인 야영지에 그 손님용 의자를 놓고 앉아 계속 그림을 그리는 사이, 햇볕은 점점 뜨거워지고 거의 말라 버린 강바닥에서는 개구리들이 울기 시작한다.

왼쪽으로 몇 킬로미터 떨어진 언덕 위에 이스라엘 정착촌이 있다. 재빠른 조작이 가능하도록 설계된 무기의 일부라도 되는 양, 군사 시설 같은 느낌이 난다. 하지만 정착촌은 작고 멀다.

정면에 보이는 가까운 석회암 언덕은 잠자는 거대한 동물의 머리 같은 모양인데, 뭉친 털에 박힌 가시처럼 군데군데 바위들이 흩어져 있다. 물감이 없어 갑자기 짜증이 난 나는 잔에 든 물을 발치의 흙에 붓고는 손가락으로 진흙을 찍어 그 짐승의 머리에 쭉 색을 문지른다. 이제 해가 뜨겁다. 노새가 거슬리는 소리로 운다. 나는 공책을 넘겨 다른 그림을 그리고 또 그린다. 아무것도 완성돼 보이지 않는다. 이윽고 젊은 남자가 돌아와 내 그림을 보고 싶어 한다.

나는 펼친 공책을 들어 올린다. 그가 웃는다. 나는 공책을 넘긴다. 그가 가리킨다. 우리 거예요, 그가 말한다, 우리 흙! 그는 그림이 아니라 내 손가락을 가리키고 있다.

그리고 나서 우리는 나란히 언덕을 쳐다본다.


나는 정복자들이 아니라 패배자들 가운데에, 승리자들이 두려워하는 패배자들 가운데에 있다. 승리자들의 시간은 언제나 짧고 패배자들의 시간은 헤아릴 수 없이 길다. 그들의 공간도 다르다. 이 제한된 땅의 모든 것이 공간의 문제다. 승리자들은 그 사실을 이해했다. 그들이 유지하는 속박도 무엇보다 먼저 공간적이다. 속박은 국제법의 감시 속에서도 불법적으로, 검문소를 통해, 고대의 도로를 파괴하는 것을 통해, 이스라엘 정착민들에게만 엄격하게 허용된 새 우회로를 통해, 주변 고원을 감시하고 통제하는 초소 역할을 하는 언덕 위의 요새 같은 정착촌을 통해, 해제될 때까지 밤이고 낮이고 사람들을 집 밖으로 나오지 못하게 하는 통행금지를 통해 이뤄진다. 지난해에 있었던 라말라 침공 동안에는 통행금지가 육 주나 지속됐고, 특정한 날에만 장을 볼 수 있도록 단 두 시간의 '해제' 조치가 취해졌다. 자기 집에서 죽은 이들을 묻을 시간조차 충분하지 않았다.

반체제적인 이스라엘 건축가 이얄 바이츠만(Eyal Weizman)은 이런 전체적인 영토 지배가 구역 설계가들과 건축가들의 밑그림에서 시작됐다고 어느 용감한 책에서 지적했다. 폭력은 탱크와 지프차 들이 도착하기 훨씬 전부터 시작된다. 그는 '수직의 정치학'을 얘기하는데, 그로 인해 패자들은 '집에 있을' 때조차도 글자 그대로 **위로부터 감시를 받으며 아래로부터 서서히 파괴당한다.**

이런 상황이 일상에 미치는 영향은 가혹하다. 어느 날 아침 '거기 한번 가 봐야지' 혼잣말을 하다가도 금방 멈추고는 그 '외출'이 얼마나 많은 장벽을 넘어야 하는지 확인해야 한다. 공간에 관한 아주 일상적이고 단순한 결정들이 앞발과 뒷발이 동여매진 채 묶인다.

게다가 장벽이 매일 예측할 수 없이 바뀌기 때문에 시간의 경험도 묶인다. 오늘 아침에는 일터까지 가는 데, 어머니를 뵈러 가는 데, 수업에 가는 데, 병원에 가는 데 얼마나 걸릴지 아무도 모르고, 이런 일들을 다 하고 나서도 집으로 돌아가는 데 얼마나 걸릴지 알 수 없다. 어느 방향이든 외출은 삼십 분이 걸릴 수도 있고 네 시간이 걸릴 수도 있고, 아니면 길이 반자동 소총을 겨눈 군인들에 의해 완전히 폐쇄됐을 수도 있다.

테러와 싸우기 위해서는 이런 수단들을 취할 수밖에 없다고 이스라엘 정부는 주장한다. 한낱 시늉에 불과한 주장이다. 속박의 진짜 목적은 원주민들의 시간적이고 공간적인 연속성의 감각을 파괴하여 떠나게 하거나 계약에 묶인 노예가 되도록 만드는 것이다. 죽은 자들이 산 자들의 저항을 돕는 곳이 이곳이다. 남자와 여자가 순교자가 되겠다고 결심하는 곳이 이곳이다. 속박은 오히려 테러에 영감을 불어넣는다.

좁다란 돌길이 바윗덩어리들을 에두르며 라말라 남쪽에 있는 계곡으로 내려간다. 때로는 오래된 올리브 숲 사이를 구불구불 나아간다. 상당수의 올리브 나무들이 로마 시대부터 있었을 것이다. 이 울퉁불퉁한 길(어떤 차로 가든 아주 힘들다)이 팔레스타인인들이 근처 마을로 갈 수 있는 유일한 길이다. 쓰지 못하도록 폐쇄된 원래 있던 아스팔트 길은 지금은 정착촌의 이스라엘인들에게 돌아갔다. 나는 평생에 걸쳐 천천히 걷는 것이 더 피곤하다는 것을 깨달았으므로 재게 걷는다. 관목들 틈에서 빨간 꽃 한 송이를 보고는 걸음을 멈추고 꽃을 땄다. 나중에 그 꽃이 아도니스 아에스티발리스라는 꽃이라는 걸 알았다. 붉은색이 매우 강렬하고 빨리 시든다고, 식물도감에는 그렇게 간략하게 나와 있다.

바하가 왼쪽에 있는 높은 언덕 쪽으로 가지 말라고 소리쳐 경고한다. 누군가 다가오는 걸 보면 놈들이 쏠 거예요, 그가 소리친다.

나는 거리를 계산해 본다. 일 킬로미터가 안 된다. 가지 말라는 방향으로 이백 미터쯤 떨어진 곳에 묶인 노새와 말이 있다. 나는 놈들을 믿고 거기로 걸어간다.

가 보니 열한 살, 여덟 살쯤 돼 보이는 소년 둘이 외로이 들판에서 일하고 있다. 어린 쪽이 땅에 묻어 놓은 통에서 물을 떠 깡통들을 채운다. 한 방울도 흘리지 않으려는 듯 주의를 기울이는 품이 물이 얼마나

귀한지를 보여 준다. 나이 든 쪽이 다 찬 깡통을 들고 조심스럽게 경작지로 내려가 작물에 물을 준다. 둘 다 맨발이다.

물을 주던 아이가 내게 손짓을 하더니 줄지어 밭에 심긴 몇백 포기나 되는 식물들을 자랑스레 보여 준다. 몇몇은 알아볼 수 있다. 토마토, 가지, 오이. 지난주에 심었을 것이다. 아직 작은 데다 물이 필요하다. 내가 한 작물을 알아보지 못하는 걸 아이가 눈치챈다. 큰 빛, 아이가 말한다. 멜론? 슈마암! 우리는 웃는다. 아이의 웃는 눈이 나에게 고정된 채 흔들리지 않는다. (나는 후스니 알 나자르를 생각한다.) 우리는 무슨 영문인지, 같은 순간에 살고 있다. 아이가 나를 데리고 이랑을 따라가며 얼마나 물을 많이 줬는지 보여 준다. 한순간 우리는 걸음을 멈추고 주위를 돌아보고는 방어벽을 두르고 붉은 지붕을 인 정착촌 쪽을 힐끔 쳐다본다. 아이가 턱으로 그쪽을 가리키는데, 그 몸짓에는 일종의 경멸이, 물 주기에서 느낀 자부심과 마찬가지로 나와 나누고 싶어 하는 경멸이 묻어 있다. 경멸은 웃음에 자리를 내준다. 마치 우리가 동시에 한곳에다 오줌을 누기로 약속이라도 한 듯이.

나중에 우리는 울퉁불퉁한 길로 돌아왔다. 아이가 키 작은 박하를 꺾어서 한 다발을 건넨다. 톡 쏘는 상큼한 냄새가 차가운 물을, 깡통에 든 물보다 더 차가운 물을 들이킨 느낌이다. 우리는 말과 노새 쪽으로 향한다. 안장을 얹지 않은 말에는 고삐는 있지만 굴레도 재갈도 없다. 아이는 상상의 오줌 누기보다 더 인상적인 뭔가를 보여 주고 싶어 한다. 아이의 동생이 노새를 다독이는 사이에 아이가 훌쩍 말에 올라타나 싶더니 거의 동시에 안장도 없이 내가 온 길을 달려 내려간다. 말은 다리가 여섯이다. 넷은 말의 것이고 둘은 기수의 것인데, 소년의 손이 그 여섯을 모두 조종한다. 아이는 몇 번의 생에 걸쳐 경험한 듯이 능숙하게 말을 탄다. 돌아온 아이는 싱글거렸고, 처음으로 수줍어하는 듯이 보인다.

나는 일 킬로미터쯤 앞선 바하와 다른 일행들에 다시 합류한다. 그들은 어떤 남자와 얘기하는 중인데, 알고 보니 그 아이의 삼촌으로,

최근 만든 밭에서 비슷하게 물을 주고 있었다. 해가 지는 중이고 빛이 바뀌고 있다. 물을 준 곳은 색이 더 짙어 보이는 담갈색 흙이 지금 전체 풍경의 기본색이다. 그는 오백 리터들이 진청색 플라스틱 통 바닥에 남은 마지막 물을 쓰는 중이다.

푸른 통 표면에는 열한 군데나 조심스럽게 때운 자국이 있다. 구멍을 때운 자국과 비슷하지만 더 크다. 남자는 붉은 지붕을 인 할라미시 정착촌 패거리들이 봄비로 물통들이 가득 찬 걸 알고는 어느 날 밤에 몰래 와서 칼로 다 그어 버린 걸 자신이 이렇게 수선했다고 설명할 것이다. 계단식 아래 밭에 있는 통은 수선이 불가능했다. 밭 저쪽에 뒤틀린 올리브 나무 그루터기가 있는데, 둘레로 보건대 몇 백 년은 확실하고, 어쩌면 천 년쯤 나이를 먹었을 수도 있다.

그 삼촌이 말한다. 며칠 전 밤에 놈들이 전기톱으로 잘라 버렸다고.

나는 다시 무리드 바르구티를 인용한다. "팔레스타인인들에게 올리브 기름은 여행자의 선물이요, 신부의 위안이요, 가을의 보상이요, 저장실의 자랑이자 몇 세기를 이어 내려오는 가문의 부이다."

나중에 나는 자카리아 모하메드(Zakaria Mohammed)의 「조각」이라는 시를 찾아낸다. 주둥이에서 피를 뚝뚝 흘리는 굴레 없는 검은 말 이야기다. 자카리아의 말 곁에도 소년이 있어 피를 보고 놀란다.

검은 말은 뭘 새기고 있어?
그가 묻는다
뭘 새기는 거지?
검은 말은
되새긴다
강철을 벼린 조각을
기억의 조각을
씹고 또 씹고

죽을 때까지 되새길 조각을.

내게 키 작은 박하를 준 소년이 일곱 살만 더 나이를 먹으면 목숨을 희생할 준비를 하고 하마스(Hamas)에 합류하리라 어렵지 않게 짐작할 수 있다.

라말라 중심부에 있는 파괴된 아라파트(Arafat) 본부의 부서진 콘크리트 조각과 무너진 석벽의 무게는 상징적인 중력을 떠안았다. 그러나 이스라엘 장군들이 생각한 방식으로는 아니다. 군대가 체계적으로 습격해 수색하고 떠난, 옷가지와 가구와 벽에 토마토소스가 얼룩진 민간인들의 아파트가 더 심한 것을 예고하는 은밀한 경고였듯이, 그들에게는 아라파트와 그의 동지들이 있던 무카타(본부, 사령부 등을 이르는 아랍어—옮긴이)를 박살낸 건 아라파트의 굴욕을 공개적으로 전시하는 행위였다.

아라파트는 여전히 자기 인민을 대표하는 세계 어느 곳의 지도자보다 훨씬 충실하게 팔레스타인인들을 대표한다. 민주적으로가 아니라 비극적으로. 그래서 중력이다. 그가 수장으로 있는 팔레스타인해방기구(PLO)가 저지른 많은 실수와 주변 아랍 국가들의 모호한 태도 때문에 그에게는 정치적 책략을 펼 공간이 남아 있지 않다. 그는 더는 정치적 지도자가 아니다. 하지만 반항이라도 하듯이 여기 남아 있다. 아무도 그를 믿지 않는다. 그리고 많은 사람이 그를 위해 목숨을 바칠 것이다. 이게 어떻게 된 일인가? 아라파트는 더는 정치인이 아니라 거친 돌산이 되었지만, 그래도 고향의 산인 것이다.

그런 빛은 일찍이 본 적이 없었다. 빛이 먼 것과 가까운 것이 구분되지 않을 정도로 기이하고 균일하게 하늘에서 내려온다. 멀고 가까운 것의 차이는 색이나 질감이나 선명함이 아니라 크기로 나타난다. 그 빛이 우리가 스스로의 위치를 파악하는 것에 영향을 주고, 이곳에 존재한다는 감각에 영향을 미친다. 땅은 우리와 대항하기보다 스스로 우리를 둘러싸며 펼쳐진다. 애리조나와는 반대다. 이 땅은 오라고 손짓하는 대신 절대 떠나지 말라고 권고한다.

그래서 나는 이곳에 있다. 폴란드와 갈리시아와 오스트리아-헝가리 제국에 살았던 몇몇 내 조상들이 적어도 이백 년 동안 간직하며 얘기해 왔을 꿈속의 인물로. 그리고 여기서 나는 비극적이게도, 이스라엘 국가가 (그리고 내 사촌들이) 전체주의에 필적할 수준으로까지 괴롭히고 있는 이들의 고통과 정당성에 함께한다고 주저 없이 밝히는 바이다.

목공 교사인 리아드가 내게 보여 주려고 자기 그림들을 가지고 왔다. 우리는 그의 아버지 집 정원에 앉아 있다. 그의 아버지가 하얀 말을 데리고 앞밭을 써레질하고 있다. 리아드가 낡은 철제 서류 캐비닛에서 꺼낸 서류철처럼 그림들을 안고 돌아온다. 그는 천천히 걷고, 닭들은 더 천천히 길을 비켜 준다. 그가 맞은편에 앉아 한 장씩 그림을 건네준다. 기억에 의존해 엄청난 인내를 들여 심이 딱딱한 연필로 그린 그림들이다. 일을 끝내고 밤마다, 검정이 원하는 검정이 되고 회색이 은빛을 띨 때까지 더한 연필 자국들. 그것들이 제법 커다란 종이 위에 있다.

물병을 그린 그림. 어머니를 그린 그림. 이제는 사라지고 없는 방 안이 창으로 들여다보이는, 파괴된 집을 그린 그림.

마침내 그림들을 내려놓자 그사이 나이가 더 들어 보이는 인내하는 농부의 얼굴을 한 남자가 말을 건다. 들어 보니 닭에 대해 좀 아시는 것 같네요, 그가 말한다. 암탉이 병이 들면 알을 낳지 않아요. 사람이 할 수 있는 일이 별로 없죠. 그러다 어느 날 자고 일어나서는 죽음이 가까워지는 걸 느껴요. 문득 자신이 죽을 거라는 걸 아는 거예요, 그러면 어떻게 될까요? 다시 알을 낳기 시작해요. 죽음 말고는 아무것도 막지 못하죠. 우리는 그 암탉과 같아요.

검문소들은 피점령지에 설치된 내부용 국경으로 기능하지만, 여느 정상적인 국경검문소와 닮지 않았다. 누구든 지나가는 이가 환영받지 못하는 난민의 상태로 전락하도록 구축되었고 인력이 배치되었다.

누가 승자이고 누가 피정복자인지 끊임없이 상기시키는 데 쓰이는 저 속박의 장치가 가지는 중요성을 간과하기란 불가능하다. 팔레스타인인들은 하루에도 몇 번씩 자기 땅에서 난민 역할을 하는 모욕을 감내해야 한다.

지나가려는 이는 누구나 군인들이 장전된 총을 들고 누구든 '검문'하고 괴롭히려 기다리는 검문소를 걸어서 지나야 한다. 차량으로는 절대 지나갈 수 없다. 전통적으로 쓰이던 길은 파괴되었다. 강제적으로 써야 하는 새 '경로'는 바윗덩어리와 돌맹이와 다른 자잘한 걸림돌들이 널려 있다. 결과적으로 모두가, 부역자들마저도 절룩거리며 검문소를 건너야 한다.

병자와 노인 들을 실은 바퀴가 네 개 달린 나무 상자들을 (상자는 원래 시장에서 채소를 나를 때 쓰던 것들이다) 이런 일로 입에 풀칠이나마 하는 젊은 남자들이 밀고 간다. 그들은 승객들에게 충격을 완화할 수 있도록 쿠션을 준다. 그들은 그들의 이야기를 듣는다. 그들은 언제나 최신 소식을 알고 있다. (장벽은 매일 바뀐다.) 그들은 조언하고, 비탄하고, 자신들이 제공하는 사소한 도움을 자랑스러워한다. 어쩌면 그들은 비극의 합창단에 가장 가까운 존재들일 것이다.

몇몇 '통근자들'은 지팡이에 의지하고, 일부는 심지어 목발을 짚는다. 정상적이라면 자동차 트렁크에 있어야 할 온갖 것이 보따리로 꾸려져 손이나 등짝에 실려 넘어간다. 검문소 사이의 거리는 하룻밤 사이 삼백 미터에서 천오백 미터까지 변할 수 있다.

좀 세련된 젊은 부부들을 제외하고, 팔레스타인인 부부는 대개 사람들이 보는 데서는 서로 약간의 거리를 두는 예의를 차린다. 검문소에서는 모든 연령층의 부부가 손을 잡고 발을 뗄 때마다 새로 발 딛을 곳을 찾으며, 겨눈 총부리 앞을 지날 때 너무 빠르지도(서두르면 의심을 받는다) 너무 느리지도(자칫 주저하다가는 보초병에게 만성적인 지루함을 덜려는 '놀이'를 야기할 수 있다) 않은, 정확하게 올바른 속도를 계산하며 건넌다.

(모두는 아니지만) 많은 이스라엘 병사들이 특이할 정도로 사납다. 에우리피데스가 묘사하고 비탄했던 잔인함과는 거의 상관이 없다. 그저 여기 이 검문소가 동등한 이들 간에 설치된 것이 아니라, 모든 권력을 가진 자와 누가 보더라도 힘없는 자들 간에 세워져 있기 때문이다. 하지만 권력을 가진 자들의 권력은 격렬한 좌절을 동반한다. 자신들이 지닌 온갖 무기에도 불구하고 그들의 권력이 설명할 수 없는 방식으로 제한돼 있다는 걸 발견하기 때문이다.

얼마간의 유로를 셰켈(shekel, 이스라엘의 화폐 단위—옮긴이)로 바꾸고 싶다. 팔레스타인인들에게는 자기들만의 화폐가 없다. 수많은 작은 가게들을 지나치며 중심가를 걷다 보면, 이따금 탱크가 밀고 들어오기 전까지만 해도 포장된 길이었을 곳에 의자를 놓고 앉은 남자들이 있다. 손에 지폐 다발이 들려 있다. 나는 어느 젊은 남자에게 다가가 백 유로를 바꾸고 싶다고 말한다. (그 정도면 귀금속점에서 아이에게 작은 팔찌를 사 줄 수 있다.) 남자가 아이들이 쓰는 장난감 계산기로 계산을 하고는 몇 백 셰켈을 건네준다.

　나는 계속 걷는다. 나이로 따지면 나의 금팔찌를 받은 상상 속 여자애의 오빠뻘일 소년이 껌 몇 개를 사라고 내민다. 아이는 라말라에 있는 두 난민촌 중 하나에서 나왔다. 나는 산다. 아이는 지갑에 넣는 마그네틱 신분증을 싸는 플라스틱 보호막도 판다. 아이의 찡그린 얼굴이 껌을 다 사라는 투다. 나는 산다.

　삼십 분이 지나고 나는 채소 시장에 있다. 어떤 남자가 전구만 한 마늘을 팔고 있다. 저기에 사람들이 많이 모여 있다. 누군가 내 어깨를 친다. 나는 돌아본다. 아까의 그 환전상이다. 제가 오십 셰켈을 덜

췄어요, 여기 있어요, 그가 말한다. 나는 십 셰켈짜리 지폐 다섯 장을 받는다. 찾기가 수월했어요, 그가 덧붙인다. 나는 그에게 감사의 말을 전한다.

나를 쳐다보는 그의 눈에 담긴 표정을 보자 어제 만난 한 나이 든 여성이 생각난다. 순간에 대한 엄청난 집중의 표정. 고요하고 사려 깊은, 마치 지금이 마지막 순간일 수도 있다는 듯한 그 표정.

그러고 환전상은 돌아서서 자기 의자를 향해 먼 길을 떠나기 시작한다.

나는 그 여성을 코바르라는 마을에서 만났다. 집은 콘크리트였지만 미완성인 데다 빈약했다. 살풍경한 응접실 벽에는 조카 마르완 바르구티(Marwan Barghouti)의 사진 액자들이 걸렸다. 아이 마르완, 청소년 마르완, 마흔 먹은 남자 마르완. 지금 그는 이스라엘 감옥에 있다. 그가 살아 있다면, 어떠한 견고한 평화협정에 관해서든 기본적으로 먼저 상의를 해야 할 몇 안 되는 파타(Fatah, 팔레스타인 민족해방운동—옮긴이)의 정치적 지도자일 것이다.

그 숙모가 커피를 만들고 남은 우리가 둘러앉아 레몬차를 마시는 사이, 그녀의 손주들이 정원으로 나갔다. 일곱 살과 아홉 살쯤 된 남자애 둘이었다. 어린 애는 '조국'이라 불렸고 더 나이 먹은 애는 '투쟁'이라 불렸다. 둘은 사방으로 뛰어다니다 마치 뭔가의 뒤에 숨어서 상대가 자신을 봤는지 확인하려 내다보는 것처럼 갑자기 멈춰 서서는 서로를 빤히 쳐다보았다. 그러고는 또 다른 보이지 않는 은신처로 몸을 움직였다. 둘이서 개발해 여러 번 같이한 놀이였다.

세번째 아이는 네 살쯤 됐다. 얼굴에 어릿광대 같은 붉고 흰 칠을 하고는 생각에 잠긴 듯이, 재미있다는 듯이, 이게 언제 끝날지 알 수 없다는 듯이 어릿광대처럼 멀찍이 서 있었다. 아이는 수두를 앓고 있었고, 손님들에게 가까이 가면 안 된다는 걸 알았다.

작별 인사를 할 때쯤 되자 그 숙모가 내 손을 잡았다. 눈에 그 환전상과 똑같은, 순간에 대한 특별한 집중의 표정이 떠올랐다.

두 사람이 식탁에 식탁보를 편다고 치면, 둘은 식탁보가 제대로 놓이는지 확인하기 위해 서로를 곁눈질할 것이다. 그 식탁이 세계이고, 우리가 구해야 할 저들의 목숨이 식탁보라고 상상해 보라. 그건 그런 표정이었다.

'두려움의 잔'이라 불리는 작은 청동 그릇이 있다. 섬세한 금줄로 기하학적인 무늬가 그려져 있고 코란 구절이 꽃 모양으로 새겨져 있다. 거기에 물을 채워서 밤새 바깥 별빛 아래에 내놓는다. 그러고는 고통을 덜어 주고 병을 고쳐 주길 기도하면서 그 물을 마신다. 많은 질병의 경우, 두려움의 잔은 분명 항생제 처방보다 효과가 덜하다. 하지만 별들의 시간을 비추었던 한 잔의 물이라면, 모든 살아 있는 존재들을 만든 그 물이라면, 코란에서 말하듯 이 속박에 저항하는 데 도움이 될지도….

라말라를 떠난 지 이 주, 나는 프랑스 북서부 피니스테르에서 바다를 내다보고 있다. 기후며 초목들이 이보다 더 대조적일 수 없다. 유일하게 공통된 것은 무성한 검은딸기, 투틸라릴크다. 피니스테르 해변은 양치식물로 덮여 온통 초록색으로 펼쳐지다 바위 절벽으로 떨어진다. 그리고 삼십 분마다 색깔을 바꾸는 대양에 부딪쳐 셀 수 없이 많은 작은 섬으로 부서진다. 콘월에서부터 스페인령 갈리시아까지 이르는 유럽의 서부 해안에는 '땅끝'이라는 뜻의 이름이 붙여졌다. 땅은 여기 양치식물과 바윗덩어리 같은 조그만 섬들 사이에서 끝난다.

나는 제일 먼저 세워진 피라미드보다 천년은 앞서 세워진, 세상에서 가장 오래된 기념물을 보러 여기에 왔다. 그것 역시 장례식 기념물로 세워졌다. 에크발, 나는 한 무더기의 돌멩이를 보고 있어. 여행안내서들은 그걸 케른(cairn, 기념비나 묘비로 쌓은 돌무더기—옮긴이)이라 부르지.

하지만 이건 케른을 훌쩍 뛰어넘는다. 이건 고도로 잘 표현된 조각품이다. 사십 센티미터씩, 말하자면 손으로 씌어졌다. 길이가 칠십 미터가 넘고, 폭이 대략 이십오 미터에, 높이는 팔에서 십 미터이며, 돌멩이 하나하나가 손으로 쓴 단어라도 되는 것처럼 모든 돌멩이의 모든 각도가 다음 돌멩이와 의도적으로 딱 맞춰져 있다.

배의 갑판을 상상해 보라. 배는 모를레 만을 떠나려고 북동쪽을 향하는데, 만에서 나간 다음에는 아메리카 대륙을 향해 서진(西進)할 수 있다. 호메로스풍의 뱃머리를 단 이 배(이 지역 전설에는 오디세우스가 코크로 가는 길에 이 해안을 지났다고 한다), 돌멩이로 만들어진 이 배는 본래 대지와 결혼했다!

탄소연대측정 기록에 따르면 이 배는 적어도 육천 년 전, 두 번에 나뉘어 만들어졌다고 한다. 처음에는 해안을 따라 양치식물들 밑에서 산성흙과 같이 번성하는 변성 휘록암(輝綠巖)으로 고물이 만들어졌다. 그러고는 한두 세기 후, 대부분이 스테렉이라는 이름의 작은 섬에서 온 귀리 색깔 화강암으로 이물이 덧붙여졌다.

세번째 건설 작업으로 두번째 죽음의 배가 만들어진 것으로 추정되나, 오래전 풀이 무성하고 흙에 덮였던 이 부지는 채석장으로 파헤쳐지고, 돌멩이들이 자갈을 만드는 데 쓰이면서 1950년대에 완전히 파괴되었다.

고고학자들은 두 차례에 걸쳐 배의 각 부분이 몇 달 안에 만들어졌다고 추론한다. 그리고 여기에 소요되는 노동력을 고려하면, 몇백 명으로 구성된 공동체 전체가 함께 일했다고 추정한다.

대부분의 돌멩이는 튼튼한 남자가 두 팔로 옮길 수 있을 정도의 크기와 무게다. 작은 것들도 있다. 커다란 돌멩이만으로 완벽하게 맞출 수 없어 남겨진, 다루기 힘든 공간을 채우는 주먹만 한 작은 돌멩이들이다.

배의 갑판은 자갈이 깔리지 않아 매끄럽다. 갑판에는 복도로 들어가는 입구 위에 걸쳐 놓은 상인방(上引枋)과 둥근 천장을 덮어 편평한 지붕으로 쓰인 사람 키보다 큰 돌이 몇 개 있다. 아래층 갑판에는 좌현에서 우현으로, 망자들을 안치한 열한 개의 둥근 지붕 선실로 이어지는 자연석으로 만든 스물두 개의 통로가 있다.

나는 핵심으로 이어지는 한 줄의 문장 같은 통로를 따라가 반쯤 부서진 안식처에서 안쪽으로 불룩 튀어나오도록 쌓인 돌멩이들을 응시한다. 쌓인 모양새 덕분에 이곳에서 유창하게 무언가를 말한다는 것만 제외하면, 돌멩이들은 해안 해변마다 쌓인 다른 수백만 개의 돌멩이들과 똑같다.

혼돈에도 저만의 이유가 있을 테지만, 혼돈은 말이 없다. 배치하고 옮겨 놓을 줄 아는 인간의 능력에서 언어와 소통이 비롯된다. **배치**라는 단어는 동사이자 명사다. 배치할 줄 아는 능력과 어떤 곳을 인식하고 이름을 붙이는 능력, 이 두 능력은 애초부터 죽은 자들을 존중하고 지키려는 인간의 욕구와 불가분의 관계이지 않을까.

문득 이상한 대조가 떠오른다. 몇 달 동안 이런 배를 함께 만들도록 수백 명의 사람을 자극한 것은 어쩌면 점령군의 탱크에 돌멩이를 날리도록 팔레스타인 아이들을 부추긴 뭔가와 아주 가까울지도 모른다.

# 이런 와중에

훌륭한 미국 시인 에이드리언 리치(Adrienne Rich)가 최근 있었던 시에 대한 강의에서 다음과 같이 지적했다. "올해, 미 법무부 사법통계국 보고서에 따르면 미국 거주민 백삼십육 명당 한 명이 구금돼 있는데, 많은 수가 미결수 상태로 감옥에 있다."[1]

같은 강의에서 그녀는 그리스 시인 야니스 릿소스(Yiannis Ritsos)의 시를 인용했다.

들판에는 마지막 제비가 오래도록 맴돌았다,
가을 소맷자락에 매달린 검은 리본처럼 공중에서 머뭇거리며
그 외에는 아무것도 남지 않았다. 불탄 집들만 고요히 연기를
    피울 뿐.[2]

나는 수화기를 들자마자 당신한테서 온, 파올로 사르피 거리에 있는 당신 아파트에서 건 뜻밖의 전화라는 걸 알았다. (선거 결과가 나오고 베를루스코니(이탈리아의 기업인이자 우파 정치인으로, 1994년부터 2011년까지 세 차례 총리를 역임했다.—옮긴이)가 복귀한 지 이틀째

였다.) 수화기에서 흘러나오는 귀에 익은 목소리를 알아채는 속도는 마음을 편하게 하지만, 한편으로는 어쩐지 불가사의하다. 기준이 없기 때문이다. 하나의 목소리와 다른 목소리 간에 존재하는 분명한 차이를 계산하는 데 쓰는 단위들은 만들어지지 않았고 이름도 없다. 거기엔 암호가 없다. 요즘은 점점 더 많은 것이 암호화된다.

그래서 나는 다른 자명한 것들을 측정할 수 있는, 마찬가지로 암호화되지 않았지만 정확한 다른 기준들이 있지 않은지 궁금하다. 예를 들어, 특정 상황에 존재하는 세부적인 자유의 양과 범위, 절대적인 한계 같은 것 말이다. 수감자들은 이런 일에 전문가가 된다. 그들은 원칙으로서가 아니라 입자화된 물질로서의 자유를 향한 특별한 감각을 발달시킨다. 그들은 아주 사소한 자유의 조각도 생겨나는 즉시 발견해낸다.

아무 일도 일어나지 않고 매시간 보도되는 통곡이 오래전부터 익숙한 것인 날, 그리고 정치인들이 그 통곡마저 없으면 **재앙**이 일어나리라 다시 천명하는 보통의 날이면, 사람들은 지나치며 힐끗 시선을 교환한다. 일부는 다른 사람도 자신처럼 '이게 사는 거지!' 생각하리라 예상하는 시선이다.

종종 상대방**도** 똑같은 생각을 한다. 이런 기본적인 공감대에는 앞으로 얘기되거나 논의될 사항에 앞선 일종의 연대의식이 있다.

나는 우리가 살고 있는 역사의 한 시기를 묘사할 말을 찾고 있다. 역사가 처음으로 발견된 이후로 모든 시대는 전례가 없었으므로 이 시대의 전례 없음도 별 의미가 없다는 말을 하기 위해서다.

복잡한 정의를 찾는 건 아니다. 세상에는 이 문제를 근본적인 과제로 삼은 지그문트 바우만 같은 사상가가 숱하다. 나는 그저 지표(landmark)로 삼을 비유적인 이미지 하나를 찾고 있을 뿐이다. 지표는 스스로를 완전하게 설명하지 않지만 공유될 수 있는 기준점을 제공한다. 이런 점에서 보자면 지표는 유명한 속담들에 담긴 암묵적인 가정과 같다. 지표가 없으면 인간은 제자리를 빙빙 돌 커다란 위험을 안게 된다.

내가 찾은 지표는 감옥이었다. 그뿐이었다. 이 행성을 통틀어, 우리는 모두 감옥에서 산다.

화면에 찍히거나 발화된 **우리**라는 단어는, 선동력을 가진 이들이 권력을 박탈당한 이들을 대신해 주장한다며 끊임없이 사용했기 때문에 미심쩍어졌다. 우리는 **그들**이라는 표현을 써 보자. 그들은 감옥에서 살고 있다.

어떤 감옥일까? 어떻게 만들어진 걸까? 어디에 있을까? 아니면 나는 그저 이 단어를 상징으로만 쓰고 있을까?

아니, 상징이 아니다. 감옥에 갇힌 것은 사실이지만 이를 서술하려면 누구나 역사적으로 생각해야 한다.

미셸 푸코는 교도소가 십팔세기 후반과 십구세기 후반 만들어진 산업생산과 공장과 공리주의 철학과 밀접하게 연관된 발명품이라는 점을 생생하게 보여 주었다. 교도소 이전에는 새장과 지하 토굴의 연장이었던 감옥이 있었다. 교도소가 크게 다른 점은, 수용할 수 있는 죄수들의 숫자와 회계의 원칙을 윤리학에 도입한 제러미 벤담이 고안한 판옵티콘(panopticon) 모형 덕분에 죄수 모두가 지속적인 감시를 받는다는 사실이다.

회계를 위해서는 모든 거래가 기록되어야 한다. 그래서 위협용 감시탑을 중심으로 감방을 배치한 교도소의 둥근 벽이 생겼다. 십구세기 초엽 존 스튜어트 밀의 가정교사였던 벤담은 산업자본주의의 근본이 되는 공리주의의 변호자였다.

세계화 시대인 요즘, 세계는 산업자본이 아니라 금융자본에 지배되고, 범죄를 정의하는 교리와 구속의 논리는 급격하게 변했다. 교도소는 여전히 존재하고 점점 더 많이 지어진다. 하지만 감옥의 벽은 이제 다른 용도로 쓰인다. 감금된 공간을 구성하는 것이 변했다.

이십 년 전에 넬라 비엘스키와 함께 굴라크(Gulag, 강제수용소를 관리하던 소련의 국가기관—옮긴이)에 관한 연극 「지리의 문제」 극본을 쓴 적이 있다. 두번째 막에서 어느 제크(zek, 소련 수용소의 정치범)가 막 선택의 기로에 선 어느 소년에게 강제수용소에서 선택할 수 있는 것들의 한계에 대해 얘기한다.

타이가에서 하루 종일 일하고 지친 몸을 끌고 돌아오면, 피로와 굶주림으로 반쯤 죽은 상태로 행군해 돌아오면, 수프와 빵을 배급받지. 수프에 관해서는 선택의 여지가 없어. 뜨거울 때, 아니면 적어도 미지근할 때 마셔야 하니까. 사백 그램쯤 되는 빵에는 선택의 여지가 있지. 예를 들어, 그걸 삼등분한다고 쳐 봐. 하나는 수프와 같이 먹고, 하나는 입안에 넣고 잠들 때까지 맛을 보고, 나머지 하나는 다음 날 아침 열 시쯤, 타이가에서 일하다가 빈속이 돌덩이처럼 느껴질 때를 위해 남겨 둘 수 있지.

돌이 가득 찬 외바퀴 손수레를 비워야 한다고 생각해 봐. 손수레를 쓰레기장으로 밀고 가는 데에는 선택의 여지가 없어. 선택의 여지가 있는 때는 그게 비었을 때야. 올 때처럼 수레를 밀고 돌아갈 수도 있고, 아니면, 조금만 똑똑하면 그리고 살아남으려고 머리를 쓰다 보면, 이렇게, 거의 수직으로 세워서 밀고 갈 수도 있어. 두번째 방법을 쓰면 어깨를 좀 쉬게 할 수 있지. 정치범인데 작업조장이 되면, 간수놀이를 하거나 정치범이라는 사실을 절대 잊지 않는 길 중에서 선택을 할 수 있어.[3]

굴라크는 이제 존재하지 않는다. 그러나 수백만 명이 그때와 그다지 다르지 않은 조건에서 일한다. 바뀐 것은 노동자와 죄수에게 적용되는 법의 논리다.

굴라크 시절에 정치범들은 범죄자로 분류되어 강제노역에 처해졌다. 오늘날은 가혹하게 착취당하는 노동자 수백만 명이 범죄자로 내쳐진다.

신자유주의는 '범죄자=강제노역'이라는 굴라크의 방정식을 다시 써서 '노동자=잠재적 범죄자'라는 공식을 만들었다. 전 지구적 이주라는 극적인 상황 전체가 이 새로운 공식으로 대변된다. 노동하는 저들은 잠재적인 범죄자들이라는 공식 말이다. 고발된 경우를 보면 그들은 무슨 수를 쓰든지 간에 살아남으려 한 점에서 유죄다.

천오백만 명의 멕시코 사람들이 허가증 없이, 그 결과 불법으로 미국에서 일한다. 미국과 멕시코 간 국경을 따라 천이백 킬로미터에 이르는 콘크리트 장벽과 천팔백 개 감시탑을 세우는 '가상의' 장벽이 계획되고 있다. 하나같이 위험하긴 하겠지만, 몰래 돌아가는 길이 당연히 발견될 것이다.

제조와 공장에 의존하는 산업자본주의와 자유시장적 투기와 전문 증권매매업자들에게 의존하는 금융자본주의 사이에서 감금 구역이 변했다.

투기적인 금융거래가 매일 일조삼천억 달러에 이른다. 상업거래를 다 합친 것의 오십 배도 넘는 규모다. 감옥은 이제 지구만큼이나 크고, 할당된 구역들은 일터나 난민촌, 쇼핑몰, 주변부, 게토, 오피스 구역, 빈민가, 변두리 등의 용어로 다양하게 불릴 수 있다. 근본적인 것은, 이런 구역들에 감금된 이들이 나의 동료 죄수들이라는 점이다.

때는 오월의 첫 주, 북반구의 언덕과 산허리와 대로와 대문 들 주변에서 대부분의 나무들이 잎사귀를 내밀고 있다. 아직은 제각기 다른 녹색이 뚜렷할 뿐만 아니라 사람들도 이파리 하나하나가 다르다는, 그래서 수억의(이 단어는 달러 때문에 오염되었다), 아니, 수억이 아니라 무한한 새잎들의 물결이 경쟁하듯 마주하고 있다는 사실을 깨닫는 눈치들이다.

죄수들에겐 자연의 연속성을 나타내는 눈에 보이는 작은 신호들이 언제나, 지금도 여전히, 은밀한 격려였다.

오늘날 대부분의 감옥 벽이(그 벽이 콘크리트이거나 전기철망이거나 순찰 또는 검문이거나에 상관없이) 가지는 목적은 수감자들을 가두고 교정하는 것이 아니라 격리하고 배제하는 것이다.

배제된 자들 대부분은 익명이다. 그래서 안보 세력은 정체성 강박에 빠진다. 또 배제된 자들은 두 가지 이유에서 숫자가 없다. 첫째로, 숫자가 요동친다. 기근과 자연재해와 군사적 개입(지금은 **경비**라고 부른다)이 있을 때마다 그들의 규모가 줄어들거나 늘어난다. 그리고 둘째로, 그들의 숫자를 세는 일이 곧 그들이 지구상에 사는 사람의 대부분을 구성한다는 사실을 대면하는 일이고, 그 사실을 안다는 건 완전한 부조리 속으로 곤두박질치는 일이기 때문이다.

갈수록 작은 상품들을 포장지에서 꺼내기가 어려워진다고 느낀 적 없는가? 유리한 일자리를 얻은 이들의 삶에도 비슷한 일이 일어났다. 합법적인 직업을 가진 가난하지 않은 이들이 갈수록 복종과 불복종 간의 지속적인 양자택일 말고는 선택의 폭이 좁아져만 가는 아주 제한적인 공간에 살고 있다. 그들의 노동 시간과 주거 공간, 과거의 기술과 경험, 건강, 아이들의 미래 등 고용인으로서의 기능을 제외한 모든 것이 유동적인 이익에 대한 예측할 수 없는 어마어마한 요구에 자리를 내주고 곁다리 이등석으로 밀려나야 한다. 게다가 이런 내부 규정의 엄격함이 **유연성**이라 불린다. 감옥에서는 말의 의미가 뒤집힌다.

고급 노동 환경(high-grade working)이 가하는 우려스러운 압박 탓에 최근 일본 법원은 '과로사'라는 새로운 검시 분류를 인지하고 정의하도록 강제했다.

유일한 일자리를 얻은 이들은 듣는다. 다른 어떤 체제도 불가능하다. 대안은 없다. 엘리베이터를 타라. 엘리베이터는 작은 감방이다.

감방 어딘가에서 나는 다섯 살짜리 여자애가 구립 실내수영장에서 수영 강습을 받는 걸 지켜본다. 아이는 진청색 수영복을 입었다. 곧 잘 수영을 하지만 아직 보조 없이 혼자 수영하는 데는 자신이 없다. 강사가 아이를 수영장 깊은 쪽으로 데려간다. 아이는 강사가 내민 긴 막대를 붙잡고 물에 뛰어들 것이다. 그런 식으로 아이는 물에 대한 공포를 극복한다. 둘은 어제도 똑같이 했다.

　　오늘 강사는 아이더러 막대를 붙잡지 말고 물로 뛰어들라고 한다. 하나, 둘, 셋! 아이가 훌쩍 뛰지만 마지막 순간에 막대를 잡는다. 아무 말이 없다. 희미한 웃음이 여자 강사와 아이 사이에 흐른다. 아이 쪽은 뻔뻔한 웃음이고 여자 강사 쪽은 참을성있는 웃음이다.

　　아이가 수영장 계단을 타고 밖으로 나와서는 다시 물가로 가서 선다. **다시!** 아이가 쉭쉭거린다. 아이가 손을 옆구리에 딱 붙이고 아무것도 잡지 않고 뛰어든다. 물 밖으로 고개를 내민 아이 코앞에 막대 끝이 있다. 아이는 막대를 건드리지 않고 팔을 두 번 저어 사다리로 간다.

　　나는 저 진청색 수영복은 입은 여자애와 샌들을 신은 수영강사가 죄수라고 말하고 있는 건가? 분명히 아이가 막대 없이 물에 뛰어든 순간에는 둘 중 어느 쪽도 감옥에 있지 않았다. 그러나 앞으로 올 시간이나 가까운 과거를 돌아보면, 두렵게도, 내가 무엇을 묘사하든 둘 다 죄수가 되거나 '다시' 죄수가 될 위험을 안고 있다.

우리를 둘러싼 세상의 권력 구조와 그 권위가 어떻게 기능하는지를 보라. 모든 폭군이 자신만의 통제 방식을 찾고 고안해낸다. 그들이 처음에는 그 통제들이 부도덕하다고 인식하지 못하는 경우가 잦은 이유가 그래서다.

　　세상을 지배하는 시장 세력들은 자신들이 불가피하게 어떤 민족국가보다 강력하다고 주장한다. 이 주장은 매분 입증된다. 민간의료보험이나 연금보험에 가입하라고 권유하는 원치 않은 전화에서부터 세계무역기구(WTO)가 최근에 내놓은 최후통첩에 이르기까지 말이다.

그 결과, 대부분의 정부가 더는 통치하지 않는다. 정부는 이제 스스로 선택한 목적지를 향해 나아가지 않는다. 바람직한 미래에 대한 약속과 함께 '지평'이라는 단어가 좌파와 우파 모두의 정치적 담론에서 사라졌다. 논쟁으로 남은 건, 무엇이 있는지를 어떻게 측정할 것인가가 다이다. 여론조사가 방향을 대체하고 욕구를 대체한다.

대부분의 정부는 이끄는 대신 몰아간다(herd). 〔미국의 감옥 은어에서 '양치기(herder)'는 간수를 이르는 단어 중 하나다.〕

십팔세기에는 장기 수감이 '시민적 죽음'에 해당하는 처벌로서 만족스럽게 정의됐다. 삼 세기가 지나 지금 정부는 법률과 위력, 경제적 조치와 특유의 소란스러운 말로 시민적 죽음의 대중 정치체제를 강요하고 있다.

과거의 어떤 폭정 아래에서도 삶은 수감의 한 형태이지 않았을까? 내가 말하는 의미에서는, 아니다. 지금 삶의 형태가 새로운 것은 공간과의 관계 때문이다.

지그문트 바우만의 사고가 이 지점을 조명한다. 그는 지금 세계를 운영하는 기업 시장 세력이 '초영토적'이라고, 말하자면 '영토적 제약, 지역성의 제약으로부터 자유롭다'고 지적한다. 그들은 영원히 떨어져 있고, 익명이기 때문에 자신들 행위의 영토적 물리적 결과를 고려할 필요가 전혀 없다. 바우만은 독일연방은행 총재였던 한스 티트마이어의 말을 인용한다. "오늘날의 이해관계는 투자자들의 자신감에 우호적인 환경을 창출하는 것이다." 유일하고도 가장 중요한 우선순위다.

최우선순위에 이어, 순종적인 국가 정부들에게 할당된 과제는 생산자와 소비자, 주변화된 빈자들을 구성하는 세계 인구의 통제다.

지구는 하나의 감옥이고, 우파든 좌파든 순종적인 정부는 양치

기다.

감옥 체제는 가상공간(cyberspace) 덕분에 운영된다. 가상공간은 시
장에 거의 실시간에 가까운 거래 속도를 제공하며 밤낮으로 전 세계
를 이어 준다. 이 속도로부터 시장의 폭정은 초영토적인 면허증을 획
득한다. 그러나 그 속도는 사용자들에게 병리적 영향을 준다. 사용자
들을 마비시킨다. 어떤 일이 생기든, '비즈니스는 계속된다'.

　그런 속도에는 고통을 위한 자리가 없다. 고통이 알려지기는 하
겠지만 고통을 아파하지는 않는다. 결과적으로 인간의 조건은 사라지
고 체제를 운영하는 이들로부터 배제된다. 그들은 완전히 무정하기
때문에 혼자다.

　일찍이 폭군들도 무자비하고 접근하기 어려웠지만, 그래도 고통
을 느끼는 이웃이었다. 이제 더는 그렇지 않고, 여기에 이 체제의 약점
이 있을 가능성이 크다.

　　큰 문 열리고
　　새 계절에 우리는
　　감옥 마당에.[4]

　그들(우리)은 동료 죄수다. 어떤 어조로 선언하더라도, 그 인식
은 거부를 담고 있다. 감옥 안만큼 현재와 극명하게 대조되는 무언가
로서의 미래를 생각하고 기다리는 곳도 없다. 감금된 자들은 절대 현
재가 마지막이라 받아들이지 않는다.

　이런 와중에, 이 현재를 어떻게 살아야 할까? 어떤 결론을 이끌어
내야 할까? 어떤 결정을 내려야 할까? 어떻게 행동해야 할까? 내게는,
지금은 지표가 세워졌다고 제시할 수 있는 몇 가지 기준이 있다.

　벽의 이쪽 편에서는 경험이 경청되고, 어떤 경험도 쓸모없다고
여겨지지 않는다. 여기서는 생존이 존중되고, 그 생존이 동료 죄수들

간의 연대에 달려 있는 일이 다반사다. 당국도 안다. 그래서 물리적인 격려든 허튼소리를 통한 격려든, 독방 감금을 활용한다. 거기서 개인의 삶은 역사로부터 고립되고, 유산으로부터, 땅으로부터, 그리고 무엇보다 공동의 미래로부터 고립된다.

간수의 이야기는 무시하라. 물론 세상에는 나쁜 간수가 있고 덜 나쁜 간수가 있다. 어떤 상황에서는 이 차이를 언급하는 것이 유용하다. 하지만 그들의 말은, 덜 나쁜 이들의 말까지 포함하여 모두 허튼소리다. 그들의 찬송가, 그들의 표어, 그들이 주문하는 **안보, 민주주의, 정체성, 문명화, 유연성, 생산성, 인권, 통합, 테러리즘, 자유**와 같은 단어들이 모든 동료 죄수들을 혼란에 빠뜨리고 분리시키고 주의를 빼앗고 입을 막기 위해 반복되고 또 반복된다. 벽의 이쪽 편에서는 간수들이 하는 말이 아무 의미가 없고, 사고를 하는 데에도 더는 유용하지 않다. 그 말들은 아무것도 관통하지 않는다. 혼자 조용히 생각할 때조차도 그 말들을 거부하라.

이와 대조적으로 죄수들에게는 생각을 이루는 자신들만의 어휘가 있다. 많은 말들이 비밀에 부쳐지고, 많은 말들이 지역적이라 셀 수 없이 많은 변형이 있다. 짧은 단어와 구문들, 짧지만 세계를 품은 말들. **내 방식을 보여 줄게, 가끔 놀라워, 작은 새, B동에 무슨 일이 났어, 벗겼어, 이 작은 귀고리를 받아, 우리를 위해 죽었어, 힘내**, 기타 등등.

동료 죄수들 간에도 갈등이 있고, 때로는 폭력적이다. 모든 죄수들이 박탈당했지만, 박탈에도 여러 정도가 있고, 그 정도의 차이가 부러움을 야기한다. 벽의 이쪽 편에서는 목숨값이 싸다. 정체를 드러내지 않는 전 지구적 폭정 자체가 희생양 찾기를, 다른 죄수들 사이에서 즉각적으로 정의할 수 있는 적들을 찾아 사냥하기를 부추긴다. 그러면 가스실이 정신병원이 된다. 가난한 자들이 가난한 자들을 공격하고, 침략당한 자들이 침략당한 자들을 약탈한다. 동료 죄수들을 이상화하지 말아야 한다.

이상화하지 않고, 그저 그들이 공통으로 가진 것, 그들의 불필요한 고통, 그들의 인내심, 그들의 교묘함에 주목하는 것이 무엇이 그들을 갈라놓는가에 주목하는 것보다 더 중요하고 더 효과적이다. 그리고 이로부터 새로운 형태의 연대가 생겨난다. 새로운 연대는 차이와 다양성에 대한 상호 인식과 함께 시작된다. **이게 사는 거다!** 집단간의 연대가 아니라 상호연결성의 연대가 감옥의 조건에 훨씬 적합하다.

당국은 세계 감옥의 다른 곳에서 어떤 일이 벌어지는지를 동료 죄수들이 제대로 알지 못하도록 최선을 다해 체계적으로 막는다. 용어 자체가 가지는 공격적인 의미에서 보자면, 그들은 주입하지 않는다. 주입은 소수의 엘리트 주식거래인과 경영자와 시장 전문가들의 교육과정을 위해 따로 준비돼 있다. 일반 감옥의 수감자들은 활성화 대신 수동적인 불확실한 상태에 두고 삶에는 위험 말고는 아무것도 없으며 지구란 안전한 곳이 아니라는 사실을 냉혹하게 상기시키는 것이 그들의 목표다.

주의 깊게 선택한 정보, 잘못된 정보, 논평, 소문, 지어낸 이야기들로 이런 일이 수행된다. 공작이 성공하면 던져 놓은 모순이 유지되면서 환각을 일으키는데, 수감자들은 감금 상태에서도 어떻게든 자신을 보호할 준비를 하면서 공동의 운명에서 특별한 예외가 되는 게 최우선 과제라고 믿게 된다. 세계관을 통해 전달되는 이런 인류의 상(像)은 정말로 전례가 없는 일이다. 인류가 겁쟁이처럼 보인다. 승자들만이 용감하다. 게다가 선물은 없다. 오직 보상이 있을 뿐이다.

죄수들은 언제나 서로 연락할 방법을 찾아냈다. 지금의 세계 감옥에서 가상공간은 가상공간을 만들어낸 이들의 이해관계에 반하는 방향으로 이용될 수 있다. 이처럼, 죄수들은 매일 세계가 무엇을 하는지 스스로에게 정보를 주고, 억눌린 과거의 이야기들을 추적하고, 그래서 죽은 자들과 어깨를 나란히 하고 일어선다.

그럼으로써 그들은 다시 발견한다. 작은 선물들을, 용기의 사례들을, 먹을 것도 충분치 않은 부엌에서 한 송이 장미를, 씻을 수 없는 고통을, 어머니들의 지칠 줄 모르는 끈기를, 웃음을, 상호부조를, 침묵을, 점점 퍼져 가는 저항을, 자발적인 희생을, 더 많은 웃음을….

비록 짧지만, 메시지는 그들(우리들) 밤의 고독 속으로 확장된다. 마지막 제안은 전술적이 아니라 전략적이다.

세상의 폭군들이 초영토적이라는 사실은 그들이 가진 감시 능력의 범위를 설명해 주지만, 한편으로는 약점을 나타내기도 한다. 그들은 가상공간에서 세상을 조정하되, 경비가 딸린 대저택에서 산다. 그들에게는 주변을 둘러싼 땅에 대한 지식이 없다. 게다가 그런 지식을 미신이라고, 깊이가 없다고 내친다. 추출된 자원만이 중요하다. 그들은 대지의 소리를 들을 수 없다. 땅 위에서 눈이 먼다. 구체적인 장소에서 길을 잃는다.

동료 죄수들은 반대다. 감방에는 두드려 전 세계로 소리를 퍼뜨릴 벽이 있다. 저항의 효과적인 행동들이 늦든 이르든 꾸준히 지역에 스며들 것이다. 오지(奧地)의 저항은 땅의 소리를 듣는다.

자유는 바깥이 아니라 감옥 깊은 곳에서 천천히 찾아질 것이다.


나는 이탈리아 로마에 있는 아파트에서 말하는 당신의 목소리를 금방 알아차렸을 뿐 아니라, 목소리를 듣고 당신의 기분이 어떤지도 추측할 수 있었다. 난 당신의 분노를, 아니 그보다는, 딱 당신답게 분노를 품은 그 인내심에 우리의 다음 희망을 향한 잰걸음이 담겨 있음을 감지했다.

1. Adrienne Rich, *Poetry and Commitment* (London: W. W. Norton & Co., 2007).
2. Yannis Ritsos, 'Romiosini', in *Selected Poems 1938-1988* (Rochester, NY: BOA, 1989). Translation by Kimon Friar.

3. John Berger and Nella Bielski, A *Question of Geography* (London: Faber & Faber, 1987).

4. Tomas Tranströmer, 'Prison: Nine Haiku Poems from Hällby Juvenile Prison'(1959), in *New Selected Poems* (London: Bloodaxe, 1987). Translation by Robin Fulton.

# 수록문 출처

## 1부 지도 다시 그리기

1. 크라쿠프

   "Kraków," *Here Is Where We Meet* (London: Bloomsbury, 2005).

2. 종이 꺼내 그리기

   "To Take Paper, to Draw," *Harper's*, 1 September 1987; "Drawing on Paper,"
   *Keeping a Rendezvous* (London: Bloomsbury, 1992).

3. 모든 그림과 조각의 기초는 드로잉이다

   "The Basis of All Painting and Sculpture Is Drawing," *Permanent Red: Essays
   in Seeing* [1960] (London: Writers & Readers, 1979).

4. 프레데릭 안탈에게 바치는 개인적인 헌사

   "Frederick Antal: A Personal Tribute," *Burlington Magazine*, 96 (1954).

5. 관찰의 기술에 관해 덴마크 노동자 배우들에게 전함: 베르톨트 브레히트 씀,
   애냐 보스톡과 존 버거 옮김

   "An Address to Danish Worker Actors on the Art of Observation," Bertolt
   Brecht, *Poems on the Theatre*, translated by John Berger and Anya Bostock
   (Northwoo d: Scorpion Press, 1961).

6. 혁명적인 삭제: 막스 라파엘의 『예술의 요구』

   "Revolutionary Undoing: Review of Max Raphael, *The Demands of Art*," *New
   Society*, 13 (1969); *The Look of Things: Selected Essays and Articles*, ed with

an introduction by Nikos Stangos (Harmondsworth: Penguin, 1972).

7. 발터 베냐민: 골동품 연구가이자 혁명가

"Antiquarian and Revolutionary," *New Society* (1970); *The Look of Things*.

8. 이야기꾼

"The Storyteller," *New Society* (1978); *The White Bird: Writings*, ed Lloyd Spencer (London: Chatto & Windus, 1985).

9. 에른스트 피셔: 철학자와 죽음

"A Philosopher and Death," *New Society*, 22 (1972); *The White Bird*.

10. 가브리엘 가르시아 마르케스: 죽음의 서기가 읽어 주다

"The Secretary of Death Reads It Back," *New Society*, 61 (1982); "The Secretary of Death," *The White Bird*.

11. 롤랑 바르트: 가면의 안쪽

"Inside the Mask," *New Society*, 41 (1977).

12. 조이스의 물결을 타고 나가다

"Forthflowing on a Joycean Tide," *Guardian*, 15 June 1991.

13. 로자 룩셈부르크를 위한 선물

"A Gift for Rosa Luxemburg," *New Statesman*, 17 September 2015; "A Gift for Rosa," *Confabulations* (London: Penguin, 2016).

14. 이상적인 비평가, 싸우는 비평가

"The Ideal Critic and the Fighting Critic," Introduction (1960) of *Permanent Red*.


## 2부 지형

"Terrain" (2000), from *John Berger: Collected Poems* (Middlesbrough: Smokestack Books, 2014).


15. 르네상스의 명쾌함

"The Clarity of the Renaissance," *Permanent Red*.

16. 델프트 풍경

"A View of Delft," *And Our Faces My Heart, Brief as Photos* (London: Writers & Readers, 1984); *John Berger: Collected Poems*.

17. 낭만주의자들의 딜레마

"The Dilemma of the Romantics," *Permanent Red*.

18. 빅토리아 시대의 의식

"The Victorian Conscience," *Permanent Red*.

19. 큐비즘의 한때

"The Moment of Cubism," *New Left Reveiw* 42 (March, 1967); *The Moment of Cubism* (London: Weidenfeld and Nicolson, 1969).

20. 「파라드」, 1917

"*Parade, 1917*," *The Success and Failure of Picasso* (Harmondsworth: Penguin, 1965).

21. 파리에 대한 평가

"Judgment on Paris," *New Statesman and Nation* 46: 1169, 1 August 1953.

22. 소비에트 미학

"Soviet Aesthetic," *New Statesman and Nation* 47: 1196, 6 February 1954.

23. 비엔날레

"The Biennale," *Permanent Red.*

24. 지금의 예술과 사유재산

"Love of Art," *New Society*, 10 (1967); Later anthologized as "Art and Property Now," *The Moment of Cubism.*

25. 초상화는 이제 그만

"No More Portraits" *New Society*, 10 (1967); Later anthologized as "The Changing View of the Man in the Portrait," *The Moment of Cubism*; *The Look of Things.*

26. 미술관의 역사적 기능

"Away From the Red Velours," *New Society*, 6 (1966); Later anthologized as "The Historical Function of the Museum," *The Moment of Cubism.*

27. 예술 '작품'

"The *Work* of Art," *New Society* (1978); *The White Bird.*

28. 『영원한 빨강』에 부치는 새로운 서문 (1968/1979)

"Preface (1968/1979)," *Permanent Red.*

29. 삼부작 '그들의 노동에' 부치는 역사적 맺는말

"Historical Afterword," *Pig Earth* (London: Writers and Readers Publishing Cooperative, 1979).

30. 하얀 새

"The White Bird," *The White Bird.*

31. 영혼과 투기꾼

"Keeping a Rendezvous," *Expressen* (1990); Later anthologized as "The Soul and the Operator," *Keeping a Rendezvous.*

32. 1991년 8월 셋째 주

"The Third Week of August 1991," *Guardian* (1991); *Keeping a Rendez-vous.*

33. 장소에 관한 열 가지 속보 (2005년 6월)

"Ten Dispatches About Place [June 2005]," *Hold Everything Dear* (London: Verso, 2008).

34. 돌멩이 (2003년 6월, 팔레스타인)

"Stones" (Palestine, June 2003), *Hold Everything Dear.*

35. 이런 와중에

*Meanwhile* (London: Drawbridge, 2008).

존 버거(John Berger, 1926-2017)는 미술비평가, 사진이론가, 소설가, 다큐멘터리 작가, 사회비평가로 널리 알려져 있다. 처음 미술평론으로 시작해 점차 관심과 활동 영역을 넓혀 예술과 인문, 사회 전반에 걸쳐 깊고 명쾌한 관점을 제시했다. 중년 이후 프랑스 동부의 알프스 산록에 위치한 시골 농촌 마을로 옮겨가 살면서 생을 마감할 때까지 농사일과 글쓰기를 함께했다. 저서로『피카소의 성공과 실패』『예술과 혁명』『다른 방식으로 보기』『본다는 것의 의미』『말하기의 다른 방법』『센스 오브 사이트』『그리고 사진처럼 덧없는 우리들의 얼굴, 내 가슴』『존 버거의 글로 쓴 사진』『모든것을 소중히하라』『백내장』『벤투의 스케치북』『아내의 빈 방』『사진의 이해』『스모크』『우리가 아는 모든 언어』『초상들』등이 있고, 소설로『우리 시대의 화가』『여기, 우리가 만나는 곳』『G』『A가 X에게』『킹』, 삼부작 '그들의 노동에'『끈질긴 땅』『한때 유로파에서』『라일락과 깃발』이 있다.

톰 오버턴(Tom Overton)은 대영도서관에 소장된 존 버거의 기록들을 분류하고 정리하는 작업을 진행하며 존 버거가 예술에 대해 쓴 글을 모은 선집『초상들』과『풍경들』을 엮었다. 서머싯 하우스, 화이트채플 갤러리의 큐레이터를 역임했고, 현재 런던 바비칸센터에서 아카이브 큐레이터로 있다. 『뉴 스테이츠먼』『아폴로』『화이트 리뷰』『베리어스 스몰 파이어스』등 여러 매체에 글을 싣고 있으며, 현재 존 버거 평전을 집필 중이다.

신해경(辛海京)은 서울대학교 미학과를 졸업하고 KDI국제대학원에서 경영학과 공공정책학(국제관계) 석사과정을 마쳤다. 생태와 환경, 사회, 예술, 노동 등 다방면에 관심을 가지고 있으며, 옮긴 책으로는『누가 시를 읽는가』『존 버거의 초상』『혁명하는 여자들』『사소한 정의』『아랍, 그곳에도 사람들이 살고 있다』『덫에 걸린 유럽』『침묵을 위한 시간』『북극을 꿈꾸다』『발전은 영원할 것이라는 환상』등이 있다.

# 풍경들
## 존 버거의 예술론

톰 오버턴 엮음 | 신해경 옮김

초판1쇄 발행일 2019년 7월 10일
초판2쇄 발행일 2020년 2월 10일
발행인 李起雄 발행처 悅話堂
전화 031-955-7000 팩스 031-955-7010
경기도 파주시 광인사길 25 파주출판도시
www.youlhwadang.co.kr yhdp@youlhwadang.co.kr
등록번호 제10-74호 등록일자 1971년 7월 2일
편집 이수정 김성호 디자인 박소영
인쇄 제책 (주)상지사피앤비

ISBN 978-89-301-0645-0  03840

이 도서의 국립중앙도서관 출판예정도서목록(CIP)은
서지정보유통지원시스템 홈페이지(http://seoji.nl.go.kr)와
국가자료공동목록시스템(http://www.nl.go.kr/kolisnet)에서
이용하실 수 있습니다. (CIP제어번호: CIP2019024114)